10
18

12, AVENUE D'ITALIE. PARIS XIIIe

Sur l'auteur

Peter Tremayne, de son vrai nom Peter Berresford Ellis, est né le 10 mars 1943 à Coventry, en Angleterre. Ses origines familiales – à la fois bretonne, irlandaise, écossaise et galloise – expliquent sans nul doute sa passion pour la culture celte. Après un premier livre sur le combat pour l'indépendance du pays de Galles en 1968, il devient écrivain à plein temps à partir de 1975.

Peter Tremayne est l'auteur de très nombreux pamphlets, nouvelles, biographies et essais. Il est aussi connu pour ses récits fantastiques fondés sur les mythes et légendes celtiques. Son recueil de nouvelles intitulé *Aisling and Other Irish Tales of Terror* lui a valu d'être comparé aux plus grands maîtres irlandais tels que Sheridan Le Fanu ou Bram Stoker. Il a reçu en 1988 l'Irish Post Award en reconnaissance de ses apports importants à l'étude de l'histoire irlandaise. Entre 1983 et 1993, il écrit huit thrillers sous le nom de Peter MacAlan, puis se lance dans la rédaction des mystères de sœur Fidelma, série qui compte aujourd'hui quinze titres.

Peter Tremayne est membre de la Society of Authors ainsi que de la Crime Writers Society.

Site du fan-club de Peter Tremayne :
www.sisterfidelma.com

PETER TREMAYNE

LA RUSE DU SERPENT

Traduit de l'anglais
par Hélène PROUTEAU

INÉDIT

10
18

« Grands Détectives »

dirigé par Jean-Claude Zylberstein

Du même auteur
aux Éditions 10/18

ABSOLUTION PAR LE MEURTRE, n° 3630
LE SUAIRE DE L'ARCHEVÊQUE, n° 3631
LES CINQ ROYAUMES, n° 3717
▶ LA RUSE DU SERPENT, n° 3788

Titre original :
The Subtle Serpent

ISBN 2-264-03979-5

Pour Penny et David Durell de Beál na Carraige,
Beara, West Cork, en remerciement des conseils
de Penny et de leur chaleureuse
et généreuse hospitalité à tous.

« Le serpent était le plus rusé de tous les animaux des champs que Yahvé Dieu avait faits. »

(Genèse, 3-1)

NOTE HISTORIQUE

Les *Annála Ulaid*, les « Annales d'Ulster », sont une des grandes chroniques d'Irlande, une compilation effectuée en 1498 à partir de sources plus anciennes, par Cathal Mac Magnusa, l'archidiacre de Clogher. D'autres scribes travaillèrent à ces annales jusqu'au XVIIᵉ siècle, quand la chronique fut utilisée comme une des principales sources des *Annála Ríoghachta Éireann*, plus connues sous le nom d'« Annales des quatre maîtres », compilées entre 1632 et 1636 par un certain nombre d'historiens conduits par Micheál Ó Cléirigh.

À la date du mois de janvier de l'an 666 après J.-C., il est écrit :

« Lourdes pertes en Irlande. La bataille d'Áine entre les Arada et les Uí Fidgenti... »

Ceci est le récit des événements ayant provoqué le conflit de Cnoc Áine, maintenant appelé Knockainey, à deux miles à l'ouest d'Hospital dans le comté de Limerick, et du rôle que Fidelma y a joué.

Les romans précédents ont mis en évidence certaines des différences entre Rome et l'Église irlandaise du VIIᵉ siècle, maintenant communément appelée l'Église celtique. Leurs philosophies et leurs liturgies présentaient des différences notables. Il a déjà été démontré que le célibat chez les religieux n'était pas un concept très répandu, que ce soit dans l'Église celtique ou dans l'Église romaine. Il faut se rappeler que du temps de Fidelma de nombreux établissements religieux abritaient indifféremment des personnes des deux sexes, souvent mariées, qui élevaient leurs enfants au service de la foi. Même les abbés et les évêques étaient autorisés à convoler et ils ne s'en privaient pas. Cette précision est essentielle si l'on veut comprendre le monde de Fidelma.

La plupart des lecteurs risquant d'être dépaysés par l'Irlande du VIIe siècle, ils trouveront ici une carte du royaume de Muman. J'ai préféré ce terme à celui qui fut forgé au IXe siècle après J.-C. en ajoutant à Muman le suffixe norrois de *stadr*, ce qui donnera Munster. Pour que le lecteur s'habitue aux noms irlandais du VIIe siècle, j'ai également établi une liste des principaux personnages qui interviennent dans le roman.

D'autre part, le lecteur doit se rappeler que Fidelma est affiliée à l'ancienne organisation sociale irlandaise qui obéit aux lois de Fénechus, plus connues sous le nom de « lois des Brehons » (de *breaitheamh* : juge). Elle est dotée du titre d'avocate des cours de justice, une position qui n'était pas rare chez les Irlandaises de l'époque.

PRINCIPAUX PERSONNAGES

Sœur Fidelma de Kildare, *dálaigh* ou avocate des cours de justice du VIIe siècle en Irlande

Frère Eadulf, moine saxon de Seaxmund's Ham, dans les terres du South Folk

Ross, capitaine d'une *barc*, un vaisseau qui suivait les côtes

Odar, son timonier

À l'abbaye du Saumon des trois sources

Abbesse Draigen

Sœur Síomha, rechtaire ou hôtelière de l'abbaye

Sœur Brónach, doirseór ou sœur portière de l'abbaye

Sœur Lerben, membre de la communauté

Sœur Berrach, membre handicapé de la communauté

Sœur Comnat, bibliothécaire

Sœur Almu, assistante de la bibliothécaire

À la forteresse de Dún Boí

Adnár, bó-aire ou chef local

Frère Febal, anam-chara ou âme sœur d'Adnár

Olcán, fils de Gulban Œil-de-Faucon, chef des Beara

Torcán, fils d'Eoganán, prince des Uí Fidgenti et invité d'Adnár

Beccan, chef brehon ou juge des Corco Loígde

Frère Cillín, de Mullach

Máil, guerrier des Loígde

Barr, un fermier

Le monde de Fidelma
Muman (Munster), VIIe siècle après J.-C.

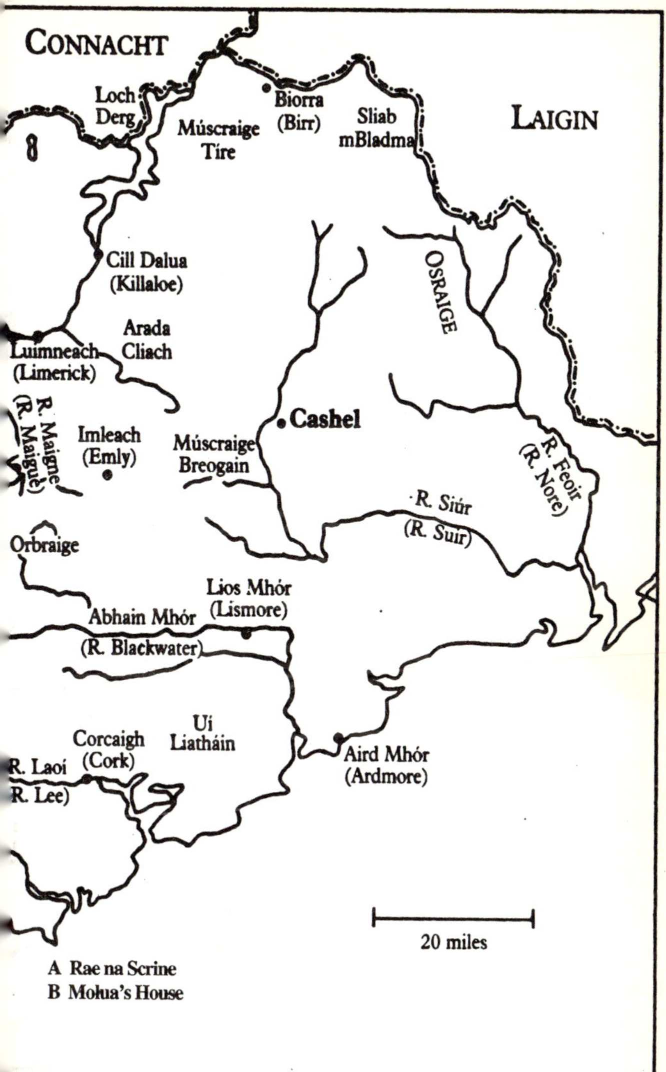

CONNACHT
LAIGIN
8
Loch Derg
Biorra (Birr)
Múscraige Tíre
Sliab mBladma
Cill Dalua (Killaloe)
OSRAIGE
Arada Cliach
Luimneach (Limerick)
R. Maigne (R. Maigue)
Imleach (Emly)
Cashel
Múscraige Breogain
R. Feoir (R. Nore)
R. Siúr (R. Suir)
Orbraige
Lios Mhór (Lismore)
Abhain Mhór (R. Blackwater)
Uí Liatháin
Corcaigh (Cork)
R. Laoi (R. Lee)
Aird Mhór (Ardmore)
20 miles
A Rae na Scrine
B Molua's House

CHAPITRE PREMIER

Les vibrations d'un gong qui avait retenti douze fois sortirent sœur Brónach de sa contemplation. Puis une ultime note, aiguë et claire, se détacha des autres. Il se faisait tard. La sœur en prière soupira, se releva, et après une génuflexion distraite devant la statue du Christ en croix qui lui faisait face, elle sortit de la *duirthech*, la chapelle en bois de l'abbaye.

Sur le seuil de la porte, dans le corridor pavé de grandes dalles de pierre, elle marqua une pause en percevant le curieux pas traînant de pieds chaussés de sandales à semelle de cuir. À l'autre bout du couloir sinistre, éclairé par des chandelles de suif à la fumée nauséabonde, fichées dans des supports en fer fixés au mur, se profilait un cortège de silhouettes sombres revêtues de longues robes de bure qui avançaient deux par deux. Les religieuses, conduites par l'imposante matriarche de leur ordre, leur capuchon rabattu sur le visage, semblaient des apparitions venues hanter ces lieux plutôt lugubres. Les sœurs de la communauté du Saumon des trois sources, une métaphore pour le Christ, avançaient tête baissée, frottant le sol de leurs sandales. Aucune ne leva la tête quand elles passèrent près de sœur Brónach qui se tenait en retrait. Pas même l'abbesse Draigen. Les nonnes défilèrent en silence. Elles se rendaient à la chapelle pour les prières de la mi-journée et quand elles y furent toutes entrées, la dernière se tourna pour refermer la porte avec un bruit sourd.

Tandis qu'elles passaient près d'elle, sœur Brónach avait attendu, les bras ballants et la tête inclinée en signe de respect. Puis elle se redressa. Son maintien était à l'évidence empreint de tristesse. Cette femme entre deux âges était réputée pour son sérieux, dont elle ne se départait en aucune circonstance. Elle ne manifestait jamais d'émotion, ses traits semblant figés pour toujours en une méditation douloureuse. Les autres sœurs prétendaient même, avec irrévérence, qu'un sourire de Brónach l'Affligée annoncerait le retour du Sauveur.

Voilà cinq ans que Brónach occupait la fonction de *doirseór*, portière de la communauté fondée par Necht la Très Pure, trois générations auparavant. Le monastère, perché sur une péninsule reculée du sud de Muman, un des cinq royaumes d'Éireann – celui situé au sud-ouest –, se dressait au pied des montagnes dans un paysage boisé au bord d'une crique. Brónach avait rejoint la communauté trente ans auparavant, quand elle n'était qu'une jeune femme timide et sans ambitions. Elle avait cherché refuge dans cette confrérie pour fuir la vie difficile et semée d'embûches de son village isolé. Maintenant qu'elle avait largement dépassé la quarantaine, sœur Brónach n'avait rien perdu de sa timidité, elle prenait peu d'initiatives et son existence s'écoulait au rythme du gong de la petite tour où la gardienne du temps veillait sur l'horloge à eau de la communauté. Cette congrégation était réputée dans tout le royaume pour l'exactitude de sa mesure du temps. Chaque percussion du gong correspondait pour sœur Brónach à une tâche précise à accomplir dans le cadre de son office de portière. Mais en ce qui la concernait, sa fonction de *doirseór* s'apparentait davantage à celle de servante, ce qui ne semblait pas la perturber, car sœur Brónach était apparemment contente de son sort.

Le gong venait de sonner midi et sœur Brónach devait aller puiser de l'eau et l'apporter aux appartements de l'abbesse Draigen. Après les prières et le repas de midi, l'abbesse aimait prendre un bain chaud. Et donc, au lieu d'assister au service avec les sœurs, Brónach se dirigea vers le puits.

Les mains dans les manches de sa robe de bure, elle marchait à pas rapides, ses sandales de cuir claquant sur les dalles de granit qui pavaient le corridor de la *duirthech*, littéralement la maison de chêne, car c'est ainsi qu'on appelait les lieux de culte. Quand elle déboucha dans la cour principale entourée des bâtiments de la communauté, elle constata que, tôt ce matin-là, il était tombé de la neige, mais elle avait rapidement fondu et la religieuse fit attention à ne pas glisser. Elle passa devant le cadran solaire central en bronze, monté sur un socle recouvert d'ardoises polies.

Le vent avait chassé les nuages, un soleil pâle brillait dans un ciel d'un bleu translucide où s'étiraient des voiles de brume opalescents. À l'horizon, de gris nuages bas annonçaient de nouvelles chutes de neige et Brónach sentit la bise glacée lui pincer les oreilles. Elle ajusta sa coiffe.

À l'entrée de la cour se dressait une grande croix de granit qui veillait sur la fondation. Brónach la contourna et se retrouva sur un plateau rocheux qui surplombait la baie abritée où la congrégation avait choisi de s'établir. Sur ce promontoire dominant de dix pieds à peine les plages de galets, la bienheureuse Necht avait découvert, dans une faille du sol, une source qu'elle consacra aussitôt. Une cérémonie indispensable, car cet endroit avait servi de lieu de célébrations pour les druides qui eux aussi puisaient à cette même source maintenant entourée d'une margelle.

Sœur Brónach s'avança prudemment jusqu'au puits. Un mécanisme y était fixé qui permettait de plonger un seau dans les eaux noires en contrebas, bien au-dessous du niveau de la mer. Tout en actionnant la manivelle, sœur Brónach se rappelait l'époque où il fallait deux ou trois personnes pour remonter de l'eau. Aujourd'hui, grâce à ce système, une sœur âgée y parvenait sans qu'il lui en coûtât un effort démesuré.

Sœur Brónach s'immobilisa un instant et jeta un coup d'œil autour d'elle. À cette heure du jour, il régnait une tranquillité délicieuse sur le paysage bucolique. Les oiseaux se taisaient, pas un animal ne bougeait et le temps semblait suspendu, comme si la nature retenait son souffle dans l'attente d'un événement imminent. Les vents glacés étaient retombés et avaient cessé de hurler dans les pics granitiques s'élevant derrière l'abbaye. Au loin, des moutons paissaient sur le sol aride, pareils à des pierres blanches en mouvement, tandis que de petites vaches noires broutaient l'herbe rase au goût de sel. Entre les collines, des nappes de brouillard d'un bleu mystique montaient de la terre.

Sœur Brónach se sentait souvent intimidée, éblouie par ce qui l'entourait en cette heure de paix ineffable. Comme si allaient bientôt retentir les sonneries des antiques cors de chasse qui sommeraient les dieux païens de l'Irlande de se manifester en descendant des montagnes poudrées de blanc. Et les pierres lisses, qui affleuraient çà et là à flanc de colline, n'étaient-elles pas des hommes étendus face contre terre qui allaient se redresser dans la lumière cristalline ? Ces guerriers du temps jadis, armés de lances, d'épées et de boucliers, se rassembleraient derrière les dieux pour exiger des explications. Pourquoi les enfants de l'Éire avaient-ils renié la foi de leurs ancêtres et la déesse souveraine de la fertilité dont le nom avait été donné à cette terre des origines ?

La gorge sèche, sœur Brónach déglutit et, prise d'un accès de culpabilité, balaya les environs du regard, comme si elle craignait que ses sœurs en Christ n'entendent ses pensées sacrilèges. Aussitôt, elle fit une génuflexion afin de s'absoudre de sa nostalgie pour le monde ancien. Oui, mais comment renier ses émotions ? Sa propre mère, paix à son âme, avait refusé de recevoir la parole du Christ et était restée obstinément ancrée dans ses croyances. Suanach ! Voilà bien longtemps qu'elle n'avait pensé à elle. Et maintenant Brónach regrettait d'avoir évoqué son souvenir qui la blessait profondément, même si la mort de Suanach remontait à une vingtaine d'années. Pourquoi donc l'avait-elle invoquée ? Ah, oui. Les anciens dieux. Ils manifestaient souvent leur présence à cette heure, qui était celle de la mélancolie païenne. Un écho douloureux montait des racines mêmes de la conscience du peuple, un désir éperdu de retrouver le temps passé, une lamentation pour les générations disparues des habitants de l'Éire.

Au loin, le gong de la communauté retentit, une seule note isolée, frappée par la gardienne de la clepsydre.

Sœur Brónach sursauta.

Depuis l'appel à la prière de la mi-journée, il s'était donc écoulé un *pongc*, l'unité irlandaise égalant un quart d'heure. Et à chaque heure correspondait un nombre de coups équivalant à son chiffre. Toutes les six heures, le *cadar*, ou quart du jour, était lui aussi signalé par une cadence particulière. Et on remplaçait alors la gardienne du temps qui n'était pas autorisée à rester à son poste plus d'un *cadar*.

Brónach pinça les lèvres. L'abbesse Draigen n'aimait pas l'indolence. Aussitôt, elle chercha le seau, mais il n'était pas à sa place habituelle. C'est alors qu'elle remarqua que la corde était complètement déroulée. Elle fronça les sourcils. Quelqu'un avait pris le seau, l'avait suspendu au crochet et l'avait descendu sans le remonter, l'abandonnant au fond du puits. Une telle négligence était inexcusable.

Elle réprima un soupir d'irritation et se pencha pour tourner la manivelle glacée. Elle poussa de toutes ses forces en découvrant qu'elle résistait, comme si un poids énorme était attaché à son extrémité. Quelque chose la bloquait. Puis le mécanisme se mit très progressivement en marche, mais la corde s'enroulait avec une lenteur décourageante.

Elle marqua une pause et chercha du regard une de ses compagnes afin de l'appeler à l'aide. Jamais un seau n'avait pesé aussi lourd. Souffrirait-elle d'une faiblesse anormale ? Non, elle se sentait en parfaite santé. Levant les yeux sur les montagnes maussades, elle frissonna. Non pas de froid mais poussée par la superstition. Dieu la punissait-il pour ses regrets hérétiques de la religion séculaire ?

Elle jeta un coup d'œil anxieux vers le ciel avant de s'atteler à nouveau à la tâche tout en murmurant une prière de contrition.

— Sœur Brónach !

Une ravissante jeune fille qui venait de sortir de l'enceinte de l'abbaye se dirigeait d'un pas vif vers la source.

Brónach se lamenta en son for intérieur en reconnaissant sœur Síomha, la *rechtaire* ou hôtelière de la communauté, qui était sa supérieure directe. Dommage, songea-t-elle, que les manières de Síomha ne s'harmonisent pas avec ses grands yeux naïfs et ses traits angéliques. Malgré son jeune âge, elle avait la réputation bien ancrée d'un tyran domestique.

Brónach marqua une nouvelle pause, pesa sur la manivelle pour la bloquer, et accueillit la nouvelle venue avec une indifférence polie. Sœur Síomha s'arrêta face à elle et la toisa avec un petit reniflement belliqueux.

— Vous êtes en retard, sœur Brónach, se plaignit la jeune religieuse. Notre abbesse m'envoie vous rappeler à vos devoirs. *Tempori parendum.*

Brónach demeura impassible.

— Je suis consciente de l'heure, ma sœur, répliqua-t-elle d'une voix posée.

Qu'on lui rappelle l'obligation de « se soumettre au temps » alors que sa vie était rythmée par les perpétuelles résonances du gong en accord avec la clepsydre était des plus irritants, même pour un caractère aussi docile que le sien. Mais son commentaire, pourtant des plus pondérés, sonnait dans sa bouche comme une quasi-rébellion.

— Je me permets cependant de vous signaler que je ne parviens pas à remonter le seau, reprit-elle. Quelque chose semble entraver sa course.

Sœur Síomha émit de nouveaux reniflements réprobateurs. Peut-être s'imaginait-elle que sœur Brónach cherchait une excuse pour son retard.

— Sottises. J'ai tiré de l'eau pas plus tard que ce matin et le mécanisme fonctionnait parfaitement.

Elle s'avança vers le puits et sa compagne plus âgée s'écarta pour lui laisser le champ libre. Les mains fortes et délicates de Síomha empoignèrent la manivelle et son visage trahit un étonnement passager en rencontrant une résistance.

— Vous avez raison, concéda-t-elle. À deux, nous y arriverons peut-être plus facilement. Poussez avec moi quand je vous le dirai.

Elles joignirent leurs forces. Peu à peu, au prix d'efforts renouvelés, elles parvinrent à remettre en mouvement le mécanisme tout en s'arrêtant régulièrement pour reprendre leur souffle qui formait de petits nuages de vapeur, aussitôt dissous dans l'air glacé. Ceux qui avaient conçu le dispositif avaient prévu un frein. Ainsi, quand on touchait au but, il suffisait d'une seule personne pour immobiliser le seau et s'en saisir sans craindre qu'il ne retombe. Donc, quand la corde arriva en bout de course, sœur Síomah actionna le frein.

Puis elle se redressa et remarqua une étrange expression sur le visage de Brónach. Debout devant la margelle, ses yeux exprimaient une terreur sans nom, ce qui formait un contraste frappant avec ses traits habituellement empreints d'une morne obéissance. D'un geste lent, Síomha se détourna de Brónach, regarda et porta la main à sa bouche en réprimant un cri d'effroi.

Pendant par une cheville, le cadavre d'une femme était apparu, blanc et luisant après son immersion dans les eaux glacées. On ne distinguait pas la tête et les épaules, mais par endroits la chair, maculée d'une boue rougeâtre que le froid avait conservée en l'état, était marquée d'innombrables blessures, semblables à des égratignures. La mort ne faisait aucun doute.

Síomha plia le genou en se signant.

— Que Dieu nous protège du mal ! murmura-t-elle.

Puis elle s'écria :

— Vite, sœur Brónach, aidez-moi à couper le lien qui retient cette malheureuse !

Síomha s'appuya à la margelle, baissa les yeux, tendit les mains pour soulever le corps, poussa un hurlement et se détourna. Ses traits s'étaient figés en un masque de stupeur.

Brónach se pencha à son tour. Le cadavre avait été décapité. Le cou n'était plus qu'un moignon ensanglanté et il restait des traces de sang coagulé sur les épaules.

Elle eut un haut-le-cœur et recula précipitamment.

Après avoir maîtrisé sa nausée, elle comprit que Síomha, trop bouleversée, n'était plus en mesure de prendre des décisions. S'armant de courage, elle saisit le cadavre à bras-le-corps et tenta de le hisser sur le bord du puits. Mais la tâche était au-dessus de ses forces.

Elle jeta un rapide coup d'œil à Síomha.

— Il faut que vous m'aidiez, ma sœur. Si vous parvenez à saisir cette malheureuse, je couperai le lien qui la retient à la corde, dit-elle d'une voix douce.

Síomha avala sa salive, luttant pour recouvrer une contenance. Puis, avec un bref hochement de tête, elle attrapa la morte par la taille, frissonnant au contact de sa chair glacée.

Utilisant le petit couteau que toutes les sœurs portaient sur elles, Brónach trancha les attaches et aida sa compagne à hisser le corps sans tête sur la margelle et à le faire basculer sur le sol. Puis les deux religieuses restèrent là à fixer cette vision irréelle, indécises quant aux décisions à prendre.

— Disons une prière pour les morts, ma sœur, marmonna Brónach en plein désarroi.

Ensemble, elles entonnèrent une prière dont les mots avaient brusquement perdu leur sens. Quand elles eurent terminé, elles se recueillirent en silence quelques instants.

— Qui a bien pu faire une chose pareille ? murmura Síomha, interrompant leur méditation.

— Le mal rôde partout dans le monde, répliqua sœur Brónach en soupirant. Je me demande qui est cette infortunée jeune femme.

Elle parvint avec difficulté à s'arracher à la contemplation du moignon ensanglanté qui avait supporté la tête. Il exerçait sur elle une fascination mêlée d'effroi. Cette très jeune fille, sans doute à peine sortie de la puberté, semblait de constitution vigoureuse. Elle présentait une marque à la poitrine et une meurtrissure bleuâtre, juste au-dessus. Et si on y regardait de plus près, on constatait qu'un instrument aiguisé lui avait perforé le cœur. Mais la plaie avait depuis longtemps cessé de saigner.

Surmontant sa répugnance, sœur Brónach se baissa. Avant que la raideur cadavérique ne rende cette tâche impossible, elle tenta de replier le bras droit de la morte sur sa poitrine et le relâcha brusquement en laissant échapper une exclamation étouffée. Un peu comme si elle avait reçu un coup.

Sœur Síomha sursauta en voyant Brónach pointer du doigt le bras gauche, que la position du corps avait dérobé à leur vue. Une baguette avec des encoches y était attachée. Même si elle n'en comprenait pas la signification, Brónach reconnut aussitôt un texte en ogham, l'ancien alphabet. Dans les cinq royaumes, l'ogham avait été progressivement supplanté par l'alphabet latin, maintenant couramment utilisé pour écrire l'irlandais.

En se penchant pour examiner le bâton de bois, elle s'aperçut que le cadavre serrait dans sa main droite un objet relié à son poignet par une lanière en cuir. Brónach se saisit de la main blanche, mais, malgré tous ses efforts, elle ne parvint pas à en écarter les doigts. La morte brandissait le poing pour l'éternité. Cependant, l'insistance de Brónach n'avait pas été inutile car on voyait maintenant que le lien en cuir était rattaché à un petit crucifix de métal.

Elle laissa échapper un gémissement. À ses côtés, Síomha, comme hypnotisée, ne parvenait pas à détacher les yeux du modeste objet en cuivre grossièrement sculpté. Une personne de haut rang n'aurait jamais possédé un crucifix d'aussi peu de valeur.

— À votre avis, qu'est-ce que cela signifie ? dit-elle d'une voix rauque.

Brónach, qui avait recouvré son calme, affichait un visage grave.

— Cela signifie que nous devons sur-le-champ aller quérir l'abbesse Draigen. Quel que soit le nom de cette pauvre petite, elle était à coup sûr l'une d'entre nous. Une sœur de la foi.

Au loin, dans la petite tour qui dominait la communauté, elles entendirent le gong qui rythmait l'écoulement du temps. Les nuages s'étaient brusquement amoncelés dans le ciel et il neigeait dans les montagnes.

CHAPITRE II

Le *Foracha*, la *barc* côtière de Ross, originaire de Ros Ailithir, longeait à vive allure la rive sud du royaume irlandais de Muman. Une bise glacée soufflant de l'est gonflait les voiles, menaçant de coucher l'embarcation sur les flots, et sifflait dans les filins tendus comme les cordes d'une harpe. C'était une belle journée, mais les vents violents qui soufflaient en direction de la côte leur revenaient en tourbillons. Une foule d'oiseaux faisait escorte au petit bateau en poussant des cris plaintifs. Ici et là, des cormorans piquaient dans les vagues, d'où ils émergeaient avec leur proie, tandis que les mouettes et les pétrels des tempêtes manifestaient leur jalousie à grands cris. Les guillemots – qui avaient donné leur nom au *Foracha* –, reconnaissables à leur plumage marron et à leur ventre d'un blanc neigeux, avançaient en formations serrées pour inspecter le navire avant de rejoindre leurs colonies très denses sur les falaises abruptes.

Ross, le capitaine du vaisseau, se tenait à la barre près du timonier. Les jambes écartées, il tenait le cap tandis que les vagues venaient s'écraser contre le navire qui prenait de la gîte par tribord, s'inclinait lentement, semblait frôler l'océan, puis l'étrave se soulevait au-dessus des flots, plongeait vers l'avant et la *barc* se redressait vers bâbord. Ross parvenait à garder l'équilibre sans aucun appui. Quarante ans de mer lui permettaient d'anticiper chaque mouvement de l'embarcation et de s'adapter instinctivement au roulis. Sur terre, Ross se montrait ombrageux et irritable, mais en mer il se trouvait dans son élément. Son corps tout entier se métamorphosait en un prolongement du bateau, et ses yeux verts reflétaient les changements d'humeur de l'océan tandis qu'il surveillait avec une approbation méfiante les six hommes d'équipage s'affairant à leurs tâches.

Rien ne lui échappait, ni dans le ciel, ni sur le pont. Il avait déjà remarqué certains des oiseaux qui gravitaient autour d'eux pour la bonne raison qu'ils apparaissaient rarement en cette saison. Leur présence était certainement due à un réchauffement passager, ce qui arrivait parfois au cœur de l'hiver.

Ross était un petit homme trapu, plutôt austère, avec des cheveux gris coupés court, un visage buriné par le soleil et le vent, et quand il avait motif à mécontentement, il s'égosillait à pleins poumons.

Le grand marin qui tenait la barre dans ses mains noueuses plissa les paupières et jeta un coup d'œil en biais à Ross.

— Capitaine...

— Je l'observe depuis une demi-heure, Odar, répliqua l'autre avant qu'il ait pu ajouter un mot.

Odar hocha la tête en silence. L'objet de leurs préoccupations était un vaisseau de pleine mer avec de hauts mâts, à un mile devant eux. Comme Ross l'avait souligné, il était apparu dans leur champ de vision depuis un certain temps déjà. Mais voilà quelques minutes que le timonier de la *barc* côtière jugeait que ce bateau se comportait bizarrement, toutes voiles dehors et naviguant haut. Donc ses cales devaient être vides. Mais le plus étrange, c'était son cours erratique. Il venait de changer de cap à deux reprises et de façon tellement capricieuse que le timonier crut un instant qu'il allait chavirer. Odar avait aussi remarqué que le hunier semblait mal arrimé et battait à tous les vents. C'est alors qu'il avait parlé au capitaine.

Quant à Ross, il avait compris au premier coup d'œil que soit ce vaisseau était manœuvré par une bande d'incapables, soit il y avait un problème à bord. Les voiles se gonflaient et retombaient avec les changements de direction du vent sans que personne, apparemment, n'intervienne pour corriger le cap.

— À ce rythme-là, grommela Odar, il va bientôt se fracasser sur les rochers.

Ross ne répondit rien. Il en était arrivé à la même conclusion. À un peu plus d'un mile devant eux s'élevaient des écueils au-dessus des flots écumants tandis que les vagues déferlaient sur ces blocs noirs dans un bruit de tonnerre. Et Ross savait aussi que là où sa *barc*, au tirant d'eau modeste, passait facilement, un navire de haute mer ferait naufrage.

Il poussa un soupir.

— Pare à virer, Odar, lança-t-il à son timonier, puis, à l'adresse de son équipage : Prêts à déferler la grand-voile !

Le *Foracha* vira de bord, prit le vent et s'élança, volant sur les flots. Il se retrouva bientôt à une encablure du vaisseau. Ross s'avança alors vers le bastingage, les mains en porte-voix.

— *Hóigh ! Hóigh !* Ohé !

Aucune réponse ne vint de la masse sombre qui les dominait de toute sa hauteur.

À cet instant, le vent versatile changea de direction, l'étrave du navire pointa vers la *barc*, les voiles se gonflèrent et voilà qu'il fonçait droit sur eux tel un monstre marin ayant repéré une proie.

— Barre à tribord toute ! s'égosilla Ross.

Puis il contempla les bras ballants le géant qui labourait les flots, avalant à une vitesse effroyable la distance qui les séparait.

Avec une lenteur exaspérante, la proue du *Foracha* se détourna, vira comme à regret, et l'imposant navire frotta au passage le flanc bâbord de la *barc* qui s'inclina dangereusement et dansa dans son sillage, ballottée par les vagues.

Ross, blanc de colère, fixait la poupe du navire. Le vent retomba soudain, les voiles se dégonflèrent, il ralentit et s'immobilisa.

— Que le capitaine de ce naufrageur ne revoie plus jamais la caille et l'hirondelle ! Qu'il soit dévoré tout cru par les démons des mers ! Je lui souhaite de crever dans les plus atroces souffrances et de pourrir dans sa tombe !

Un flot d'injures s'échappait de la bouche de Ross qui brandissait le poing en direction du navire.

— Et aucun prêtre pour lui donner l'absolution dans une ville sans clergé...

— Capitaine !

La voix qui l'avait interrompu, posée et autoritaire, était celle d'une femme.

— Je crois que Dieu a entendu suffisamment de blasphèmes pour l'instant et qu'il a compris que vous étiez bouleversé. Expliquez-moi ce qui a provoqué votre courroux.

Ross se retourna. Il avait oublié sa passagère, qui était censée se reposer dans la cabine principale du *Foracha*.

Elle se tenait maintenant sur le pont arrière près d'Odar, le timonier. Cette jeune femme, grande et bien proportionnée – sa robe de religieuse et son manteau doublé de castor ne pouvaient le dissimuler –, toisait Ross avec un froncement de sourcils réprobateur. Des mèches rebelles d'un roux flamboyant s'échappaient de sa coiffe et dansaient dans le vent. Ses traits réguliers et sa peau laiteuse ne manquaient pas de charme ; ses yeux verts virant au bleu suivant le temps et ses changements d'humeur exerçaient un attrait irrésistible sur ses interlocuteurs.

Ross désigna le vaisseau fantôme d'un geste de la main.

— Je regrette de vous avoir offensée, sœur Fidelma, mais ce bateau a failli nous faire passer par le fond.

Sœur de Colgú, le roi de Muman, cette passagère n'avait rien d'une religieuse ordinaire. Ross savait, pour l'avoir déjà escortée[1], qu'elle était *dálaigh*, avocate des cours de justice des cinq royaumes d'Éireann, avec la qualification d'*anruth*, située un degré au-dessous du titre le plus élevé décerné par les collèges ecclésiastiques et les universités.

— Ne vous excusez pas auprès de moi, Ross, répliqua Fidelma avec un petit sourire figé, mais plutôt auprès du Seigneur qui ne doit guère apprécier votre agitation. La colère est un tel gaspillage d'énergie quand on peut agir de façon positive...

Ross hocha la tête à contrecœur. Il ne s'était jamais senti à l'aise avec les femmes, ce qui expliquait qu'il ait choisi de vivre sur la mer. Il s'était bien marié, il y avait longtemps de cela, mais sa femme l'avait quitté et il s'était retrouvé en charge d'une petite fille, aujourd'hui du même âge que Fidelma. Contre toute

1. Voir *Les Cinq Royaumes*, 10/18, n° 3717.

attente, cela n'avait pas facilité ses relations avec le sexe opposé. Et cette jeune nonne le décontenançait, avec son assurance en toute chose qui ne cessait de le surprendre. Avec elle, il avait la désagréable impression d'être un enfant dont le comportement était sans arrêt soumis à examen. Le pire, c'est qu'elle avait raison. Maudire le capitaine inconnu n'aiderait personne.

— Que se passe-t-il ? s'enquit Fidelma.

Ross résuma la situation et désigna le vaisseau maintenant immobile après ses brefs démêlés avec des vents contraires.

Fidelma étudia le navire avec curiosité.

— Je vous ai entendu le héler, il me semble.

— Oui, et je n'ai obtenu aucune réponse.

Il se tourna vers Odar.

— Le mieux serait de l'accoster.

Le timonier, un homme taciturne, célèbre sur les côtes de Muman pour ses qualités de marin, hocha la tête et manœuvra en priant pour que l'accalmie se prolonge. Bientôt, la coque de la petite *barc* heurtait celle du navire et, aussitôt, les hommes de Ross se saisirent des cordes qui pendaient sur les flancs.

Sœur Fidelma, appuyée à la rambarde du *Foracha*, observait la scène avec un intérêt distant.

— Un navire marchand qui nous vient de Bretagne si on en juge par ses lignes ! lança-t-elle à Ross. Le hunier n'est-il pas bizarrement fixé ?

Ross lui jeta un regard d'admiration agacé. Plus rien ne le surprenait venant de cette jeune avocate. C'était la deuxième fois qu'elle louait ses services et pour son âge, autant l'admettre, elle possédait des connaissances qui dépassaient l'entendement.

— Oui, il nous arrive bien de Bretagne, concéda-t-il. La lourdeur de la charpente et celle du gréement sont typiques des ports de là-bas. Et vous avez raison, ce hunier n'est pas arrimé correctement, ce qui représente un danger certain.

Il jeta un coup d'œil anxieux au ciel nuageux.

— Excusez-moi, ma sœur, mais nous devons nous presser et monter à bord pour voir ce qui ne va pas.

Fidelma eut un signe d'assentiment.

Ross donna l'ordre à Odar de laisser le gouvernail à un homme d'équipage et de l'accompagner avec un ou deux marins. Ils se lancèrent avec agilité par-dessus bord et grimpèrent prestement aux cordages avant de disparaître sur le pont. Fidelma les entendit qui s'interpellaient et bientôt ils montaient dans la mâture pour ramener les voiles et immobiliser le navire. Puis Ross regagna la *barc*, sautant sur le pont avec la souplesse d'un chat. Son visage exprimait un grand étonnement.

— Que se passe-t-il, Ross ? demanda Fidelma. Une épidémie aurait-elle éclaté à bord ?

Ross s'avança vers elle et tout son comportement trahissait la perplexité et la peur.

— Cela vous dérangerait-il de m'accompagner, ma sœur ? J'aimerais que vous examiniez ce navire.

Fidelma haussa les sourcils.

— Pour quelle raison ? Des personnes malades auraient-elles besoin de mon assistance ?

— Non, en réalité, voyez-vous... nous n'avons rencontré âme qui vive.

Fidelma cligna des yeux, seule manifestation de sa surprise.

— Eh bien, allons-y, Ross.

— Je passe avant vous.

Tout en parlant, il noua une des cordes.

— Ensuite, vous n'aurez qu'à poser le pied sur cette boucle et vous tenir bien droite. Accrochez-vous pendant que je vous hisserai à bord.

L'opération se déroula sans incident et Fidelma se retrouva sur le bateau désert avec les hommes d'équipage dont l'un d'eux avait pris la barre. Fidelma jeta un coup d'œil circulaire autour d'elle. Les ponts étaient parfaitement briqués.

— Vous êtes certain qu'il n'y a personne ? demanda-t-elle d'une voix où perçait l'incrédulité.

Ross hocha la tête.

— Mes hommes ont fouillé le navire de fond en comble. Comment expliquez-vous ce mystère ?

— Je ne possède pas assez d'informations pour avancer une hypothèse.

Tout était propre et rangé, et les cordes enroulées avec soin.

— N'avez-vous pas remarqué d'anomalies ? Un détail qui indiquerait que l'équipage a été forcé d'abandonner le bateau ?

Nouvelles dénégations de Ross.

— La barque de sauvetage est toujours en position par le travers du navire. Dès l'instant où je l'ai vu, j'ai remarqué sa ligne de flottaison particulièrement élevée, ce qui indique des cales vides et l'absence de dommage à la coque. Il ne menaçait pas de couler. Et les voiles étaient hissées correctement. À part le hunier.

— Peut-être a-t-il été déchiré par un coup de vent ?

— Ce n'est pas une raison pour que les hommes s'évaporent dans la nature.

Fidelma leva les yeux sur le mât, se mordit la lèvre et appela Odar qui avait ramené les voiles.

— Qu'est-ce que c'est que ce bout de tissu dans le gréement, à vingt pieds au-dessus de nous ? lui demanda-t-elle.

Odar jeta un rapide coup d'œil à Ross.

— Aucune idée. Vous voulez que j'aille le chercher ?

— Vas-y, Odar, ordonna le capitaine.

L'autre s'élança, s'éleva dans les airs avec une agilité déconcertante et un instant plus tard, il sautait près d'eux, son trophée à la main.

— Tenez, il a été accroché par un clou dans le mât.

Fidelma constata qu'il s'agissait d'un morceau de toile de lin. Peut-être arraché à une chemise. Ce qui retint son attention fut une tache de sang relativement fraîche.

Fidelma réfléchit une seconde, le nez en l'air, puis elle examina la base du gréement et le hunier ferlé. Elle allait se détourner quand elle nota un détail qui lui avait échappé : l'empreinte sanglante, en partie effacée, d'une main sur la rambarde. Et la personne qui avait empoigné le bastingage se tenait non pas du côté du pont mais du côté de la mer. Elle glissa avec un soupir la pièce de lin dans son *marsupium*, la grande bourse qu'elle transportait toujours avec elle, accrochée à sa ceinture.

— Emmenez-moi à la cabine du capitaine, ordonna Fidelma, se désintéressant brusquement des ponts supérieurs.

Ross l'y accompagna. Sous le pont de poupe, elle trouva deux réduits très bien rangés, avec des couchettes sans un pli sur les couvertures. Dans l'un, sur une table, des écuelles et des tasses, visiblement disposées pour un repas, avaient été déplacées. Ross, suivant le fil de sa pensée, expliqua que les mouvements capricieux du vaisseau les avaient certainement fait glisser.

— C'est un miracle qu'il ne se soit pas fracassé sur les récifs, ajouta-t-il. Dieu seul sait depuis combien de temps il erre, sans maître pour le guider. Les voiles portaient bien et en toute logique, sans personne pour les diminuer ou prendre un ris, il aurait dû chavirer.

Fidelma réfléchissait.

— C'est comme si l'équipage s'était volatilisé, poursuivit Ross, escamoté comme par enchantement...

Fidelma haussa les sourcils d'un air amusé.

— Dans le monde réel, ces choses-là n'arrivent jamais, Ross. Tout événement a une explication. J'aimerais visiter le reste du navire.

Ross lui montra le chemin.

Dans l'entrepont, des relents oppressants dus à tous ces hommes qui avaient cohabité, dormi et mangé dans des espaces clos, se substituaient à l'odeur revigorante et salée de l'océan. En vérité, le plafond était si bas que Fidelma dut se baisser pour ne pas se cogner aux poutres. Des remugles douceâtres de sueur et d'urine, que le récurage à l'eau de mer ne parvenait jamais à dissiper, imprégnaient les quartiers où l'équipage était confiné.

Là aussi, tout était en ordre, bien que moins propre et accueillant que le pont de poupe, mais Fidelma ne releva aucun indice d'un départ précipité. Quant aux magasins d'approvisionnement, ils étaient méticuleusement tenus.

Puis Ross ouvrit le chemin jusqu'à la cale centrale, suivi de Fidelma. Elle huma l'air. Les effluves avaient encore changé. Elle repéra différentes épices mais la note dominante lui échappait... mais oui, ça sentait le vin ! Sauf que la soute plongée dans la pénombre était vide.

À côté d'elle, Ross, équipé de silex et d'amadou, fit jaillir une étincelle qui lui permit d'allumer une lampe à huile. Il poussa un soupir.

— Comme je vous l'ai déjà expliqué, la ligne de flottaison très basse de ce bateau, qui le rendait difficile à manier par gros temps, laissait supposer une cale vide. Je ne suis donc pas étonné.

— Comment expliquez-vous l'absence de cargaison ? demanda Fidelma.

Ross fit la moue.

— Aucune idée.

— Est-il plausible que ce vaisseau soit arrivé vide ?

— Non. Un navire marchand est toujours rempli de marchandises qu'il décharge dans un port irlandais d'où il repart avec un nouveau chargement.

— Nous n'avons aucune idée du moment où l'équipage l'a abandonné ? Se dirigeait-il vers l'Irlande ou en arrivait-il ? Et si la cargaison avait disparu en même temps que l'équipage ?

Ross se gratta la tête.

— Voilà de bonnes questions auxquelles je n'ai pas de réponse.

Fidelma fit quelques pas.

— Un bateau comme celui-ci, que transporte-t-il ?

— Du vin, des épices et d'autres denrées que l'on trouve difficilement dans nos contrées. Regardez ces casiers destinés aux barils de vin... ils sont vides.

Autour des casiers étaient éparpillés des morceaux de bois, des débris de provenances diverses et même une roue de charrette ferrée dont l'un des rayons était brisé. Un autre objet attira l'attention de Fidelma. Il s'agissait d'un cylindre en bois de deux pieds de long et de six pouces de diamètre autour duquel s'enroulait un fil rugueux et épais. Apparemment un écheveau de boyau animal.

— Ça sert à quoi ? demanda-t-elle.

Le marin se baissa, l'examina et haussa les épaules.

— Aucune idée. Je n'en vois pas l'utilité sur un bateau et on ne peut l'utiliser pour attacher quoi que ce soit. Ce fil est trop rigide, il ne présente aucune élasticité.

Fidelma, qui s'était agenouillée, s'intéressait maintenant à des taches d'argile d'un brun rougeâtre qui maculaient le plancher.

— Vous avez trouvé quelque chose ? interrogea Ross en levant sa lampe.

Fidelma effrita un peu de terre humide entre ses doigts.

— Non, rien. Juste de l'argile rouge. Je suppose qu'elle a été apportée par ceux qui ont pénétré dans cette cale.

Elle se releva et traversa l'espace vide pour rejoindre une écoutille. Puis elle s'arrêta brusquement et se retourna vers Ross.

— Quelqu'un pourrait-il se cacher là-dessous ? demanda-t-elle en indiquant le plancher.

Ross grimaça un sourire dans la pénombre.

— Dans le fond de cale ? Impossible, ma sœur, à moins d'être un rat.

— J'estime cependant qu'il serait préférable de fouiller chaque recoin de ce bateau.

— Je m'en occupe, déclara Ross en se soumettant de bonne grâce à l'autorité naturelle de la jeune femme.

— Donnez-moi la lampe, je poursuivrai seule mon exploration.

Elle leva la lanterne et passa par l'écoutille pour rejoindre l'entrepont de proue tandis que Ross, gagné par une nervosité superstitieuse, appelait un de ses hommes d'équipage.

Fidelma franchit un petit escalier et, ce faisant, passa devant le réduit où l'ancre du vaisseau était entreposée. En haut des marches, elle tomba sur deux autres cabines, aussi impersonnelles que les précédentes. Et brusquement, Fidelma comprit ce qui la gênait. Si tout semblait si rangé, c'est que les objets intimes avaient disparu. Pas de vêtements ou d'instruments de rasage ayant appartenu au capitaine, à l'équipage ou aux éventuels passagers. Juste un navire inhabité.

En empruntant un deuxième escalier pour remonter sur le pont afin de parler à Ross, elle laissa sa main courir sur la rampe cirée et perçut un changement de texture. Elle n'eut pas le temps de pousser plus loin ses investigations car quelqu'un l'appelait. Elle déboucha alors en pleine lumière, face à Ross.

— Rien dans le fond de cale, annonça-t-il. Nous n'avons trouvé que des rats et de la saleté. Et aucun corps, vivant ou mort.

Fidelma contemplait maintenant sa paume qui avait pris une teinte brunâtre. Elle comprit immédiatement de quoi il s'agissait et montra sa main à Ross.

— Du sang séché, versé il n'y a pas si longtemps. C'est la seconde trace de ce genre que je découvre sur ce navire. Venez avec moi.

Fidelma redescendit les marches, Ross sur les talons.

— Je pense que nous devrions fouiller les cabines juste au-dessous, lança-t-elle.

Elle s'arrêta et leva sa lampe. Il y avait du sang tout le long de la rampe, sur les marches et même sur les murs, mais il n'était pas aussi frais que celui qu'elle avait découvert sur le morceau de tissu et le bastingage.

— Vu que nous n'avons pas repéré de traces sur le pont, dit Ross, la personne blessée l'a forcément été sur ces marches avant d'être entraînée en bas.

— Ou alors elle a été blessée en bas, puis elle est remontée se faire soigner. Voyons d'abord où tout cela nous mène.

Au pied de l'escalier, Fidelma se pencha pour examiner le plancher à la lumière de sa lanterne, plissa les paupières et poussa une exclamation étouffée.

— Là, encore du sang séché !

— Je n'aime pas ça, ma sœur, grommela Ross en jetant des regards anxieux autour de lui. Cette embarcation est hantée par le mal.

Fidelma se redressa.

— Si mal il y a, il vient forcément de l'homme, le réprimanda-t-elle.

— Vous en connaissez, vous, des hommes capables d'escamoter un équipage et une cargaison ? protesta Ross.

Les lèvres de Fidelma s'étirèrent en un petit sourire ironique.

— Qu'est-ce qui les en empêcherait ? Regardez, ils ont mal fait leur travail en laissant des traces de sang. Cela ne signe-t-il pas une intervention humaine ? Les esprits ou le malin n'ont nul besoin de verser le sang pour supprimer des hommes ou parvenir à leurs fins.

Maintenant elle s'apprêtait à fouiller les deux cabines situées au pied de l'escalier.

Le sang provenait à coup sûr d'une personne gravement blessée à l'aide d'un couteau ou d'un instrument pointu, et ça s'était passé près de l'escalier ou à l'intérieur d'une des cabines. Elle se dirigea vers la première et s'arrêta sur le seuil.

— Capitaine !

Un des hommes de Ross dégringolait les marches derrière eux.

— Capitaine, c'est Odar qui m'envoie. Le vent se lève et la marée nous entraîne vers les rochers.

Ross allait ouvrir la bouche pour pousser quelques jurons bien sentis quand il croisa le regard de Fidelma. Du coup, il se contenta d'émettre un grognement discret.

— Très bien. Dis à Odar de rester à bord pour prendre la barre et accrochez un filin à ce navire. On va le remorquer dans un mouillage abrité.

L'homme s'éclipsa et Ross se tourna vers Fidelma.

— Il faut regagner la *barc*, ma sœur, vous y serez plus en sécurité. Ce ne sera pas une mince affaire que de ramener ce bâtiment à bon port, croyez-moi.

Fidelma s'apprêtait à obtempérer à contrecœur quand un objet attira son attention. En se retournant, elle avait aperçu, derrière la porte ouverte de la cabine, une patère d'où pendait un *tiag liubhair*, qui servait à ranger les livres. Un tel objet était pour le moins inhabituel dans la cabine d'un navire. Les Irlandais ne gardaient pas leurs ouvrages sur des étagères mais accrochés le long des murs de leurs bibliothèques, dans des sacoches en cuir qui contenaient un ou plusieurs livres manuscrits. On les utilisait également pour voyager. Les prêtres missionnaires y mettaient leur Bible, leur missel ou leurs livres de prières. Le *tiag liubhair* de la cabine pouvait aussi se porter à l'épaule, grâce à une courroie.

Tandis que Ross manifestait des signes d'impatience, Fidelma s'emparait de la sacoche, y glissait la main et en retirait un missel.

À peine l'avait-elle ouvert qu'elle faillit s'évanouir et dut s'appuyer au mur, la bouche sèche et le cœur battant. Le volume semblait inoffensif avec ses feuilles de vélin assemblées par une solide reliure en cuir repoussé où se détachaient des lettres à la calligraphie ornementée, mais Fidelma avait reconnu un missel dont elle connaissait par cœur le texte de la page de garde.

Cela faisait maintenant plus de douze mois qu'elle l'avait eu entre les mains pour la dernière fois, et c'était par une chaude soirée d'été à Rome où le jardin du palais du Latran embaumait. Le lendemain, elle s'embarquerait pour l'Irlande. Elle avait tendu le livre à son compagnon, frère Eadulf de Seaxmund's

Ham, qui l'avait aidée à résoudre le mystère du meurtre de l'abbesse Etain à Whitby[1], et plus tard l'assassinat à Rome de Wighard[2], l'archevêque de Cantorbéry.

Ce livre qui lui était revenu par des voies impénétrables, dans ce mystérieux navire abandonné, avait été son cadeau d'adieu à son plus proche ami. Un cadeau symbolique et chargé d'émotion à l'instant de cette séparation.

Tout tournait autour de Fidelma. Elle tenta en vain d'empêcher son esprit de s'emballer, de calmer par des arguments rationnels la soudaine terreur qui s'était emparée d'elle. Le souffle coupé, elle tituba, partit en arrière et tomba brusquement sur la couchette.

1. Voir *Absolution par le meurtre*, 10/18, n° 3630.
2. Voir *Le Suaire de l'archevêque*, 10/18, n° 3631.

CHAPITRE III

— Sœur Fidelma, vous êtes sûre que ça va aller ?

Quand elle reprit conscience, Ross, penché sur elle, l'observait d'un air anxieux. Elle cligna des yeux. Elle ne s'était pas vraiment évanouie, non, juste absentée quelques instants et elle s'admonesta en silence pour cette faiblesse. Mais inutile de nier la réalité du choc. Que faisait ce livre dans la cabine d'un navire marchand breton au large des côtes de Muman ? Elle savait qu'Eadulf y tenait, il était impossible qu'il l'ait laissé par inadvertance. Et elle avait la preuve qu'il avait séjourné dans cette cabine en tant que passager.

— Sœur Fidelma !

Ross commençait à sérieusement s'inquiéter.

— Je suis désolée, murmura Fidelma en se redressant avec des gestes maladroits.

Ross lui prit le bras.

— Vous vous sentez mal ? s'enquit-il d'une voix angoissée.

Elle secoua la tête. Un tel étalage de ses émotions la gênait au plus haut point. Mais les nier ne reviendrait-il pas à se trahir elle-même ? Jamais elle n'avait connu un tel trouble depuis qu'elle avait laissé Eadulf dans le port de Rome. Il ne pouvait alors quitter la ville car on lui avait assigné la fonction de conseiller de Théodore de Tarse[1], le nouvel archevêque de Cantorbéry, tandis qu'elle-même était attendue en Irlande.

Cependant, au cours de l'année qui venait de s'écouler, elle avait été assaillie par les souvenirs d'Eadulf de Seaxmund's Ham : il lui manquait et quand elle pensait à lui, elle éprouvait souvent un sentiment de solitude qui ressemblait au mal du pays. Elle vivait à nouveau sur sa terre, au milieu de son peuple, mais elle ne parvenait pas à oublier Eadulf. Elle regrettait leurs discussions passionnées, leurs divergences d'opinion et leurs querelles philosophiques. Elle adorait le taquiner. Il tombait avec une telle bonne humeur dans les pièges qu'elle lui tendait ! Mais leurs controverses n'étaient jamais allées jusqu'à l'inimitié, oh, non !

Eadulf avait été formé en Irlande, à Durrow et à Tuaim Brecain, mais en reconnaissant la suprématie de Rome pour tout ce qui concernait les questions théologiques, il avait rejeté la règle de Colomba.

Eadulf de Seaxmund's Ham était le seul homme de son âge dont elle recherchait la compagnie. Avec lui, elle se sentait à son aise, elle s'exprimait librement, sans se cacher derrière son rang et ses responsabilités sociales, sans se sentir obligée de jouer un rôle.

Depuis un certain temps déjà, elle était bien obligée d'admettre que ses sentiments envers Eadulf allaient au-delà d'une simple amitié.

Et découvrir son présent abandonné sur ce vaisseau déserté la paralysait de terreur.

— Ross, un mystère entoure ce navire.

1. Moine grec né à Tarse en 602 et mort en 690. Il présida le concile d'Hetfield qui fixa la doctrine de l'île d'Angleterre. (*N.d.T.*)

Il fit la grimace.

— Je ne vous contredirai pas sur ce point.

Fidelma lui tendit le missel.

— Ceci appartenait à un de mes amis que j'ai laissé à Rome il y a maintenant plus d'un an. Un ami très cher.

Ross se pinça le nez d'un air perplexe.

— Une coïncidence ? offrit-il d'un air peu convaincu.

— Oui, et quelle coïncidence ! s'exclama Fidelma d'un ton solennel. Qu'a-t-il pu advenir aux gens de ce bateau ? Je ne dormirai pas en paix avant de l'avoir découvert.

Ross détourna les yeux.

— Il faut qu'on retourne sur la *barc*, ma sœur. Des vents contraires se sont levés.

— Très bien. J'enquêterai plus à mon aise quand nous aurons gagné des eaux plus tranquilles. Quel port avez-vous donc choisi ?

Ross se frotta le menton.

— Le plus proche est justement celui où je devais vous conduire, celui de la communauté du Saumon des trois sources.

Fidelma poussa un soupir. Sa découverte lui avait momentanément fait oublier les raisons de son voyage. La veille au matin, l'abbé de Ros Ailithir, chez qui elle séjournait, avait reçu un message de l'abbesse du Saumon des trois sources, un petit monastère de religieuses perché à l'extrémité d'une des péninsules les plus à l'ouest de Muman. Un corps y avait été découvert, sans doute celui d'une religieuse. L'abbesse avait sollicité l'assistance d'un brehon, un officier des cours de justice des cinq royaumes, afin de l'aider à tirer cette affaire au clair.

La communauté était placée sous la juridiction de l'abbé Brocc de Ros Ailithir, qui avait aussitôt demandé à Fidelma si elle acceptait de se charger de cette affaire. Le Saumon des trois sources n'étant qu'à une journée de navigation en suivant la côte fort découpée, Fidelma avait requis les services de Ross.

Avec tous ces événements, le but de sa mission lui était complètement sorti de l'esprit.

— Pressez-vous, je ne peux plus attendre, l'exhorta Ross.

Elle acquiesça à regret et glissa le missel dans la sacoche qu'elle jeta sur son épaule.

Les hommes de Ross avaient relié par des filins la poupe de leur petit bateau à la proue du navire breton, dont le commandement fut confié à Odar, secondé par un de ses compagnons. Les autres regagnèrent le *Foracha* avec Fidelma et Ross.

Celui-ci dirigea la manœuvre. Le *Foracha* prit le vent, les filins se tendirent et le petit bateau s'élança avec vaillance, traçant laborieusement sa route dans une mer agitée et entraînant l'autre dans son sillage, et il ne faisait aucun doute que, sans l'intervention de Ross, le navire aurait déjà sombré après s'être fracassé sur les récifs environnants.

Ross surveillait les cordages et la distance qui le séparait du navire breton d'un air inquiet, mais Odar était un timonier hors pair qui maîtrisait la situation. Le capitaine, l'esprit plus tranquille, se concentra sur la navigation. Il avait mis le cap sur une baie enclose entre deux péninsules orientées au sud-ouest et entourée de montagnes dont un dôme bombé dominait les pics environnants. Non loin d'une des presqu'îles, à l'entrée de la baie, s'élevait une île trapue, de forme arrondie, et Ross donna l'ordre à son timonier de guider la *barc* dans le bras de mer qui séparait l'île de la côte.

La tête basse, les bras croisés sur le bastingage de poupe, Fidelma semblait indifférente au paysage grandiose qui se déployait devant elle. Le roulis et le tangage ne semblaient pas l'affecter tandis que la *barc*, propulsée par le vent, remorquait sa prise vers le chenal.

— Nous aurons bientôt gagné des eaux abritées, l'informa Ross, pris de compassion pour la jeune religieuse qu'il avait vue tellement bouleversée par sa récente découverte.

— Croyez-vous qu'il s'agissait d'une cargaison d'esclaves ? demanda-t-elle sans préambule.

Ross réfléchit un instant. On savait que des forbans pénétraient régulièrement à l'intérieur des eaux irlandaises, attaquaient des villages côtiers ou des bateaux de pêche, et capturaient des habitants pour les vendre sur les marchés d'esclaves des royaumes saxons ou même en Ibérie, en pays franc ou en Germanie.

— Peut-être des marchands d'esclaves ont-ils attaqué ce navire ? insista Fidelma en le voyant hésiter.

Ross secoua la tête.

— Excusez-moi, ma sœur, mais cela m'étonnerait. Si jamais des bandits avaient capturé le navire, ils auraient forcé l'équipage à faire voile vers leur port d'attache. Pourquoi enlever l'équipage et emporter la cargaison en abandonnant le navire, qui vaut plus cher que les hommes et la marchandise réunis ?

Fidelma dut admettre que le raisonnement de Ross était logique. Mais enfin pourquoi ces hommes avaient-ils quitté un vaisseau qui n'avait pas subi la moindre avarie ? Les questions se bousculaient dans sa tête, mais elle n'avait aucune réponse à leur apporter.

Elle décida donc de cesser de gaspiller son énergie en vaines émotions et en hypothèses contradictoires qui l'épuisaient sans lui rapporter aucun bénéfice. Selon l'enseignement de son maître, le brehon Morann de Tara, il ne servait à rien de se tourmenter en cherchant des solutions à des problèmes qu'on était incapable de formuler correctement. Mais elle avait beau se concentrer pour faire le vide dans son esprit en utilisant l'art du *dercad*, la méditation qui avait permis à d'innombrables générations de mystiques irlandais d'enrayer les pensées confuses et les colères inutiles, elle n'y parvenait pas.

Quand elle releva la tête, ils venaient de pénétrer dans la grande baie et se dirigeaient vers la rive sud de la péninsule montagneuse. La mer et les bourrasques se calmèrent lorsque Ross contourna l'île par l'ouest, la terre les protégeant de la violence du vent. Le ciel, traversé de nuages floconneux, était d'un bleu très doux et si le soleil pâle et lointain ne répandait aucune chaleur, il rehaussait les teintes pastel du paysage.

— L'abbaye du Saumon des trois sources se trouve à une courte distance devant nous, en bordure de cette crique. C'est là que je vais jeter l'ancre.

Malgré les angoisses qui l'assaillaient, Fidelma n'était pas insensible à la beauté tranquille de l'anse marine, entourée d'une forêt de chênes qui s'élevait par paliers, bordée d'arbres à feuilles persistantes. L'aura de sérénité qui s'en dégageait agit comme un baume sur le cœur meurtri de Fidelma. Elle imagina ce paysage en été, recouvert de fleurs aux couleurs vives et de feuilles déclinant toutes les nuances de vert. Derrière la forêt s'élevaient les montagnes aux sommets neigeux dont les pentes semblaient incrustées de blocs granitiques. Un cours d'eau bouillonnant se jetait dans la crique, au pied du promontoire où s'élevait une petite forteresse circulaire. Alors qu'elle plongeait son regard dans les eaux cristallines, Fidelma frissonna à la pensée de leur température glacée.

— La forteresse d'Adnár, le *bó-aire* de ce district, annonça Ross en désignant l'édifice.

Un *bó-aire*, littéralement un chef des troupeaux, ne possédait pas de terre. Sa richesse s'évaluait au nombre de ses vaches. Dans les régions pauvres, le *bó-aire* endossait la fonction de magistrat local. Il prêtait allégeance à un chef d'un rang plus élevé que le sien et lui payait un tribut.

Fidelma se força à ramener son esprit à la mission qui l'attendait en ces lieux.

— Et elle a un nom, cette forteresse ?

— Oui, on l'appelle *Dún Boí*, car elle a été construite sous l'égide de la déesse-vache.

— Mais où se trouve le monastère ? s'enquit Fidelma.

Ross désigna un autre petit promontoire, de l'autre côté du cours d'eau, juste en face de la forteresse d'Adnár.

— Au milieu de ces arbres, là, sur la crête. On en aperçoit la tour. Et aussi l'appontement qui mène à une plate-forme rocheuse. On y distingue même le puits principal de l'abbaye.

Fidelma vit des personnes qui s'agitaient sur l'appontement.

— Capitaine ! appela le timonier. Deux bateaux viennent à notre rencontre, l'un de la forteresse et l'autre de l'abbaye.

Ross donna l'ordre d'amener les voiles et fit signe à Odar, sur le navire breton, de jeter l'ancre lui aussi afin que les deux embarcations n'entrent pas en collision. Les voiles claquèrent tandis qu'on les ferlait et les ancres tombèrent à grand fracas dans des gerbes d'eau. Alarmés, des oiseaux s'enfuirent. Puis ce fut le retour au calme.

Pendant un instant, Fidelma se tint immobile consciente de la beauté de cet endroit où se mêlaient les bleus et les verts, les bruns et les gris des montagnes au loin, et le miroitement du ciel dans les eaux tranquilles de ce début d'après-midi. Au fond de la baie une ceinture d'algues déposées par les marées cernait les rochers blanc et gris et au pied des arbres bordant la rive fleurissaient le séneçon et les fleurs blanches des capselles. Fidelma remarqua même, çà et là, des arbousiers. Dans le silence, le plus petit bruit était amplifié. Un héron gris s'éleva d'un battement d'ailes paresseux, tourna autour des navires avec curiosité tout en orientant son long cou arqué avec indolence, puis il se détourna et s'éloigna le long de la côte. Et maintenant, elle entendait les rames des bateaux qui approchaient, frappant en rythme la nappe d'eau chatoyante.

Elle poussa un profond soupir. Cette paix n'était qu'un leurre qui masquait un monde cruel. S'arrachant à ses réflexions, elle décida de s'atteler immédiatement au travail.

— Je vais monter à bord du navire marchand, ainsi je m'y promènerai à loisir sans être dérangée, annonça-t-elle à Ross qui lui adressa un regard surpris.

— Sauf votre respect, si j'étais vous, j'attendrais un peu.

Le front de Fidelma se plissa sous l'effet de la contrariété.

— Mais pourquoi...

Il la coupa en désignant du menton les deux barques.

— Cela m'étonnerait que ce soit moi qu'ils viennent accueillir, ma sœur. L'embarcation qui arrive de la forteresse transporte le *bó-aire*, l'autre, l'abbesse Draigen.

Fidelma haussa les sourcils. Effectivement, dans une des barques, deux religieuses ramaient tandis qu'une troisième trônait, raide, assise à la poupe. C'était une belle femme, emmitouflée dans un manteau de renard. L'autre barque, qui avançait à grande vitesse, était manœuvrée par deux solides guerriers, et à la poupe se tenait un homme grand, à la chevelure sombre, enveloppé d'un manteau de castor. Sa chaîne d'argent proclamait sa fonction et sa haute position dans la société. Il aboyait des ordres dont on devinait bien, malgré la distance, qu'ils exhortaient ses hommes à accélérer la cadence.

— Ils font la course ou je me trompe ? fit observer Fidelma avec un petit sourire.

— Apparemment, c'est à celui qui vous saluera le premier, répliqua Ross d'un ton maussade. Pour quelle raison, je l'ignore, mais j'en déduis qu'ils ne s'aiment guère.

Ce fut l'embarcation de l'abbaye qui gagna, battant sa rivale d'une courte longueur. La belle religieuse s'élança sur le pont avec une agilité surprenante et l'homme aux cheveux de jais sauta sur le *Foracha* juste derrière elle.

De haute taille, le dos droit, l'abbesse avait un port de tête magnifique. Son manteau largement ouvert révélait sa robe de bure, tissée au monastère, mais son crucifix d'or rouge, orné de pierres semi-précieuses et résultat d'un travail de joaillerie raffiné, laissait entendre qu'elle n'avait pas encore renoncé aux biens de ce monde. Il lui restait encore du travail avant d'accomplir ses vœux de pauvreté et d'obéissance. Elle avait dépassé la trentaine et son visage autoritaire, ses lèvres rouges et ses pommettes hautes suscitaient l'admiration et un certain recul, car ses traits exprimaient une dureté indéniable. Quand elle jeta un regard derrière elle, en direction de l'homme à la crinière noire, ses yeux sombres s'éclairèrent du feu caché de la colère.

Elle repéra immédiatement Ross, qu'à l'évidence elle connaissait de longue date. Le marin faisait du commerce le long de la côte de Muman et il avait déjà traité avec le monastère.

— Ah, Ross. J'ai reconnu le *Foracha* à l'instant où il est entré dans la baie.

Sa voix manquait de chaleur et l'accueil était réservé.

— Je suppose que vous arrivez de chez l'abbé Brocc ? J'espère que vous m'avez amené ce brehon que j'ai fait mander.

Avant que Ross ait eu le temps de répondre, le *bó-aire* les avait rejoints, un peu essoufflé de s'être ainsi précipité à la poursuite de l'abbesse. Cet homme séduisant avait la quarantaine bien sonnée, un visage avenant et des yeux qui ressemblaient étrangement à ceux de l'abbesse. Fidelma remarqua qu'il arborait un sourire de bienvenue, mais son comportement trahissait une certaine anxiété.

— Où est le brehon, Ross ? Où est-il ? Il faut que je le voie le premier.

L'abbesse se tourna promptement vers lui.

— Vous n'avez aucune autorité ici, Adnár, lui lança-t-elle avec acrimonie.

Adnár s'empourpra.

— En tant que *bó-aire* du district, j'ai toute autorité en ces lieux. Ma parole...

— ... vous est dictée par Gulban, le chef de clan des Beara, ricana l'autre. S'il se tait, vous restez coi. Et s'il parle, vous répétez ses discours sans y changer une virgule. J'ai demandé à l'abbé Brocc de Ros Ailithir de m'envoyer un brehon qui ne répondra de ses actes que devant le roi de Cashel, le suzerain de Gulban.

Elle revint à Ross.

— Mais où est donc ce brehon ?

Ross jeta un coup d'œil en biais à Fidelma et eut un léger haussement d'épaules, comme pour s'excuser de la grossièreté de cette réception.

Ce geste attira l'attention sur Fidelma. Pour la première fois, le visage austère de l'abbesse sembla remarquer sa présence et elle fronça les sourcils.

— Qui êtes-vous, ma sœur ? s'écria-t-elle d'un ton impérieux. Êtes-vous venue vous joindre à notre communauté ?

Fidelma se força à sourire.

— Je crois que je suis la personne que vous cherchez, mère abbesse, répondit-elle avec une douceur feinte. L'abbé Brocc m'a priée de satisfaire votre requête.

Le visage de l'abbesse exprimait maintenant une stupéfaction non dissimulée, et un rire rauque fit converger les regards sur Adnár.

— Vous demandez un brehon et Brocc vous envoie cette damoiselle ! Malgré vos beaux discours, votre précieux abbé ne semble pas vous tenir en très haute estime !

L'abbesse tenta de maîtriser sa colère mais ses yeux jetaient des éclairs. Elle fixa Fidelma, les lèvres pincées.

— S'agirait-il d'un divertissement de l'abbé Brocc à mes dépens ? De quel droit m'insulte-t-il ainsi ?

Fidelma, que cette comédie commençait à fatiguer, eut un geste de dénégation.

— Je ne pense pas que mon cousin...

Elle marqua une pause pour souligner sa parenté avec l'abbé.

— ... soit du genre à se moquer en pareilles circonstances.

Le visage de l'abbesse se tordit en une expression de mépris et Ross estima qu'il était temps d'intervenir.

— Permettez-moi de vous présenter sœur Fidelma, qui est avocate des cours de justice. Elle a la qualification d'*anruth*.

Le silence se fit, puis l'abbesse demanda :

— Comment vous appelez-vous, déjà ?

— Fidelma, et j'appartiens à la communauté de Kildare.

L'abbesse plissa les paupières.

— Kildare se trouve dans le royaume de Laigin, et pourtant vous affirmez que vous êtes parente de l'abbé Brocc. Qu'est-ce que cela signifie ?

— Je suis la sœur de Colgú, roi de Cashel.

Fidelma ne put s'empêcher de glisser un regard en coin à Adnár pour juger de sa réaction. Elle ne fut pas déçue : la bouche ouverte et les yeux écarquillés, il ressemblait à un poisson hors de l'eau.

— Je sers la foi, qui ne connaît aucune des frontières des royaumes de ce monde, ajouta-t-elle.

L'abbesse poussa un petit soupir de contrition avant de tendre la main à Fidelma. Son arrogance semblait domptée, mais Fidelma n'aurait pas parié sur la sincérité de la religieuse.

— Au nom de notre communauté, je vous souhaite la bienvenue, ma sœur. Je suis l'abbesse Draigen, qui dirige le monastère du Saumon des trois sources.

Elle agita une main en direction du rivage.

— Excusez cet accueil peu chaleureux. Nous traversons une période difficile. J'attendais de Brocc qu'il m'envoie une personne expérimentée en ce qui concerne le... les...

Fidelma lui sourit.

— La résolution des crimes violents et des mystères non élucidés ? Ne craignez rien, mère abbesse. Il y a un proverbe qui dit : *Usus le plura doceit*, l'expérience est le meilleur des maîtres. J'ai acquis une certaine pratique dans le domaine qui vous intéresse. En tant qu'avocate des cours de justice.

Adnár s'avança en toussotant. Il avait beau s'efforcer de regagner une contenance avantageuse, quand il croisa le regard de Fidelma dont les yeux verts brillaient de malice, son embarras ne fit que croître.

— Bienvenue, ma sœur. Je suis Adnár.

Fidelma l'étudia attentivement. Elle n'était pas certaine de l'apprécier. L'homme était beau, mais les individus sûrs d'eux et au physique avantageux l'avaient toujours mise mal à l'aise.

— Vous êtes le *bó-aire* de cette contrée, dit Fidelma avec un rien d'insolence.

Elle s'amusait de la gêne de son interlocuteur tout en se morigénant pour son manque de charité. Son comportement allait contre les enseignements de la foi mais elle avait ses faiblesses, comme tous les êtres humains.

— Je ne voulais pas... enfin... euh...

— Vous teniez cependant à me voir, ce me semble ? poursuivit Fidelma d'un air innocent.

Adnár adressa un coup d'œil ennuyé à l'abbesse Draigen et quand il s'adressa à Fidelma, il prit soin de choisir ses mots.

— Comme vous ne l'ignorez pas, de par ma fonction, ma sœur, je suis magistrat et juge des cours de justice placées sous la juridiction de mon chef, Gulban. Personne sur ce territoire n'a besoin de demander une assistance extérieure en matière de droit. Cependant, je crois que l'endroit est mal choisi pour discuter d'un tel sujet. Voici ma forteresse...

Il désigna l'édifice d'un geste large de la main.

— Et je serais très honoré de vous recevoir à dîner chez moi ce soir.

L'abbesse Draigen émit une exclamation de protestation étouffée.

— Nous vous attendons à l'abbaye, sœur Fidelma, afin que je vous expose plus en détail les raisons qui ont motivé ma requête, s'empressa-t-elle de dire.

Le regard de Fidelma passa de l'un à l'autre, puis elle secoua la tête.

— Mon devoir m'appelle en priorité à l'abbaye, Adnár. Cependant, je vous rendrai visite demain matin et romprai mon jeûne nocturne en votre compagnie.

Adnár prit note avec mauvaise humeur du petit sourire satisfait de l'abbesse et adressa un bref hochement de tête à Fidelma.

— Je suis impatient de vous recevoir dans ma demeure.

Il s'apprêtait à tourner les talons quand son regard tomba sur le navire marchand.

— Vous arrivez en bien étrange compagnie, Ross. Quelle avarie a subie ce vaisseau pour que son capitaine vous ait prié de le remorquer jusqu'ici ?

Ross se balança d'un pied sur l'autre.

— Qu'entendez-vous par « étrange compagnie » ?

— Ce navire est breton. Je vous ai vu l'amener jusqu'ici. Qu'est-il arrivé au capitaine ? Ne peut-il naviguer par ses propres moyens ? Qu'importe, je vais demander à mes hommes de m'amener à son bord pour m'entretenir avec lui.

— Vous ne l'y trouverez pas.

— Comment cela ?

— Nous avons découvert ce vaisseau abandonné à quelques miles des côtes, intervint Fidelma.

La stupéfaction se peignit sur le visage d'Adnár.

— Alors nous aurons deux sujets de conversation demain, conclut-il.

Et après un bref salut en direction de l'abbesse et de Ross, il redescendit dans sa barque qui s'éloigna au rythme des rameurs pour rejoindre son domaine.

— Quel homme irritant ! soupira l'abbesse. Je vous félicite d'avoir pris la bonne décision, ma sœur. Et maintenant nous allons gagner le monastère et je vous raconterai tout.

À la grande surprise de Draigen, Fidelma refusa d'un signe de la tête.

— Je vous rejoindrai pour le dîner, mère abbesse, mais pour l'instant d'autres problèmes réclament mon attention.

— Comment cela ?

La voix de la belle dame était aussitôt montée d'un ton.

— Nous nous retrouverons plus tard, s'obstina Fidelma sans l'éclairer davantage sur ce qui la retenait là.

— Très bien, répliqua Draigen d'un ton aigre. La cloche sonne pour l'angélus et nous dînons juste après les prières. Un gong résonne deux fois à l'instant où nous nous mettons à table.

Sur ces mots, elle descendit par l'échelle de corde accrochée au flanc de la *barc* pour rejoindre son embarcation.

Ross se pencha avec une grimace par-dessus la rambarde, et regarda ramer les religieuses qui reconduisaient leur abbesse de l'autre côté du bras de mer.

— Eh bien, ma sœur, on peut dire que vous n'avez pas éveillé beaucoup de sympathie dans le cœur du *bó-aire* et de la supérieure.

— Rien ne m'oblige à me faire aimer dans le cadre de mes fonctions, répliqua Fidelma avec indifférence. Et maintenant, retournons sur le bateau.

Pendant deux bonnes heures, Fidelma et Ross passèrent le vaisseau au peigne fin sans découvrir un seul indice sur le sort qui avait été réservé à l'équipage. À part les taches de sang séché, pas la moindre indication sur ce qui était arrivé à ces malheureux. Mais Odar, le timonier, n'était pas resté inactif et, peu après leur retour à bord, il s'avança vers Fidelma et le capitaine.

— Je vous demande pardon, capitaine, mais j'aimerais vous montrer quelque chose, commença-t-il sur un ton hésitant.

— Eh bien ?

— Je vous ai entendus, avec la sœur, vous étonner que tout soit si propre et ordonné. Or il y a deux choses qui me gênent.

Fidelma dressa l'oreille.

— Expliquez-vous, Odar.

— Les cordes d'amarrage, à l'avant et à l'arrière, ont été coupées.

Ross se dirigea aussitôt vers la bitte de chêne la plus proche, à la proue.

— J'ai laissé pendre les filins afin que vous puissiez vérifier par vous-même, expliqua Odar. J'ai noté cela alors que nous étions en train de nous amarrer.

Ross se pencha, là où le solide cordage en lin s'enroulait autour de la bitte, et tira à lui le bout pendant, long d'une vingtaine de pieds, qui se balançait sur le flanc du navire. L'extrémité s'était défaite en de nombreux torons. Fidelma la prit des mains de Ross et l'examina attentivement. Si on en jugeait par la manière dont elle s'effilochait, elle avait certainement été tranchée d'un coup de hache. D'ailleurs, vu l'épaisseur du cordage, aucun autre instrument n'aurait pu en venir à bout.

— La seconde corde d'amarrage se présente-t-elle de façon identique ? demanda-t-elle à Odar.

— Oui. D'ailleurs vous pouvez le constater par vous-même, répondit le marin.

Fidelma le remercia d'avoir attiré son attention sur ce détail peut-être essentiel et alla se percher sur la lisse de couronnement. Là, elle regarda au loin d'un air sombre. Près d'elle, Ross la contemplait sans mot dire.

Enfin, après avoir laissé échapper un soupir, Fidelma se tourna vers lui.

— Récapitulons ce que nous savons, proposa-t-elle.

— Cela se résume à peu de chose.

— Nous avons là un navire breton.

Ross hocha la tête avec emphase.

— Exact. À l'évidence, sa réalisation est en tout point conforme aux méthodes de construction utilisées en Bretagne.

— Ce qui laisse supposer qu'il nous arrive d'un port de cette contrée.

— Je ne vous contredirai pas. Des navires semblables font du commerce avec l'Irlande.

— Ils apportent essentiellement du vin qu'ils troquent ici contre des marchandises.

— Tout à fait.

— Imaginons qu'il ait déchargé sa cargaison dans un port irlandais. Cela expliquerait qu'il soit vide.

— Peut-être, admit Ross en se frottant le menton.

— Je vous accorde que nous n'avons aucune certitude. Cependant, transférer des barils de vin en pleine mer relève de l'exploit. Ne serait-il pas plus raisonnable d'en déduire qu'il avait déjà déchargé dans un port irlandais et retournait en Bretagne, vide ou avec une cargaison plus facile à transborder au large ?

— Votre suggestion ne manque pas de logique.

— Alors je pense que nous progressons, déclara Fidelma d'une voix triomphante. Et maintenant passons aux taches de sang. Certaines d'entre elles se trouvaient dans l'entrepont et d'autres, plus fraîches sur une pièce de lin accrochée dans la mâture et sur la rampe sous le gréement. Ce sang a été versé au cours des douze ou vingt-quatre dernières heures. Il appartenait sans doute à un membre de l'équipage ou alors...

Elle marqua une pause en songeant à Eadulf et sa voix se brisa.

— ... ou alors à un passager.

— Et pourquoi pas à l'un des forbans ? À l'un de ceux qui ont débarqué la cargaison ou l'équipage ?

Fidelma réfléchit un instant et concéda que c'était une possibilité.

— Oui, pourquoi pas ? À condition que ces pillards existent vraiment. L'équipage lui-même a très bien pu confisquer la cargaison et quitter le navire.

Elle leva la main pour prévenir les objections de Ross.

— L'élément principal, c'est que le sang semble avoir été versé au moment où l'équipage a disparu et où des événements que nous ignorons se sont produits sur le bateau.

Ross attendit, pendant qu'elle réfléchissait en silence.

— D'autre part, les cordes d'amarrage ont été tranchées à la hache, tant à l'arrière qu'à l'avant. Donc le navire était simplement amarré car si les filins ont été coupés, l'ancre est toujours en place. Pourquoi ne pas les avoir simplement détachés ? Quelqu'un à bord était-il pressé de partir ? À moins que ce vaisseau ne se soit libéré d'un autre navire auquel il était relié.

Ross contemplait Fidelma tandis qu'elle énumérait les différentes hypothèses.

— Depuis combien de temps l'aviez-vous remarqué quand nous sommes montés à bord ? lui demanda-t-elle brusquement.

— Cela faisait une demi-heure que je m'étonnais de son allure et de sa navigation quand Odar a attiré mon attention sur lui. Et la préparation à l'abordage nous a pris une autre demi-heure.

— Cela signifie que ce navire était sans doute proche de ce rivage quand quelque chose s'est passé. Êtes-vous d'accord ?

— Pourquoi ?

— Il a été attaqué entre douze et vingt-quatre heures avant que nous le repérions.

Elle se redressa.

— Vous connaissez bien la côte, n'est-ce pas, Ross ?

— Je la connais, affirma-t-il sans forfanterie. Cela fait quarante ans que je navigue dans ces eaux.

— D'après les vents et les marées, pourriez-vous juger d'où arrivait ce bateau quand vous l'avez repéré ?

Fidelma semblait tout excitée à cette pensée et Ross ne voulait pas la décevoir.

— C'est difficile, les vents étaient louvoyants et peu fiables.

Le visage de Fidelma s'allongea et devant sa réaction, Ross s'empressa d'ajouter :

— Mais je peux toujours essayer de deviner. Les deux provenances les plus vraisemblables sont l'entrée de cette baie ou alors un peu plus loin, au sud de cette péninsule. En imaginant que le navire vienne de là, il aurait certainement été poussé dans la direction qui nous a permis de le localiser pour la première fois.

— Cela nous donne un vaste territoire à explorer, soupira Fidelma, visiblement déçue.

— Cet ami, celui à qui appartenait la sacoche, dit Ross en changeant de sujet, c'était...

Il hésita.

— Vous le connaissiez bien ?

— Oui.

Dans cette brève réponse, Ross perçut une note d'émotion contenue. Il resta un instant silencieux.

— J'ai une fille de votre âge, ma sœur, reprit-il. Elle est mariée et vit sur la côte. Sa mère s'est mise en ménage avec un autre. Je ne prétends pas connaître les femmes, mais quand le mari de ma fille s'est perdu en mer, le matin où on est venu lui annoncer la nouvelle à Ros Ailithir, j'ai lu dans ses yeux une douleur et une angoisse semblables à celles que je lis dans les vôtres.

Fidelma se drapa dans sa dignité et émit un reniflement agacé.

— Frère Eadulf est juste un ami. Il a des ennuis, et je tiens à tout mettre en œuvre pour l'aider.

Ross hocha la tête, imperturbable.

— Certes.

Elle comprit que ses protestations ne le trompaient pas.

— Et pour l'instant, poursuivit Fidelma, mon devoir m'appelle ailleurs, auprès de l'abbesse Draigen. Il se peut que je sois retenue plusieurs jours à l'abbaye avant d'être libre de partir à sa recherche. Et pour aller où ?

— Bien sûr, votre devoir l'emporte sur toute autre considération. Cependant, si cela vous agrée, je peux très bien mener ma *barc* dans les endroits que je vous ai signalés, pour y chercher la solution à ce mystère. Je laisserai Odar et un de mes hommes à bord de ce vaisseau pour le surveiller. Ainsi, ils se tiendront à votre disposition si vous avez besoin d'eux.

Fidelma s'empourpra. Puis, dans un mouvement irréfléchi, elle se pencha et embrassa le vieux marin sur la joue.

— Que Dieu vous bénisse, Ross, fit-elle d'une voix pleine de gratitude.

Ross lui sourit.

— Ce n'est rien. Nous partirons avec la marée du matin et nous reviendrons d'ici un jour ou deux. Si nous découvrons quelque chose...

— Venez m'en avertir.

— Je n'y manquerai pas.

Le tintement d'une cloche résonna sur les eaux sombres du bras de mer.

— Il est temps que je me rende à l'abbaye.

Fidelma s'avança vers la rambarde du navire, s'arrêta et jeta un coup d'œil à Ross par-dessus son épaule.

— Que les saints vous protègent.

Son visage devint grave.

— Je crains que des hommes possédés du démon ne travaillent à nous nuire et je ne veux pas vous perdre.

CHAPITRE IV

— Et maintenant, ma sœur, je suppose que vous aimeriez examiner le corps ?

Fidelma fixa l'abbesse Draigen avec de grands yeux. Elles sortaient du réfectoire de l'abbaye où la plupart des membres de la communauté du Saumon des trois sources avaient pris leur repas du soir.

La nuit était déjà tombée sur le petit monastère et les bâtiments émergeaient vaguement de l'obscurité grâce à des lampes allumées dans quelques endroits stratégiques pour permettre aux sœurs de circuler. Le sol était recouvert d'un épais verglas, de la fumée s'échappait des cheminées, et Fidelma compta une douzaine de bâtiments rassemblés autour d'une cour pavée où se dressait une grande croix. D'un côté de la cour se trouvait un cloître, qui faisait face à un haut bâtiment en bois, la *duirthech*, ou maison de chêne, la chapelle. La plupart des bâtiments étaient en bois, surtout du chêne, car cette essence poussait en abondance aux alentours. Quant aux rares constructions en pierre, Fidelma supposa qu'il s'agissait de remises où l'on entreposait les réserves. Dominant le monastère, à une extrémité de la *duirthech*, s'élevait une tour trapue, en bois elle aussi, mais avec des fondations en pierre.

L'abbaye du Saumon des trois sources n'était pas très différente de tous les monastères que Fidelma avait déjà visités au cours de ses nombreux voyages dans les cinq royaumes, mais elle ne possédait pas de muraille extérieure, comme celle de Ros Ailithir. Fidelma avait cru comprendre, au cours du repas où les conversations étaient autorisées, contrairement à d'autres fondations où un *lector* lisait des passages des Évangiles, que la communauté se limitait à une cinquantaine de religieuses. Sous la direction de l'abbesse Draigen, une des principales vocations de cette congrégation consistait à entretenir une clepsydre et à marquer le passage du temps. Les sœurs semblaient également très fières de leur bibliothèque où certaines d'entre elles s'appliquaient à recopier des livres pour d'autres monastères. C'était un endroit paisible et retiré, où l'on se consacrait davantage à l'étude et à la contemplation qu'à la controverse philosophique et religieuse.

— Eh bien, ma sœur, s'enquit à nouveau l'abbesse, voulez-vous voir le corps ?

— Oui, bien sûr, répondit Fidelma, mais je suis surprise que vous ne l'ayez pas encore enterré. Depuis combien de temps a-t-il été découvert ?

En sortant du réfectoire, l'abbesse traversa la cour en direction de la chapelle.

— Six jours se sont écoulés depuis que cette infortunée a été retirée de notre puits. Si vous aviez tardé à arriver, nous aurions été dans l'obligation de procéder à l'inhumation. Cependant, nous sommes en hiver, et nous disposons d'un endroit où la température est particulièrement basse, sous la chapelle, là où nous conservons la nourriture. Nous avons déposé le corps dans ce *subterraneus* qui comprend plusieurs caves sous les bâtiments de l'abbaye, mais même dans ces conditions, nous n'aurions pas pu attendre éternellement. Cette malheureuse sera ensevelie demain matin, dans le cimetière de l'abbaye.

— Avez-vous découvert son identité ?

— Je compte sur vous pour résoudre cette énigme.

Elles franchirent les arches du cloître, empruntèrent un couloir pavé, passèrent devant les portes de la chapelle et se retrouvèrent dans l'entrée d'un petit bâtiment en blocs de granit épannelés, simplement posés les uns sur les autres, comme les murs en pierres sèches. Ce bâtiment communiquait avec la tour en bois et servait apparemment de réserve. Un parfum puissant d'herbes et d'épices assaillit les sens de Fidelma. C'était une fragrance agréable et rafraîchissante.

L'abbesse Draigen se dirigea vers une étagère, prit une jarre remplie d'un liquide dont elle imprégna deux carrés de lin prélevés sur une pile de linge. Alors que l'abbesse Draigen lui tendait solennellement une des deux pièces de tissu, Fidelma reconnut la piquante odeur de la lavande.

— Prenez cela, ma sœur, vous en aurez besoin.

Draigen la mena dans l'angle de la pièce, d'où partait une volée de marches en pierre qu'elles descendirent. Elles se retrouvaient maintenant dans une caverne de trente pieds sur vingt environ et dont la voûte naturelle s'élevait à dix pieds ou plus. Fidelma remarqua des éraflures sur l'arche d'entrée et réalisa qu'il s'agissait du dessin gravé d'un taureau, ou plutôt d'un veau. L'abbesse Draigen suivit son regard.

— On nous a dit que cet endroit était autrefois utilisé pour les célébrations païennes. La source que bénit Necht, par exemple. Nous avons quelques vestiges des temps anciens, comme ce tracé d'une vache, ou d'un animal de la même famille.

Fidelma recueillit ces informations en silence. Puis elle avisa des marches qui s'élevaient dans l'ombre, peu après l'entrée.

— Cet escalier communique avec la tour de l'abbaye, expliqua l'abbesse avant qu'elle ait eu le temps de formuler sa question. C'est là que nous avons installé notre modeste bibliothèque, et au sommet de la tour, notre fierté... une clepsydre.

Elles pénétrèrent plus avant dans la grotte. Il faisait un froid glacial. Fidelma calcula que ce *subterraneus* devait se trouver au-dessous du niveau de la mer. La caverne était éclairée par la lumière vacillante de quatre cierges de taille imposante, à l'autre extrémité de la salle.

Fidelma devina aussitôt ce qui gisait sous le linceul posé sur une table dont les quatre coins étaient illuminés par les cierges. Les contours en étaient facilement reconnaissables, sauf que le corps paraissait raccourci. Elle s'en approcha avec circonspection tout en notant, non loin de là, des caisses empilées contre un mur et des alignements d'amphores et de récipients en terre cuite qui dégageaient une faible odeur : celle du vin et des alcools forts.

L'abbesse Draigen avait raison. Le tissu imprégné de lavande se révélait bien utile. Malgré les herbes et les plantes aromatiques placées autour du corps, il s'en élevait une puanteur aigre qui indiquait que la décomposition avait commencé depuis longtemps. Instinctivement Fidelma retint son souffle et porta la pièce de lin à ses narines. Rigueurs de l'hiver ou pas, le cadavre empestait.

L'abbesse, qui se tenait de l'autre côté de la table eut un petit sourire derrière sa pièce de tissu.

— Le service funèbre sera célébré demain à la première heure, ma sœur, enfin, si vous ne désirez pas garder le corps ici pour votre enquête. Mais plus tôt nous en aurons terminé, mieux ce sera.

Fidelma ne répondit rien et, prenant son courage à deux mains, elle fit glisser le linceul.

Elle avait beau avoir croisé la mort violente à de nombreuses reprises, elle abominait toujours la sauvagerie qu'elle impliquait. Elle essayait de considérer les cadavres comme des objets abstraits, s'empêchant de penser aux personnes vivantes qui avaient aimé, ri et apprécié la vie. Elle serra les dents et se força à examiner la chair blanche dans un état de putréfaction avancée.

— Comme vous le voyez, ma sœur, souligna l'abbesse d'un geste inutile, la tête a été tranchée. Nous n'avons aucun moyen d'identifier cette malheureuse.

Fidelma avait tout de suite repéré la blessure au-dessus du cœur.

— Elle a d'abord été poignardée, dit-elle à mi-voix, comme si elle se parlait à elle-même. La meurtrissure prouve que le coup n'a pas été porté après le décès. Mais la décollation a été pratiquée *post mortem.*

Impassible, l'abbesse Draigen observait la jeune *dálaigh.*

Fidelma surmonta sa répugnance et examina la chair autour du cou. Puis elle recula de quelques pas et étudia la défunte à une certaine distance.

— Pas plus de dix-huit ans et peut-être plus jeune. À mon avis, elle n'avait pas dépassé de beaucoup l'âge du choix.

Attirée par une décoloration de la chair autour de la cheville droite, elle fronça les sourcils.

— Est-ce par cette cheville qu'elle était liée à la corde du puits ? demanda-t-elle.

L'abbesse Draigen secoua la tête.

— Non, l'autre, d'après les sœurs qui l'ont trouvée.

Fidelma tourna son attention vers la cheville gauche et constata qu'elle était marquée de sillons. Effectivement, de tels stigmates étaient plus compatibles avec l'empreinte d'une corde et il n'y avait pas de bleu. Elle avait donc été attachée après la mort. Fidelma revint à la cheville droite encerclée d'une empreinte régulière, décolorée, de deux pouces de large. Cette marque remontait à une période où cette jeune fille était encore en vie et n'était pas due à des liens.

Elle se pencha sur les pieds. La plante en était épaisse et entaillée d'innombrables coupures et ulcérations indiquant que la victime ne menait pas une existence oisive et protégée. Et elle ne portait pas souvent de chaussures. Les ongles étaient peu soignés, plusieurs fendillés ou cassés, et la crasse sous les ongles avait résisté au nettoyage du corps : d'une teinte rougeâtre plutôt inattendue, elle semblait incrustée dans la peau, comme si les orteils étaient imprégnés d'argile.

— Je suppose que le corps a été lavé depuis qu'on l'a retiré du puits ? demanda Fidelma en levant les yeux.

— Bien entendu.

L'abbesse semblait irritée par cette question. La toilette avant la mise en terre était un rituel immuable.

Fidelma ne fit pas d'autre commentaire, mais se concentra sur les jambes et le torse. Elle n'en retira pas de renseignements particuliers, si ce n'est que cette jeune fille était bien proportionnée. Mais quelle ne fut pas sa surprise lorsqu'elle étudia les mains : elles étaient douces, étrangères aux travaux manuels, sans le moindre cal et avec des ongles propres et soignés. Quel contraste avec les pieds ! Une étrange tache bleue s'étendait sur le côté de l'auriculaire et la tranche de la main droite, sur le pouce et l'index aussi. L'autre main ne portait aucune trace de ce genre.

— On m'a rapporté qu'il y avait des objets. Où sont-ils ? demanda enfin Fidelma.

L'abbesse se balança d'un pied sur l'autre.

— Quand les sœurs ont préparé le corps, elles me les ont confiés. Je les garde dans mes appartements.

Fidelma faillit lui répondre qu'on ne devait jamais déplacer des éléments de preuve de cette importance mais elle se retint.

— Ayez l'obligeance de me dire où ils étaient sur le corps.

L'abbesse Draigen renifla, mécontente. Elle n'avait visiblement pas l'habitude de recevoir des ordres, et surtout pas d'une jeune religieuse.

— Les sœurs Síomha et Brónach, qui ont découvert le cadavre, vous informeront mieux que moi sur ce sujet.

— Je leur parlerai plus tard, répliqua Fidelma, s'armant de patience. Pour le moment, j'aimerais savoir où ces objets ont été découverts.

L'abbesse pinça la bouche puis elle se détendit un peu, mais sa voix était froide.

— Il y avait un crucifix de cuivre avec une lanière en cuir, de facture assez grossière, qu'elle tenait dans sa main droite. La lanière était enroulée autour du poignet.

— Quelqu'un l'avait-il placé ici ?

— Non. La main l'enserrait avec tant de force que les sœurs ont dû briser deux doigts pour parvenir à l'ôter.

Fidelma vérifia aussitôt ses dires.

— Et à part ça, quand on a procédé aux ablutions, a-t-on accordé une attention particulière aux mains ? Ont-elles été traitées avec un soin particulier ?

— Je l'ignore. Le corps a été préparé selon la coutume.

— Avez-vous une idée sur ce qui aurait pu causer ces taches bleuâtres ?

— Aucune.

— Et quel autre objet a-t-on trouvé ?

— Il s'agit d'une baguette en bois gravée d'un texte en ogham et attachée à l'avant-bras gauche, que l'on a pu retirer sans difficultés particulières.

— Et vous l'avez toujours, ainsi que le lien qui va avec ?

— Bien sûr.

Fidelma se redressa.

Maintenant, on en arrivait à la partie la plus déplaisante de l'examen.

— Il faut que je retourne le corps, abbesse Draigen. Pouvez-vous m'assister ?

— Est-ce vraiment nécessaire ?

— Oui. Mais si vous le désirez, vous pouvez m'envoyer une de vos religieuses.

L'abbesse secoua la tête. Elle inspira profondément, le nez sur le tissu imprégné de lavande qu'elle fourra dans sa manche avant d'aider Fidelma à manipuler le cadavre. Des traces de coups récents zébraient la peau blanche, comme si la jeune fille avait été flagellée jusqu'au sang avant la mort.

Fidelma prit une profonde inspiration qu'elle regretta aussitôt. Prise d'un haut-le-cœur, elle toussa et chercha son carré de toile parfumé.

— Vous en avez assez vu ? demanda froidement l'abbesse.

Fidelma hocha la tête, entre deux quintes.

Ensemble, elles remirent le cadavre dans sa position initiale.

— Je suppose que vous désirez maintenant examiner les fameux objets ? demanda l'abbesse tandis qu'elle reconduisait Fidelma à la réserve principale.

— Après quelques ablutions, mère abbesse, si cela ne vous dérange pas, dit-elle d'un ton prudent.

Les yeux de l'abbesse Draigen pétillèrent d'une lueur malicieuse.

— Naturellement. Venez par ici, ma sœur. C'est l'heure où nos sœurs se lavent. L'eau sera à bonne température.

On avait déjà conduit Fidelma au *tech-óired*, l'hôtellerie de l'abbaye, où elle resterait pendant son séjour dans la communauté. C'était un long bâtiment en bois divisé en une demi-douzaine de chambres avec une pièce centrale, la salle des bains. Là, dans une bassine en bronze posée sur un feu, on chauffait l'eau que l'on versait ensuite dans un *dabach* en bois, une cuve.

L'abbaye se conformait à un usage, très répandu dans les cinq royaumes, qui voulait qu'après le dîner les gens prennent un bain, le *fothrucud*. Le matin, on se lavait le visage, les mains et les pieds, une pratique baptisée du nom d'*indlut*. Le bain quotidien n'était pas une simple coutume de ce peuple mais plutôt un rituel religieux. Chaque hôtellerie des cinq royaumes possédait une salle des bains.

L'abbesse laissa Fidelma à la porte du *tech-óired* et elles convinrent de se retrouver une heure plus tard dans ses appartements. Le *tech-óired* n'abritait aucun autre invité et Fidelma avait le bâtiment pour elle seule. Alors qu'elle se rendait dans sa chambre, elle entendit du bruit dans la salle des bains située au centre du bâtiment.

Elle parcourut un corridor sombre et ouvrit la porte.

Une sœur d'un certain âge, qui entretenait le feu sous la bassine, se redressa. En voyant Fidelma, elle baissa la tête d'un air obséquieux et joignit les mains sur son tablier.

— *Bene vobis*, dit-elle d'une voix douce.

Fidelma pénétra dans la pièce.

— *Deus vobiscum*, répondit-elle. Excusez-moi, mais j'ignorais qu'il y avait d'autres invités ici.

— Oh, mais il n'y en a pas ! Je suis la *doirseór* de l'abbaye, mais je m'occupe également des hôtes. J'étais en train de préparer un bain.

— Je vous remercie infiniment, ma sœur.

— C'est mon devoir, répliqua la religieuse sans lever les yeux.

Fidelma jeta un rapide coup d'œil à la pièce, d'une propreté méticuleuse. La cuve en bois était déjà presque pleine et il régnait une température agréable. Des senteurs d'herbes aromatiques emplissaient l'air. Un drap de lin avait été préparé sur une table, avec un morceau de *sléic*, un savon odorant. À côté étaient posés un miroir et un peigne, ainsi que des étoffes pour sécher le corps. Tout était net et à sa place. Fidelma sourit.

— Vous vous acquittez magnifiquement de votre tâche, ma sœur. Comment vous appelez-vous ?

— Sœur Brónach.

— Brónach ? Alors vous êtes une des deux sœurs qui ont découvert le corps.

La religieuse frissonna en évitant le regard de Fidelma.

— Oui, avec sœur Síomha.

Elle fit une rapide génuflexion.

— Alors vous me ferez gagner du temps si, pendant que je prends mon bain, vous me racontez ce qui s'est passé.

— Pendant que vous vous baignez, ma sœur ?

Le ton de Brónach était réprobateur et cela éveilla la curiosité de Fidelma.

— Cela vous gêne ?

— Moi ? Non.

La femme se retourna et, avec une force surprenante, souleva la bassine et en versa le contenu dans le *dabach.*

— C'est prêt, ma sœur.

— Très bien. J'ai amené mon *cíorbholg* et des vêtements de rechange.

Au sens littéral, le *cíorbholg* était un « sac à peigne », indispensable aux femmes d'Irlande car dans cette petite poche elles transportaient les articles nécessaires à leur toilette. Les anciennes lois du *Livre d'Acaill* précisaient même que, dans certaines procédures, une femme pouvait être dégagée de sa responsabilité si elle montrait son « sac à peigne » et sa quenouille, le bâton fendu de trois pieds de long avec lequel on filait la laine et le lin. Ces objets symbolisaient la féminité.

Fidelma, qui était d'une propreté méticuleuse et veillait à ce que ses vêtements soient lavés régulièrement, alla chercher son sac. Sur le petit bateau de Ross, la toilette était sommaire et elle était ravie de se changer. Quand elle retrouva sœur Brónach, celle-ci avait remis de l'eau à chauffer.

— Si vous me donnez vos habits sales, ma sœur, dit-elle à Fidelma, je pourrai les nettoyer. Et je les mettrai à sécher devant le feu.

Fidelma la remercia de nouveau mais ne parvint pas à croiser le regard de la religieuse à la mine affligée. Elle se déshabilla, frissonnant malgré le feu, et se glissa aussitôt dans l'eau tiède avec un soupir de contentement.

Elle prit le *sléic* et se savonna tandis que Brónach ramassait son linge, le mettait dans la bassine en bronze et le remuait avec un grand bâton.

— Et donc, commença Fidelma qui jouissait avec délices de la mousse parfumée, c'est vous et sœur Síomha qui avez découvert le corps ?

— C'est cela.

— Et qui est sœur Síomha ?

— L'hôtelière de l'abbaye, la *rechtaire* ou, comme disent certaines grandes abbayes de ce pays, *dispensator*, c'est le terme latin.

— Racontez-moi quand et comment ça s'est passé.

— Les sœurs étaient en prière et on venait de frapper le troisième *cadar* de la journée sur le gong.

Le troisième *cadar* commençait à midi.

— Comme l'abbesse se baigne à cette heure-là, je me suis rendue au puits principal.

Fidelma s'immergea à nouveau dans l'eau tiède.

— Il y en a donc plusieurs ici ?

Brónach hocha la tête d'un air lugubre.

— Ne sommes-nous pas la communauté d'*Eó na dTri dTobar* ?

— Oui, le Saumon des trois sources. Mais c'est une métaphore qui sert à désigner le Christ.

— Sans doute, mais nous avons ici trois sources. Celle de la bienheureuse Necht, qui fonda cette communauté, et deux plus petites, dans les bois derrière l'abbaye. En ce moment nous y puisons toute notre eau en attendant que l'abbesse Draigen ait terminé les rituels de purification de la source principale.

Fidelma était ravie d'apprendre qu'elle ne boirait pas une eau contaminée par un cadavre.

— Donc vous êtes allée au puits ?

— Oui, et j'avais du mal à mettre le mécanisme en route. C'était dur. À cause du poids du corps, je l'a compris plus tard. Alors que je m'efforçais de remonter le seau, sœur Síomha est venue me réprimander pour mon retard. Et quand je lui ai fait part de mes difficultés, je ne pense pas qu'elle m'ait crue.

— Pourquoi donc ?

La nonne s'arrêta de brasser le linge dans le chaudron et réfléchit un instant.

— Elle m'a dit qu'elle avait récemment puisé de l'eau et que le mécanisme fonctionnait.

— Quelqu'un d'autre l'avait-il utilisé ce matin-là – soit avant sœur Síomha, soit avant le moment où vous êtes allée au puits ?

— Non, je ne le pense pas. Nous n'avons pas besoin de tirer de l'eau avant midi.

— Continuez.

— Eh bien, à deux, nous sommes parvenues à tourner la manivelle jusqu'à ce que le corps apparaisse.

— Bien sûr, vous avez été très choquées.

— Oh, oui ! Sans compter qu'il manquait la tête. Nous avions très peur.

— Quelque chose d'autre vous a-t-il frappée ?

— Oui, le crucifix. Et aussi la baguette de tremble. Attachée au bras gauche, avec une inscription en ogham dessus.

— Qu'en avez-vous conclu ?

— Que vouliez-vous qu'on en déduise ?

— Que disaient ces caractères que vous avez aussitôt reconnus ?

Brónach haussa les épaules.

— Hélas, si je sais reconnaître l'ogham, je ne sais point le lire.

— Et sœur Síomha ?

— Pas davantage.

Brónach ôta la bassine du feu. Elle retira avec son bâton les vêtements qu'il contenait et les plongea dans un baquet d'eau froide.

— Donc aucune de vous n'a rien compris à cette inscription et à sa fonction ?

— J'ai signalé à l'abbesse qu'à mon avis il s'agissait de pratiques païennes. Les anciens n'attachaient-ils pas des ramilles à un cadavre pour le protéger des âmes tourmentées dans l'au-delà ?

Fidelma fixa attentivement Brónach qui lui tournait le dos et s'employait à battre le linge.

— J'ignorais cette coutume, sœur Brónach. Qu'a donc répondu l'abbesse à votre suggestion ?

— L'abbesse Draigen garde ses commentaires pour elle.

— A-t-elle paru fâchée ?

Fidelma se redressa, enjamba la cuve, tendit la main vers les étoffes et se sécha énergiquement. Puis, revigorée et détendue, elle enfila des vêtements propres. Depuis son séjour à Rome, elle s'autorisait à porter à même la peau des chemises blanches en *sída*, ou soie, qu'elle avait rapportées dans ses bagages. Elle remarqua que sœur Brónach lui jetait un regard où elle crut discerner une lueur de jalousie. La première émotion que Fidelma lisait sur son visage. Puis elle enfila une *inar*, une longue robe marron qu'elle serra à la taille avec une cordelière à glands. Enfin, elle chaussa des *cuaran* en cuir, ajustés à son pied, et dont la couture suivait le contour. Ces chaussures ne nécessitaient pas de lanières pour les fermer.

Pour terminer sa toilette, elle se tourna vers le miroir, coiffa ses longs cheveux roux et frisés qui avaient tendance à s'échapper en mèches rebelles et les attacha solidement.

Tandis que sœur Brónach terminait sa lessive en silence, Fidelma lui sourit.

— Maintenant, je me sens à nouveau un être humain, lui dit-elle aimablement.

L'autre hocha la tête sans faire de commentaires.

— Qu'est-il arrivé après que vous avez sorti le corps du puits avec sœur Síomha ?

— Nous avons dit une prière pour les morts, murmura Brónach, toujours tête basse, et je suis allée chercher l'abbesse pendant que sœur Síomha restait auprès du cadavre.

— Et vous êtes revenue avec elle ?

— Dès que je l'ai trouvée.

— Je suppose que l'abbesse Draigen s'est occupée de tout ?

— Oui.

Fidelma prit son sac, se dirigea vers la porte et se retourna.

— Je vous suis reconnaissante de tenir aussi bien votre hôtellerie, ma sœur.

— Je ne fais que mon devoir.

— Mais pour qu'il ait un sens, il faut prendre du plaisir à son accomplissement. Mon mentor, le brehon Morann de Tara, m'a un jour déclaré : « Quand le devoir n'est qu'une loi que l'on subit, alors le plaisir s'enfuit, car il n'y a pas de plus grand impératif que le bonheur. » Bonne nuit, sœur Brónach.

Draigen contempla avec une approbation réticente le joli visage de Fidelma, encore enflammé par la chaleur du bain. L'abbesse, assise à sa table de travail dans ses appartements, referma l'Évangile relié de cuir qu'elle tenait ouvert devant elle.

— Asseyez-vous, ma sœur, dit-elle à Fidelma. Puis-je vous offrir un verre de vin chaud pour vous garder de la froidure de la nuit ?

Fidelma n'hésita qu'un instant.

— Volontiers, mère abbesse.

Quand elle avait traversé la cour, conduite par une jeune novice, l'assistante personnelle de l'abbesse qui s'était présentée comme sœur Lerben, une rafale de neige lui avait fait comprendre que la nuit serait glaciale.

L'abbesse se leva et alla prendre une cruche sur une étagère. Puis, grâce à un carré de cuir, elle se saisit d'une barre de métal qui chauffait dans les flammes, la sortit du feu et plongea sa pointe chauffée au rouge dans le pichet. Ensuite, elle versa le liquide dans deux gobelets de terre cuite et en tendit un à Fidelma.

— Et maintenant, ma sœur, lui dit-elle après qu'elles eurent goûté leur breuvage avec des murmures approbateurs, revenons-en à ce qui vous intéresse.

Elle prit un objet enveloppé dans du tissu, le posa sur la table, et but une gorgée de liquide brûlant tout en observant Fidelma.

Celle-ci déplia le tissu, qui révéla un petit crucifix en cuivre et sa lanière en cuir.

Elle les fixa puis porta pensivement son gobelet à ses lèvres.

— Eh bien, ma sœur ? dit l'abbesse.

— Oh, c'est un crucifix très ordinaire, confectionné par un artisan local et bien des religieuses en possèdent de semblables. S'il appartenait à la jeune femme dont vous avez trouvé le cadavre, cela indique qu'elle vivait en communauté.

— Nous sommes d'accord. Des crucifix de ce genre sont très courants dans nos congrégations. Cette région abonde en cuivre et les artisans locaux l'utilisent pour fabriquer quantité d'objets. Mais l'inconnue ne semble pas venir de nos contrées. Un fermier des environs s'était imaginé qu'il s'agissait peut-être de sa fille, qui a disparu. Il est venu voir le corps, mais son enfant avait une cicatrice qu'il n'a pas retrouvée.

Fidelma releva la tête.

— Ah bon ? Et quand ce fermier est-il venu ici ?

— Le lendemain du jour de cette triste découverte. Il s'appelle Barr.

— Comment avait-il été informé ?

— Les nouvelles vont vite dans cette partie du monde. En tout cas, Barr a passé un long moment à examiner le cadavre pour bien s'assurer qu'il ne se trompait pas. Il s'agit sans doute d'une religieuse venant d'un autre district.

Fidelma réfléchit. Si cette jeune femme avait appartenu à une congrégation religieuse, cela expliquait l'état des mains. Les hommes et les femmes qui ne travaillaient pas dans les champs se targuaient d'avoir des mains soignées avec des ongles courts, coupés en rond. Des ongles sales éveillaient une certaine répugnance et *créchtingnech* ou « ongles fissurés » comptait parmi les insultes les plus blessantes.

Mais comment rattacher les mains soignées de l'inconnue à ses pieds abîmés, à la marque d'une entrave à sa cheville et aux traces de flagellation sur son dos ?

L'abbesse avait pris une autre pièce qu'elle posa avec circonspection sur la table.

— C'est la baguette de tremble qui était attachée à l'avant-bras gauche, fit-elle en retirant le tissu.

Fidelma observa la baguette, longue de dix-huit pouces environ. La première chose qu'elle remarqua, c'étaient les encoches régulières d'un côté, qui signalaient des mesures, tandis que de l'autre une inscription en ogham, l'ancienne écriture irlandaise, courait sur toute la longueur. Elle examina avec attention les caractères, qui remontaient à une date plus récente que les degrés, ses lèvres articulant les mots en même temps qu'elle les déchiffrait.

— Enterrez-la bien. La Morrigane s'est réveillée !

Fidelma pâlit, se redressa, la nuque raide, et croisa le regard de l'abbesse qui ne la quittait pas des yeux.

— Vous reconnaissez cet objet ? demanda Draigen d'une voix douce.

Fidelma hocha la tête.

— C'est un *fé*.

Le *fé*, ou baguette de tremble, qui portait généralement une inscription en ogham, était un instrument servant à déterminer la longueur d'une tombe en fonction de la taille d'un défunt. Attribut du croque-mort, il provoquait chez tout le monde une réaction d'horreur et personne, sous aucun prétexte, n'aurait accepté de le toucher et encore moins de s'en saisir. L'usage en était réservé à celui dont le travail consistait à auner les cadavres et les sépulcres. Au temps des anciens dieux, le *fé*, symbole de mort, avait la réputation de porter malheur. Et cela n'avait pas changé. « Que le *fé* te toise bientôt » demeurait la pire des invectives, l'imprécation ultime.

Fidelma leva la tête après un lourd silence, quand elle entendit l'abbesse Draigen pousser un petit soupir d'exaspération. À l'expression de son visage on comprenait bien qu'elle partageait le trouble de son invitée.

— Vous savez maintenant, Fidelma de Kildare pourquoi je ne pouvais permettre au *bó-aire* local d'exercer ses pouvoirs de magistrat dans cette affaire Cela justifiait pleinement la requête auprès de l'abbé Brocc afin qu'il m'envoie un *dálaigh* des cours des brehons, ne répondant de ses actes que devant le roi de Cashel.

Le regard sérieux de Fidelma croisa celui de l'abbesse.

— Je comprends, murmura-t-elle. Il y a là beaucoup de mal à l'œuvre.

Elle eut des difficultés à s'endormir. La neige tombait maintenant en flocons serrés, mais ce n'était pas sa cellule glaciale qui l'empêchait de trouver le sommeil, ni l'énigme du corps sans tête, tandis qu'elle essayait vainement d'apaiser son angoisse. Par deux fois, elle prit le missel posé sur sa table de chevet, le tournant et le retournant dans ses mains comme si elle en attendait des réponses aux questions qui ne la laissaient pas en repos.

Qu'était-il arrivé à Eadulf de Seaxmund's Ham ?

Elle se revoyait lui tendant ce livre de prières, plus d'un an auparavant, quand ils s'étaient séparés sur le quai de bois, près du pont de Probi, à Rome. Il y avait sa dédicace sur la page de garde.

Par deux fois, elle avait été amenée à conduire des enquêtes avec Eadulf sur le décès de membres de leurs Églises respectives. Bien que de tempéraments très différents, ils avaient éprouvé une mutuelle sympathie et découvert que leurs talents se complétaient quand il s'agissait de résoudre les énigmes qu'ils rencontraient. Puis chacun était parti de son côté, poussé par son destin. Fidelma avait regagné son pays natal et Eadulf avait été nommé conseiller et *scriptor* – secrétaire – de Théodore de Tarse, archevêque de Cantorbéry nouvellement nommé et chargé par Rome des intérêts de l'Église dans les royaumes saxons. Théodore, récemment converti à l'Église de Rome, était grec et on lui avait adjoint Eadulf pour l'instruire sur ses nouvelles charges spirituelles. À l'époque, Fidelma était persuadée qu'elle ne reverrait jamais son compagnon. Cela ne l'avait pas empêchée de penser fréquemment à lui et les souvenirs qu'elle partageait avec le moine saxon lui revenaient de plus en plus souvent à la mémoire. Elle en était même venue à souffrir d'une certaine solitude et, depuis peu, elle avait fini par s'avouer qu'Eadulf lui manquait cruellement.

Et voilà qu'elle était confrontée à un mystère bien plus exaspérant que toutes les énigmes qu'on lui avait soumises jusqu'alors.

Que faisait ce missel sur un navire marchand breton désert, au large des côtes de l'Irlande du Sud-Ouest ? Si Eadulf était un passager de ce vaisseau, qu'était-il advenu de lui ? Et sinon, qui lui avait dérobé ce livre dont il n'aurait jamais accepté de se séparer de son plein gré ?

Malgré ces questions lancinantes, elle finit par glisser dans le sommeil.

CHAPITRE V

Fidelma fut réveillée par sœur Brónach. Il faisait encore nuit, mais des signes avant-coureurs dans le ciel annonçaient l'arrivée imminente de l'aube. Une cuvette d'eau chaude attendait sur sa table, éclairée par une bougie. À cette heure, il faisait un froid terrible. À peine avait-elle fini ses ablutions et s'était-elle habillée qu'une cloche sonna sur un rythme lent : la cadence annonçant qu'une âme avait quitté le corps d'un chrétien. Un instant plus tard, sœur Brónach revint, tête basse et les yeux fixés au sol.

— Le temps de l'observance, ma sœur, murmura-t-elle.

Fidelma acquiesça et la suivit hors de l'hôtellerie jusqu'à la *duirthech*, où toute la communauté s'était assemblée. Elle fut surprise de constater que la neige de la veille avait fondu sur le sol, mais elle poudrait les forêts, les collines alentour et le petit matin rayonnait d'une étrange luminosité.

À l'intérieur de la chapelle, on avait allumé un feu dans un brasero, non loin de la porte. Une forte humidité s'élevait du dallage en pierre. L'abbesse Draigen était agenouillée derrière l'autel surmonté par une magnifique croix en or qui rayonnait dans l'espace sacré. Devant l'autel trônait le *fuat*, le cercueil où reposait le corps de l'inconnue.

Fidelma prit place sur le dernier banc, près de sœur Brónach et non loin du brasero dont elle apprécia la chaleur. Elle jeta un coup d'œil autour d'elle, admirant l'opulence de l'ameublement ainsi que les nombreuses statuettes en or sur leurs supports en bois. Elle supposa que les obsèques avaient commencé la veille. Le cadavre était maintenant enveloppé d'un *racholl*, un linceul en lin blanc. Quatre cierges dont les flammes vacillaient dans les courants d'air éclairaient la bière.

L'abbesse Draigen se leva et frappa lentement dans ses mains pour marquer la mesure du traditionnel *lámh-comairt*, ou lamentation pour les morts. Les sœurs entonnèrent les douces plaintes du *caoine*, l'affliction. Bien qu'elle les ait entendues des dizaines de fois, à ces lamentations lugubres dans le demi-jour Fidelma ressentit des frissons dans le cou. Le *lámh-comairt* remontait à bien avant l'arrivée de la nouvelle foi, qui avait remplacé les anciens dieux et déesses.

Le *caoine* s'arrêta au bout de dix minutes et l'abbesse Draigen s'avança pour l'*amra*, l'élégie consacrée au défunt.

À cet instant s'éleva un bruit étrange, dont on aurait juré qu'il montait de sous les dalles, un bruit sourd, pas très fort, une sorte de raclement, comme le feraient deux bateaux se cognant l'un contre l'autre, au gré des vagues, sauf qu'ici il se répétait à l'infini. Les membres de la communauté se regardèrent d'un air effrayé.

L'abbesse Draigen leva la main et le silence se fit.

— Mes sœurs, vous vous oubliez, les admonesta-t-elle.

Puis elle entama son discours, tête baissée.

— Nous pleurons la perte d'une personne que nous ne connaissons pas, et donc aucune élégie ne peut célébrer son départ. Une âme vient de s'envoler vers l'étreinte sacrée de Dieu qui, lui, la connaît et cela suffit. Il connaît aussi la main qui a tranché le fil de sa courte vie. Nous pleurons la perte d'une sœur, mais nous nous réjouissons car nous savons qu'elle a rejoint Notre-Seigneur qui la tient en Sa sainte garde.

À un signal de l'abbesse, six des sœurs de la communauté s'avancèrent et hissèrent le cercueil sur leurs épaules, puis, menées par Draigen, elles sortirent de la chapelle suivies par le reste de la congrégation.

Les nonnes cheminaient deux par deux et Fidelma venait en dernier. Une autre religieuse se tenait elle aussi en retrait, que sœur Brónach attendait pour marcher avec elle. Tout d'abord, Fidelma pensa que cette femme était de petite taille, mais en la voyant s'appuyer sur un bâton et s'avancer en se contorsionnant bizarrement, elle comprit qu'elle avait les jambes déformées malgré un buste tout à fait normal. La jeune fille avait un visage large, assez ordinaire, et de grands yeux bleus larmoyants. Elle se balançait d'un côté sur l'autre, se déplaçant par à-coups à l'aide de son bâton afin de suivre la procession. Fidelma ressentit une grande compassion pour la jeune sœur et se demanda ce qui lui valait cette infirmité.

Le ciel s'était éclairci et le cortège se fraya un chemin entre les bâtiments pour se diriger vers la forêt. Une des sœurs, qui possédait une jolie voix, entama des psalmodies en latin que les autres reprenaient en chœur.

Cantemus in omni die
concinentes uarie,
conclamantes Deo dignum
hymnum sanctae Mariae

Tout en avançant, Fidelma en murmura la traduction : « Clamons chaque jour notre foi, que nos voix s'élèvent vers Dieu en diverses harmonies, chantons un hymne digne de Marie la très sainte. »

Elles s'arrêtèrent dans une clairière où un cimetière avait été aménagé. Il s'y pressait une multitude de croix et de pierres commémoratives sur un sol recouvert d'une neige poudreuse. L'abbesse avait conduit le cercueil vers un coin isolé du cimetière. Là, les sœurs qui portaient la bière avec l'aisance et la force de l'habitude soulevèrent le corps qu'elles descendirent dans la fosse creusée la veille.

Fidelma connaissait le rituel qui allait suivre et remontait aux temps anciens. Deux sœurs munies de marteaux briseraient le cercueil en menus morceaux de crainte que de mauvais esprits l'utilisent pour emmener la défunte dans leurs excursions nocturnes. Des superstitions que la foi n'avait pas encore vaincues.

Une sœur toute jeune au physique agréable s'avança avec un énorme bouquet de rameaux aux feuilles persistantes. C'était sœur Lerben, la novice qui la veille avait conduit Fidelma aux appartements de l'abbesse. En passant devant elle, chaque sœur prenait un rameau qu'elle jetait dans la tombe après s'être recueillie un instant, puis regagnait sa place. Fidelma et la religieuse infirme, aidée de sœur Brónach, arrivaient en dernier. Fidelma s'effaça avec un sourire pour les laisser passer. Les branches de bouleau, que l'on appelait *ses sofais*, recouvraient le corps avant qu'il ne disparaisse sous la terre. Elles étaient censées le protéger des forces du mal.

L'abbesse Draigen s'avança pour jeter la dernière branche dans la fosse. Puis, alors que deux sœurs s'employaient à la combler, elle entonna les paroles du *Biait*, « béni » en irlandais, qui désignait le psaume 118, considéré comme l'invocation la plus puissante pour apaiser les souffrances de l'âme. L'abbesse ne récita pas le *Biait* dans son entier mais se contenta de quelques passages.

De mon angoisse, j'ai crié vers Yahvé,
il m'exauça, me mit au large.
Yahvé est pour moi, plus de crainte,
que me fait l'homme, à moi ?
Yahvé est pour moi, mon aide entre tous,
j'ai toisé mes ennemis.

Mieux vaut s'abriter en Yahvé
que se fier en l'homme ;
mieux vaut s'abriter en Yahvé
que se fier aux puissants.

Fidelma fronça le sourcil devant le ton véhément de l'abbesse, comme si les mots qu'elle prononçait recouvraient une signification cachée.

Maintenant, la cérémonie était terminée, la pauvre jeune fille sans tête avait reçu une inhumation décente et les prières qui convenaient avaient été dites en accord avec les rituels de la foi.

Le temps s'était réchauffé et Fidelma accueillit avec reconnaissance les rayons du soleil d'hiver sur son visage. Dans les bois, les oiseaux chantaient, éblouis par la lumière cristalline, et la brise bruissait dans les arbres d'où tombaient dans un léger chuchotement des amas de neige poudreuse. La solennité de la liturgie s'était changée en sérénité joyeuse.

Les sœurs retournaient sans se presser vers les bâtiments de l'abbaye tandis que l'infirme, toujours aidée par Brónach, se traînait péniblement sur le chemin. Quelqu'un toussa près de Fidelma. Elle se retourna et vit l'abbesse, accompagnée d'une jeune religieuse qui s'était tenue à sa droite au cours de la cérémonie.

— Bonjour, ma sœur, dit l'abbesse.

Fidelma lui retourna son salut.

— Quel était cet étrange bruit dans la chapelle qui a perturbé la communauté ? demanda-t-elle aussitôt.

Draigen fit une moue dédaigneuse.

— Depuis le temps, les sœurs devraient y être habituées. Je vous ai montré notre *subterraneus*.

— Mais, il ne s'étend pas jusqu'à la *duirthech*, et les bruits qui y résonnent ne devraient pas parvenir jusqu'à la chapelle.

— Cela est vrai, mais nous pensons que l'abbaye a été construite sur des grottes dont nous n'avons jamais trouvé l'entrée, sauf pour celle qui nous sert de cave. Je suppose qu'il y en a une sous la chapelle et qu'elle se remplit d'eau avec la marée, produisant les sons que nous avons perçus.

Fidelma reconnut que c'était possible.

— Donc vous les avez déjà entendus auparavant ?

L'abbesse Draigen parut brusquement agacée.

— Oui, à plusieurs reprises pendant les mois d'hiver. Un sujet sans intérêt, vraiment.

À l'évidence, cette histoire l'exaspérait. Elle se tourna vers sa compagne.

— Je vous présente sœur Síomha, notre hôtelière, qui a découvert le cadavre avec sœur Brónach.

Fidelma étudia avec surprise le joli visage de sœur Síomha. Sa beauté angélique convenait mal à la *rechtaire* d'une congrégation, une fonction généralement occupée par une personne expérimentée. Fidelma, surmontant son étonnement, adressa un sourire tardif à la jeune fille qui la toisa d'un air sévère.

— De nombreuses tâches m'attendent, ma sœur. Pourriez-vous être assez bonne pour me poser vos questions sans plus tarder ?

Le ton abrupt, à la limite de la courtoisie, contrastait tellement avec le physique de la demoiselle que Fidelma battit des cils, momentanément réduite au silence.

— Impossible, répliqua-t-elle enfin avec nonchalance.

Le malaise qu'elle lut dans les yeux de son interlocutrice la récompensa de sa petite comédie. Elle tournait les talons quand Síomha s'écria d'une voix aiguë :

— Je vous demande pardon ? tout en la suivant d'un pas hésitant.

Fidelma jeta un coup d'œil par-dessus son épaule.

— Je vous verrai à midi, à l'hôtellerie.

Puis elle s'éclipsa sans laisser à l'autre le temps de réagir.

Un instant plus tard, l'abbesse Draigen la rejoignait, légèrement essoufflée.

— Je ne comprends pas, ma sœur, déclara-t-elle tout en cheminant aux côtés de Fidelma. Hier soir, vous avez exprimé le désir de parler avec mon hôtelière.

— Tout à fait, mère abbesse. Mais vous n'avez pas oublié que ce matin je romps mon jeûne de la nuit avec Adnár. Il est d'ailleurs grand temps que je me mette en route.

Draigen la fixa d'un air désapprobateur.

— Je ne pense pas que cette visite à Adnár soit nécessaire. Dieu soit loué, cette affaire ne relève pas de sa juridiction.

— Pourquoi tant d'animosité, mère abbesse ?

— Parce que c'est un homme mesquin, rancunier, qui ne recule pas devant d'infâmes calomnies.

— Des médisances qui vous concernent ?

L'abbesse Draigen haussa les épaules.

— Je l'ignore et je ne m'en occupe guère. Les commérages d'Adnár me laissent indifférente. Mais il ne manquera pas d'essayer de vous entraîner dans ses complots.

— Cela explique-t-il qu'il ait tenté de rejoindre le bateau de Ross avant vous ?

— Évidemment. En tant que *bó-aire*, il est certainement contrarié d'avoir été privé de cette affaire. Il cherche par tous les moyens à exercer son pouvoir sur cette communauté.

— Pourquoi donc ?

L'abbesse pinça les lèvres d'un air fâché.

— Parce que cet homme présomptueux ne manque jamais une occasion de faire valoir son autorité.

Fidelma s'immobilisa brusquement et étudia l'abbesse avec attention.

— Adnár est le chef de ce territoire. Sa forteresse se dresse juste de l'autre côté de cette crique et cette abbaye fait partie de sa juridiction. Cependant, je crois deviner de graves différends entre lui et l'abbaye.

Fidelma s'était exprimée en choisissant ses mots, afin que l'abbesse ne prenne pas ses remarques pour une critique personnelle.

Draigen s'empourpra.

— Vous êtes libre de penser ce qu'il vous plaira, ma sœur, et d'interpréter à votre guise les événements dont vous serez le témoin.

Elle se détourna, changea d'avis et revint vers Fidelma.

— Si vous vous rendez chez Adnár à pied par le rivage, vous arriverez en retard. Mieux vaut emprunter la barque amarrée à notre quai. Elle vous permettra de rejoindre la forteresse en un quart d'heure.

Fidelma n'eut pas le temps de remercier l'abbesse qui s'éloignait déjà à grands pas.

Fidelma prit grand plaisir à la traversée. On passait devant l'embouchure de la petite rivière qui se déversait dans la crique, avec d'un côté l'élévation où se dressait l'abbaye et de l'autre le promontoire rocheux dénudé sur lequel avait été construite la forteresse ronde. Comment Ross l'appelait-il, déjà ? la forteresse de la déesse-vache – Dún Boí. Fidelma admira la prévoyance des constructeurs du fort, qui commandait l'entrée du bras de mer et aussi de la baie de plusieurs miles de large. Les forêts qui couvraient le promontoire et faisaient obstacle à la surveillance des bateaux avaient été abattues, et le bois mis à profit pour édifier les bâtiments qui s'élevaient au-delà du mur d'enceinte de granit gris.

Alors qu'elle ramait, Fidelma entendit un cri lancé par une silhouette sombre debout sur le mur du bastion. En bas de la muraille, un homme se mit à courir. On l'avait repérée et on allait annoncer son arrivée à Adnár.

Le temps que Fidelma amène sa barque le long de l'appontement en bois en contrebas de la forteresse, Adnár lui-même l'y attendait avec deux de ses guerriers. Il lui sourit et lui tendit la main pour l'aider à sauter à quai.

— Bienvenue, ma sœur. Le voyage n'a pas été trop dur ?

Fidelma ne put s'empêcher de rire.

— J'y ai survécu, merci.

— Il me semble avoir entendu sonner la cloche de l'abbaye pour un enterrement.

— Vous avez entendu juste. C'était le service pour l'inconnue.

— Cela signifie-t-il que vous avez découvert son identité ?

Fidelma secoua la tête. Elle avait cru détecter une note d'inquiétude dans la voix d'Adnár.

— L'abbesse a décidé que le cadavre serait inhumé sans que l'on inscrive de nom sur sa tombe. Si elle avait attendu plus longtemps, elle plaçait la communauté dans une situation qui risquait de la mettre en péril.

— En péril, vraiment ?

Adnár semblait distrait, plongé dans ses pensées, puis il s'exclama :

— Ah ! je vois. Donc vous n'avez pas encore rendu vos conclusions ?

— Non.

Adnár désigna d'un geste de la main le sentier qui menait à une porte en bois encastrée dans la muraille.

— Par ici, ma sœur. Je suis enchanté que vous soyez venue. Je n'étais pas certain que vous tiendriez votre promesse.

— Je vous avais promis de venir rompre le jeûne de la nuit avec vous et je n'ai qu'une parole, s'étonna Fidelma.

Le grand *bó-aire* au physique avantageux et aux cheveux de jais ouvrit les mains en un geste d'excuse tout en s'effaçant pour la laisser passer avant de refermer la porte derrière eux.

— Ne vous méprenez pas, c'est juste que l'abbesse Draigen ne m'apprécie guère.

— Je m'en suis aperçue hier, répliqua Fidelma.

Elle suivit Adnár qui grimpa un escalier en pierre donnant sur un grand bâtiment en chêne aux doubles portes sculptées. Elle nota que les deux guerriers qui les avaient accompagnés à une certaine distance montaient maintenant la garde au pied des marches.

Une fois à l'intérieur, Fidelma resta interdite devant la scène qui s'offrait à elle. Dans la chaleureuse salle des banquets d'Adnár, un feu ronflait dans une énorme cheminée, au milieu d'une pièce richement décorée et d'un luxe peu habituel chez un simple *bó-aire*, un chef qui ne possédait que des vaches et aucune terre. Sur les murs lambrissés de bois d'if brillaient des boucliers de bronze et d'argent entre de riches tapisseries importées de l'étranger. Elle remarqua des sacoches suspendues à des patères et un lutrin pour lire les ouvrages qu'elles contenaient. Des peaux de loutre, de daim ou d'ours étouffaient les bruits de pas. Sur une table circulaire étaient disposés des fruits, des viandes froides, différents fromages et des pichets d'eau et de vin.

— Voilà une magnifique demeure, Adnár, commenta Fidelma, perplexe devant l'abondance de nourriture.

— Ne vous fiez pas à la munificence de sa table, elle a été dressée en votre honneur, d'ordinaire, il a des goûts plus simples.

Fidelma s'était vivement retournée en entendant une voix claire et bien timbrée.

Un jeune homme au visage fin venait d'entrer dans la pièce. En le voyant, Fidelma eut un mouvement de recul. Ce garçon lui était profondément antipathique. Une barbe de deux jours bleuissait ses joues creuses. Mince, le nez busqué, les lèvres rouges et peu charnues, il avait de grands yeux noirs en perpétuel mouvement, constamment sur le qui-vive, qui vous mettaient mal à l'aise et lui donnaient un air sournois. Il portait une pelisse de mouton sans manches avec un ceinturon sur une chemise safran, et un collier d'or rouge autour du cou. Fidelma nota également la dague à poignée incrustée de pierreries dans un fourreau de cuir à sa ceinture. Arborer une dague dans une salle de banquet était le privilège des hommes et des femmes de haut rang, et aucune autre arme n'était tolérée dans un tel lieu.

Le jeune homme n'avait pas dépassé de beaucoup « l'âge du choix », celui de la maturité. Fidelma lui donnait dix-huit ou dix-neuf ans tout au plus.

Adnár s'avança d'un pas.

— Sœur Fidelma, permettez-moi de vous présenter Olcán, fils de Gulban Œil-de-Faucon, prince et souverain des Beara, sur le territoire duquel nous nous trouvons.

Olcán lui tendit une main moite et sans vie, et Fidelma fut parcourue d'un frisson de dégoût. Elle avait l'impression de toucher la chair d'un cadavre.

Juger quelqu'un selon son physique était répréhensible. Que disait déjà Juvenal à ce sujet ? *Fronti nulla fides*. Il ne faut pas se fier à l'aspect extérieur. Et elle était bien placée pour savoir qu'un verdict hâtif, prononcé en s'appuyant sur les apparences, ne plaidait pas en faveur de la justice.

— Bienvenue, ma sœur. Adnár m'a averti de votre arrivée et m'a expliqué les raisons qui motivaient votre visite.

Elle n'avait jamais rencontré Olcán auparavant mais elle savait que son père, Gulban, se targuait de descendre du grand roi de Muman, Ailill Olum, qui avait régné trois ou quatre siècles auparavant et dont sa propre lignée était issue. Elle n'ignorait pas non plus que Gulban n'était le chef que d'un « sept » du grand clan des Loígde.

— J'ignorais que vous résidiez ici, Olcán.

Le jeune homme secoua la tête.

— Je n'y réside pas. Je ne suis qu'un invité venu ici pour pêcher et chasser. Je profite de la généreuse hospitalité d'Adnár.

Pris d'une quinte de toux, il se détourna légèrement

Derrière lui, un bel homme aux larges épaules d'une quarantaine d'années s'avança, vêtu de l'habit des religieux. Fidelma ne pouvait nier son pouvoir de séduction. Il arborait la tonsure de saint Jean. Ses cheveux d'un roux flamboyant, qui brillaient dans la lumière se déversant des fenêtres, étaient rasés sur le devant de la tête. De grands yeux bleus, un nez fort, une bouche sensuelle et prête à sourire lui donnaient un visage avenant, mais ses paupières teintes d'un jus de baies rouges y ajoutaient une note sombre. Il s'agissait d'une ancienne coutume que perpétuaient certains religieux et qui remontait au temps des druides. De nombreux missionnaires irlandais voyageant dans des terres étrangères avaient adopté cet usage pour mieux se reconnaître entre eux.

Adnár se précipita pour faire les présentations.

— Frère Febal, mon *anam-chara*, qui veille sur la spiritualité de ma communauté.

La tradition voulait que l'on ait une « âme sœur » à qui confier ses problèmes et ses angoisses. L'Église de Rome fonctionnait différemment puisqu'elle encourageait ses fidèles à confesser leurs péchés à un prêtre. Mais dans les cinq royaumes, l'*anam-chara* correspondait à un confident et à un guide spirituel plutôt qu'à un confesseur chargé de vous punir pour vos transgressions. Le visage du beau religieux s'éclaira d'un sourire chaleureux, sa poignée de main était ferme, et pourtant il n'inspirait aucune confiance à Fidelma. Il évoquait irrésistiblement des images de chambres à coucher féminines et de boutons de porte tournés à la dérobée. Elle essaya de chasser cette impression malséante de son esprit.

Olcán, qui assumait maintenant délibérément le rôle d'hôte dans la salle des banquets, fit signe à Fidelma de prendre place à ses côtés tandis qu'Adnár et frère

Febal s'asseyaient en face d'eux. Aussitôt, un jeune serviteur s'avança pour leur verser du vin.

— Comment va votre frère Colgú ? s'enquit Olcán. Le règne de notre nouveau souverain s'annonce-t-il bien ?

— Il était en parfaite santé quand je l'ai vu pour la dernière fois à Ros Ailithir, répliqua Fidelma. Lorsque je me suis embarquée pour l'abbaye du Saumon des trois sources, il venait de partir pour Cashel.

— Ah ! Ros Ailithir ! lança Olcán. Tout Muman a été transporté d'admiration devant la façon exemplaire dont vous y avez résolu le mystère du meurtre du vénérable Dacán[1].

Fidelma esquissa un sourire embarrassé. Elle n'aimait pas que l'on considère son travail comme une tâche sortant de l'ordinaire.

— Il s'agissait d'une affaire assez complexe mais en tant qu'avocate des cours de justice, il est de mon devoir de sonder les cœurs et de dévoiler la vérité. Cependant quand vous dites que *tout* Muman s'extasiait devant ma résolution de l'énigme, je doute que vous parliez pour votre peuple, les Loígde. Salbach, votre ancien chef, n'a pas été épargné par mon enquête.

— Salbach était un imbécile qui ne refrénait pas son ambition, répliqua Olcán avec un mépris non dissimulé. Mon père, Gulban, s'est plus d'une fois querellé avec lui lors des assemblées du clan. Il n'était pas le bienvenu sur cette terre.

— Pourtant, le peuple de Beara appartient aux Loígde, fit remarquer Fidelma.

— Notre fidélité et notre obéissance vont d'abord à Gulban, dont le suzerain siège à Cuan Dóir. Enfin

1. Voir *Les Cinq Royaumes*, *op. cit.*

peu importe, maintenant Salbach a été destitué et remplacé par Bran Finn Mael Ochtraighe. Personnellement, je m'intéresse assez peu à ces questions et de ce point de vue, mon père et moi...

Il grimaça un sourire.

— ... sommes brouillés. Voyez-vous, j'estime que la vie nous a été accordée pour que nous en profitions et quelle meilleure manière de lui rendre honneur que la chasse ?

Il s'arrêta brusquement après cette belle envolée et hésita une seconde.

— Toujours est-il que vous nous avez débarrassés d'un incompétent dangereux, conclut-il abruptement.

— Je n'ai rien fait d'autre que mon devoir d'avocate.

— Voilà qui n'est pas à la portée de tout le monde, votre réputation vous précède, Fidelma. Adnár m'a appris qu'une nouvelle affaire nous valait l'honneur de votre visite. Est-ce vrai ?

Il lui offrit un plat de viandes froides qu'elle refusa pour se servir de l'avoine, des noix et des pommes.

— Mais oui, intervint Adnár.

Frère Febal, concentré sur son assiette, semblait ne pas s'intéresser au tour que prenait la conversation.

— Je me suis déplacée à la demande de l'abbesse Draigen qui avait prié l'abbé Brocc de lui envoyer un *dálaigh*, confirma Fidelma.

— Ah !

Olcán poussa un profond soupir tout en étudiant avec attention la lie qui s'était déposée dans le gobelet de vin qu'il venait de vider. Puis il leva les yeux sur Fidelma.

— On m'a assuré que sur cette terre, l'abbesse a une certaine réputation. On considère qu'elle n'est pas... comment dirais-je ? très avancée spirituellement. Qu'en dites-vous, frère Febal ?

Febal leva les yeux de son assiette, fixa un instant Fidelma de ses yeux bleu azur, et baissa à nouveau la tête.

— C'est exact, mon prince, on prétend que l'abbesse Draigen manifesterait des tendances contre nature.

Fidelma plissa les paupières et se pencha vers lui.

— Cela vous dérangerait-il d'être plus explicite ?

Frère Febal parut surpris, coula un regard interrogateur en direction d'Olcán et Adnár, et son expression se fit distante.

— *Sua cuique sunt vitia*, entonna-t-il.

— Je vous accorde que nous avons tous nos vices, mais si vous précisiez ceux que vous attribuez à l'abbesse ?

— Je crois que nous savons tous à quoi frère Febal fait allusion, intervint Adnár d'un ton irrité, comme s'il reprochait à Fidelma de faire exprès de ne pas comprendre. En d'autres termes, si le corps d'une jeune fille était découvert à l'abbaye et que je sois chargé de l'enquête, je chercherais la coupable dans l'enceinte même du monastère. Le mobile est certainement né d'une passion pervertie.

Fidelma s'adossa dans son fauteuil et le regarda avec curiosité.

— Et c'est pour me dire cela que vous m'avez invitée en ces lieux ?

Adnár inclina la tête.

— Tout d'abord, je vous avais conviée ici afin que vous enregistriez ma plainte, puisque l'Église avait dépêché un des siens pour traiter cette affaire à la demande de la principale suspecte. J'étais persuadé que vous aviez pour mission d'exonérer l'abbesse de toute charge pesant contre elle.

— Et maintenant ?

Mal à l'aise, Adnár jeta un coup d'œil à Olcán.

— Eh bien, Olcán se porte garant de votre réputation. Il m'a rapporté que le haut roi en personne vous avait accordé sa confiance, ainsi que des rois et des princes étrangers. Je suis donc très heureux de votre médiation, ma sœur, et persuadé que toute personne que vous estimerez coupable sera jugée selon ses fautes.

Fidelma réfléchissait. Une accusation de cette gravité portée contre le chef d'une communauté religieuse donnait à penser.

— Que les choses soient claires, Adnár, dit-elle en détachant ses mots. Vous affirmez ouvertement que l'abbesse Draigen est responsable de la mort de cette jeune fille. Selon vous, cet acte visait donc à empêcher que ses goûts sexuels ne soient révélés au grand jour ?

Adnár allait répondre quand Olcán l'en empêcha.

— Loin d'Adnár l'idée de porter une accusation officielle. Il n'a fait qu'indiquer une piste possible pour vos investigations. Il est de notoriété publique que l'abbesse Draigen a une prédilection pour les séduisantes jeunes religieuses et les encourage à rejoindre sa congrégation. Il ne s'agit peut-être que de médisances. Cependant, ce cadavre découvert à l'abbaye autorise Adnár à vous informer de ces rumeurs insistantes afin que vous les preniez en compte dans votre enquête.

Tandis qu'il parlait, Fidelma étudiait attentivement le jeune homme. Il respirait la franchise et semblait animé par le désir de bien faire, mais, mine de rien, son intervention était suffisamment habile pour sortir Adnár d'un mauvais pas. Car vu la façon dont la conversation s'était engagée, Adnár pouvait très bien avoir à répondre devant la loi du délit de calomnie. Pendant qu'Olcán jouait à l'homme intègre, soucieux d'informer Fidelma le plus fidèlement possible sur la situation, frère Febal ne semblait pas concerné par l'affaire. Il s'était resservi et continuait de manger, imperturbable.

Fidelma poussa un profond soupir.

— Très bien. Cet entretien ne sortira pas de ces murs, dit-elle enfin. En retour, je m'engage à suivre toutes les pistes qui me seront proposées pour découvrir le ou les coupables, quels que soient leur rang et leur position.

Olcán se renversa sur son fauteuil, visiblement soulagé.

— Ai-je bien résumé la situation, Adnár ?

— Très bien, acquiesça celui-ci. Je suis certain, Fidelma, que vous trouverez, au cours de vos investigations, des personnes qui appuieront notre point de vue sur l'abbesse Draigen. Frère Febal parle en tant qu'homme d'Église. Il est contrarié par les rumeurs qui lui sont parvenues et soucieux de la réputation de l'Église.

Fidelma adressa un regard aiguisé au religieux.

— Ainsi, les rumeurs seraient multiples ?

— Elles ne sont pas isolées.

— Une seule a-t-elle été prouvée ?

Frère Febal haussa les épaules d'un air nonchalant.

— *Valeat quatum valere potest.*

Autrement dit, rien n'avait jamais été démontré et « prenez-le pour ce que ça vaut », déclarait le pieux religieux.

Fidelma marqua sa méfiance d'un claquement de langue agacé.

— Bon. Imaginons que votre accusation soit fondée. Cela suppose que de nombreuses personnes à l'abbaye sont complices de l'abbesse. Et si nous allons jusqu'au bout de cette logique, quelqu'un d'autre savait nécessairement que l'abbesse avait une liaison avec la jeune fille assassinée. Si ce corps est celui d'une religieuse appartenant à la congrégation, il y a eu collusion. Ou alors la jeune fille était originaire de la région, auquel cas on se demande pourquoi personne ne vous a signalé sa disparition, Adnár, puisque vous exercez ici la fonction de *bó-aire*. Troisième hypothèse, elle venait d'ailleurs et résidait à l'abbaye. Là encore, la communauté de l'abbaye en aurait été collectivement informée.

Frère Febal jeta un rapide coup d'œil à Fidelma.

— Nous voyons là un superbe échantillon de vos pouvoirs de déduction, ma sœur, lança-t-il d'un ton faussement admiratif. Tout ce que demande notre seigneur c'est que vous usiez de votre talent avec impartialité pour découvrir l'assassin. *Res in cardine est.*

Le ton protecteur et condescendant du religieux commençait à énerver Fidelma. Et ses sempiternelles citations latines la fatiguaient. Déclarer qu'« il suffit d'ouvrir la porte » pour trouver la vérité impliquait que Fidelma ne manquerait pas de la découvrir rapidement. Et il avait fait précéder cette remarque d'une insulte délibérée qu'elle ne pouvait laisser passer, car il doutait ouvertement de sa probité.

— La validité de mon serment en tant qu'avocate des cours de justice des cinq royaumes n'a jamais été remise en question jusqu'à aujourd'hui, répliqua-t-elle d'un ton sec.

Aussitôt, Olcán lui posa la main sur le bras pour l'apaiser.

— Ma chère sœur, je crois que frère Febal a mal formulé sa pensée. Il exprime simplement ses inquiétudes sur cette affaire. D'ailleurs, Adnár et moi sommes également très troublés. Après tout, ce crime horrible a eu lieu sur le territoire d'Adnár, et vous conviendrez qu'en tant que magistrat, il est habilité à vous notifier son désarroi et ses appréhensions. Adnár a prêté allégeance à mon père, Gulban, dont par la force des choses je représente les intérêts. Et donc je partage son émotion.

Fidelma se repentit intérieurement d'avoir manifesté son irritation. Parfois, elle se laissait trop facilement aller à la colère.

— Bien sûr, répliqua-t-elle avec un bref sourire. Cependant, je suis très susceptible quant à ma réputation de *dálaigh*.

— Nous sommes très heureux de nous en remettre à vous et à votre compétence en ce qui concerne ces événements. Et je suis certain que frère Febal regrette que ses paroles aient pu prêter à une interprétation déplaisante.

Les lèvres charnues de frère Febal s'étirèrent en un sourire doucereux.

— *Peccavi*, déclara-t-il, la main sur le cœur.

Fidelma ne prit pas la peine de lui répondre et Olcán s'empressa de passer à un autre sujet.

— C'est votre première visite à la terre de Beara ?

Fidelma répondit que c'était la première fois qu'elle visitait cette péninsule.

— C'est un endroit magnifique, même au cœur de l'hiver, et le berceau de nos ancêtres, s'enthousiasma Olcán. Saviez-vous que c'est sur ce rivage que les fils de Míl, le premier des Gaëls, ont accosté ? C'est ici qu'Amairgen, le druide, a promis aux trois déesses du Dé Danaan, Banba, Fodhla et Éire, que le pays porterait à jamais leurs noms.

Fidelma fut soudain amusée par l'enthousiasme du jeune homme pour son pays natal.

— Quand j'en aurai terminé avec ma mission, peut-être prendrai-je le temps de faire plus ample connaissance avec cette région, répondit-elle avec le plus grand sérieux.

— Alors je serai ravi de vous accompagner, dit Olcán. Regardez, depuis cette montagne, derrière vous, je vous indiquerai l'île, à peine visible à l'œil nu, où le dieu de la mort, Donn, rassemblait les âmes des défunts pour les transporter vers l'ouest, vers l'autre monde, dans son grand vaisseau noir. Adnár est également féru d'histoire locale. N'est-ce pas, Adnár ?

Le chef hocha docilement la tête.

— Si vous désirez visiter ces anciens sites, nous serons très heureux de vous servir de guides.

— Vous m'en voyez ravie, dit Fidelma qui parlait avec sincérité, car elle avait toujours été fascinée par ces légendes. Mais maintenant, il est temps que je rejoigne l'abbaye pour y poursuivre mes recherches.

Elle se leva et les trois hommes l'imitèrent à regret.

Olcán posa négligemment sa main sur le coude de Fidelma et la guida hors de la salle des banquets. Frère Febal se rassit et poursuivit son repas sans ébaucher un seul geste en direction de l'invitée tandis qu'Adnár la suivait avec empressement.

— J'ai été très content de vous rencontrer, Fidelma, dit Olcán alors qu'ils s'arrêtaient un instant en haut des marches. Quel dommage que l'on doive votre visite à un événement aussi tragique !

Le paysage baignait dans une lumière opalescente. Olcán fixa le navire breton ancré dans la baie, trapu et solitaire.

— C'est bien le vaisseau qui vous a amenée de Ros Ailithir ? demanda-t-il en l'examinant avec un soudain intérêt.

Fidelma lui résuma le mystère qui entourait le bâtiment.

— Cet après-midi, j'enverrai mes hommes à bord, affirma Adnár d'un ton décidé.

Surprise, Fidelma se tourna vers lui.

— Pour quoi faire ?

Adnár lui adressa un sourire suffisant.

— Vous n'êtes pas sans connaître les lois qui régissent les objets récupérés sur la mer ?

La réaction de Fidelma ne se fit pas attendre.

— C'est une plaisanterie ou vous parlez sérieusement ? Le sarcasme n'a jamais gagné la partie contre la logique. Je connais les lois auxquelles vous faites allusion et donc permettez-moi d'insister. À quel titre vous permettrez-vous d'envoyer vos hommes sur ce navire breton afin d'en revendiquer la propriété ?

Piqué au vif, Adnár s'était empourpré et Olcán le contemplait d'un air d'ironie désabusée.

Vexé, le *bó-aire* pinça les lèvres.

— Je suis féru des textes des *muir-bretha*, ma sœur. En tant que magistrat d'une partie de cette côte, je les ai étudiés de près. Tout navire en perdition qui aura été sauvé m'appartient.

Olcán se tourna vers Fidelma avec un sourire d'excuse.

— Il n'a pas tout à fait tort. Mais cela n'est valable que dans la mesure où l'objet ainsi récupéré n'excède pas cinq *séts*, un *sét* correspondant à la valeur d'une vache. Dans le cas contraire, le surplus est divisé en trois, un tiers pour le *bó-aire*, un tiers pour le dirigeant de ce territoire, mon père, et un tiers attribué aux chefs des principaux clans de la région.

Fidelma toisa Adnár qui exultait et se tourna vers Olcán.

— Vous avez oublié de préciser, déclara-t-elle d'un ton grave, que dans cette éventualité, votre père devrait également donner un quart de sa part au roi de la province, mon frère, qui à son tour remettrait un quart de son butin au haut roi. Telle est la loi des objets récupérés sur la mer.

— Par mon âme, votre réputation n'est pas usurpée, sœur Fidelma.

En vérité, Fidelma venait de lire les textes des *muir-bretha* pour l'affaire qu'elle avait eu à traiter à Ros Ailithir. Elle avait alors découvert qu'elle était très ignorante en la matière. Son étude récente expliquait la concision de son exposé.

— Et donc vous admettrez également, ajouta Adnár d'un air matois, qu'en tant que *bó-aire*, je me vois dans l'obligation de mettre Ross à l'amende pour ne pas m'avoir immédiatement prévenu, ainsi que les chefs de ce district, qu'il avait ramené ce navire en perdition dans ce port. Cela aussi est notifié dans les lois.

Fidelma contempla le visage rayonnant d'Adnár, à l'évidence très content de lui. Mais comme elle demeurait impassible et secouait lentement la tête, il parut désarçonné.

— Vous n'avez pas étudié avec suffisamment d'attention les lois des *frith-fairrgi* ou « prises de mer ».

— Comment cela ? s'exclama Adnár, visiblement intimidé par l'assurance de Fidelma.

— Voyez-vous, si un homme s'empare d'un objet de valeur flottant sur les flots, et cela vaut pour les embarcations et les épaves, et s'il a opéré à une distance de plus de neuf vagues comptées à partir du rivage, il en devient l'unique propriétaire. Personne ne peut exiger de lui la moindre part du butin, pas même le haut roi. Et donc je suis au regret de vous apprendre que ce navire appartient à Ross et à lui seul. Vous n'avez aucun droit sur lui.

La distance de neuf vagues correspondait à la longueur de la mesure appelée *forrach*, chaque *forrach* correspondant à cent quarante-quatre pieds. Or Ross avait repéré le navire en haute mer et non près de la côte.

Le symbole des neuf vagues remontait au temps des païens. Et aujourd'hui, même chez ceux qui avaient embrassé la nouvelle foi du Christ, le symbole magique des neuf vagues perdurait. Deux années auparavant, quand la redoutable peste jaune avait dévasté les cinq royaumes d'Irlande, Colmán, le professeur principal du collège du bienheureux Finbarr, à Cork, s'était enfui avec ses élèves sur une île afin de mettre neuf vagues entre lui et la terre irlandaise. Il affirmait que « la pestilence ne peut pas se frayer un chemin au-delà de neuf vagues ».

Atterré, Adnár fixait Fidelma.

— Vous moquez-vous ? lança-t-il d'un air mauvais.

En voyant la tête de Fidelma, Olcán éclata d'un rire plein de gaieté qui détendit l'atmosphère.

— Cela m'étonnerait, Adnár. Aucun officier des cours de justice ne plaisante avec la loi. Vous aurez été mal informé sur ces textes, mon cher *bó-aire*.

Ce dernier adressa un regard outragé au jeune prince.

— Mais... commença-t-il, ce qui lui valut un froncement de sourcils courroucé d'Olcán.

— Assez ! Cette histoire commence à me fatiguer, de même que sœur Fidelma, j'en suis sûr.

Puis, tout sucre et tout miel, il se tourna vers Fidelma.

— Nous n'allons pas vous retenir plus longtemps. Vous n'oublierez pas les avis d'Adnár et de frère Febal, n'est-ce pas ? Mais je n'ai aucun doute là-dessus, poursuivit-il sans lui laisser le temps de répondre. Et si jamais vous avez besoin de quoi que ce soit au cours de votre séjour sur la terre de Beara, je suis votre disposition, je parle en mon nom et en celui de mon père Gulban, naturellement.

— Olcán, vos paroles me vont droit au cœur, répondit Fidelma avec beaucoup de sérieux. Et maintenant, je dois accorder mon attention à des tâches plus urgentes. Adnár, je vous remercie pour votre hospitalité... et pour vos conseils.

Elle sentit leurs regards peser sur elle tandis qu'elle rejoignait l'appontement et qu'un guerrier silencieux l'aidait à monter dans son embarcation. Tandis qu'elle ramait sur les eaux tranquilles, ils continuaient de l'observer du haut des murailles et cette insistance la mit mal à l'aise. Décidément, quelque chose la dérangeait dans cette visite à la forteresse.

Ces deux-là l'avaient bien accueillie et elle avait du mal à analyser sa méfiance à leur égard. Physiquement, Olcán était assez repoussant, mais il s'était montré aimable et d'un commerce agréable. Adnár avait tenté de s'approprier le navire breton, ce qui en soi répondait à un désir assez ordinaire. Elle ne lui en tenait pas rigueur. Non, ce qui la gênait le plus, c'est cette antipathie qu'ils suscitaient chez elle, et qui ne reposait sur aucune logique. Ils la hérissaient sans que rien ne le justifie. Peut-être leur en voulait-elle de leur connivence pour répandre des calomnies sur Draigen ? Vérifier leurs histoires ne lui prendrait pas longtemps. Et s'il apparaissait qu'ils disaient la vérité, cela justifiait-il que ces accusations retombent sur toute la communauté ?

Elle manœuvra sa barque pour l'amener le long du quai de l'abbaye. Alors qu'elle amarrait l'embarcation, elle entendit le gong.

CHAPITRE VI

À midi et demi, alors qu'elles avaient rendez-vous à midi, sœur Síomha n'était toujours pas apparue à l'hôtellerie et Fidelma décida de partir à sa recherche. Comme elle traversait la cour, Fidelma vérifia l'heure au cadran solaire central. Il était magnifiquement ouvragé et portait une citation latine : « *Horas non numero nisi serena* – je ne compte que les heures lumineuses. » Les nuages chargés de neige qui s'étaient attardés au-dessus de l'abbaye pendant la nuit s'étaient depuis longtemps enfuis, et le soleil brillait.

Ce fut la ravissante sœur Lerben qui orienta Fidelma vers la tour carrée s'élevant derrière la chapelle. Fidelma avait découvert que la jeune nonne travaillait moins comme assistante de l'abbesse que comme domestique attachée à son service. D'après Lerben, sœur Síomha veillait sur la clepsydre dans la tour, une construction en bois aux fondations en pierre qui s'élevait à une hauteur de trente-cinq pieds, juste à côté de la réserve où Fidelma s'était rendue la veille. Tout au sommet, qui était plat, elle apercevait la cloche principale, celle qui appelait la communauté à la prière.

En grimpant l'escalier, Fidelma se sentit envahie par la contrariété en songeant à l'arrogance de l'hôtelière qui s'était permis d'ignorer sa convocation. Si un *dálaigh* exigeait la présence d'un témoin, ce dernier était tenu d'obéir sous peine d'amende et Fidelma était bien décidée à donner une leçon à cette petite prétentieuse.

Les étages consistaient en une série de grandes pièces superposées avec un plancher de bouleau étayé par de lourdes poutres en chêne d'où partaient, dans un coin, des volées de marches permettant d'accéder aux différentes salles. Chacune était percée de quatre petites fenêtres qui laissaient filtrer une pauvre lumière mais donnaient accès à l'ensemble du paysage environnant. On avait expliqué à Fidelma que le premier et le deuxième étage étaient occupés par la *tech-sceptra* ou maison des manuscrits, la bibliothèque. Ces pièces étaient traversées de cadres en bois auxquels avaient été fixées des patères ; à chaque patère était accroché un *tiag liubhair*, une sacoche à livre.

Fidelma s'arrêta un instant, émerveillée par le nombre d'ouvrages que recelait l'abbaye du Saumon des trois sources. Elle en compta une bonne cinquantaine, répartis sur deux étages. Elle en examina quelques-uns avec attention et, à sa grande surprise, découvrit des copies des œuvres de l'éminent érudit irlandais Longarad de Sliabh Marga. Une autre sacoche contenait les travaux de Dallán Forgaill de Connacht, qui avait présidé les grandes assemblées de bardes de son époque avant d'être assassiné, soixante-dix ans auparavant. On avait soupçonné Guaire l'Hospitalier, roi de Connacht, de ce meurtre mais aucune preuve n'était venue étayer cette hypothèse. Fidelma avait longuement réfléchi à cette énigme de l'histoire, regrettant de ne pas avoir vécu à cette époque pour tenter de percer le mystère de la mort de Dallán.

Elle ouvrit une troisième sacoche et en sortit une copie du *Teagasc Rí*, « Les Instructions du roi ». L'auteur de cet ouvrage, le haut roi Cormac Mac Art, s'était éteint à Tara en 254 après J.-C. Il n'appartenait pas à la vraie foi, mais était réputé pour sa sagesse et s'était révélé un excellent monarque. Il avait rédigé un traité sur la santé physique et mentale, le mariage, les bonnes manières et la meilleure façon de conduire son existence. Fidelma sourit en se rappelant son premier jour d'étude sous la férule du brehon Morann de Tara. Cette rencontre avec un maître célèbre l'avait tellement intimidée qu'elle en était restée muette. Malgré tous ses efforts, aucun son ne sortait de sa bouche et Morann avait alors cité Cormac : « Si vous êtes trop bavarde, on vous prêtera peu d'attention et si vous vous enfermez dans le silence, on vous accordera peu d'importance. »

Elle fronça les sourcils en remarquant des taches d'argile rouge sur certaines feuilles en vélin du livre. Comment une bonne bibliothécaire pouvait-elle tolérer qu'un tel trésor soit ainsi maltraité ? Elle le remit en place en se promettant de parler de sa condition lamentable à la bibliothécaire. Puis elle reprit son ascension en se reprochant de s'être laissé distraire de sa mission.

Arrivée au deuxième étage, elle déboucha sur une pièce destinée aux scribes et aux copistes de la communauté. Elle était vide mais sur les tables, à côté de flacons remplis d'une encre noire que l'on obtenait grâce à du charbon, s'empilaient les plumes d'oie, de cygne et de corbeau prêtes à être aiguisées. Sur des planchettes étaient tendus des vélins, des peaux de mouton, de chèvre ou de veau.

Fidelma supposa sur les scribes qui occupaient cette salle s'étaient rendues au réfectoire après l'angé lus de midi. La lumière pâle qui arrivait des fenêtres exposées au sud et à l'ouest réchauffait la pièce et lui donnait un aspect chaleureux et confortable, malgré l'air glacé. Elle songea que cet endroit spacieux et serein était propice au travail et à l'étude, et la vue magnifique. Elle vit la mer chatoyante qui enserrait l'île et les caps de la baie. Le navire breton, voiles ferlées, était toujours au mouillage, mais elle ne voyait aucun signe d'Odar et de son compagnon. Elle supposa qu'ils se reposaient ou prenaient leur repas de la mi-journée. L'eau qui reflétait le ciel clair étincelait autour du vaisseau. À l'ouest, elle distinguait la forteresse d'Adnár, puis, se tournant vers le nord-est, elle contempla les forêts derrière l'abbaye et les montagnes aux sommets neigeux, qui couraient le long de la péninsule. On aurait dit le dos strié d'un lézard.

Elle rejoignit la fenêtre orientée au nord. Tout en bas, les bâtiments de l'abbaye encerclaient la grande clairière du promontoire peu élevé. L'endroit semblait désert et Fidelma en déduisit que les sœurs étaient bien allées se restaurer. L'abbaye du Saumon des trois sources s'élevait dans un site superbe. Juste au-dessous de Fidelma, la grande croix blanche resplendissait à l'entrée de la cour avec son cadran solaire central. Les bâtiments qui la délimitaient ne communiquaient pas entre eux. La *duirthech*, la chapelle, occupait tout un côté de la cour pavée. Derrière les principaux bâtiments s'étendaient plusieurs constructions, la majorité en bois et quelques-unes en pierre, où vivait et travaillait la communauté.

Fidelma allait se détourner de la fenêtre quand quelque chose attira son attention, sur un chemin à environ un demi-mile de là. Le sentier, qui menait sans doute à la forteresse d'Adnár, serpentait à flanc de montagne et disparaissait dans la forêt. Fidelma plissa les paupières. Une douzaine de cavaliers y guidaient précautionneusement leurs chevaux, suivis par des hommes à pied. Elle eut pitié d'eux car, pour ne pas se laisser distancer, ils devaient presser le pas sur un terrain pentu et accidenté.

Les cavaliers qui menaient le cortège étaient richement vêtus, le soleil éclairait les couleurs vives de leurs vêtements et se réverbérait sur leurs boucliers. À la tête de la colonne, un des cavaliers brandissait, au bout d'une perche, une bannière en soie qui claquait au vent et dont Fidelma ne parvenait pas à distinguer l'emblème. Elle fronça les sourcils. De loin, on aurait cru qu'un des cavaliers avait deux têtes. Puis elle réalisa qu'un faucon était perché sur son épaule. Et la file de cavaliers suivie par les hommes à pied passa derrière les arbres et disparut de son champ de vision.

Fidelma attendit un instant qu'ils réapparaissent un peu plus loin, mais l'épaisse forêt de chênes les avait escamotés. Elle se demanda qui ils étaient et ce qu'ils faisaient là, puis les chassa de son esprit. À quoi bon s'embarrasser de questions dont elle n'avait pas les réponses ? Et elle gagna le troisième et dernier étage où l'on pénétrait par une trappe.

Fidelma fit son entrée sans s'annoncer.

Sœur Síomha, qui était penchée sur un grand bassin en bronze chauffant dans une cheminée en pierre, leva les yeux avec un froncement de sourcils irrité. En voyant Fidelma, son emportement céda la place à la méfiance.

— Je vous attendais, dit-elle d'un ton sec.

Devant cet accueil, Fidelma resta muette d'étonnement, ce qui lui arrivait rarement.

La *rechtaire* posa un récipient de cuivre sur la surface de l'eau, le regarda flotter et fit face à Fidelma.

Une fois de plus, cette dernière trouva que l'attitude désinvolte et le visage angélique, en forme de cœur, de cette jeune personne convenaient mal à la fonction d'hôtelière. En l'examinant de plus près, elle admira ses grands yeux couleur d'ambre, ses lèvres pleines et ses cheveux d'un brun chaud dont une mèche s'était échappée de sa coiffe. Avec son nez et ses joues éclaboussés de taches de rousseur, cette jeune nonne était l'image même de l'innocence. Pourtant, tout au fond de ses yeux candides brillait un feu que Fidelma avait du mal à définir, entre inquiétude et nervosité.

Fidelma se ressaisit et fixa la jeune fille d'un air sévère.

— Nous avions convenu de nous retrouver à l'hôtellerie à midi.

La religieuse secoua la tête.

— Du tout, répliqua-t-elle avec insolence. Vous m'avez dit que vous m'attendiez à midi et vous avez disparu sans me donner le temps de répondre.

Fidelma n'en croyait pas ses oreilles. Voilà une interprétation de leur conversation qui la laissait pantoise, surtout si l'on songeait que Fidelma avait imposé cette rencontre à la nonne pour répondre à ses impertinences, à son attitude peu coopérative et à son manque de respect pour la fonction de son interlocutrice. Apparemment, la leçon n'avait pas porté.

— Vous n'avez pas l'air de comprendre, sœur Síomha. Je suis avocate devant les cours de justice et en tant que telle, je jouis d'un certain nombre de droits. Dans la mesure où je vous ai convoquée comme témoin et où vous ne vous êtes pas présentée devant moi, vous êtes passible d'une amende.

Sœur Síomha poussa une exclamation de mépris.

— Votre loi ne me concerne pas. Je suis hôtelière de cette communauté et mes responsabilités réclament mon attention. Je ne réponds de mes actes que devant mon abbesse et n'obéis qu'à la règle de cette congrégation.

Stupéfaite, Fidelma se demanda si le comportement de la religieuse était à mettre sur le compte d'une obstruction à la loi ou d'un simple entêtement.

— Vous avez encore beaucoup à apprendre, Síomha, répliqua Fidelma avec mordant. Vous serez condamnée à me payer une amende dont je fixerai le montant, et pour m'assurer de votre obéissance, cela vous sera signifié en présence de l'abbesse. En attendant, veuillez me raconter comment vous avez découvert le corps avec sœur Brónach.

Sœur Síomha ouvrit la bouche pour protester puis se ravisa et se laissa tomber sur une chaise dans une position qui convenait mal à une religieuse. Apparemment elle ignorait tout de la modestie, de l'attitude effacée et des mouvements mesurés, elle n'avait pas croisé les mains et la soumission contemplative lui semblait étrangère. Son maintien respirait l'hostilité et l'arrogance.

Comme elle occupait l'unique siège de la pièce Fidelma n'eut pas d'autre recours que de rester debout Elle jeta un regard circulaire. Cette pièce était percée de quatre fenêtres, plus grandes que celles des étages inférieurs. Contre un des murs s'empilaient des bûches et des fagots. En face se trouvait la cheminée en pierre dont la fumée s'échappait par la fenêtre, à l'ouest. En changeant de direction, le vent la rabattait à l'intérieur où se répandait un parfum âcre de bois brûlé. Le seul autre meuble était une table où étaient posées de tablettes et quelques *graib* ou styles de métal. Et l fenêtre orientée au nord était à moitié obstruée par u immense gong en cuivre et un bâton.

Une échelle dans un coin donnait accès au toit pla de la tour où Fidelma savait que se dressait la struc ture d'où pendait une grosse cloche en bronze. En temps utile, une sœur grimpait là-haut pour appeler à la prière et aux services religieux.

Après cette rapide inspection, Fidelma se tourna vers Síomha, toujours affalée sur sa chaise.

— Vous n'avez pas répondu à ma question, dit-elle d'une voix calme.

— Sœur Brónach vous a déjà raconté ce qui s'était passé, répondit Síomha, le front buté.

Une étincelle brilla dans le regard de Fidelma.

— Et maintenant vous allez me le dire.

L'hôtelière réprima un soupir et récita sur le ton monocorde d'un enfant répétant une leçon apprise par cœur :

— Sœur Brónach est chargée de tirer l'eau du puits. Normalement, quand l'abbesse Draigen remonte dans ses appartements après les prières de midi, Brónach y a déjà apporté de l'eau. Ce jour-là, ni eau ni sœur Brónach. J'étais avec l'abbesse qui m'a demandé d'aller voir ce qui se passait...

— Sœur Brónach occupe la charge de portière de cette abbaye, c'est bien cela ? l'interrompit Fidelma, qui connaissait très bien la réponse mais voulait la déstabiliser.

La *rechtaire* la fixa, interdite, et eut un bref hochement de tête.

— Elle a passé ici bien des années. Elle est plus âgée que la plupart des femmes de cette communauté, à l'exception de notre bibliothécaire, notre doyenne. Elle porte ce titre par respect pour son âge plus que pour ses capacités.

— Vous ne l'aimez pas beaucoup, remarqua Fidelma d'une voix cassante.

— L'aimer ?

La question semblait surprendre la jeune fille.

— Ésope n'a-t-il pas écrit que l'amour est quasiment inexistant chez des êtres dissemblables ? Or je n'ai aucune affinité avec sœur Brónach.

— Il n'est pas nécessaire d'être son âme sœur pour ressentir de l'affection pour un autre.

— La pitié n'est pas une base saine pour l'affection, répliqua la jeune fille. Or c'est la seule émotion que m'inspire sœur Brónach.

Fidelma comprit qu'en dépit de sa vanité, Síomha n'était pas dénuée d'intelligence. Elle maniait assez bien la rhétorique, ce qui lui permettait de dissimuler ce qu'elle ressentait en son for intérieur. Mais Fidelma était néanmoins parvenue à la faire dévier de son récit préparé d'avance. Et Síomha ne se rendait pas compte qu'en s'animant, elle se trahissait bien plus qu'elle ne le croyait. Fidelma décida de l'attaquer par un autre angle.

— J'ai l'impression que vous avez établi peu de liens avec vos compagnes. Est-ce que je me trompe ?

Cette question lui avait été suggérée par les propos de sœur Brónach et à sa grande surprise, Síomha n'émit aucune protestation.

— En tant qu'hôtelière, je ne cherche pas à les séduire. Je dois prendre de nombreuses décisions qui ne sont pas toutes populaires et j'assume mes responsabilités.

— Bien sûr, vous prenez ces décisions en accord avec l'abbesse Draigen ?

— L'abbesse m'accorde toute sa confiance, dit la jeune fille avec un rien de forfanterie.

— Je vois. Revenons à la découverte du corps. Donc, à la requête de la mère abbesse, vous êtes partie à la recherche de sœur Brónach.

— Elle se tenait près du puits et m'a déclaré que la corde résistait. J'ai d'abord cru qu'elle essayait de trouver un prétexte à son retard.

— Et pourquoi donc ?

— J'avais tiré de l'eau une heure ou deux auparavant sans rencontrer de difficultés.

Fidelma se pencha en avant.

— Pourriez-vous être plus précise ?

Sœur Síomha inclina la tête. Elle semblait réfléchir.

— En tout cas, pas plus de deux heures auparavant.

— Et bien sûr, à ce moment-là, vous n'avez rien remarqué d'anormal ?

— Non, sinon je l'aurais dit, répliqua l'autre avec une pointe d'ironie.

— Certes, mais permettez-moi néanmoins d'insister : vous n'avez constaté aucun détail inhabituel autour du puits ? Pas de traces de sang dans la neige ?

— Non.

— Quelqu'un vous accompagnait ?

— Pourquoi quelqu'un m'aurait-il accompagnée ?

— Cela ne fait rien. Je veux simplement définir avec certitude le moment où l'on a descendu le corps dans le puits. Il semble que ce soit peu avant sa découverte. Ce qui signifie que la personne qui s'en est chargée a agi en plein jour et n'importe qui, dans l'abbaye, pouvait la remarquer. Vous ne trouvez pas cela étrange ?

— Je n'ai pas d'idée sur la question.

— Très bien. Poursuivez.

— Nous avons tiré la corde à grand-peine et découvert le cadavre qui y était attaché. Après l'avoir libéré nous sommes allées chercher l'abbesse.

Cette déposition correspondait à celle de sœur Brónach.

— Vous avez reconnu le corps ?

— Non. Pourquoi ? s'écria-t-elle d'une voix aiguë.

— Quelqu'un a-t-il disparu de cette communauté ?

Les yeux couleur d'ambre s'agrandirent imperceptiblement. Un court instant, Fidelma fut certaine d'avoir repéré une lueur de crainte dans leurs profondeurs insondables.

— Le nom de cette personne ? insista Fidelma, espérant l'intimider.

Sœur Síomha cligna des paupières et se reprit aussitôt.

— J'ignore de quoi vous voulez parler. Personne n'a *disparu* – l'inflexion qui soulignait le verbe n'avait pas échappé à Fidelma – de notre communauté. Si vous essayez d'insinuer que le corps était celui d'une de nos sœurs, alors vous vous trompez.

— Réfléchissez bien. Et rappelez-vous les sanctions qu'encourent ceux qui dissimulent la vérité à un officier de justice.

Síomha bondit sur ses pieds.

— Je n'ai aucun besoin de mentir. De quoi m'accusez-vous ?

— Mais de rien... pour l'instant, répliqua Fidelma peu impressionnée par ses gesticulations. Donc vous affirmez qu'il ne manque personne dans la congrégation ? Toutes les sœurs sont bien là ?

— Oui.

Avant de répondre, elle avait marqué un léger temps d'hésitation, mais il ne servirait à rien d'insister davantage.

— Quand vous avez envoyé quérir l'abbesse, vous a-t-il semblé, par certains détails, qu'elle reconnaissait le corps ?

L'hôtelière la fixa, comme si elle s'efforçait de comprendre les motifs qui se cachaient derrière la question.

— Comment l'abbesse aurait-elle reconnu un cadavre décapité ?

— Donc l'abbesse Draigen a été surprise et horrifiée devant la vision qui s'offrait à elle ?

— Oui, et nous avons toutes eu la même réaction.

— Et vous n'avez vraiment aucune idée de l'identité de la victime ?

— Sur mon âme ! s'écria la jeune fille avec colère. Décidément, je trouve vos questions insultantes et j'en référerai à l'abbesse Draigen.

Fidelma lui adressa un petit sourire ironique.

— Ah, oui. L'abbesse Draigen. Quel type de relation entretenez-vous avec elle ?

Le regard furibond de l'hôtelière vacilla.

— Qu'entendez-vous par là ? répondit-elle d'un ton sec, un peu menaçant.

— J'ai pourtant été assez claire, il me semble.

— Je jouis de la confiance de l'abbesse.

— Depuis combien de temps exercez-vous la fonction de *rechtaire* en ces lieux ?

— Une année.

— Quand avez-vous rejoint la congrégation ?

— Il y a deux ans.

— Le poste de *rechtaire* est le plus important après celui d'abbesse. Ne trouvez-vous pas votre nomination un peu rapide pour un aussi court séjour dans ce monastère ?

— L'abbesse Draigen se fie à moi.

— Ce n'est pas ce que je vous demande.

— Elle apprécie mes compétences. Si quelqu'un est apte à remplir une charge, son jeune âge importe-t-il autant que vous semblez le penser ?

— Quelle que soit la façon dont on envisage le problème, entre le moment où vous êtes entrée au service de la foi et celui où vous avez été désignée pour ce poste, il s'est écoulé un laps de temps remarquablement bref.

— Je n'ai pas de point de comparaison pour en juger.

— Avant de venir ici, avez-vous séjourné dans une autre communauté religieuse ?

Sœur Síomha secoua la tête.

— Quel âge aviez-vous quand vous êtes arrivée ?

— Dix-huit ans.

— Donc vous n'avez pas plus de vingt ans ?

— J'en aurai vingt et un dans un mois, répliqua Síomha, maintenant sur la défensive.

— Alors vous jouissez vraiment de *toute* la confiance de l'abbesse. Quels que soient vos talents, vous êtes très jeune pour occuper la position de *rechtaire*, martela Fidelma d'un ton solennel et, avant que l'autre ait eu le temps de répondre, elle ajouta : De votre côté, avez-vous une confiance absolue dans l'abbesse ?

Le front de la jeune fille se plissa sous l'effet de la tension.

— Bien entendu. N'est-elle pas mon abbesse et ma supérieure ?

— Vous l'aimez ?

— Elle est un conseiller sage et avisé.

— Vous n'avez rien à dire en sa défaveur ?

— Non et je vous répète que je n'apprécie guère vos questions !

Le visage de la jeune fille reflétait une suspicion mêlée d'irritation.

— Les questions ne sont pas destinées à être appréciées ou méprisées. On doit répondre quand un *dálaigh* de la cour des brehons les pose, répliqua sèchement Fidelma.

Sœur Síomha battit des cils et Fidelma en déduisit qu'elle n'était guère accoutumée à être contrariée.

— Je... je n'ai aucune idée des raisons qui vous poussent à agir ainsi, mais votre interrogatoire suppose des critiques à mon égard et à celui de l'abbesse.

— Pour quels motifs vous critiquerais-je ?

— Essayez-vous de jouer au plus fin avec moi ?

— Nullement, dit Fidelma d'une voix posée. Mon attitude n'a rien de retors, je vous assure, je ne cherche qu'à me faire une idée très précise de ce qui s'est passé. Cela vous contrarie-t-il autant que vous l'affirmez ?

— Cela ne me dérange pas le moins du monde. Plus tôt ce mystère sera résolu, plus vite nous retournerons à la sérénité de notre vie monacale.

Fidelma regretta que sa tentative d'entamer l'arrogance de Síomha ait échoué.

— Très bien. Je constate que vous êtes une personne intelligente et douée de discernement, ma sœur. Si la victime ne faisait pas partie de ce couvent, d'où venait-elle, selon vous ?

Síomha haussa les épaules.

— N'est-ce pas à vous de le découvrir ? lança-t-elle d'un ton sarcastique.

— Je fais de mon mieux pour y parvenir. Quoi qu'il en soit, vous m'avez affirmé que ce n'était pas un membre de votre communauté. Aurait-elle pu appartenir à une autre de la région ?

— Il n'y avait pas la tête. Je vous ai déjà dit que je ne l'avais pas reconnue.

— Mais c'est une possibilité. Cette jeune fille aurait-elle pu appartenir à la maison d'Adnár ?

— Non !

La réponse avait jailli sans l'ombre d'une hésitation et Fidelma haussa les sourcils.

— Pourquoi ? Connaissez-vous très bien les gens de la forteresse ?

— Non... non... ; c'est juste que je ne le pense pas...

— Ah.

Fidelma sourit.

— Dans ce cas, autant dire que vous n'en savez rien. Vous imaginez. Avez-vous aussi imaginé les réponses aux questions que je vous ai posées précédemment ?

— Comment osez-vous suggérer... ! s'écria Síomha d'un air outragé.

— L'indignation n'est pas une réponse, répliqua Fidelma. Ni l'arrogance...

Quelqu'un frappa timidement à la trappe et sœur Brónach fit son apparition.

— De quoi s'agit-il ? dit Síomha d'un ton brusque.

Devant cet accueil, la sœur battit des paupières.

— C'est la mère abbesse, ma sœur. Elle vous demande de la rejoindre immédiatement.

Sœur Síomha laissa échapper un long soupir.

— Et qui va s'occuper de la pendule à eau ? lança t-elle avec un geste théâtral en direction de la bassine

— On m'en a chargée, répliqua sœur Brónach ave calme.

Sœur Síomha se tourna vers Fidelma.

— Je suppose que je suis autorisée à sortir ? Je n'a rien de plus à ajouter.

Fidelma inclina la tête en silence et la jeune hôtelière s'en alla, martelant le plancher d'un pas rageur Au cours de leur affrontement verbal, Fidelma n'éta pas parvenue à la dominer et le regrettait. Elle ava espéré percer les défenses de Síomha par un interrogatoire serré, mais elle avait échoué.

Ce fut sœur Brónach qui brisa le silence.

— Elle est contrariée, fit-elle observer d'une voi douce tandis qu'elle se dirigeait vers la cheminée et s penchait sur la bassine fumante.

À cet instant, le récipient en cuivre qui flottait sur la surface de l'eau coula comme une pierre. Sœur Brónach se tourna aussitôt vers la fenêtre ouverte et frappa le gong d'un coup sec avec le bâton. Les vibrations du son donnaient l'impression de se répercuter jusqu'aux soubassements de l'abbaye. Puis elle prit une paire de pinces en bois d'une vingtaine de pouces de long dont elle saisit le récipient qu'elle vida avant de le reposer sur la surface de l'eau où il recommença à flotter.

Intriguée par cette opération, Fidelma, qui avait déjà vu une ou deux clepsydres auparavant, chassa sœur Síomha de son esprit.

— Expliquez-moi comment fonctionne ce système, demanda-t-elle à la sœur portière.

Brónach jeta un regard dubitatif à Fidelma, se demandant sans doute si sa question avait un sens caché. Voyant qu'il n'en était rien et qu'elle semblait sincèrement intéressée, elle pointa le mécanisme du doigt.

— La clepsydre exige une attention de tous les instants.

— Cela, je l'avais compris.

— Cette bassine en bronze remplie d'eau chaude – il faut sans arrêt alimenter le feu – reçoit ce récipient de forme ronde percé d'un petit trou à sa base.

— Oui, je le vois.

— L'eau pénétrant par le trou remplit graduellement le récipient qui finit par tomber au fond du bassin, marquant l'écoulement d'un *pongc* équivalant à un quart d'heure. C'est alors que la sœur de garde frappe le gong. Il y a quatre *pongc* dans l'*uair* et six *uair* dans un *cadar*. Quand on sonne le quatrième *pongc*, la sœur marque un temps et frappe le chiffre correspondant à l'*uair*. Au sixième *uair*, il faut frapper le chiffre du *cadar*, le quart du jour. C'est une méthode assez simple, quand on y pense.

Fidelma s'émut du naïf enthousiasme de sœur Brónach. Il lui semblait qu'elle voyait la portière pour la première fois et aussitôt, elle pressentit qu'elle tenait là un moyen de pousser plus avant ses investigations.

— Est-ce grâce à cette clepsydre que vous avez été en mesure de préciser l'heure où vous avez découvert le corps ?

Sœur Brónach hocha distraitement la tête tout en vérifiant la température de l'eau et en alimentant le feu sous le bassin.

— C'est assez ennuyeux de veiller sur cette pendule, non ?

— Assez monotone, oui.

— N'est-il pas surprenant que la *rechtaire* de la communauté soit assignée à cette tâche ? s'étonna Fidelma.

— Non, dans la mesure où notre communauté accorde une grande importance à l'exactitude de la clepsydre. Quand elle se joint à la congrégation, chaque religieuse est informée qu'elle devra prendre son tour dans l'entretien de la pendule. C'est écrit dans notre règle. Et sœur Síomha tient à ce qu'elle soit appliquée. Par exemple, au cours de ces dernières semaines, elle a insisté pour prendre la plupart des gardes de nuit – qui vont de minuit jusqu'à l'angélus du matin. Même la mère abbesse prend parfois un tour de garde, qui ne peut jamais dépasser un *cadar*, c'est-à-dire six heures.

Fidelma fronça soudain les sourcils.

— Si sœur Síomha prend les veilles nocturnes, que faisait-elle ici cet après-midi ?

— Je n'ai pas dit qu'elle les prenait toutes. Ce ne serait pas autorisé car chaque sœur doit concourir à cette tâche. Mais la plupart lui reviennent. C'est une personne très méticuleuse.

— Se trouvait-elle ici la nuit qui a précédé la découverte du corps ?

— Il me semble que oui.

— Le temps doit paraître long. Attendre que le récipient tombe, le vider, se rappeler combien de coups on doit frapper...

— Quand on est en contemplation, il s'écoule vite, au contraire. Il n'y a rien de plus apaisant que de passer ici le premier *cadar*, qui va de minuit jusqu'à l'angélus du matin, à la sixième heure. C'est le moment que je préfère. Cela explique sans doute que sœur Síomha aime elle aussi prendre les gardes de nuit. On reste là, seule avec ses pensées...

— Justement, à trop penser, on est distraite, persista Fidelma. On peut oublier un *pongc* ou s'emmêler dans les chiffres.

Sœur Brónach prit une tablette, un cadre de bois autour d'un rectangle d'argile, y pratiqua une marque avec le style posé à côté, et la tendit à Fidelma.

— Cela arrive parfois, avoua-t-elle. Mais nous sommes tenues, à chaque fois que nous frappons le gong, de noter le *pongc*, l'*uair* et le *cadar*.

— Mais cela n'empêche pas les erreurs ?

— Non. D'ailleurs, la nuit dont vous parlez, celle qui a précédé la découverte du corps, même sœur Síomha s'était trompée dans ses calculs.

— Ah bon ?

— C'est un travail très astreignant, d'être le gardien du temps, mais si on a un trou de mémoire, il nous suffit de consulter la tablette et quand elle est pleine, on l'efface et on recommence. Síomha a dû faire plusieurs erreurs car ce matin-là, quand j'ai pris la relève derrière elle, la tablette était inexacte et à moitié effacée.

Fidelma étudia la tablette avec attention. Ce qui l'intéressait, ce n'étaient pas les chiffres qui s'y alignaient mais la texture de l'argile, d'une curieuse couleur rouge vaguement familière.

— Il s'agit d'une argile locale ? demanda-t-elle.

Sœur Brónach hocha la tête.

— D'où tire-t-elle cette teinte inhabituelle ?

— Nous ne sommes pas très éloignées des mines de cuivre, ce qui explique sa qualité très particulière Nous avons découvert qu'elle était d'une excellent qualité pour les tablettes. On obtient une surface trè douce qui nous permet de faire des économies en nou épargnant d'utiliser du matériel plus cher. Et cel convient parfaitement pour tenir le registre temporair de la clepsydre.

— Du cuivre, murmura Fidelma. Des mines d cuivre.

Elle passa un doigt sur la surface lisse et humide puis enfonça brusquement un ongle dans la terre et e préleva un fragment.

— Attention, ma sœur ! protesta Brónach. Vou allez brouiller les énumérations.

Contrariée, elle retira doucement la tablette de mains de Fidelma et en égalisa la surface.

— Excusez-moi, dit Fidelma d'un air absent.

Fascinée, elle observait la matière rougeâtre au bou de son ongle.

CHAPITRE VII

Sœur Fidelma quitta la tour en repassant par la bibliothèque. Elle avait traversé la moitié de la cour quand elle s'aperçut qu'une sœur à la démarche pesante venait vers elle, se dandinant et s'appuyant sur un bâton. Elle reconnut la religieuse infirme rencontrée à l'enterrement en compagnie de sœur Brónach et il était clair qu'elle s'était lancée à sa poursuite. Fidelma s'arrêta pour lui laisser le temps de la rejoindre. Tandis qu'elle observait la jeune fille au visage large et aux grands yeux larmoyants d'un bleu délavé – mais un visage jeune, intelligent –, Fidelma ressentit la même poignante compassion que lors de leur premier contact. Quand la sœur lui adressa la parole, Fidelma réalisa qu'elle était également affligée d'un bégaiement nerveux. Elle tordait la bouche et faisait des grimaces pénibles, comme si parler était un exercice douloureux.

— Sœur Fi-i-delma ? Sœu-œur Lerben vou-ous cherche. La mèère abbesse vous mande dans ssses appartements.

Fidelma demeura impassible mais en son for intérieur, elle se félicita de sa manœuvre. Elle avait prévu que Síomha se plaindrait immédiatement de son comportement et que l'abbesse la convoquerait aussitôt.

— Très bien. Cela vous dérangerait-il de me montrer le chemin, sœur... ?

— Berrach, répondit la nonne avant de hocher plusieurs fois la tête.

Puis elle se mit en branle. Son corps aux jambes torses se balançait d'un côté, puis de l'autre, tandis qu'elle se dirigeait vers le bâtiment de pierre où logeait l'abbesse Draigen. Là, elle s'arrêta devant une lourde porte en chêne et y frappa timidement avec l'extrémité de son bâton avant de l'ouvrir.

— Sssœur Fi-idelma, mère abbesse, balbutia la jeune fille avant de repartir en sens inverse, visiblement soulagée d'avoir mené sa mission à bien.

Fidelma entra et referma la porte derrière elle.

La pièce d'aspect sinistre était faiblement éclairée par des fenêtres qui laissaient passer peu de lumière. En ce début d'après-midi, à la lueur d'une chandelle en suif posée sur une grande table de travail en chêne l'abbesse Draigen lisait. Elle leva vers Fidelma un visage plissé par la contrariété.

— Il m'a été rapporté que vous vous étiez montré très désagréable avec ma *rechtaire*. Une hôtelière mérit le respect, je m'étonne d'avoir à vous le rappeler.

Fidelma s'avança et prit un siège en face de l'abbess qui la fixa d'un air outragé.

— Vous vous oubliez, ma sœur. Je ne vous ai pas priée de vous asseoir.

Fidelma, habituellement respectueuse des règles de la bienséance, ne reculait pas devant l'affirmation de son rang quand cela pouvait servir ses intérêts.

— Excusez-moi, abbesse Draigen, mais je ne suis pas d'humeur à perdre mon temps avec des formalités. Sans compter que mon titre d'*anruth* m'autorise m'asseoir devant les rois des provinces, je traite avec eux sur un pied d'égalité et le haut roi lui-même pe m'inviter à prendre un siège en sa présence s'il le souhaite. Quoi qu'il en soit, je ne suis pas ici pour débattre avec vous de problèmes de civilité, mais pour mener une enquête sur un assassinat.

Si l'abbesse espérait que Fidelma se soumettrait à son autorité, elle s'était trompée. La froideur de la réponse la laissa sans voix et les yeux noirs qu'elle fixa sur elle exprimaient une franche hostilité.

Fidelma se sentit vaguement honteuse de son comportement. Elle savait qu'elle se conduisait avec irrévérence, mais il venait toujours un moment où elle devait affirmer ses droits en tant que *dálaigh*. Néanmoins, elle décida de se radoucir et se pencha d'un air conciliant vers Draigen.

— Abbesse Draigen, je dois être brutale car le temps nous est compté. Je me suis montrée abrupte avec sœur Síomha afin de l'amener à répondre à mes questions, car sa vanité faisait obstacle à ma recherche de la vérité. Elle est très jeune pour occuper la position d'hôtelière. Trop jeune peut-être ?

Tout d'abord, l'abbesse Draigen ne répondit rien, puis elle laissa tomber d'un ton brusque :

— Remettez-vous mon choix en cause ?

— Vous êtes la mieux placée pour prendre de telles décisions, mère abbesse. Je tenais simplement à vous faire remarquer que sœur Síomha manque d'expérience quant aux usages du monde. Elle tente de combler ces lacunes par l'arrogance. Ne disposez-vous pas d'autres religieuses en mesure d'assumer les responsabilités de *rechtaire* ? Sœur Brónach, par exemple ?

L'abbesse Draigen plissa les paupières.

— Sœur Brónach est une femme renfermée qui n'a pas les capacités que vous lui prêtez et j'ai fait mon choix en toute connaissance de cause. Si vous êtes *dálaigh* des cours de justice, ici c'est moi qui prends les décisions.

Fidelma ouvrit les mains en un geste d'apaisement.

— J'entends bien. Loin de moi l'idée de me mêler de votre façon de diriger ce monastère. Mais je vous rapporte ce que je vois. Et c'est l'orgueil et l'impertinence de sœur Síomha qui m'ont amenée à agir comme je l'ai fait.

— Vous sembliez insinuer que sœur Síomha était d'une manière ou d'une autre directement concernée par ce cadavre. Dois-je mettre ces soupçons sur le compte d'une appréciation de sa personnalité ?

Bref sourire de Fidelma. Sœur Síomha avait apparemment fait un rapport très complet à sa supérieure.

— Certaines de ses réponses ne me satisfaisaient guère. Et puisque nous en sommes là, j'aimerais vous poser quelques questions à vous aussi.

L'abbesse Draigen pinça les lèvres.

— Je n'en ai pas terminé avec les doléances de sœur Síomha.

— Nous y reviendrons plus tard, lança Fidelma avec un geste désinvolte de la main. Depuis combien de temps occupez-vous ici le poste d'abbesse ?

Le changement de sujet était tellement abrupt que Draigen eut un sursaut d'incrédulité. Puis, lisant dans les yeux de Fidelma que sa résolution était inébranlable, elle changea d'attitude.

— Depuis six ans et avant cela, j'exerçais les fonctions de *rechtaire*.

— Pendant combien de temps ?

— Quatre ans.

— Et auparavant ?

— J'ai appartenu à la communauté pendant dix ans.

— Vous comptez donc vingt ans d'ancienneté au Saumon des trois sources. Vous êtes originaire de ces terres ?

— Je ne vois pas en quoi cela concerne votre enquête.

— Je veille toujours à ce que mes investigations s'inscrivent sur une toile de fond, déclara Fidelma d'une voix enjôleuse. Êtes-vous née dans cette région ?

— Oui. Mon père était un *óc-aire*, il appartenait à un clan de cette région et possédait une terre qui ne suffisait pas à le faire vivre.

— Vous avez donc rejoint cette communauté.

Les yeux de l'abbesse jetèrent des éclairs.

— Je n'y étais pas contrainte, si c'est ce que vous sous-entendez ! Je pouvais choisir le destin qui me convenait !

— Je n'ai jamais prétendu le contraire.

— Mon père était un homme fier, que l'on appelait Adnár Mhór, Adnár le Grand.

Elle s'arrêta brusquement, comme si elle en avait trop dit.

— Adnár ?

Fidelma s'avança sur son siège et étudia attentivement le visage de Draigen. Maintenant, elle comprenait ce qui l'avait intriguée lors de sa première rencontre avec l'abbesse et le *bó-aire*.

— Adnár de Dún Boí serait-il votre frère ?

L'abbesse Draigen le reconnut.

— Vous vous entendez très mal.

L'abbesse ne dissimulait pas son aversion.

— Mon frère ne ressemble en rien à ce que son nom laisserait supposer, dit-elle d'un ton rogue.

Fidelma sourit, car Adnár se traduisait par « le modeste ».

— Si nous nous en tenons à la signification des noms, je suppose que vous étiez le bâton de soutien de votre famille ?

L'abbesse eut un sourire en coin. « Draigen » désignait le bâton, et elle s'amusa de la sagacité de

Fidelma qui s'y connaissait elle aussi en jeux de mots.

— Quand mon frère Adnár a quitté mon père, il avait besoin d'aide pour cultiver ses champs. Ma mère était morte et mon père sans forces... l'énergie et la volonté nécessaires pour gagner sa vie l'avaient déserté. Adnár s'est enrôlé sous la bannière du chef des Beara, Gulban Œil-de-Faucon, qui guerroyait contre les clans du Nord. Quand Adnár est revenu avec du bétail pour récompense de ses services, mon père était déjà mort. Quant à moi, j'avais rejoint cette communauté. La terre de mon père avait été vendue et l'abbaye l'avait reçue en donation. Voilà pourquoi mon frère est devenu *bó-aire*, un chef de troupeaux, qui ne possède pas de terre, certes, mais dont les richesses ne cessent de croître depuis qu'il est au service de Gulban.

La véhémence de Draigen, le choix de ses mots et le flux irrégulier de ses paroles persuadèrent Fidelma qu'elle n'avait encore jamais raconté cette histoire. En s'épanchant, Draigen se libérait de sa colère à l'égard de son frère.

— En vous écoutant, je ne parviens cependant pas à comprendre ce qui motive une telle haine entre vous et Adnár. À moins que vous ne vous soyez querellés au sujet de l'héritage de votre père ?

Draigen fit la moue.

— N'exagérons rien, disons plutôt que je méprise Adnár. Mon père et ma mère auraient dû vieillir en paix pendant que leur fils les récompensait de sa bonne santé et de son excellente éducation en continuant de cultiver ce qu'ils avaient arraché à la nature. Ils sont morts trop jeunes. Mon père s'est tué à la tâche. Mais il est vrai que l'inimitié a véritablement commencé quand Adnár a exigé la terre de mon père à son retour.

— Vous reprochez à votre frère la mort de votre père... quant à lui, il vous tient responsable de la perte d'un bien qu'il estimait lui appartenir.

— Il a été débouté de ses revendications devant la cour des brehons.

— Mais il n'en demeure pas moins que vous l'accusez d'avoir causé la mort de votre père. Cela manque de logique.

— La logique ? Cette affreuse prison pour les sentiments humains ?

Fidelma secoua la tête.

— Je la considère plutôt comme la mécanique permettant de faire prévaloir la vérité. Sans elle, on vivrait dans un monde irrationnel.

— Je m'arrange très bien des sentiments que j'éprouve à l'égard de mon frère, rétorqua Draigen.

— Ah... *facilis descensus Averno*, soupira Fidelma.

— Vos citations de *l'Énéide* ne m'impressionnent guère, ma sœur, inutile de me prévenir que la descente aux enfers est facile. Prêchez donc votre latin à mon frère.

Fidelma s'excusa.

— Cette phrase a soudain surgi dans mon esprit. Je suis désolée pour vous, Draigen, la haine est un tel gaspillage de forces spirituelles ! Mais dites-moi, vous m'avez donné les raisons de votre haine...

Elle se reprit en voyant l'expression du visage de Draigen.

— ... de votre mépris pour votre frère, mais lui, pourquoi vous déteste-t-il autant ?

Elle hésitait à informer Draigen des accusations d'Adnár, selon lesquelles elle entretiendrait des relations illicites avec les plus jeunes membres de sa congrégation, sans compter qu'il allait jusqu'à la suspecter d'avoir fait assassiner une ancienne amante pour éviter un scandale. Elle se demanda ce qui expliquait la haine d'Adnár – là il n'y avait pas d'autre mot – à l'égard de sa sœur. Une querelle au sujet d'un champ ne pouvait guère la justifier.

— Ce qu'il ressent pour moi m'importe peu, déclara Draigen, lui et sa prétendue âme sœur peuvent aller au diable et pourrir de mort lente. Je prie pour le malheur de sa maison !

— Donc vous connaissez Febal ?

— Le connaître ?

Draigen éclata d'un rire amer.

— Il a été mon mari.

Pour la seconde fois en un temps très bref, Fidelma reçut un choc. D'abord les liens de parenté entre Draigen et Adnár, et maintenant Febal, qui était son ancien époux. Cette histoire virait à l'absurde. Quelque chose lui échappait.

L'abbesse Draigen, qui s'était recomposé une contenance, interrompit le fil de ses pensées.

— Je crois que vous avez suffisamment fouillé dans ma vie privée, ma sœur. Comme vous l'avez si bien résumé vous-même, vous êtes ici pour mener une enquête sur un meurtre. Or il semblerait que vous déployez un talent particulier pour vous montrer désagréable envers vos interlocuteurs, dont mon hôtelière et moi-même. Peut-être devriez-vous mieux cerner vos objectifs.

Fidelma hésitait à envenimer la situation davantage. Mais elle se résigna à suivre le chemin où ses recherches la menaient.

— Ne croyez pas que je m'égare, abbesse Draigen. Cela vous intéresse-t-il d'apprendre que Febal et votre frère m'ont suggéré que vous étiez sans doute impliquée dans le meurtre de cette fille que l'on a trouvée dans le puits ?

Les yeux de l'abbesse étincelèrent de colère.

— Oui ? Et pour quelles raisons, s'il vous plaît ?

— Ils prétendent que vous avez une mauvaise réputation.

— De quel ordre ?

— Sexuel. Le crime aurait pu être commis pour couvrir vos écarts de conduite.

Le visage de l'abbesse exprimait maintenant un dégoût non dissimulé.

— Cela ne m'étonne pas de la part de mon cher frère et du lèche-bottes qui ne le quitte pas d'une semelle. Puissent-ils périr de la mort des chatons !

Fidelma poussa un profond soupir. Cette malédiction signifiait que l'on souhaitait la noyade à ses ennemis.

— Mère abbesse, il ne sied guère à quelqu'un dans votre position de blasphémer ainsi. Essayez de m'éclairer sur les raisons qui poussent Febal et votre frère à proférer de telles accusations vous concernant. Pourquoi font-ils courir ces rumeurs ? Votre réaction semble cependant indiquer clairement qu'elles ne sont pas fondées.

— Demandez donc à Adnár et à son acolyte. Ils auront bien inventer une histoire.

— Mère abbesse, depuis mon arrivée ici, j'ai découvert beaucoup d'orgueil et de tromperies. Le mal et la malveillance nous environnent. Si vous avez autre chose à me signaler sur les circonstances qui ont vu l'accomplissement d'un meurtre, je vous supplie de m'en informer. De toute façon, je finirai par l'apprendre, cela je vous le garantis.

Les traits de l'abbesse Draigen semblaient gravés dans la pierre.

— Je puis vous assurer, sœur Fidelma, que la découverte d'un cadavre non identifié dans cette abbaye n'a rien à voir avec l'antipathie réciproque entre mon frère, mon ex-mari et moi-même.

Fidelma essaya en pure perte de déchiffrer le visage de Draigen.

— Si je ne posais pas ces questions, dit-elle en se levant lentement, je manquerais à mes devoirs.

Draigen la suivit du regard.

— Faites comme bon vous semble. Je comprends mieux, maintenant, le sens de vos questions à sœur Síomha. Mais je vous assure que je ne suis coupable d'aucun crime. Sinon, pourquoi aurais-je demandé à l'abbé Brocc, de Ros Ailithir, de me dépêcher un avocat des cours de justice pour se charger de cette affaire ?

— Ce n'est pas si simple, mère abbesse. D'autres que vous ont tenté de détourner les soupçons en utilisant des stratagèmes que vous auriez du mal à imaginer.

Draigen poussa une exclamation d'exaspération.

— Agissez à votre guise. Ni moi ni sœur Síomha n'avons rien à cacher.

Sœur Fidelma, qui allait sortir, se figea en entendant ces mots.

— À ce propos, dit-elle en se retournant, quand j'ai demandé à sœur Síomha si elle reconnaissait le cadavre, j'ai lu la peur au fond de ses yeux...

Elle leva la main pour prévenir les protestations de Draigen.

— On peut reconnaître un corps même s'il est décapité.

— Je suis certaine que sœur Síomha ne l'a pas identifié.

— Dans ce cas, comment expliquez-vous sa réaction

L'abbesse Draigen haussa les épaules.

— Adressez-vous à elle.

— D'autre part, sa frayeur s'est accrue quand je lui ai demandé de me confirmer qu'il ne manquait aucune sœur dans la communauté.

Draigen émit un petit rire rauque.

— Vous pensez que le cadavre est celui d'une de nos religieuses ? Allons, sœur Fidelma, vous êtes suffisamment avisée pour vous douter que si une de nos sœurs avait été assassinée, décapitée et jetée au fond du puits d'où nous tirons l'eau que nous buvons... nous l'aurions su.

— La logique voudrait qu'il en soit ainsi. Bien que les membres d'une congrégation soient difficilement en mesure de reconnaître le corps nu et décapité d'une personne qu'ils connaissent essentiellement par son visage.

— Cela est vrai. Mais personne ici n'a été oublié, confirma l'abbesse Draigen.

— Donc tous les membres de l'abbaye sont ici ?

L'abbesse Draigen hésita.

— Non. Ce n'est pas ce que j'ai dit, mais qu'aucun membre de notre communauté n'avait été oublié.

Fidelma commençait à perdre patience.

— Expliquez-moi cette formulation sibylline, je vous prie !

— Souvent, des membres de notre fondation se rendent en mission dans d'autres abbayes environnantes.

— Ah. Donc des religieuses seraient en voyage.

— Seulement deux.

— Pourquoi ne m'en a-t-on pas informée ?

— Vous n'avez pas posé la question.

Les mâchoires de Fidelma se crispèrent.

— Cette affaire est déjà suffisamment compliquée sans que les équivoques et les devinettes s'en mêlent.

Donnez-moi le nom des absentes et expliquez-moi les raisons qui les ont appelées hors de vos murs.

Devant la rudesse du ton de Fidelma, l'abbesse Draigen battit des cils.

— Les sœurs Comnat et Almu se sont rendues à l'abbaye du bienheureux Benainn à Ard Fhearta.

— Quand cela ?

— Il y a trois semaines.

— Pour quoi faire ?

L'abbesse Draigen semblait maintenant la proie d'une irritation grandissante.

— Cette abbaye jouit d'une certaine réputation quant à ses travaux d'écriture. Nous recopions des livres pour d'autres maisons. Nos sœurs venaient de terminer une vie du bienheureux Patrick d'Ard Mach par Murchú. Sœur Comnat est notre *leabhar coimedach*, notre bibliothécaire, et Almu son assistante. Elles ont porté l'ouvrage à Ard Fhearta.

— Pourquoi sœur Síomha ne l'a-t-elle pas mentionné ? s'écria Fidelma.

— Sans doute parce que...

— Je suis fatiguée de tant de présomptions, abbesse Draigen. Appelez sœur Síomha !

L'abbesse se figea un instant pour contrôler sa colère à l'égard de Fidelma, puis tendit la main vers la clochette en argent posée sur sa table. Sœur Lerben entra peu après et l'abbesse lui demanda d'aller immédiatement chercher la *rechtaire*.

Un silence de plomb régnait dans la pièce quand on frappa à la porte qui s'ouvrit devant Síomha.

— Vous m'avez mandée, mère abbesse ? demanda-t-elle en coulant un regard en coin à Fidelma avec un petit sourire ouvertement méprisant.

— Non, c'est moi qui vous ai convoquée, répliqua Fidelma avec dureté.

Saisie, sœur Síomha perdit contenance.

— Je vous avais demandé si des membres de cette communauté manquaient. Vous m'avez affirmé que non. Or je viens d'apprendre que deux religieuses ont été oubliées. Comnat et Almu. Pourquoi m'avez-vous trompée ?

Sœur Síomha rougit et jeta un coup d'œil en direction de l'abbesse qui inclina légèrement la tête.

— Vous n'avez nul besoin de demander la permission de l'abbesse pour répondre à mes questions, intervint Fidelma d'un ton brusque.

— Je n'ai oublié aucun membre de cette communauté, répliqua Síomha sur la défensive, et en aucun cas je ne vous ai induite en erreur.

— Vous n'avez pas mentionné Comnat et Almu.

— Qu'y avait-il à vous dire ? Elles sont en mission à Ard Fhearta.

— Elles ne sont pas ici.

— Mais je ne les ai pas oubliées.

Fidelma poussa une exclamation d'exaspération.

— Ne jouez pas sur les mots ! Je m'intéresse à la vérité qui n'a que faire des tracasseries de ce genre.

— Vous ne m'avez pas...

— Nous devons mettre tout en œuvre pour aider sœur Fidelma, qui est *dálaigh* des cours de justice, intervint promptement Draigen.

Surprise, Síomha la regarda.

— Très bien, mère abbesse, dit-elle enfin en inclinant la tête en signe de soumission.

— Si j'ai bien compris, reprit Fidelma d'un ton résolu, deux religieuses sont absentes de l'abbaye ?

— Oui.

— Sont-elles les seules que vous ayez oubliées ?

— Je n'ai pas...

Devant la fureur qu'exprimait le visage de Fidelma, Síomha s'interrompit.

— Il n'y a personne d'autre hors de l'abbaye, dit-elle précipitamment.

— On m'a rapporté qu'elles étaient parties pour Ard Fhearta il y a trois semaines. Le voyage aller-retour prend-il autant de temps ? Quand les attendait-on ?

— Elles ont du retard, confessa l'abbesse Draigen.

— Et personne n'a songé à m'en avertir ? demanda Fidelma en haussant les sourcils d'un air dédaigneux.

— Cela n'a aucun rapport avec ce qui nous préoccupe, répliqua l'abbesse.

— Il me revient d'en décider. Avez-vous eu des nouvelles des sœurs depuis leur départ ?

— Aucune, dit Síomha.

— Et quand devaient-elles rentrer ?

— Dix jours après leur départ.

— Avez-vous informé le *bó-aire* de leur disparition ? La question était adressée à l'abbesse.

— Quoi que vous pensiez d'Adnár, c'est le magistrat local.

— Il ne nous sera d'aucune aide, grommela Draigen sur la défensive, mais vous avez raison. Il sera prévenu. Des messagers font souvent la navette entre sa forteresse et celle de Gulban, sur la route d'Ard Fhearta.

— Je me rendrai moi-même chez Adnár pour débattre de ces problèmes, mère abbesse. Et maintenant, donnez-moi une description des sœurs, et la plus précise possible, je vous prie.

— Sœur Comnat, notre bibliothécaire et copiste en chef depuis quinze ans, a passé ici une trentaine d'années. Elle a la soixantaine, des cheveux gris et des sourcils aussi noirs que dans sa jeunesse. Elle es petite et mince, ses yeux sont marron et elle porte une cicatrice sur le front, rappel fâcheux d'un coup d'épée.

Mentalement, Fidelma élimina la bibliothécaire des victimes possibles.

— Et sœur Almu ?

— Elle avait été choisie pour accompagner sœur Comnat, en tant qu'assistante, mais aussi pour sa force et sa jeunesse. Elle a dix-huit ans, des cheveux blonds, des yeux bleus, un visage agréable, et elle est plutôt petite.

Fidelma resta un instant silencieuse.

— Le corps décapité pourrait correspondre à une personne de dix-huit ans, blonde et plutôt petite, dit-elle enfin.

— Vous affirmez que ce cadavre était celui d'Almu ? s'exclama l'abbesse sur un ton incrédule.

— C'est impossible ! s'écria sœur Síomha.

— Almu est très proche de mon hôtelière, expliqua Draigen. Ne croyez-vous pas qu'elle aurait reconnu le corps de son amie ?

Fidelma croisa les bras avec détermination.

— Puisque vous semblez apprécier les nuances, mère abbesse, je vais préciser ma pensée. J'ai dit qu'il *pourrait* s'agir de sœur Almu. Vous m'avez rapporté qu'en tant qu'assistante de la bibliothécaire, elle retranscrivait des livres.

— Oui, elle promet de devenir une de nos meilleures scribes car elle est hautement compétente dans l'art de l'écriture et de la calligraphie.

— Les doigts du cadavre portaient des taches bleues à la main droite. J'en déduis que cette personne travaillait avec une plume, pas vous ?

— Quelles taches ? l'interrompit Síomha d'un air fâché.

— Ne me dites pas que vous n'avez pas remarqué que le pouce, l'index et le côté de l'auriculaire, là où il touche le papier, étaient bleutés ? Du bleu-noir comme l'encre. Aux endroits mêmes qui signalent les scribes.

— Mais Almu et Comnat sont à Ard Fhearta, protesta l'abbesse.

— En tout cas, je constate qu'elles ne se trouven pas parmi nous, commenta sèchement Fidelma. Êtes-vous certaine que personne n'a identifié le corps ?

— Comment reconnaître un corps privé de tête ' s'obstina Síomha. Et si c'était Almu, je le saurais Comme vous l'a dit l'abbesse, nous sommes très liées.

— Vous avez peut-être raison, concéda Fidelma Quant à reconnaître un corps mutilé, je viens, il me sem ble, de vous indiquer une méthode d'identification. J vous accorde cependant que dans une communauté reli gieuse, les contacts avec l'autre se limitent souvent au traits du visage. Mais ne vous a-t-il pas traversé l'espri vu l'absence prolongée d'Almu, que ce cadavre qui por tait les signes d'appartenance à l'Église était le sien ?

— Pas un seul instant, répliqua Síomha avec rai deur. Et votre suggestion ne me convainc nullemen Vous n'apportez aucune preuve concluante à ce qu vous avancez.

— Je vous l'accorde. Je ne fais que formuler un hypothèse à partir des informations que vous me four nissez avec beaucoup de retard. Des informations...

Fidelma tint un instant Draigen sous son regar puis se tourna vers Síomha qui baissa les yeux.

— ... dont j'attendais qu'elles me soient fourni spontanément. Vous m'avez fait perdre du temps pou des questions d'amour-propre.

— Mais qui aurait pu vouloir poignarder et déc piter sœur Almu pour ensuite la précipiter dans u puits ? protesta l'abbesse.

— Nous ne sommes pas en mesure de prouver qu'il s'agit d'Almu. Pour cela, il nous faudrait retrouver la tête de la victime. On m'a dit que depuis les tragiques événements, personne n'a été autorisé à puiser de l'eau dans le puits. Donc vous utilisez maintenant d'autres sources ?

Draigen opina du chef.

— Quelqu'un est-il descendu dans ce puits pour vérifier que la tête ne s'y trouvait pas ?

— Sœur Síomha ? dit l'abbesse.

— Oui, en tant qu'hôtelière en charge de la purification, j'ai envoyé une de nos religieuses les plus robustes explorer le fût.

— De qui parlez-vous ?

— De sœur Berrach.

Fidelma la fixa d'un air stupéfait.

— Mais sœur Berrach est...

— Infirme et alors ? se moqua sœur Síomha.

— Vu sa relative impotence, je ne m'explique pas sa force.

— Elle est parmi nous depuis l'âge de trois ans, intervint l'abbesse, et a été adoptée peu de temps avant mon arrivée au monastère. Elle a donc été élevée par la congrégation. Or si la croissance de ses jambes s'est arrêtée, elle a développé une force dans ses bras et le torse proprement surprenante.

— Et qu'a-t-elle trouvé ? Peut-être devrais-je l'entendre de sa bouche ?

Draigen agita la clochette d'argent et une fois de plus, la jeune et séduisante sœur Lerben se présenta.

— Allez chercher sœur Berrach, lui lança l'abbesse, et la novice fit diligence.

Un instant plus tard, le visage craintif de Berrach apparut par l'entrebâillement de la porte.

— Entrez, ma sœur, dit Draigen d'une voix douce. Surtout ne vous effrayez point. Vous connaissez sœur Fidelma ?

— Que-que puis-je faire pou-our vous ? bégaya la nonne qui s'avança dans la pièce en s'aidant de son bâton.

— Voilà, commença Síomha, la responsabilité m'est incombée d'examiner le puits de la bienheureuse Necht après qu'on y eut découvert un cadavre décapité. Vous vous rappelez qu'à cette occasion j'ai fait appel à vos services ?

À l'évidence désireuse de plaire, la religieuse hocha gravement la tête et chantonna sa réponse comme une leçon bien apprise :

— Vous m'avez demandé de descendre dans le puits attachée à une corde avec une lanterne et je devais nettoyer les parois avec l'eau spéciale bénite par notre mère abbesse.

Fidelma remarqua que son bégaiement avait disparu. Elle se demanda si la pauvre sœur Berrach n'était pas un peu simplette, une adulte avec un corps déformé et l'esprit d'un enfant.

— C'est cela, oui, dit Síomha d'un air approbateur. Et qu'avez-vous vu tout au fond ?

Sœur Berrach sembla réfléchir un instant puis son visage s'éclaira d'un brusque sourire.

— Sombre. Oui, c'était trèèès sombre, là, en bbas.

— Mais vous aviez une lampe ? dit Fidelma en posant une main amicale sur le bras de la jeune fille.

Elle sentit les muscles noueux sous la manche de la robe de bure tandis que la nonne lui jetait un regard apeuré avant de lui rendre son sourire.

— Oh, oui, avec la lan-lanterne, je voyais, mais paaas bien.

— Je comprends, sœur Berrach. Mais quand vous ıvez atteint le fond du puits, avez-vous remarqué]uelque chose ?

Pensive, la nonne inclina la tête.

— Il faallait pas que j'aille là en bas ?

— Y avez-vous trouvé la tête du cadavre ? interro-;ea sœur Síomha sur un ton où perçait maintenant 'exaspération.

Sœur Berrach frissonna.

— Y avait rien. Rien. L'eau, l'eau noire. Rien vu.

— Parfait, la réconforta Fidelma. Vous pouvez aller.

Après le départ de sœur Berrach, l'abbesse se ren-'ersa sur son siège et étudia Fidelma avec attention.

— Et maintenant, sœur Fidelma, croyez-vous ɔujours que le corps soit celui d'Almu ?

— À ce stade de mon enquête je ne fais qu'émettre .es suppositions, répliqua Fidelma. Le retard de Comnat t d'Almu n'est peut-être qu'une coïncidence et pour vancer dans mes recherches, je dois glaner tous les ıdices et les renseignements possibles. Plus de petits :ux agaçants pour les nerfs. Désormais, quand je oserai des questions, j'entends qu'on me réponde de ıçon claire et dans un esprit de collaboration.

Elle regardait sœur Síomha mais s'adressait en réa-té à Draigen. Toute l'attitude de la *rechtaire* de abbaye du Saumon des trois sources exprimait une ɔlère rentrée.

— Vous avez été très explicite, répliqua sèchement abbesse. Et maintenant, dans le respect de nos digni-:s blessées et de nos amours-propres respectifs, peut-:re pourrions-nous retourner à nos occupations ?

— Volontiers. Une dernière petite chose cependant...

— Oui ?

— On m'a raconté qu'il y avait des mines de cuivre ıans la région.

L'abbesse ne s'attendait pas à cette question.

— Des mines de cuivre ?

— Hmm.

— Elles ne sont pas rares sur cette péninsule.

— Entretiennent-elles des relations avec l'abbaye ?

— Les plus proches sont situées de l'autre côté des montagnes, au sud-ouest.

— Et à qui appartiennent-elles ?

— À Gulban Œil-de-Faucon.

Fidelma hocha la tête.

— Merci. Je ne vous retiendrai pas plus longtemps.

En se retournant vers la porte, elle surprit le regard de Síomha. Si des yeux pouvaient tuer, songea Fidelma, elle serait morte sur-le-champ.

CHAPITRE VIII

Ce même jour, pour se rendre à la forteresse sans qu'Adnár puisse être averti de sa venue, Fidelma décida de ne pas traverser en barque le bras de mer mais de passer par les bois. Cela lui prendrait plus longtemps mais un peu d'exercice la réchaufferait et lui éclaircirait les idées. Le paysage de bord de mer et la présence des grands chênes la rassérénaient.

Elle informa sœur Brónach de ses intentions et quitta l'abbaye au milieu de l'après-midi. Par cette belle journée, le soleil brillait à travers les branches dénudées et chauffait doucement sa peau. Tout là-haut, dominant le toit de la forêt poudré de neige, le ciel était d'un bleu très doux, traversé de nuages floconneux poussés par la brise. Le sol givré, durci par le froid et recouvert d'humus et de brindilles, crissait sous les pas.

Depuis les portes de l'abbaye partait un sentier qui longeait la baie à une certaine distance, et l'océan n'apparaissait que par instants aux yeux du promeneur, étincelant sous le soleil d'hiver. Fidelma tendit l'oreille pour percevoir le bruit des vagues, mais les hauts chênes, entre lesquels s'efforçaient de survivre des buissons de noisetiers, formaient une barrière qui étouffait les sons. Çà et là se détachaient des bouquets d'arbousiers aux feuilles vertes dentées, au tronc court et aux branches tordues qui s'élevaient jusqu'à plus de vingt pieds.

De temps à autre, on entendait un bruissement dans les buissons, un petit animal qui vaquait à ses occupations, le craquement sec d'une branche morte tandis qu'un chevreuil bondissait à son approche, ou bien le glissement furtif d'un écureuil au pelage roux en quête d'une cache où il avait entreposé des noisettes. Les bruits variés étaient facilement identifiables pour ceux qui vivaient en accord avec la nature.

En cours de route, Fidelma tomba sur un chemin qui se perdait en direction des montagnes, et elle repéra du crottin de cheval à plusieurs endroits. Elle se rappela alors la procession de cavaliers et la cohorte d'hommes qui suivaient à pied qu'elle avait aperçus ce matin-là depuis la fenêtre de la tour, et elle comprit qu'ils avaient dû passer par là. C'est en ce point précis qu'elle les avait perdus de vue.

Pour quelque obscure raison, cela la ramena à Eadulf de Seaxmund's Ham, et elle se demanda pourquoi elle pensait à lui. Ross avait-il découvert le port de débarquement du navire abandonné ? C'était beaucoup attendre de son expédition. Comment explorer des centaines de miles de côte et rassembler suffisamment d'indications pour comprendre ce qui était arrivé à ce navire ?

D'ailleurs, Eadulf n'était peut-être même pas à bord.

Elle secoua la tête. Non, il n'aurait jamais donné son missel à quelqu'un – pas de son plein gré.

Et si on le lui avait retiré sur son lit de mort après l'avoir assassiné ? Fidelma frissonna et se mordit la lèvre. Celui qui avait perpétré un tel crime serait traîné en justice. Elle y veillerait.

Soudain, elle s'arrêta.

Des piaillements d'oiseaux s'élevèrent, dominant les bruits de la forêt. Ils émettaient un étrange « caaarg-caaarg ». Elle vit un couple de geais s'envoler vers les hautes branches d'un chêne, reconnaissables à leur croupion blanc et leur plumage beige rosé. Et non loin de là, dans un bouquet d'aulnes, de petits oiseaux au bec conique et au plumage strié qui picoraient des cônes ligneux pépiaient à tue-tête, pris d'une agitation soudaine.

Quelque chose les avait effrayés.

Fidelma fit un pas en avant.

Cela lui sauva la vie.

Elle sentit le souffle d'une flèche qui lui frôlait la tête avant de se ficher avec un bruit sourd dans un arbre derrière elle.

Tombant à genoux, elle chercha autour d'elle un endroit où s'abriter.

Alors qu'elle hésitait sur l'attitude à adopter, un cri retentit et deux grands guerriers barbus armés surgirent des sous-bois. Avant qu'elle ait eu le temps de s'enfuir, ils lui empoignaient les bras tandis que l'un d'eux brandissait une épée, comme s'il s'apprêtait à frapper. Fidelma tressaillit.

— Arrêtez ! hurla une voix.

Le guerrier abaissa son épée d'un geste hésitant tandis qu'une silhouette à cheval surgissait de l'ombre. L'homme tenait un arc dans une main et les rênes de sa monture dans l'autre. Il ressortait clairement de son attitude qu'il avait été l'organisateur de sa rencontre manquée avec la mort.

Fidelma n'eut pas le temps d'exprimer son indignation car déjà on la traînait vers le cavalier qui se pencha par-dessus sa selle pour examiner ses traits avec attention.

— Nous nous sommes fourvoyés ! tonna-t-il.

Fidelma rejeta la tête en arrière pour l'étudier à son tour. L'inconnu était impressionnant. Dans sa longue crinière rousse rejetée en arrière brillait, au sommet de la tête, un cercle de cuivre poli incrusté de pierres précieuses. Le visage était long et chevalin, le front large, et le nez aquilin à l'arête fine ressemblait à un bec, quant à la bouche... mince, rouge, cruelle, c'est du moins ainsi que la voyait Fidelma. Les grands yeux tirant sur le violet semblaient dépourvus de pupilles. Sans doute un jeu de lumière, songea-t-elle.

Ce guerrier musclé comptait une trentaine d'années et même s'il n'avait pas porté le cercle de cuivre de sa fonction dans ses cheveux, ses vêtements de soie et de lin doublés de fourrure auraient immédiatement indiqué son rang. Une épée, à la poignée elle aussi incrustée de pierreries, pendait à sa ceinture, un carquois de flèches était accroché à sa selle et Fidelma remarqua l'arc qu'il tenait à la main, un magnifique travail d'artisan.

— Qu'est-ce que c'est que ça ? demanda-t-il aux deux hommes qui la retenaient prisonnière.

— Votre gibier, monseigneur, dit le premier guerrier en riant.

— Encore une fille de cette abbaye, intervint le deuxième.

Puis il ajouta d'une voix forte :

— Elle a dû faire fuir le chevreuil que nous poursuivions.

Fidelma retrouva sa voix.

— Il n'y avait pas le moindre chevreuil à trois cent pieds alentour ! s'exclama-t-elle avec colère. Dites à vos hommes de me relâcher ou vous entendrez parler de moi !

Stupéfait, le cavalier haussa les sourcils tandis que les deux rustres éclataient d'un rire obscène et resserraient leur emprise sur leur captive.

— Celle-là a du cran, monseigneur ! s'exclama le plus laid.

Puis il approcha sa figure de celle de Fidelma qui sentit sur elle son haleine pestilentielle et beugla :

— Silence, friponne ! Sais-tu bien à qui tu parles ?

— Non, car personne n'a eu la bonté de nous présenter, dit Fidelma, les dents serrées. Mais permettez-moi de corriger ce manquement à la courtoisie. Je suis Fidelma, *dálaigh* des cours de justice et sœur de Colgú, le roi de Cashel. Cela vous suffit-il pour me lâcher ? Vous êtes déjà coupables de violences devant la loi.

Il y eut un silence puis le cavalier aboya :

— Relâchez-la immédiatement !

Ils s'exécutèrent, tels des chiens bien dressés obéissant à leur maître, et Fidelma sentit le sang circuler à nouveau dans ses membres.

C'est alors que les sabots d'un cheval sonnant sur le givre les firent se retourner. Un second cavalier, son arc à la main, arrivait au trot de sa monture. C'était Olcán, le visage enflammé par la chasse. Quand il reconnut Fidelma, il en resta bouche bée, puis il glissa de sa monture et s'avança vers elle, les mains tendues.

— Sœur Fidelma ! Êtes-vous blessée ?

— Non, mais ces guerriers m'ont manquée de peu, répliqua-t-elle d'un ton irrité en se massant les bras.

Le cavalier aux cheveux flamboyants se tourna vers ses sbires.

— Filez à la forteresse ! gronda-t-il.

Les deux autres s'éloignèrent sans un mot tandis que le cavalier s'inclinait avec raideur devant Fidelma.

— Je regrette cet incident.

Olcán, qui les regardait tous deux le front plissé par la contrariété, sembla se réveiller.

— Fidelma, je vous présente mon ami Torcán. Torcán, voici Fidelma de Kildare.

Fidelma plissa les paupières.

— Vous êtes le fils d'Eoganán des Uí Fidgenti ?

— Vous me connaissez ?

— J'ai entendu parler de vous, répliqua Fidelma d'un ton sec. Vous êtes bien éloigné des terres des Uí Fidgenti, Torcán.

Les Uí Fidgenti occupaient le nord-ouest du royaume de Muman. Elle savait par son frère qu'ils étaient les plus remuants de ses sujets. Leur prince, l'ambitieux Eoganán, ne cachait pas son désir de dominer les clans alentour et d'étendre son pouvoir.

— Vous-même êtes bien éloignée de Kildare, sœur Fidelma.

— En tant qu'avocate, je parcours le pays pour faire respecter la loi. Et vous, qu'est-ce qui vous amène en cette partie du royaume ?

Olcán s'empressa d'intervenir.

— Torcán est un invité de mon père, Gulban de Beara, et il profite avec moi de l'hospitalité d'Adnár.

— Et qu'est-ce qui vous a poussé à me décocher une de vos flèches, je vous prie ?

Olcán parut choqué.

— Mais ma sœur...

Torcán souriait d'un air narquois.

— Voyons, Fidelma de Kildare, que je sois pendu si j'ai jamais eu une telle intention, protesta-t-il. Je vous ai prise pour un chevreuil. Cependant, je vous accorde que mes hommes manquent de savoir-vivre et je crois que c'est là qu'il faut chercher l'offense, non dans ma flèche qui s'est égarée, ce dont je vous demande expressément pardon.

Torcán était complètement myope, ou alors un fieffé menteur, car Fidelma savait pertinemment qu'aucun animal ne gîtait près d'elle quand il avait tiré. Aucun chasseur expérimenté n'aurait pu confondre ses mouvements avec ceux d'un chevreuil dans une forêt d'hiver. Mais comme une confrontation sur ce thème n'amènerait rien de positif, elle prétendit croire à l'explication qu'on lui proposait.

— Très bien, Torcán, j'accepte vos excuses et ne porterai pas plainte contre vous pour m'avoir mise en danger de mort. Cependant, le comportement de vos guerriers n'avait rien de fortuit. Ils sont donc condamnés à une amende de deux *séts* chacun, pour m'avoir maltraitée. En cela, vous conviendrez que j'agis en accord avec les *Bretha Déin Chécht*, qui fixent le montant des réparations exigées en de telles circonstances.

Des sentiments contradictoires s'étaient emparés de Torcán, mais son admiration pour l'attitude froide et détachée de Fidelma l'emporta. Il eut un rire bref.

— Je paierai ces amendes, dont le montant sera déduit de la solde de ces imbéciles.

— Il sera reversé au fonds destiné aux bonnes œuvres de l'abbaye du Saumon des trois sources.

— Dès demain matin, un de mes hommes se présentera à l'abbaye pour régler cette affaire, vous en avez ma parole.

— Parfait, et maintenant je vous serai obligée de me laisser poursuivre mon chemin.

— Dans quelle direction vous dirigez-vous ? demanda Olcán.

— Je me rendais à la forteresse d'Adnár.

— Alors laissez-moi partager ma selle avec vous, proposa Torcán.

Fidelma déclina l'offre de monter derrière le fils du prince des Uí Fidgenti.

— Je vous remercie, mais je préfère continuer à pied.

Torcán haussa les épaules.

— Comme vous voudrez. Peut-être nous reverrons nous plus tard à la forteresse.

Puis il tourna la bride de son cheval dont il frappa l flanc du plat de son arc, et partit au galop sur le che min de la forteresse. Olcán s'attarda un instant comme s'il désirait prolonger cette discussion ave Fidelma, puis il se remit en selle et se contenta d'u geste d'adieu avant de lancer sa jument à la poursuit de son invité. Immobile, Fidelma le regarda disparaî tre, hésitant sur la signification à accorder à cette ren contre. Torcán n'était pas sérieux quand il prétenda l'avoir confondue avec un chevreuil au milieu de ce arbres dénudés ! Et s'il s'était agi d'un accident, n'aurait pas laissé ses hommes la maltraiter de la sort Une chose était claire : il ne la connaissait pas, ca aussitôt qu'elle l'avait informé de son nom et de so rang, il avait ordonné qu'on la libère. Mais alors, q donc attendait-il sur cette route ? Personne ne pouva se méprendre sur son sexe, et son habit de religieus indiquait clairement la congrégation à laquelle el appartenait. Pourquoi un visiteur, le fils du prince de Uí Fidgenti, aurait-il voulu tuer une nonne ?

Un froid glacial l'envahit.

Quelqu'un avait déjà exécuté un membre de communauté, puis l'avait décapité et avait attaché so corps à la corde du puits de l'abbaye. Fidelma éta convaincue que ce cadavre était celui d'une religieus Elle frissonna. Avait-elle failli rejoindre l'inconn dans l'autre monde du Christ ?

Elle releva brusquement la tête en entendant le tr d'un cheval sur la piste devant elle. Torcán revie drait-il sur ses pas ? Elle se raidit quand un cavali dissimulé par un massif d'arbustes apparut au gra jour. Adnár.

Le chef au physique avantageux et à la crinière de jais sauta de sa monture d'un mouvement souple avant même qu'elle se soit arrêtée, puis il s'avança vers Fidelma, l'air inquiet.

— Olcán m'a raconté votre rencontre avec Torcán alors que vous veniez me rendre visite.

Il l'examina avec anxiété.

— Vous n'avez rien ?

— Disons que l'accident a été évité de justesse.

— Vous n'êtes pas blessée ?

— Je vais bien et me félicite de votre venue qui me fera gagner du temps.

Elle désigna le tronc d'un arbre abattu par une tempête.

— Asseyons-nous ici un instant.

Adnár accrocha les rênes de son cheval à une branche et la rejoignit.

— Vous n'avez pas été tout à fait honnête avec moi, Adnár, commença Fidelma.

Le chef rejeta la tête en arrière d'un air surpris.

— Comment cela ? s'exclama-t-il, sur la défensive.

— Vous ne m'aviez pas dit que l'abbesse Draigen était votre sœur de sang. Et frère Febal s'est bien gardé de m'apprendre qu'il avait été son époux.

— Ah, ça ! lança-t-il d'un ton léger.

Fidelma aurait juré qu'il avait l'air soulagé.

— Vous ne semblez pas y accorder grande importance...

— Je le reconnais, et me vante rarement de ma parenté avec Draigen. Je suis heureux qu'elle ait hérité des cheveux roux de mon père et moi, de la chevelure sombre de ma mère.

— Ne pensez-vous pas que vous auriez dû mentionner ce lien de parenté lors de nos discussions ?

— Le hasard nous a fait naître d'une même matrice et nous le regrettons amèrement tous les deux. Quant à frère Febal, je me garderai bien de répondre à sa place.

— Alors parlez en votre nom. Haïssez-vous votre sœur autant que vous le paraissez ?

— Elle m'est indifférente.

— Vous avez pourtant insinué qu'elle entretenait des amours illicites avec ses compagnes.

— Mais c'est la vérité !

Adnár parlait avec calme et respirait l'honnêteté. Fidelma, qui se rappelait son comportement agressif, fut surprise de le voir aussi serein et détendu à ses côtés, les mains entre les genoux, le regard fixé sur le sol, son beau visage pensif.

— Peut-être vaudrait-il mieux que vous me racontiez votre histoire plus en détail ?

— Je crains que cela ne vous aide guère dans vos recherches.

— Il vous a pourtant semblé que les goûts sexuels de Draigen m'intéressaient au premier chef. Comment voulez-vous que je juge de la pertinence de vos propos si vous ne m'aidez pas à comprendre vos relations ?

Adnár amorça un geste de défense, puis il changea d'avis.

— Vous a-t-elle dit que notre père, dont je porte le nom, était un *óc-aire*, un roturier cultivant un lopin de terre pas assez étendu pour lui permettre de gagner correctement sa vie ? Avec notre mère, il s'est échiné à longueur d'année sur un domaine inhospitalier, à flanc de montagne. L'été, ma mère moissonnait seule notre maigre récolte tandis que mon père louait ses services au chef local afin que nous ne mourions pas de faim.

Il s'interrompit, le regard perdu au loin, puis il reprit son récit.

— Je suis de deux ans plus âgé que Draigen. Nos ırents, que nous aidions aux champs, n'avaient que ɜu de temps et d'argent à consacrer à notre éducation.

Il avait prononcé ces dernières paroles sur un ton de ·gret amer, mais Fidelma ne fit aucun commentaire.

— Puis j'ai grandi et refusé de prendre la succes-on de mon père. À quoi cela sert-il de s'user sur une rre ingrate pour gagner à peine de quoi subsister ? avais de l'ambition. Et dès que j'apprenais qu'un ıerrier traversait notre territoire, je m'échappais en ıchette pour aller rôder du côté de l'hôtellerie du an. J'essayais de persuader l'homme de me parler de vie, des codes de la guerre et de m'apprendre ımment on devient guerrier. Je me fabriquais des mes en bois et j'allais dans les forêts affronter les ıissons avec mon épée. Puis je me confectionnai un c et des flèches et fus bientôt très habile au tir. ɜvenir un guerrier était l'unique recours pour échap-r à la misère.

« À dix-sept ans, j'avais atteint l'âge du choix et cune loi ne pouvait plus me retenir. Je quittai mes rents et partis en quête de Gulban des Beara. Il rait une guerre contre les Corco Duibhne pour une estion de frontières. Je me distinguai en tant 'archer et me retrouvai bientôt à la tête d'une cen-ne d'hommes. À l'âge de dix-neuf ans, Gulban me mma *cenn-feadhna*, capitaine. Ce fut le plus beau ır de ma vie.

« Les guerres m'avaient rapporté du bétail et quand es se terminèrent, je revins ici où je fus nommé *bó-e*, chef de troupeau. Je ne possédais aucune terre, ıis mes nombreuses têtes de bétail faisaient de moi homme riche et influent. Je n'ai pas honte d'avoir happé à la pauvreté. Au contraire, j'en tire une cer-ne fierté.

— Voilà une histoire digne d'éloges, Adnár. Tout homme qui surmonte des épreuves mérite le respect. Mais cela ne m'explique pas l'animosité qui vous oppose à votre sœur, ni les raisons qui vous poussent à l'accuser d'entretenir des relations contre nature.

Adnár fit la grimace.

— Draigen parle beaucoup de sa loyauté à l'égard de nos parents, elle clame que je les ai abandonnés. Or elle désirait tout autant que moi échapper à son sort. Alors qu'elle approchait l'âge du choix, elle a même essayé d'invoquer les esprits païens – les déesses des anciens temps – afin qu'ils lui viennent en aide.

Fidelma l'étudia attentivement. Adnár semblait perdu dans ses souvenirs et parlait sans aucun effet oratoire.

— Que faisait-elle exactement ?

— Une vieille femme qui vivait dans les bois non loin de chez nous se réclamait de l'ancienne religion dont elle affirmait être une adepte. Je me souviens qu'elle s'appelait Suanach. Les enfants la craignaient. Elle se prétendait adoratrice de Boí, la femme de Lugh, le dieu des arts et de l'artisanat, Boí, également connue sous le nom de déesse-vache ou vieille femme de Beara. Aux temps obscurs, cette terre était son domaine. C'est d'elle que ma forteresse tient son nom, Dún Boí.

— Les gens âgés ne manquent pas qui sont restés fidèles aux dieux ancestraux, fit remarquer Fidelma.

Voilà seulement deux siècles que la vraie foi avait fait son apparition dans les cinq royaumes, et Fidelma connaissait l'existence d'endroits isolés où les croyances attachées à « Ceux qui vivent toujours », les dieux et les déesses, étaient toujours vivaces.

— Ici, même les montagnes portent des noms de dieux et de déesses, précisa Adnár.

— Donc votre sœur a été influencée par cette vieille femme païenne, reprit Fidelma. Quand est-elle revenue à la vraie foi pour finalement entrer en religion ?

Les lèvres d'Adnár se contractèrent en un sourire forcé.

— Qui a dit qu'elle était retournée à la vraie foi ?

Fidelma sursauta.

— Qu'entendez-vous par là ?

— Rien. Sinon que depuis qu'elle a connu cette sorcière, elle a toujours agi de façon bizarre.

— J'attends que vous avanciez une preuve de vos accusations. Je ne parviens pas à comprendre ce qui vous dresse l'un contre l'autre.

— Cette bonne femme lui a tourné la tête avec ses histoires et...

Il s'arrêta et haussa les épaules.

— Pendant que je servais dans l'armée de Gulban, mon père et ma mère moururent. Draigen alla vivre avec cette vieille dans la forêt.

— Vous l'avez haïe pour ça ?

Il secoua la tête.

— Non. Je ne sais pas exactement ce qui s'est assé, mais Draigen a été condamnée par la loi pour ne action criminelle et elle a dû payer des compensa-ons. Elle a donc vendu la terre que nous possédions t est entrée à l'abbaye du Saumon des trois sources. e ne vous cacherai pas que la perte de cette terre m'a ontrarié. Il s'agissait aussi de mon héritage. J'ai éposé une plainte contre Draigen pour récupérer ce ui me revenait mais un brehon m'a débouté.

— Je vois. Cela justifie-t-il votre animosité ?

Adnár haussa les épaules.

— Non, j'étais furieux, mais je m'étais suffisam-ment enrichi pour ne pas y accorder trop d'impor-ance. Il s'agissait d'une question de principe. Non, cette haine est venue de Draigen. Peut-être m'en voulait-elle pour ma demande de réparation. Après cela, elle m'a toujours évité. Quand je suis devenu *bó-aire* de ce district, elle s'est retrouvée dans l'obligation d'entrer en contact avec moi, mais j'ai toujours usé d'un intermédiaire dans nos relations. Ce qui n'a pas désarmé son aversion à mon égard.

— Draigen vous a-t-elle donné des raisons pour son hostilité ?

— Oh, oui ! Elle m'accuse d'être responsable de la mort de nos parents. Mais en ce qui me concerne, cela sonne faux. En tout cas, quelle que soit la raison de son comportement, les années n'ont fait qu'aggraver son ressentiment.

— Elle le nie et dit que cette violence vient de vous.

— Disons que je me suis senti blessé et furieux. Rien de plus. Et puis il y avait ces histoires de Draigen, à l'abbaye, qui recherchait les jolies novices. Et quand on m'a annoncé qu'on avait trouvé le corps d'une jeune femme dans le puits, j'ai craint le pire.

— Pourquoi ?

Pour la première fois depuis le début de leur conversation, Adnár releva la tête et la regarda droit dans les yeux.

— Pourquoi ? répéta-t-il comme s'il n'avait pas compris la question.

— Qu'est-ce qui a bien pu vous amener à la conclusion que c'était votre propre sœur qui avait assassiné cette fille à la suite de relations illicites ? Excusez-moi, mais d'après les informations que vous m'avez données, le rapport est loin d'être évident.

Adnár parut gêné.

— Il est vrai que je ne peux pas vous fournir de raisons logiques. C'est juste que d'une certaine façon, cela corrobore mes pires pressentiments.

— Votre *anam-chara*, frère Febal, vous a-t-il suggéré cette explication ?

La question était directe et brutale.

Adnár cligna des yeux et son visage se colora légèrement, ce qui pour Fidelma confirmait qu'elle avait ouché juste.

— Depuis combien de temps connaissez-vous frère Febal ?

— Depuis que je suis revenu au pays et que j'ai pris nes fonctions de *bó-aire*.

— Que savez-vous de lui ?

— Autrefois, l'abbaye du Saumon des trois sources était une communauté double, un *conhospitae*. Frère Febal y résidait ainsi que d'autres moines. Febal et Draigen se sont mariés. Sous l'égide de Marga, la vieille abbesse, Febal exerçait la fonction de portier. Puis ma sœur a été nommée au poste de *rechtaire*, qui st, comme vous le savez, le plus important après elui d'abbesse. La brusque séparation de Draigen et Febal date de cette époque. Draigen, profitant de la fragilité et du grand âge de l'abbesse, commença à xpulser les moines de l'abbaye afin de la transformer n communauté de religieuses. Frère Febal a été le ernier à être démis de ses fonctions. Il m'a alors ejoint pour me servir de conseiller spirituel. La mère bbesse est morte peu de temps après. Je n'ai pas été utrement surpris d'apprendre que Draigen avait été ésignée pour diriger le monastère.

— Insinuez-vous que Draigen est ambitieuse et npitoyable ?

— Je vous laisse juge.

— En tout cas, j'en déduis que frère Febal a de onnes raisons de détester Draigen, d'attiser les dissensions entre vous, et de faire courir des rumeurs oncernant la découverte de ce cadavre.

— Si on envisage ces problèmes d'un point de vue objectif, votre raisonnement est justifié, admit Adnár. Et je ne tenterai point de vous amener à partager mon sentiment. Si je voulais vous parler avant Draigen, lors de votre arrivée hier, c'était pour vous mettre en garde et vous pousser à enquêter sur un certain nombre de sujets. Que vous suiviez ces pistes ou non n'est plus de mon ressort. En tant qu'avocate devant les cours de justice, votre cri de guerre n'est-il pas *quaere verum* ?

— La recherche de la vérité est notre maxime et non un cri de guerre, le corrigea Fidelma. Et je m'efforce de me montrer à la hauteur de cette injonction. Mais tant qu'elle n'est pas démontrée, une accusation demeure une proposition en l'air. Pour avancer il faudrait que je m'entretienne avec frère Febal.

Adnár passa la main dans sa chevelure bouclée.

— Rien ne vous empêche de revenir avec moi à la forteresse, bien qu'en ce moment précis, je ne sois pas certain que Febal s'y trouve. Quand je suis parti, il me semble qu'il s'apprêtait à conduire Torcán et ses hommes à un lieu de pèlerinage, de l'autre côté de cette montagne.

— Quand reviendra-t-il ?

— Plus tard dans la soirée, je suppose.

— Dans ce cas, je le verrai demain. Dites-lui de venir me retrouver à l'abbaye.

Adnár parut gêné.

— Cela m'étonnerait qu'il accepte, car Draigen risque de lui réserver un accueil plutôt déplaisant.

— En l'occurrence, mes désirs priment sur ceux de Draigen, répliqua Fidelma d'un ton sec. Je l'attendrai à l'hôtellerie après la rupture du jeûne de la nuit. Transmettez-lui mon message.

— Très bien, soupira Adnár avant de se redresser brusquement.

Quelqu'un s'avançait sur le chemin. Bientôt apparut la silhouette d'une religieuse, la tête baissée et coiffée d'un capuchon. Elle portait un *sacculus* à l'épaule. Alors qu'elle n'était qu'à trente pieds d'eux, Fidelma la héla.

— Bonjour, ma sœur.

La jeune fille sursauta en levant les yeux et Fidelma reconnut sœur Lerben.

— Bonjour, balbutia Lerben.

Adnár se leva avec un sourire.

— Il semblerait qu'aujourd'hui plus d'une religieuse emprunte ce chemin. N'avez-vous pas peur de vous retrouver seule dans les bois alors que la nuit va bientôt tomber, ma sœur ?

Un éclair de contrariété brilla dans les prunelles de Lerben qui baissa aussitôt les paupières.

— J'étais en chemin pour aller trouver...

Elle hésita et jeta un regard ennuyé à Fidelma.

— ... Torcán des Uí Fidgenti.

Adnár, toujours souriant, secoua la tête.

— Hélas, comme je l'ai expliqué à sœur Fidelma, il vient de quitter ma forteresse et ne sera pas de retour avant ce soir. Puis-je lui transmettre un message ?

Lerben parut indécise, puis hocha la tête.

— Pourriez-vous lui remettre ceci ? Il désirait emprunter cet ouvrage à notre bibliothèque.

Elle retira de son *sacculus* un petit objet oblong enveloppé de tissu.

— Très volontiers, ma sœur.

Fidelma tendit la main, intercepta prestement le paquet avant qu'Adnár ait eu le temps de s'en saisir, et déroula l'étoffe.

— Mais il s'agit là d'une copie des annales de Clonmacnoise, la grande abbaye fondée par le bienheureux Ciarán...

Elle interrogea Lerben du regard. La jeune religieuse semblait gênée. Quant à Adnár il ne s'était toujours pas départi de son sourire.

— J'ignorais que le jeune Torcán s'intéressait d'aussi près à l'histoire, dit-il. Cela promet des entretiens passionnants.

Il tendit la main mais Fidelma tournait maintenant les feuilles de vélin. Elle eut tout juste le temps de remarquer des taches d'un rouge boueux sur l'une d'elles avant qu'Adnár, d'un geste doux mais ferme, ne lui prenne les annales des mains qu'il enveloppa à nouveau dans le carré de lin.

— Ce n'est pas un endroit pour l'étude, lança-t-il d'un ton jovial. Il fait bien trop froid. Ne vous inquiétez pas, ma sœur, reprit-il à l'adresse de Lerben, ce livre sera remis en main propre à Torcán.

Fidelma se leva et brossa sa robe du plat de la main pour la débarrasser des brindilles et de la poussière qui s'y étaient attachées.

— Torcán s'est aventuré bien loin des terres des Uí Fidgenti. Vous le connaissez depuis longtemps ?

Adnár cala le livre sous son bras.

— Je le connais à peine. Il était l'invité de Gulban dans sa forteresse, et aujourd'hui, il a été convié ici par Olcán, qui désirait l'emmener chasser et visiter certains des anciens sites de la région réputés dans tout le royaume.

— J'ignorais que les Uí Fidgenti étaient les bienvenus chez les Loígde.

Adnár se mit à rire.

— Nous nous sommes effectivement livré quelques batailles, mais je crois qu'il est temps d'oublier ces vieilles querelles et nos préjugés.

— Sans doute. Mais il n'en demeure pas moins qu'Eoganán, le prince des Uí Fidgenti, a plus d'une fois conspiré contre les Loígde.

— Nous nous sommes affrontés pour nous approprier des terres, lui concéda Adnár. Si tout le monde restait à l'intérieur de ses frontières sans chercher à se mêler des affaires des autres clans, les combats cesseraient faute de motifs.

Il prit un air faussement innocent.

— Mais je remercie Dieu d'avoir été recruté comme guerrier quand j'étais jeune, sinon, je ne me serais pas hissé à la situation qui est la mienne aujourd'hui.

Fidelma pencha la tête de côté tout en l'observant attentivement.

— Si je comprends bien, vous qui avez gagné vos richesses en luttant contre les Uí Fidgenti êtes maintenant l'organisateur des plaisirs du prince de ce clan ?

Adnár hocha la tête.

— Ainsi va le monde. Les ennemis d'hier sont les amis d'aujourd'hui, mais je vous ferai tout de même remarquer que Torcán est l'invité d'Olcán, pas le mien.

— Et le frère et la sœur d'hier sont aujourd'hui les ennemis les plus acharnés, ajouta Fidelma d'une voix douce.

Adnár haussa les épaules.

— Croyez bien que je le regrette, mais je n'y puis malheureusement rien changer.

— Je vous remercie de votre franchise, Adnár, et n'oubliez pas, j'attends frère Febal demain.

Elle se tourna vers sœur Lerben qui semblait nerveuse et se tenait là, incapable de se décider à partir ou à se joindre à la conversation. Fidelma lui adressa un sourire chaleureux. Lerben n'avait pas plus de seize ou dix-sept ans.

— Venez, ma sœur. Nous deviserons sur le chemin de retour à l'abbaye.

Elle se mit en route et Lerben s'attarda un instant auprès d'Adnár avant de rejoindre Fidelma. Le *bó-aire* les regarda s'éloigner, debout près de son cheval dont il caressa le museau d'un air distrait. Puis il prit l'ouvrage, le dégagea de son enveloppe, le fixa longtemps d'un air sombre avant de le remballer et de le jeter dans le sac accroché à sa selle. Enfin, saisissant les rênes de sa monture, il l'enfourcha et enfonça ses talons dans ses flancs.

CHAPITRE IX

Sœur Fidelma se réveilla avant même que la voix
:tranglée ne déchire l'obscurité. Son sommeil avait
:té dérangé quand on avait touché à la poignée de sa
orte et son esprit, toujours réceptif au danger, fut
ussitôt pleinement conscient. Une ombre s'encadrait
ans le chambranle. Il faisait encore nuit, et seule la
ımière irréelle de la lune éclairait la cellule glacée.
on haleine se cristallisa en petits nuages tandis
u'elle se redressait maladroitement dans la pâle
ımière bleue.

— Sœur Fidelma !

La voix résonnait comme un cri angoissé.

Bien qu'altérée, Fidelma la reconnut comme étant
elle de l'abbesse Draigen.

Elle tendit vivement la main vers le silex et l'ama-
ou pour allumer la chandelle.

— Mère abbesse ? Mais que se passe-t-il ?

— Venez avec moi, vite, dit Draigen, à l'évidence
ès bouleversée.

Fidelma parvint à allumer la bougie et se tourna
ers l'abbesse, habillée comme à l'ordinaire. À la
ıeur jaune et vacillante de la chandelle, son visage
ait pâle et ses traits exprimaient une horreur sans
om.

— Il est arrivé quelque chose ?

Sans attendre la réponse à sa question superflue, Fidelma sauta de son lit, oublieuse du froid. Il s'était passé un drame.

L'abbesse, en état de choc, tremblait de tous ses membres et semblait incapable de répondre de façon cohérente.

Fidelma jeta sa cape sur ses épaules et glissa les pieds dans ses chaussures.

— Allons-y, Draigen, je vous suis, déclara-t-elle d'une voix calme.

L'abbesse ne tarda qu'un instant avant de se tourner, se dirigeant vers la cour. Dehors, il faisait presque aussi clair qu'en plein jour car il était tombé de la neige qui brillait sous la lune, dont Fidelma nota aussitôt la position. Elle indiquait quelques heures après minuit, mais l'aube était encore loin. Dans la nuit d'une absolue tranquillité, Fidelma ne percevait que le crissement de leurs chaussures de cuir sur la neige.

Elles allaient maintenant vers la tour.

Fidelma avançait en silence, tenant la bougie d'une main et protégeant la flamme de l'autre. Dans la nuit glacée, il n'y avait pas un souffle d'air.

L'abbesse pénétra à l'intérieur de la tour et ne marqua aucun arrêt dans la bibliothèque et la salle des copistes, grimpant les marches si vite que Fidelma dut se presser pour éclairer son chemin. Au pied de l'escalier qui menait au troisième étage, Fidelma remarqua une bougie qui gisait près de son support sur le sol. Là, Draigen s'arrêta brusquement et Fidelma faillit la heurter. Le visage de l'abbesse faisait peur. Puis, elle sembla reprendre progressivement le contrôle d'elle-même.

— Préparez-vous à voir un spectacle peu plaisant, dit-elle enfin.

C'étaient ses premiers mots depuis qu'elle avait orti Fidelma de son sommeil.

Quand elle entreprit l'ascension de la dernière volée e marches, Fidelma ne fit aucun commentaire et sui- it l'abbesse dans la pièce où était entreposée la clep- ydre. Là, le feu rougeoyait dans la cheminée, l'eau umait dans le bassin en bronze et les deux lanternes ui brûlaient éclairaient un corps étendu sur le sol : ne femme revêtue de l'habit de la communauté.

Draigen, silencieuse, se tint sur le côté.

Fidelma posa précautionneusement sa chandelle sur n banc et s'approcha. Même si elle avait été témoin nombreuses morts violentes dans le monde violent elle vivait, elle frissonna, révulsée.

La tête avait été tranchée. On ne la voyait nulle part.

Quant au corps, allongé sur le ventre et les bras en oix, Fidelma remarqua aussitôt qu'il tenait un petit ucifix dans la main droite. Une baguette de tremble ortant une inscription en ogham était attachée au as gauche. Une mare de sang, rouge et gluant, avait ulé du cou, et aussi de la poitrine. On ne distinguait s la blessure mais le sang dégouttait de part et autre du torse.

Fidelma prit une profonde inspiration et expira len- ment.

— Qui est-ce ? demanda-t-elle à l'abbesse.

— Sœur Síomha.

Fidelma cligna des paupières.

— Comment en avez-vous acquis la certitude ?

L'abbesse émit un cri étranglé qui se voulait un lat de rire cynique.

— Vous nous avez récemment donné une leçon sur moyens de reconnaître un corps en l'absence du age. J'ai reconnu ses vêtements. D'autre part, vous uverez une cicatrice sur sa jambe gauche, résultat d'une mauvaise chute, et cette nuit elle était de garde auprès de la clepsydre pour le premier *cadar* de la journée.

Fidelma pinça les lèvres et se pencha. Elle releva le bas de la robe et vit, sur la chair blanche de la jambe gauche, la cicatrice d'une blessure profonde. Puis Fidelma fit rouler le cadavre sur le côté gauche et jugea, d'après la quantité de sang versé et les vêtements tailladés, que Síomha avait été poignardée au cœur avant d'être décapitée. Elle remit doucement le corps dans sa position initiale puis s'intéressa aux mains de la victime. Comme elle s'y attendait, les ongles avaient retenu de la boue rouge, qui tachait également les doigts. Pour finir, elle détacha la baguette de tremble et lut l'inscription en ogham :

— La Morrigane est réveillée !

Elle fronça les sourcils, puis se releva, la baguette à la main, et fit face à Draigen.

Les yeux rouges, le teint pâle, les lèvres tremblantes, l'abbesse ne s'était pas encore remise du choc qu'elle avait reçu. Fidelma se sentit désolée pour elle.

— Il faut que nous parlions, lui dit-elle à voix basse. Préférez-vous que nous nous rendions ailleurs ?

— Je dois réveiller les sœurs, répliqua Draigen.

— D'abord les questions.

— Alors mieux vaut ne pas bouger d'ici.

— Très bien.

— Autant vous en informer tout de suite, lança brusquement Draigen. Je connais le nom de la sorcière qui a commis ce crime abominable.

Fidelma ne broncha pas.

— C'est sœur Berrach. Je l'ai surprise sur le fait.

Devant cette révélation, Fidelma resta sans voix.

— Je crois, dit-elle après un long silence, qu'il est grand temps que vous me racontiez votre histoire.

L'abbesse Draigen se laissa tomber sur le banc, et, détournant le regard, fixa un point éloigné à l'autre bout de la pièce, au-delà de la fenêtre qui laissait filtrer la lumière de la lune jouant sur les eaux de la baie où se profilait le navire breton au mouillage.

— Síomha était donc de garde ici pour le premier *cadar* qui commence à minuit et s'achève avec l'angélus du matin. Je ne parvenais pas à trouver le sommeil car j'étais de plus en plus tourmentée à l'idée qu'il était peut-être arrivé quelque chose à nos sœurs sur le chemin de retour d'Ard Fhearta. Et comme je ne dormais pas, je remarquai que les coups de gong avaient cessé de retentir depuis longtemps déjà. Cela m'étonna de la part de sœur Síomha, habituellement si méticuleuse dans l'accomplissement de ses tâches. Je décidai de me lever et de m'habiller pour me rendre à la tour.

— Vous teniez une chandelle ? l'interrompit Fidelma.

L'abbesse fronça les sourcils.

— Effectivement. J'en avais allumé une dans mes appartements. Je suis entrée dans la tour, j'ai traversé la bibliothèque puis la salle des copistes et là, je n'ai pu m'empêcher d'appeler sœur Síomha. Tout était si tranquille... ça n'était pas normal.

— Poursuivez, ordonna Fidelma voyant qu'elle hésitait.

— Un instant plus tard, une ombre noire a dégringolé les escaliers. C'est arrivé si soudainement... quelqu'un m'a heurtée, envoyant voltiger ma chandelle, avant de prendre la fuite.

— Et alors ?

— J'ai grimpé les marches.

— Sans chandelle ?

— Des lampes étaient allumées, comme maintenant. Et c'est alors que j'ai vu le corps de sœur Síomha.

— Vous avez vu le corps décapité sur le sol ?

Le visage de l'abbesse Draigen s'anima sous l'effet d'une brusque colère.

— La personne qui m'a bousculée était sœur Berrach. Je n'ai aucun doute là-dessus. Vous l'avez rencontrée et vous admettrez qu'on ne peut pas se tromper.

Fidelma le lui accordait volontiers, mais elle tenait à s'en assurer.

— C'est justement ce qui me dérange, répliqua-t-elle. Vous avez déclaré que Berrach « a dégringolé les escaliers ». Or nous savons toutes deux qu'elle souffre d'une difformité. Êtes-vous certaine qu'il s'agissait de Berrach ? Souvenez-vous, votre chandelle vous a été arrachée des mains quand cette personne vous a bousculée dans l'obscurité.

— J'admets que dans mon agitation, je n'ai pas choisi les termes les mieux appropriés. Disons que cette silhouette se déplaçait avec rapidité... et puis l'allure de Berrach est reconnaissable entre toutes.

En effet, l'infirme pouvait difficilement passer inaperçue.

— Et après qu'elle vous a repoussée ?

— Je suis venue immédiatement vous trouver pour que vous portiez témoignage sur cet acte de folie.

— Très bien. Il ne nous reste plus qu'à partir à la recherche de sœur Berrach, dit Fidelma d'un ton lugubre.

Maintenant que l'abbesse Draigen s'était libérée en relatant ces événements, elle semblait avoir recouvré son sang-froid.

— À l'heure qu'il est, elle aura fui l'abbaye, grommela-t-elle avec cynisme.

— Même dans ce cas, sans cheval, car je suppose qu'elle ne monte pas, elle n'est sûrement pas allée bien loin.

Puis Fidelma se tut en entendant un pas léger sur les marches.

L'abbesse allait s'avancer à la rencontre de la visiteuse quand Fidelma la tira en arrière et posa un doigt sur ses lèvres. Quelqu'un montait dans la salle de la clepsydre.

Fidelma était crispée, ce qui l'agaça. Elle avait été entraînée à ne pas répondre émotionnellement aux sollicitations extérieures afin d'être toujours prête à garder le contrôle d'elle-même et à exercer son intelligence. Elle se concentra, sentit ses muscles se détendre et se plaça de telle façon, avec l'abbesse, que la personne qui apparaîtrait leur tournerait le dos.

Fidelma vit immédiatement qu'il s'agissait d'une personne d'un certain âge et elle la reconnut avant même qu'elle leur fît face.

— Sœur Brónach ! Que faites-vous ici à cette heure ?

Saisie par cet accueil, Brónach faillit tomber à la renverse. Puis elle se calma en reconnaissant Fidelma et l'abbesse.

— J'arrive de la cellule de sœur Berrach. Elle est dans un état épouvantable. Elle m'a affirmé qu'un meurtre avait été commis en ces lieux.

— Vous l'avez vue ? demanda Draigen. Elle vous a réveillée ?

— Non, je ne dormais pas et je m'apprêtais justement à venir à la tour, expliqua Brónach. Trop de temps s'était écoulé depuis le dernier coup de gong. Au moins plusieurs quarts d'heure. Je me suis donc levée, craignant que la sœur qui gardait la clepsydre ne soit souffrante. J'étais sur le point de quitter ma cellule quand j'ai entendu quelqu'un dans le couloir. J'ai compris qu'il s'agissait de sœur Berrach, que j'ai trouvée assise sur son lit dans un état d'agitation extrême. Elle m'a assuré que sœur Síomha était morte et j'ai couru jusqu'ici pour voir si elle n'était pas la proie de...

À cet instant, elle vit le corps sur le sol derrièr Fidelma et écarquilla les yeux en portant la main à s bouche.

— C'est bien sœur Síomha, confirma l'abbess Draigen avec solennité.

Fidelma, dont l'attention était concentrée sur Bró nach, crut lire sur ses traits une expression fugitive d soulagement qui s'évanouit avant qu'elle ait eu l temps d'en avoir confirmation. Sans compter que le lampes déformaient les expressions du visage.

— Sœur Brónach, arrangez-vous pour faire reparti la clepsydre, dit l'abbesse qui était maintenant e pleine possession de ses moyens. Pendant des généra tions, cette communauté s'est prévalue de l'exactitud de sa pendule à eau. Je vous charge de rétablir la jus tesse de nos calculs.

Sœur Brónach parut perplexe, mais hocha la tête e signe d'assentiment.

— Je ferai de mon mieux, mère abbesse, mais...

Elle jeta un coup d'œil effrayé au cadavre.

— Ne vous inquiétez pas, je vais réveiller certain de nos sœurs pour qu'elles emportent notre infortuné compagne dans le *subterraneus*. Vous ne resterez p longtemps seule.

Fidelma s'achemina vers l'escalier puis chang d'avis et revint vers Brónach.

— Ne m'avez-vous pas dit qu'après chaque cou de gong, la gardienne devait noter l'heure sur u tablette d'argile ?

Sœur Brónach acquiesça.

— C'est la coutume au cas où nous perdrions le du temps.

— Quand Síomha l'a-t-elle fait pour la derniè fois ?

Sœur Brónach jeta un coup d'œil circulaire, vit la ablette qui gisait près de la cheminée en pierre et alla a ramasser.

— Eh bien ? s'impatienta Fidelma.

— Elle a marqué la deuxième heure du jour ainsi que le *pongc* qui a suivi.

— Donc elle a été tuée entre deux heures quinze et leux heures trente ce matin.

— Est-ce si important ? s'impatienta l'abbesse Draigen. Nous savons déjà qui a commis cet acte abominable.

— Et maintenant, quelle heure est-il ? insista Fidelma.

— Aucune idée.

— Je vais vous le dire, intervint Brónach.

Elle alla à la fenêtre, fixa le ciel qui avait pâli et onclut avec un rien de suffisance :

— Nous avons largement dépassé la quatrième eure du jour et nous nous approchons maintenant de a cinquième.

— Merci, ma sœur, murmura distraitement Fidelma.

Son esprit fonctionnait à la vitesse de l'éclair.

— Pourriez-vous calculer quand vous avez découert le corps ? demanda-t-elle à l'abbesse qui haussa s épaules.

— Je ne vois pas en quoi...

— Je vous en prie.

— Il y a moins d'une heure. Et je suis venue vous ouver presque aussitôt après cette macabre découverte.

— Exactement. Et nous sommes ici depuis environ ne demi-heure.

— Plutôt que de perdre notre temps en détails sans nportance, nous ferions mieux d'aller quérir sœur errach, insista Draigen.

— Ne pourriez-vous attendre le matin pour interroer cette pauvre enfant ? demanda sœur Brónach. Berach est terriblement choquée.

— Vous a-t-elle dit qu'elle avait découvert le corps ? s'enquit Fidelma.

— Pas exactement, mais cela tombe sous le sens. Elle m'a déclaré que sœur Síomha était morte, dans la tour.

— Il nous faut interroger sœur Berrach sur-le champ. Encore une chose...

L'abbesse poussa un soupir d'exaspération.

— ... pour vous, le nom de Morrigane a-t-il une signification particulière ?

Sœur Brónach frissonna.

— Le nom de cette maudite n'est-il pas connu de tous ? Autrefois, avant que la parole du Christ ne vienne féconder cette terre, elle était considérée comme la déesse de la mort et des batailles. Au royaume des puissances surnaturelles, elle incarnait le mal et la perversion.

— Donc vous êtes versée dans les vieilles pratiques païennes ? interrogea Fidelma.

Sœur Brónach fit la moue.

— Qui ne l'est pas ? J'ai été élevée dans les forêts qui nous entourent, où ceux qui s'accrochent aux anciennes croyances sont encore nombreux.

Fidelma hocha la tête, et, pour le plus grand soulagement de Draigen, reprit sa chandelle et précéda l'abbesse dans les escaliers. Elles étaient arrivées en bas de la tour quand un bruit sourd arrêta Fidelma, celui-là même qu'elle avait entendu dans la *duirthech*, la chapelle. On aurait dit deux barques, ou deux troncs creux, s'entrechoquant dans les profondeurs du sous-sol et résonnant dans le bâtiment.

Fidelma s'avança vers le coin de la salle d'où semblait partir l'écho, tenant devant elle sa chandelle à bout de bras.

— Par là, vous ne trouverez que l'escalier qui descend à la cave, l'avertit Draigen qui l'avait suivie.

— Personne n'a-t-il jamais repéré l'origine de ces bruits ? demanda Fidelma qui plongeait maintenant son regard dans la bouche sombre.

— Non, pour quoi faire ? s'impatienta Draigen. Ce sont des bruits qui montent du *subterraneus*.

Fidelma fixait l'obscurité d'un air pensif.

— Pourtant, on jurerait que ça vient d'ici. Vous m'avez bien expliqué que ces sons provenaient sans doute d'une grotte se remplissant et se vidant au rythme de la marée ?

— Absolument, maugréa Draigen qui ne semblait pas autrement convaincue. Mais où allez-vous ? s'exclama-t-elle en voyant Fidelma s'engager dans l'escalier.

— Je voulais juste vérifier...

Elle ne finit pas sa phrase mais poursuivit son chemin.

Dans la cave, tout était vide et silencieux. Déçue, Fidelma regarda autour d'elle et ne distingua que quelques coffres dans un coin, mais aucun endroit où quelqu'un aurait pu se cacher. Étouffant un soupir, elle entreprit de remonter à l'air libre tout en s'appuyant d'une main au mur glacé.

Elle sentit sous ses doigts une substance poisseuse qu'elle reconnut aussitôt et la lumière de la chandelle confirma ses suspicions : sur le mur s'étalait une traînée de sang encore frais.

— Que se passe-t-il ? demanda Draigen qui attendait Fidelma en haut des marches.

— Rien, mère abbesse. Rien du tout.

Dans la cour, elles rencontrèrent sœur Lerben qui semblait très inquiète.

— Quelque chose ne va pas, mère abbesse ! lança-t-elle d'une traite. Cette nigaude de sœur Berrach sanglote dans sa cellule. J'ai vu des lumières dans la tour, mais cela fait un bon moment que je n'ai pas entendu le gong.

Draigen posa une main sur l'épaule de la jeune fille.

— Mon enfant, il faut t'armer de courage. Sœur Síomha a été assassinée et l'auteur de cette infamie est sœur Berrach.

— Rien n'est moins sûr, protesta Fidelma, allons l'interroger avant de lui faire porter le fardeau de ce crime.

Mais sœur Lerben courait déjà répandre la nouvelle qui se propagea à la vitesse de l'éclair. Elles avaient à peine traversé la cour que tout le monde ou presque était déjà levé. L'abbesse pria une novice qui passait par là de se rendre dans les dortoirs afin d'apaiser le tumulte, mais avant que la jeune fille ait eu le temps de répondre, des sœurs affolées se déversaient dans la cour et les bourdonnements de murmures hystériques remplirent l'atmosphère. On alluma des lampes et des chandelles, des sœurs qui s'étaient habillées à la hâte ou avaient jeté une cape sur leurs épaules se rassemblaient en petits cercles et s'épanchaient en des discours où résonnaient la frayeur et la colère.

Apparemment, Berrach s'était barricadée dans sa cellule. Lerben revint annoncer qu'elle entendait toujours les gémissements et les litanies de sœur Berrach, un curieux mélange de prières et d'anciennes malédictions.

— Qu'allons-nous faire, mère abbesse ?

— Je vais lui parler, annonça Fidelma d'un ton résolu.

— Ce n'est pas prudent, s'interposa l'abbesse.

— Pourquoi donc ?

— Vous connaissez la force de sœur Berrach, en dépit de sa difformité. Elle pourrait facilement s'en prendre à vous.

Fidelma eut un petit sourire.

— Je ne la crains pas. Indiquez-moi le chemin.

La jeune Lerben consulta l'abbesse du regard puis it un geste en direction d'un des bâtiments.

— Sa cellule est la dernière dans cette bâtisse. Mais votre place, je m'y rendrais armée.

Fidelma secoua la tête d'un air agacé.

— Attendez ici et ne venez pas avant que je vous le lemande.

Elle leva la main pour abriter la flamme de sa chanlelle contre la brise du matin et se dirigea vers un bâtinent en bois dont l'agencement consistait en un long ouloir avec une douzaine de cellules réparties d'un eul côté. Tous les dortoirs de la congrégation étaient insi conçus.

Elle perçut aussitôt les sanglots de sœur Berrach ont l'écho se propageait dans tout le corridor et 'arrêta à l'entrée du dortoir.

— Sœur Berrach, c'est Fidelma ! s'écria-t-elle en 'efforçant de maîtriser l'anxiété qui l'avait envahie.

Les pleurs s'arrêtèrent et des reniflements leur succédèrent.

— Vous vous souvenez de moi ?

Après un silence, Berrach s'exclama :

— Bien sûr ! Je ne suis pas complètement idiote !

— Je ne vous ai jamais considérée comme telle, épliqua Fidelma. Et j'aimerais vous parler.

— Vous êtes seule ?

— Oui.

— Alors avancez-vous jusqu'ici que je puisse vous oir.

Fidelma leva sa chandelle et s'engagea lentement ans le couloir. Elle entendit que Berrach traînait des eubles et en conclut qu'elle libérait la porte qui finit ar s'entrouvrir.

— Arrêtez ! cria Berrach.

Fidelma lui obéit, la tête de la jeune fille apparut et quand elle eut vérifié que Fidelma était seule, elle s'effaça pour la laisser entrer.

Fidelma pénétra à l'intérieur et se tint là, raide et embarrassée, tandis que Berrach poussait une table devant la porte.

— Que craignez-vous ? lui demanda-t-elle tout en étudiant le visage de la jeune fille aux yeux rouges et aux joues trempées de larmes.

Berrach rejoignit son lit en tanguant sur ses jambes déformées, s'assit et s'agrippa à son bâton.

— Vous n'ignorez pas que sœur Síomha a été tuée ? dit-elle enfin.

— Et alors ?

— Elles vont m'accuser du crime et je ne sais pas comment réagir.

Fidelma repéra une petite chaise et s'y assit tout en posant sa chandelle sur la tablette à côté.

— Pourquoi vous accuserait-on de ce forfait ?

Sœur Berrach lui adressa un regard méprisant.

— L'abbesse Draigen m'a vue dans la tour et la plupart des sœurs de cette communauté me détestent et me craignent parce que je suis difforme. Elles vont très certainement se retourner contre moi.

Fidelma se renversa sur sa chaise et croisa les mains sur ses genoux tout en observant attentivement Berrach.

— Vous ne bégayez plus, fit-elle remarquer d'une voix douce.

Le visage de la jeune fille se tordit en une grimace sardonique.

— Vous avez l'esprit rapide, sœur Fidelma. Contrairement à vous, celles qui m'entourent ne voient que ce qui les arrange. Leurs perceptions sont extrêmement limitées.

— Je suppose que vous vous appliquiez à bégayer parce que c'était ce qu'on attendait de vous ?

Berrach ouvrit de grands yeux.

— Voilà qui est bien pensé.

Elle marqua une pause.

— D'un corps disgracieux, on attend un esprit mal formé. C'est la philosophie de l'ignorance. Je bégaye parce que cela les rassure de croire que je suis simplette. Si je montrais mon intelligence, elles croiraient que je suis possédée du démon.

— Pourtant, vous vous montrez honnête avec moi.

— Ma franchise répond à votre sincérité. Vous voyez au-delà du rideau de préjugés que les autres ne parviennent pas à percer.

— Vous me flattez.

— La flagornerie n'est pas dans ma nature.

— Dites-moi très exactement ce qui s'est passé.

— Cette nuit ?

— Oui. L'abbesse Draigen vous a vue redescendre de a salle où l'on garde la clepsydre. Sœur Síomha, comme vous le savez, y a été découverte décapitée. Dans votre uite, vous avez repoussé l'abbesse contre le mur, expédiant du même coup sa chandelle dans les airs.

Fidelma examina les vêtements de Berrach.

— Je vois une tache sombre sur votre robe. Le sang de sœur Síomha, sans doute ?

Berrach fixa Fidelma droit dans les yeux.

— Je n'ai pas tué sœur Síomha.

— Je vous crois. Mais me faites-vous suffisamment onfiance pour me raconter précisément ce qui est arrivé ?

Sœur Berrach tendit les mains en un geste pathétique.

— Tout le monde dans ce monastère s'imagine ue je suis simple d'esprit parce que je souffre de déformations physiques. Or je suis née ainsi. Un problème concernant ma colonne vertébrale. Pourtant, mon corps et mes bras sont très résistants. Seules mes jambes ne se sont pas développées normalement.

Sœur Berrach s'interrompit mais Fidelma ne répondit rien, attendant que la jeune fille poursuive son récit.

— Tout d'abord, on a annoncé à ma mère que je n vivrais pas et puis qu'il valait mieux que je meure Ma mère ne pouvait pas s'occuper de moi dans sa communauté et mon père ne voulait rien savoir de moi. Après ma naissance, il a d'ailleurs abandonn ma mère. J'ai donc été élevée par ma grand-mère mais elle a été tuée quand j'étais petite. J'ai survécu e on m'a amenée quand j'avais trois ans dans cett abbaye où Brónach m'a élevée. C'est le seul foye dont je me souvienne.

Berrach parlait maintenant d'une petite voix e Fidelma comprenait pourquoi sœur Brónach se mon trait aussi protectrice avec la jeune fille.

— Racontez-moi ce qui s'est passé dans la tou l'incita-t-elle d'une voix douce.

— Eh bien, chaque nuit, avant l'aube, pendant qu l'abbaye dort, je me lève et je me rends dans la biblio thèque, confia Berrach. J'ai lu pratiquement tous le livres qu'elle contient.

Fidelma ne put s'empêcher d'exprimer sa surprise

— Pourquoi y aller la nuit ?

Berrach eut un rire sans joie.

— Elles s'imaginent que je suis une niaise illettré incapable d'aligner deux idées cohérentes. J'ai appr toute seule à déchiffrer ma propre langue et main tenant je sais lire le latin, le grec et même un pe d'hébreu.

Fidelma contemplait le visage de la jeune fille. Elle e se vantait pas, non, elle rétablissait la vérité. Une dée étrange surgit alors dans la tête de Fidelma.

— Saviez-vous que cette abbaye possède une copie es annales de Clonmacnoise ?

Sœur Berrach hocha aussitôt la tête.

— La copie a été calligraphiée de la main de notre ibliothécaire.

— N'êtes-vous pas effrayée de rester seule la nuit ans un tel endroit ? dit Fidelma.

— Il y a toujours une sœur qui monte la garde juste u-dessus de moi. Ces derniers temps, dit-elle en frisonnant, c'était presque toujours sœur Síomha. Et puis vant les récents événements, l'abbaye était l'endroit plus tranquille au monde.

Fidelma fit la grimace.

— Je ne me référais pas à un danger physique. Que ites-vous de ce bruit sourd, sous la *duirthech*, qui a ffrayé les sœurs, l'autre jour ? On m'a dit qu'on avait déjà entendu auparavant.

Sœur Berrach réfléchit un instant.

— Je vous l'accorde, mais ces phénomènes sont sez peu fréquents. L'abbesse Draigen affirme qu'il agit d'une grotte souterraine qui se remplit d'eau il arrive que les sœurs s'en émeuvent. Moi, cela 'indiffère. Une personne qui a la foi ne devrait pas effrayer de telles manifestations.

— Cette pensée vous fait honneur. Croyez-vous omme l'abbesse que de tels chocs sont provoqués ir une grotte qui se remplit avec la marée ?

— Pourquoi pas ? Cela me semble plus vraisembla-e que les esprits de victimes de sacrifices païens ne ouvant pas le repos après avoir été immolées en cet droit, dont parlent les sœurs.

— Mais vous n'êtes pas absolument convaincue.

— Parfois, comme l'autre jour dans la chapelle, l'explication de l'abbesse me paraît plausible. D'autres fois, surtout quand je travaille dans la biblio-thèque la nuit, le son résonne plus faiblement, un peu comme si quelqu'un creusait ou donnait des coups dans la roche. Quoi qu'il en soit, ces bruits, naturels ou produits par la main de l'homme, sont très certai-nement explicables, alors pourquoi s'effrayer ?

— Vous avez raison. Et donc cette nuit vous êtes allée dans la bibliothèque ?

— Oui, au cours des heures qui précèdent l'aube. Je me suis tenue très tranquille car je ne voulais pas ris quer d'inquiéter sœur Síomha, dont c'était le tour de garde auprès de la clepsydre. Son hostilité à mon égard est encore plus prononcée que celle des autres.

— Vous souvenez-vous de l'heure exacte à laquelle vous êtes entrée dans la bibliothèque ?

— Eh bien, j'ai entendu sonner la deuxième heure et peut-être le premier quart qui a suivi mais je n'en suis pas certaine. En tout cas, il n'était pas plus tard que la troisième heure, car je ne me rappelle pas l'avoir entendue sonner.

— Continuez.

— Je suis entrée dans la bibliothèque où j'ai trouv l'ouvrage que je cherchais.

— De quel livre s'agissait-il ?

— *L'Itinéraire*, d'Aethicus d'Istrie. Je me suis ins tallée, selon mon habitude, à une petite table dérobé aux regards, dans un coin, au cas où quelqu'un entre rait. Cet emplacement me donne le temps de m cacher. Je lisais le passage où Aethicus arrive e Irlande pour visiter nos bibliothèques et s'informer d leur fonctionnement. J'ai alors réalisé que le temp avait passé et que je n'avais pas entendu le gong. J me suis rendue au pied des marches. Tout était tranquille. Trop tranquille.

Berrach marqua une pause et se frotta la joue.

— Prise d'un pressentiment – vous avez déjà eu cette impression, sûrement –, j'ai décidé de grimper là-haut.

— Même si vous souhaitiez que personne ne sache que vous étiez là, et encore moins sœur Síomha ?

— S'il s'était passé quelque chose de grave, mieux valait l'affronter.

— Et qu'avez-vous fait du livre ?

— Je l'ai laissé sur la table.

— Donc il doit encore y être. Poursuivez.

— J'ai grimpé les marches aussi doucement que possible et dans la salle de la clepsydre, il m'a semblé voir sœur Síomha étendue sur le sol.

— Il vous a semblé ? s'étonna Fidelma.

— Le corps était décapité. Mais je ne l'ai pas remarqué tout de suite. J'ai seulement vu une personne revêtue des vêtements d'une sœur et je me suis agenouillée pour prendre son pouls, car je pensais qu'elle s'était évanouie. En touchant son cou, je l'ai trouvé froid et moite, et puis j'ai senti quelque chose de collant. J'ai cherché sa tête...

La voix lui manqua et elle se mit à trembler.

— Jésus Marie mère de Dieu, protégez-moi ! J'ai compris à cet instant que Síomha avait été assassinée de la même manière que celle dont on a découvert le corps au fond du puits. Je crois que j'ai poussé un cri d'horreur.

— Et puis vous vous êtes précipitée vers l'escalier ?

— Pas tout de suite. Dans la pièce, j'ai alors entendu un bruit derrière moi et je me suis retournée, le cœur battant. J'ai entrevu une ombre avec un

capuchon rabattu sur les yeux qui descendait rapide-
ment les marches.

Fidelma se pencha en avant.

— Était-ce la silhouette d'un homme ou d'un
femme ?

Berrach secoua la tête.

— Hélas, je l'ignore. Il faisait sombre et cette per
sonne se déplaçait très vite. Je n'étais pas en éta
d'observer avec lucidité, car j'étais paralysée par l
peur. Seule dans l'obscurité avec le monstre qui ava
commis cet acte abominable, je crois bien que je m
suis alors approchée au plus près de la terreur de l
damnation éternelle. Je ne sais pas combien de temp
je suis restée là, agenouillée.

— Vous n'avez ni bougé ni appelé ?

— La peur peut faire courir le boiteux et paralyse
une personne active.

Fidelma eut un geste d'impatience.

— Et alors ?

— J'ai fini par me lever, je voulais de toutes me
forces sonner l'alarme et j'ai allumé les lanternes po
frapper le gong quand j'ai entendu un nouveau bruit

— Quel genre de bruit ?

— Celui d'une porte, et maintenant quelqu'un mo
tait les marches. Les pas se rapprochaient. Et si c'éta
le meurtrier qui revenait pour s'assurer que je ne pa
lerais pas ?

Au comble de l'émotion, elle respirait maintena
difficilement. Puis elle reprit le contrôle d'elle-mêm

— En cet instant, la frayeur que je ressentais, au li
de me clouer sur place, me donna une force inhab
tuelle. Je me suis précipitée vers l'escalier. Je me so
viens d'avoir vu une silhouette qui s'avançait vers me
j'ai cru que c'était la personne encapuchonnée q

revenait, je le jure ! Je me suis jetée sur elle de tout mon poids afin de la déséquilibrer et je me suis enfuie.

— Vous rappelez-vous si cette silhouette portait une lampe ou une chandelle ?

La jeune fille réfléchit.

— Je ne m'en souviens pas. Peut-être une chandelle. C'est important ? Je l'ai entendue crier. Une fois arrivée dans la cour, j'ai compris que ce devait être l'abbesse.

— Pourquoi n'êtes-vous pas revenue sur vos pas ?

— J'étais la proie d'une terrible confusion. Après tout, peut-être que c'était l'abbesse qui était l'assassin ? Comment savoir ?...

Fidelma ne répondit rien.

— J'ai regagné ma cellule du plus vite que j'ai pu et à peine étais-je arrivée que Brónach est venue me demander ce qui se passait. Je lui ai tout raconté et elle est partie se renseigner. J'étais terrorisée, car je craignais que le meurtrier ne m'ait suivie.

— Mais à l'évidence, il ne l'a pas fait. N'avez-vous pas craint pour la sécurité de Brónach en l'envoyant seule à la tour ?

— Je ne parvenais plus à raisonner correctement.

— Alors pourquoi vous êtes-vous barricadée ?

— J'ai entendu la communauté qui se réveillait. Des lumières se sont allumées dans la tour, puis dans les dortoirs. J'allais sortir quand une des sœurs, je crois bien que c'était Lerben, a crié : « Sœur Síomha a été assassinée par Berrach ! » J'ai alors compris que j'étais condamnée. Une personne comme moi n'a aucune chance d'être traitée selon les règles de la justice. Je risque d'être châtiée pour un acte que je n'ai pas commis.

Fidelma l'observait d'un air songeur.

— Une dernière question, sœur Berrach. Avez-vous remarqué quelque chose de particulier en ce qui concerne le corps de sœur Síomha ? En dehors de la décapitation, bien sûr.

Berrach s'arracha un instant à ses tourments pour regarder Fidelma d'un air interrogateur.

— Par exemple ?

— Eh bien, le genre d'indices laissés sur l'inconnue qu'on a retrouvée dans le puits.

Sœur Berrach réfléchit.

— Je ne pense pas, non.

— Un objet attaché à son bras gauche ?

Quand elle secoua la tête, l'ahurissement de la jeune fille semblait sincère.

— Vous vous y connaissez en coutumes païennes ?

— Comme tout le monde, répliqua Berrach. Dans ces régions reculées, éloignées des villes et des cathédrales, vous savez bien que les gens vivent encore très près de la nature et s'en tiennent aux traditions immémoriales. Ici, quand on gratte un chrétien, on trouve du sang païen.

Fidelma allait lui répondre quand elle entendit des clameurs qui résonnaient de plus en plus fort. Puis elle perçut des voix qui scandaient un nom à l'extérieur du bâtiment : « Berrach ! Berrach ! Berrach ! »

Fidelma en resta figée sur place tandis que la jeune fille se mettait à gémir.

— Vous voyez ? s'écria-t-elle en pleurant. Elles sont venues pour me punir !

— Sœur Fidelma !

C'était la voix de Lerben qui se détachait sur un fond de hurlements qui diminuèrent d'intensité avant de s'éteindre.

Fidelma se leva et adressa à Berrach un petit sourire qui se voulait rassurant.

— Faites-moi confiance, dit-elle à la jeune fille.

Puis elle repoussa la table et ouvrit la porte.

À l'autre bout du couloir se tenait sœur Lerben, accompagnée d'un groupe de novices qui se pressaient derrière elle avec des lampes.

— Tout va bien, ma sœur ? demanda la jeune religieuse. Nous étions inquiètes.

— Que signifient ces vociférations dans l'enceinte d'un monastère ? Dispersez vos compagnes et dites-leur de réintégrer leurs cellules.

— Des membres de cette communauté sont venus chercher la meurtrière. L'assassinat de Síomha ne restera pas impuni. Amenez Berrach ici, les sœurs ont décidé qu'elle méritait la mort !

CHAPITRE X

Tandis qu'elles criaient le nom de Berrach, mas
sées au bout du couloir, les novices de la commu
nauté semblaient possédées. Leur hystérie menaça
de les faire échapper à tout contrôle et Fidelma éta
furieuse que Draigen n'ait pris aucune mesure pou
calmer ces débordements. Lerben, à la tête d'u
groupe déchaîné, semblait avoir fomenté cette frén
sie gratuite. Quant à l'abbesse, elle avait tout simple
ment disparu.

— Les sœurs ont *décidé*, dites-vous ? dit Fidelm
d'une voix glaciale.

— Cette affaire est réglée, déclara Lerben d'un to
emphatique. Pendant toutes ces années, l'abbaye
accordé l'hospitalité à une sorcière, et elle en a é
récompensée par le meurtre et l'idolâtrie païenne. El
va recevoir le châtiment qu'elle mérite, votre tâche e
terminée.

Un murmure d'assentiment s'éleva des religieus
derrière elle. Fidelma comprit que la plupart étaie
terrorisées et que leur peur s'était changée en fol
passagère. Sœur Lerben avait détourné leur ressent
ment contre Berrach, elles semblaient dans un ét
second et prêtes à n'importe quel acte inconsidér
Fidelma se planta devant l'entrée et leva la main.

— Au nom de Dieu, réalisez-vous ce que vous êtes en train de faire ? lança-t-elle d'une voix puissante pour dominer le vacarme. Je suis une avocate des cours des brehons, chargée par votre roi et votre évêque de mener une enquête sur les récents événements. En faisant justice vous-mêmes, vous vous rendez coupables d'un péché mortel.

— Nous sommes dans notre droit, répliqua sœur Lerben.

— Comment cela ?

« Vous me parlez de vos droits alors que vous n'êtes qu'une novice qui n'occupez aucune fonction particulière. Où est l'abbesse Draigen ?

Un éclair de colère passa dans les yeux de Lerben.

— Elle s'est retirée dans ses appartements pour prier et m'a nommée provisoirement *rechtaire*, le temps qu'elle se remette de ce choc terrible. C'est maintenant moi qui commande ici. Remettez-nous la meurtrière.

Fidelma était atterrée par l'arrogance de cette fille.

— Vous êtes jeune, Lerben. Trop jeune pour occuper cette fonction. Ce que vous suggérez est contraire aux lois des cinq royaumes. Et maintenant calmez-vous et dites à vos sœurs de se disperser.

À sa grande surprise, Lerben n'en voulait point démordre et lui tint tête.

— Ultan, archevêque d'Armagh et chef des apôtres de la foi des cinq royaumes, n'a-t-il point décrété que notre Église devait suivre les lois de l'Église de Pierre à Rome ? Eh bien, nous avons jugé notre sœur qui s'est égarée selon cette loi ecclésiastique et l'avons reconnue coupable.

— De quoi parlez-vous ?

Fidelma n'en croyait pas ses oreilles. Quelqu'un avait poussé cette novice, qui maintenant se proclamait hôtelière de l'abbaye, à entrer en guerre contre les lois des royaumes. Elle avait l'impression d'être engagée dans une polémique décousue où plus rien n'avait de sens.

— J'en réfère à la parole sacrée ! répliqua Lerben que l'autorité de Fidelma n'impressionnait guère. N'est-il pas dit dans l'Exode : « Tu ne laisseras pas en vie la magicienne » ?

— Est-ce l'abbesse qui vous a ainsi instruite, Lerben

— Vous opposez-vous aux Saintes Écritures ?

— D'après Matthieu, Notre-Seigneur a dit : « Ne jugez pas, afin de n'être pas jugés ; car, du jugement dont vous jugez on vous jugera, et de la mesure dont vous mesurez on mesurera pour vous[1]. »

Puis Fidelma se tourna vers les religieuses qui s'étaient brusquement apaisées.

— Mes sœurs, vous avez été trompées. Retournez dans vos dortoirs, Berrach est innocente.

Les novices, qui avaient perdu de leur superbe, se mirent à chuchoter entre elles tandis que Lerben, maintenant rouge de colère, tentait de rasseoir son autorité. Elle avait à l'évidence espéré gagner le respect et l'allégeance incontestés de ses compagnes par sa connaissance des textes.

— Rejetez-vous les préceptes d'Ultan ?

— Certainement s'ils sont contraires à la vérité aux lois de ce pays.

— Les décisions de l'abbesse Draigen ont force de loi !

— Pas du tout, répliqua Fidelma.

1. Matthieu, 7, 1-2. (*N.d.T.*)

Si elle ne voulait pas perdre le contrôle de la suite es événements elle devait désamorcer au plus vite ette situation périlleuse, car elle venait de comprenre que ses soupçons étaient pleinement justifiés :)raigen avait à l'évidence encouragé Lerben à attiser ı peur suscitée par Berrach et il était temps qu'elle se de ses pouvoirs pour remettre un peu d'ordre.

— Le haut roi m'a nommée à mes fonctions et je ıis venue jusqu'ici à la requête de votre roi, de votre vêque et de l'abbé de Ros Ailithir. Celui-là, au ıoins, vous le connaissez. Si vous portez la main sur errach, vous et toutes celles qui vous imiteront :rez accusées du meurtre d'un membre de sa paren-:le.

Un murmure de consternation parcourut l'assis-.nce. Elles avaient peu d'éducation, mais en savaient ıffisamment pour comprendre que ce meurtre ggravé était le plus sévèrement puni du code pénal :s cinq royaumes. Un roi qui s'en rendait coupable :rdait tout honneur et cela justifiait qu'il soit démis : son rang et de sa fonction. La crucifixion du Christ ait considérée par les Irlandais comme le meurtre time d'un membre de sa parentèle, car les Juifs présentaient la famille maternelle du Christ. Des xtes remontant à des temps immémoriaux mettaient accent sur le caractère contre nature du meurtre de . parentèle, un acte qui frappait la base même de la ructure sociale basée sur la famille.

— Vous oseriez nous accuser de... s'étouffa Lerben ıi commençait à perdre pied.

— Mes sœurs, lança Fidelma en tournant le dos à :rben pour mieux haranguer les jeunes harpies main-nant gagnées par le doute. J'ai longuement interrogé :ur Berrach. Elle a trébuché sur le corps, de même ıe l'abbesse Draigen quelques instants plus tard, et toutes deux n'ont rien à se reprocher. Ne laissez pas la peur se substituer à la logique, elle est mauvaise conseillère. Il est trop facile de se retourner contre ce que vous craignez pour le détruire. Dispersez-vous, retournez dans vos dortoirs et j'oublierai ce que je qualifierais d'égarement passager.

Dans l'obscurité, les novices se consultèrent du regard d'un air gêné et déjà quelques-unes s'éloignaient quand sœur Lerben s'avança, les lèvres pincées et l'air résolu, mais Fidelma, qui venait de remarquer sœur Brónach, le visage défait, derrière les novices qu'elle avait rejointes à l'instant, décida de profiter de sa présence pour mettre fin à cette scène affligeante.

— Sœur Brónach, je veux que vous escortiez sœur Lerben jusqu'à sa chambre tandis que je me rendrai chez l'abbesse. C'est un ordre.

Puis elle tourna les talons et entra chez Berrach où elle resta debout derrière la porte, les yeux fermés et le cœur battant. Avait-elle retourné la situation ? Lerben tenterait-elle à nouveau de se saisir de Berrach en ralliant des sœurs à son sinistre projet ? Il y eut des éclats de voix et des piétinements dans le corridor puis le silence se fit et Fidelma ouvrit les yeux.

La jeune fille, assise sur son lit, tremblait de tous ses membres. Fidelma, qui retenait son souffle, jeta un rapide coup d'œil dans le couloir désert, se détendit et prit une profonde inspiration.

— Tout va bien, dit-elle en allant s'asseoir auprès de Berrach. Elles sont parties.

— Comment peut-on être aussi mauvaises ? murmura l'infirme. Elles s'apprêtaient à me traîner hors de ma cellule et à me tuer.

Fidelma posa une main sur son bras.

— Elles sont terrorisées. De toutes les passions, la eur est la plus mauvaise conseillère et la plus débili-ante pour l'esprit, surtout quand on est aussi jeune et nexpérimentée que Lerben.

Berrach garda un instant le silence avant de s'écrier :

— Sœur Lerben m'a toujours détestée, je ne pourrai lus rester ici. Vous avez entendu ce qu'elle a dit ? 'abbesse Draigen l'a nommée hôtelière.

— Voilà un choix fantaisiste et peu sage. Lerben st bien trop jeune pour assumer les fonctions de *echtaire*. Attendez un peu que les sœurs retrouvent la aison, Berrach. Bientôt, elles éprouveront du remords.

— Si la crainte qu'elles ressentent à mon égard a ris de telles proportions, elle ne disparaîtra point et la aine resurgira à la moindre occasion. Ici, je ne me entirai plus jamais en sécurité.

— Accordez-leur une chance. Et laissez-moi parler l'abbesse Draigen.

Sœur Berrach ne répondit rien et Fidelma décida de rendre son silence pour un signe d'assentiment.

— Supporterez-vous de rester un instant seule ici ? i demanda-t-elle avant de partir.

Sœur Berrach lui décocha un regard sombre.

— *Deo favente*, répliqua-t-elle. Avec l'aide de Dieu.

Fidelma la quitta le cœur lourd et grimpa jusqu'aux ppartements de Draigen. En y réfléchissant, l'attitude cette dernière était impardonnable. Comment avait-le pu confier un tel pouvoir à Lerben tout en l'inci-nt ouvertement au meurtre ? Quelle malveillance ourrissait l'abbesse à l'égard de Berrach ? Où qu'elle orte ses pas dans cette abbaye, Fidelma butait contre haine qui empoisonnait l'atmosphère. Maintenant ès en colère, elle tenta de se reprendre. Publilius yrus n'affirmait-il pas qu'il faut se garder de la olère car elle est source de folie et d'aveuglement ?

Elle se rappela les paroles de son maître, le brehon Morann de Tara : « Celui qui se jette dans le brasier de l'emportement connaîtra les glaces du regret. » Et donc mieux valait garder son calme.

Juste à cet instant de ses réflexions, elle se retrouva devant la porte de l'abbesse qu'elle ouvrit sans frapper.

Draigen se tenait dans sa chambre à coucher, le dos raide et les lèvres pincées. Debout près du feu, sœur Lerben, qui avait à l'évidence échappé à la surveillance de sœur Brónach, foudroya Fidelma du regard quand celle-ci entra au pas de charge.

— J'aimerais vous parler seule à seule, mère abbesse.

— Je suis... commença Lerben.

— Vous êtes congédiée, la coupa Fidelma.

D'un regard et d'un geste de la main, Draigen renvoya la novice qui se mordit la lèvre jusqu'au sang et sortit la tête haute.

Avant que Fidelma ait eu le temps de placer un mot, le visage de Draigen s'était déformé sous l'effet du courroux.

— C'est la deuxième fois que vous allez contre les ordres d'une personne à qui j'ai accordé ma confiance et un poste de responsabilité. Sœur Lerben a été désignée comme *rechtaire* pour remplacer sœur Síomha.

— La peur trahit les âmes de peu valeur, répliqua Fidelma en prenant un siège où elle s'installa confortablement.

Draigen grimaça.

— C'est également la deuxième fois que vous me citez un de vos philosophes latins, ce qui ne m'affecte guère.

— Vous ne m'avez pas laissé le temps de vous tenir informée des résultats de mon entrevue avec sœur Berrach. Vous l'aviez déjà condamnée en poussant

Lerben à attiser les rancœurs malsaines de votre communauté, intervint Fidelma, manifestant ainsi qu'elle n'avait pas de temps à perdre en trivialités. Vous, une abbesse responsable des actes des membres de votre congrégation, imaginiez-vous par hasard échapper à un juste châtiment dans l'éventualité où un crime aurait été perpétré en votre nom ?

Draigen croisa son regard sans sourciller.

— J'étais tout à fait consciente que Lerben et ses compagnes avaient condamné Berrach. Elles agissaient en accord avec la loi de Dieu et j'aurais respecté leur décision. Je suis convaincue que Berrach a assassiné sœur Síomha. Les signes païens parlaient d'eux-mêmes. Le Deutéronome dit que ceux qui exercent le mal sont coupables d'un sacrilège envers Dieu et doivent être supprimés. En cela, sœur Lerben suivait les enseignements de l'archevêque Ultan et j'ai approuvé son dessein, car je me soumets à l'autorité d'Armagh.

Fidelma se dit qu'Aristote n'avait pas tout à fait tort quand il déclarait : « Laisser libre cours à sa colère n'a rien de répréhensible, à la condition de s'emporter de la bonne manière contre la bonne personne et dans la mesure qui convient. » En cet instant, son ennemie était Draigen, et non Lerben, que l'abbesse utilisait comme un simple instrument. Il ressortait de tout cela que Draigen avait donné des instructions très précises à la novice mais Fidelma devait user de la ruse, car si elle s'emportait, l'autre lui opposerait un mur d'indifférence.

— En l'état actuel des choses, les preuves contre Berrach ne sont pas plus probantes que celles que l'on pourrait rassembler contre vous ou sœur Bróach. Vous avez inspiré à Lerben une violence meurtrière nourrie par la peur secrète qu'entretient toute cette communauté à l'égard de cette pauvre sœur Berrach, dont la seule faute est la difformité. Ce n'est pas ainsi que doivent agir les membres de la foi. J'exige que vous me garantissiez l'intégrité physique de Berrach jusqu'à ce que j'aie terminé mes investigations.

L'abbesse Draigen la toisa.

— Je refuse car cela va contre les Écritures.

Fidelma eut un rire cynique.

— Je connais le passage auquel vous vous référez mère abbesse. Il est dans le cinquième chapitre de Matthieu. Mais alors que le Christ enseignait qu'on ne devait pas jurer sur des objets sacrés, il a exhorté le peuple à dire « oui » ou « non ». Et donc j'attend de vous une réponse claire qui assurera la sécurit de Berrach. Si vous optez pour le « non », j'en réfé rerai à l'abbé Brocc à Ross Ailithir et me chargera moi-même de sœur Berrach.

L'abbesse se raidit.

— Vous avez votre « oui » et maintenant restons-e là, car moi aussi j'ai l'intention d'en référer à qui d droit. Et ce ne sera pas Brocc mais Ultan d'Armag en personne.

Fidelma plissa les paupières.

— Dois-je comprendre que vous avez opté pour l règle de Rome ?

— J'appartiens en effet à l'école romaine, concéd l'abbesse.

— Très bien. Je crois que nous y voyons déjà plu clair, rétorqua Fidelma d'une voix douce.

Fidelma connaissait tout du conflit entre Rome e l'Église des cinq royaumes d'Éireann qui touchait nc seulement au domaine religieux, mais aussi aux sys tèmes juridiques. Les cinq royaumes suivaient d vieilles traditions remontant à douze siècles avant le ravaux ordonnés par le haut roi Ollamh Fódhla, qui vait fait rassembler les lois des brehons dans un code nifié. Avec l'arrivée de la foi chrétienne, de nouvelles conceptions avaient fait leur apparition dans le ays. Depuis Rome, les avocats de la vraie foi avaient ondé leurs propres règles ecclésiastiques, au mépris e celles des contrées qu'ils avaient converties. Ce roit canon s'appuyait sur les décisions que prenaient es conciles d'évêques et d'abbés. Elles traitaient de a bonne façon de diriger les églises, le clergé et 'administration des sacrements. Elles avaient aussi ommencé à défier les lois civiles des cinq royaumes.

Dans certains cas isolés, des congrégations religieuses avaient essayé de faire valoir qu'elles se situaient u-dessus des lois civiles et pénales. Quant à Ultan 'Armagh, il favorisait une collaboration plus étroite vec Rome et encourageait la législation ecclésiastiue. Ultan était devenu une figure controversée. epuis qu'il avait succédé à Commené comme archeêque six ans auparavant, il avait à plusieurs reprises anifesté la volonté de centraliser l'Église des cinq oyaumes à la manière de celle de Rome.

— Je me range du côté des enseignements d'Ultan : suis pleinement convaincue par les preuves qu'il ous a apportées que nous devons renoncer aux lois es brehons, lança Draigen.

— Quelles preuves ?

L'abbesse lui tendit un petit manuscrit posé sur sa ble, auquel Fidelma jeta un rapide coup d'œil.

— « Les archevêques Patrick, Auxilius et Isernius cueillent les prêtres, les diacres et les ecclésiasties... »

Elle en avait lu assez et reposa l'ouvrage.

— Je connais bien ce document que fait circuler ltan, déclara Fidelma. Il s'agirait d'un rapport

« fidèle » d'un concile qui se serait tenu il y a deux siècles et auquel assistaient ceux qui ont joué une part essentielle dans la conversion des cinq royaumes à la nouvelle foi. L'archevêque Ultan affirme que les trente-cinq ordonnances de ce prétendu synode représentent la base de la loi ecclésiastique. La première ordonnance établit même que tout membre de l'Église qui fera appel aux cours de justice séculières d'Éireann sera excommunié.

L'abbesse Draigen la fixa avec surprise.

— Vous semblez, en effet, bien connaître ce texte, sœur Fidelma, admit-elle à contrecœur.

Fidelma haussa les épaules.

— Suffisamment pour en questionner l'authenticité. Si à cette époque de tels règlements avaient été édictés dans ce pays, nous n'aurions pas manqué d'en être informés.

Draigen fit la moue.

— Il est évident qu'ils ont été escamotés par ceux qui refusaient à Rome le droit de diriger l'Église.

— L'ennui, c'est que personne n'a jamais vu le manuscrit original mais seulement des copies rédigées sur l'ordre d'Ultan.

— Vous osez vous opposer à Ultan ?

— Oui, dans la mesure où ce livre établit des règles qui sont en accord avec Rome mais vont à l'encontre des lois civiles et pénales d'Éireann.

— Et alors ? ricana Draigen. Cela explique que nous soutenions les croyants qui ignorent les lois civiles et se tournent vers les lois ecclésiastiques pour se guider. Comme le stipulent les lois de Patrick, aucun membre de la foi ne devrait faire appel à un juge séculier sous peine d'excommunication.

Fidelma s'amusait beaucoup.

— Cet argument est en lui-même une énigme, car
ous savons très bien, par divers documents et témoi-
nages irréfutables, que Patrick chargea son propre
rehon, Erc de Baile Shláine, de le représenter dans
outes les procédures judiciaires des cours de justice
e ce royaume.

L'abbesse s'agita.

— Je ne pense pas...

— Plus étonnant encore, nous disposons d'un docu-
ent écrit de la main de Patrick qui soutient les lois
e ce pays. Le livre qui vous sert de référence n'est
en d'autre qu'un faux établi par votre faction proro-
aine, pour la bonne raison que Patrick et ses compa-
nons, les évêques Benignus et Cairenech, avaient été
nrôlés dans la commission de neuf personnes émi-
entes, rassemblées à la requête du haut roi Lao-
haire. Cette commission a étudié et révisé les lois
es brehons avant de les transcrire en caractères
tins. Cela s'est passé en l'an 438. Vous reconnaîtrez
vec moi, Draigen, qu'il aurait été difficilement conce-
able pour Patrick et ses compagnons ecclésiastiques
'œuvrer comme conseillers pour les lois civiles et
énales d'Éireann qu'ils appuyaient inconditionnelle-
ent, et d'édicter parallèlement un ensemble de règles
ui contredisaient ces textes et stipulaient que les
embres de l'Église qui refusaient de s'y soumettre
raient passibles d'excommunication.

Maintenant, un silence pesant régnait dans la pièce
ndis que l'abbesse tentait vainement de mettre sur
ed une réfutation logique. Fidelma sourit à Draigen
i s'était empourprée, et se pencha en avant tout en
potant le manuscrit d'Ultan de l'index.

— Dans les premières lignes de cet ouvrage dou-
ux, vous lirez cependant qu'il vaut mieux argumen-
r que se mettre en colère.

L'abbesse, drapée dans sa dignité, demeurait muette.

— Une chose m'intrigue, mère abbesse. Si vou croyez dans ce que vous affirmez, pourquoi avez-vou demandé à l'abbé Brocc de vous envoyer un breho afin de mener des recherches sur cette affaire ? D votre propre aveu, vous ne respectez pas les lois sécu lières.

— Nous sommes toujours gouvernés par elle: répliqua Draigen d'une voix sifflante. En tant que *bo aire*, Adnár s'arroge les compétences de magistrat. J reconnaîtrais l'autorité du diable en personne pou contrer le pouvoir de mon frère et l'empêcher de s mêler de la vie de cette abbaye.

Fidelma était choquée au-delà de toute expression

— Donc vous ne souscrivez à la loi des brehon que quand elle vous agrée ? Voilà un très mauva exemple pour votre communauté.

Draigen détourna les yeux.

— Vous ne me convaincrez pas. Je soutiens déclaration d'Ultan et en ce qui me concerne, reconnais la validité de ce texte.

Fidelma fit la moue.

— C'est votre privilège, mère abbesse. Mais pe mettez-moi cependant de vous faire remarquer que l lois ecclésiastiques de Rome que Lerben m'a cité tout à l'heure ne correspondent à rien.

— Comment cela ?

— Celles dont elle affirmait qu'elles lui conféraie l'autorité de se saisir de sœur Berrach et de la tu Même si Berrach avait été coupable de ce dont l'accusait, rien ne justifiait le crime que Lerben et s compagnes s'apprêtaient à commettre. Il ne f aucune doute que la jeune Lerben suivait vos instru tions. Elle a cité l'Exode, chapitre vingt-deux, vers dix-sept.

Draigen hocha la tête.

— Puisque vous connaissez si bien les Écritures vous savez que c'est la loi. « Tu ne laisseras pas en vie la magicienne. » D'après ce verset, s'il était démontré que Berrach s'adonnait à des pratiques païennes, elle était passible de la mort.

— Vous qui tenez en si haute estime la déclaration d'Ultan et cherchez une justification dans ce traité qui se présente comme les lois du premier synode de Patrick, lisez-moi donc la seizième loi, je vous prie.

Le regard de Draigen vacilla devant la calme assurance de son adversaire. Après un moment d'hésitation, elle prit le manuscrit et s'absorba dans sa lecture.

— Je vous écoute, insista Fidelma.

— À quoi bon vous lire un acte que vous connaissez déjà, répliqua l'abbesse d'un air ennuyé.

Fidelma lui prit doucement l'ouvrage des mains.

— « Un chrétien qui croit qu'il existe dans le monde une chose telle qu'une enchanteresse ou une sorcière, et accuse quiconque de cela, sera excommunié et ne pourra plus franchir le seuil d'une église à moins qu'il n'ait révoqué cette accusation criminelle et fait pénitence avec une rigueur pleine et entière. »

Fidelma referma tranquillement le livre qu'elle reposa sur la table avant de se renverser sur son siège d'un air pensif.

— Vous situez-vous toujours du côté des décrets d'Ultan, mère abbesse ? Dans ce cas, il me semble que vous devez accepter cette loi ecclésiastique.

Draigen observa un silence embarrassé.

— Les conséquences d'une transgression sont claires, ajouta Fidelma d'une voix méprisante. L'excommunication ou l'abjuration et une pénitence sévère.

L'abbesse avala sa salive avec difficulté.

— Vous êtes aussi rusée qu'un serpent, murmura-t-elle. Vous ne croyez pas à cette loi et pourtant vous l'avez utilisée pour me prendre au piège.

— Vous vous trompez, répliqua Fidelma, ignorant délibérément l'insulte. *Veritas simplex oratio est.* Le langage de la vérité est simple.

— Vous ne croyez pas dans cette loi que vous essayez maintenant d'appliquer, s'obstina l'abbesse.

— C'est vous qui proclamez que vous la respectez auquel cas la logique veut que vous y obéissiez. C'est vous qui vous y êtes référée pour vous justifier d'une attitude criminelle.

Le tintement de la cloche retentit et sœur Lerben pénétra d'un air hautain dans la pièce en adressant un regard suffisant à Fidelma.

— La cloche sonne pour les matines, mère abbesse. La congrégation vous attend.

— J'ai des oreilles, Lerben. Quand ma porte est fermée, soyez assez gentille pour y frapper avant d'entrer

La novice, qui ne s'attendait pas à une telle réception, s'immobilisa, pétrifiée. Elle rougit et ouvrit la bouche pour répliquer quand elle croisa le regard courroucé de l'abbesse et battit précipitamment en retraite.

— Désirez-vous rejeter les enseignements d'Ultan poursuivit Fidelma quand elle fut sortie. Peut-être vaudrait-il mieux que vous preniez l'avis de votre *anam-chara*, votre âme sœur ?

Draigen sauta brusquement sur ses pieds.

— Sœur Síomha était mon *anam-chara*, lança-t-elle avec colère, puis elle serra les dents et les muscles de ses mâchoires se crispèrent.

— Très bien, je retirerai mes accusations contre Berrach, lâcha-t-elle enfin.

Fidelma se leva à son tour avec une indifférence étudiée.

— Parfait. Que ce soit devant la communauté puisque c'est devant elle que ces accusations ont été portées. Et n'oubliez pas qu'à votre acte de contrition devra succéder une pénitence pour vos offenses.

Une expression mauvaise passa sur le visage de Draigen.

— J'ai déjà accepté vos conditions.

— Alors pourquoi attendre ? La congrégation est justement rassemblée dans la chapelle. Moi, je vais y escorter sœur Berrach, qui serait terrorisée de s'y rendre seule dans la mesure où elle a été exposée à une sentence de mort dans un sanctuaire de la foi.

Puis Fidelma s'éclipsa.

Dehors, elle s'arrêta un moment et respira à fond. Elle commençait à éprouver une certaine sympathie pour Adnár dont la sœur était une bien curieuse personne. Quant aux récents événements, elle n'aurait d'autre choix que d'en référer à l'abbé Brocc, car si Draigen était innocente des assassinats, elle était coupable d'une incitation au meurtre de sa parentèle par personne interposée. Et elle avait profité de la jeunesse et du manque d'expérience d'une novice pour la pousser à un acte inqualifiable. Cela ne pouvait l'absoudre. Décidément, la personnalité de Draigen révélait des aspects d'une perversité repoussante.

Au son de la cloche, les religieuses pressaient le pas en direction de la *duirthech*. Dans la cellule de Berrach, Fidelma trouva sœur Brónach qui réconfortait sa protégée. Elle leur raconta rapidement son entrevue avec l'abbesse.

Quand Berrach arriva dans la chapelle, escortée de Fidelma et de sœur Brónach, la communauté était au grand complet. L'abbesse se tenait derrière l'autel et la grande croix en or qu'il supportait, tandis qu'une religieuse entonnait un cantique en latin :

Munther Beara Beata
fide fundatacerta,
spe salutis ornata,
caritate perfecta

Fidelma se demanda si l'abbesse Draigen ava choisi ce cantique exprès. Les paroles en étaient sin ples : « La communauté bénie de Beara, fondée sur l foi, gratifiée de l'espoir du salut, perfectionnée par l charité. » Les sœurs chantaient avec conviction.

Quand Fidelma s'avança, l'unisson des voix s brisa, des têtes se levèrent et une onde d'appréhensic parcourut les bancs tandis que Fidelma serrait le br de Berrach pour l'encourager dans sa progressic maladroite.

Les voix s'éteignirent et l'abbesse Draigen pas devant l'autel d'un air majestueux.

— Mes enfants, je me présente devant vous pour vo prier de m'accorder votre pardon car j'ai graveme péché. Sur mon conseil, une personne jeune et inexpé mentée s'est elle aussi détournée du droit chemin.

Il régnait maintenant un silence absolu dans la ch pelle.

— En outre, je me suis rendue coupable d'une te rible offense envers une sœur de notre communauté

Des membres de la congrégation, qui comme çaient à comprendre, lançaient des regards pleins c honte en direction de Berrach. Elle se tenait debou appuyée sur son bâton, et gardait les yeux baissés. ses côtés, sœur Brónach, la tête haute, semblait acce ter les excuses en son nom propre. Quant à Fidelm elle fixait l'abbesse sans ciller.

— Les événements qui sont survenus dans ce abbaye ont semé l'alarme et la peur parmi nous. C matin, comme vous le savez, notre *rechtaire*, sœ Síomha, a été cruellement assassinée. Agissant sur d 'enseignements incomplets, j'ai accusé une personne le notre congrégation. Dans mon désir de châtier celle que je prenais pour la coupable, j'ai oublié les enseignements de Notre-Seigneur car n'est-il pas dit dans 'évangile de Jean « Que celui qui n'a jamais péché ette la première pierre » ? Je suis une pécheresse et 'ai jeté une pierre. Pour mes actions injustes, 'implore votre pardon et ferai une pénitence journalière pendant un an à dater de ce jour. C'est vous, mes œurs, qui me la prescrirez.

L'abbesse se tourna vers Lerben qui se tenait au premier rang, le menton relevé et le regard étincelant. 'idelma fut troublée par l'intensité de la colère rentrée ui s'exprimait sur son visage et elle se dit qu'avec lle, les problèmes ne faisaient que commencer.

— De plus, poursuivit l'abbesse, j'ai mal conseillé otre jeune sœur Lerben qu'après avoir nommée *rechaire* j'ai incitée à exécuter mes consignes. Je prends ur moi l'entière responsabilité de ces agissements. erben n'avait pas suffisamment d'expérience pour omprendre que je m'égarais et je vous demande paron en son nom.

Devant la congrégation stupéfaite, sœur Lerben sort en faisant résonner ses pas sur le sol, telle une nfant mal élevée.

Draigen la suivit du regard d'un air triste, puis marua une pause avant de se tourner vers Berrach.

— Sœur Berrach, devant Dieu et cette assemblée, implore votre pardon. Ce sont la peur et l'horreur uscitées par la mort abominable de sœur Síomha et e l'âme inconnue découverte dans notre puits qui n'ont poussée à vous accuser de sorcellerie, incitant ar là même la communauté à retourner sa colère contre ous. C'est ma très grande faute et je me tourne vers ous pour vous demander l'absolution.

Tous les yeux étaient maintenant fixés sur Berrac qui s'avança d'un pas et resta un instant immobile Fidelma voyait les muscles du visage de l'abbesse tres saillir, comme si elle avait du mal à contrôler son émo tion. Fidelma se demanda si Berrach n'allait pas rejete les excuses de Draigen. Puis la jeune fille parla.

— Mère abbesse, vous avez cité les paroles d l'évangile de Jean. Jean a dit que nous nous menton à nous-mêmes si nous affirmons que nous somme purs de tout péché. En reconnaissant vos fautes et e les confessant, vous avez fait un pas en direction d salut. Je vous pardonne... mais ne puis vous absoudr car l'absolution appartient au Très-Haut.

L'abbesse Draigen la fixait comme si elle avait reç une gifle. Apparemment, ce n'était pas là les parole qu'elle attendait. Et un murmure de surprise parcour l'assemblée qui avait constaté que sœur Berrach n bégayait plus, mais s'exprimait dans une langu froide, claire et bien articulée.

Puis Berrach, usant de son bâton, se retourna et s dirigea vers la sortie en se balançant péniblement d'u pied sur l'autre.

La porte se referma sur elle, laissant les sœurs pétr fiées.

— Elle a bien parlé. Seul Dieu peut nous absoudr nous autres ne pouvons que pardonner.

Les têtes se tournèrent vers sœur Brónach q venait de s'exprimer d'un ton serein et dépourvu rancœur.

— Amen ! lança Fidelma d'une voix forte quar elle vit que la communauté tardait à réagir.

Un long murmure d'approbation parcourut l bancs et avant de regagner sa place, l'abbesse Draig inclina la tête en signe de soumission devant le verdi de ses compagnes.

Une sœur se leva et entonna :

Maria de tribu Juda,
summi mater Domini,
opportunam dedit curam
aegrotanti homini...

« Marie, de la tribu de Judas et mère du Seigneur
ut-puissant, nous a apporté le remède tant attendu
our l'humanité malade. »

Fidelma fit une génuflexion rapide devant l'autel et
ortit de la chapelle pour rejoindre Berrach.

Le remède tant attendu pour une humanité malade ?
idelma pinça les lèvres. Il ne semblait pas y avoir de
uérison possible pour ce qui suintait des murs de
ette abbaye. Elle-même n'était pas en mesure d'éta-
lir un diagnostic sur cette maladie dont la haine
'était que le symptôme le plus visible. Quelque
hose lui échappait. Il ne s'agissait pas seulement de
écouvrir qui avait tué et pourquoi.

On avait trouvé deux femmes, chacune poignardée
ans le cœur puis décapitée avant qu'on lui glisse un
ucifix dans la main droite et qu'on lui attache une
aguette de tremble écrite en ogham au bras gauche.
uel était le lien entre ces deux femmes ? Si elle le
avait, elle découvrirait peut-être la cause. Jusqu'ici,
somme de ses investigations n'avait pratiquement
en révélé d'intéressant qui pourrait l'orienter vers un
obile, et encore moins vers un coupable. Tout ce
'elle savait, c'est que le Saumon des trois sources
ait gouverné par une femme à la forte personnalité
nt les attitudes étaient pour le moins sujettes à cau-
on.

Les matines avaient cédé la place aux laudes, les
aumes qui marquaient la première heure du jour.

Maintenant, les voix des sœurs avaient pris des into
nations d'une véhémence étrange.

Que les fidèles exultent dans la gloire,
que de leur place ils crient de joie :
les éloges de Dieu à pleine gorge,
à pleines mains l'épée à deux tranchants

pour exercer sur les peuples vengeance,
sur les nations le châtiment,
pour lier de chaînes leurs rois,
d'entraves de fer leurs notables,
pour leur appliquer la sentence écrite :
gloire en soit à tous ses fidèles !

Alleluia[1] *!*

Fidelma frissonna.

Ces paroles recelaient-elles un sens caché qui l
échappait ?

Pourtant, les laudes reprenaient toujours les psau
mes 148, 149 et 150, chantés en chœur chaque mati
comme un long psaume marquant la première heur
du jour.

Les paroles n'avaient pas changé. Pourquoi y pe
cevait-elle une vague menace ?

Quelqu'un la prenait pour une idiote, elle en ava
la conviction, mais elle ignorait autour de quoi exa
tement tournait cette mauvaise plaisanterie.

1. Psaume 149, 5-9. (*N.d.T.*)

CHAPITRE XI

Sœur Fidelma pressait le pas dans la cour pour ejoindre sœur Berrach quand elle entendit quelqu'un ousser près d'elle.

— On m'a dit que vous exigiez ma présence ici ce atin, ma sœur.

Elle tourna la tête et croisa le regard bleu et musé de frère Febal. Enveloppé de la tête aux pieds ans une cape de laine doublée de fourrure et munie 'un capuchon, il arborait toujours les paupières oires qui mettaient ses yeux en valeur et tenait à la ain un solide *cambutta*, la canne de marche tradi-onnelle.

Elle le fixa d'un air déconcerté. Depuis sa discus-on de la veille avec Adnár, les événements s'étaient écipités et il lui fallut un certain temps pour rassem-ler ses pensées.

— Effectivement, je vous attendais, dit-elle d'un n sec.

Puis elle lui indiqua le sentier qui descendait vers la ie. Ce n'était pas le moment de contrarier l'abbesse raigen ou une de ses compagnes par cette visite npromptue.

— Si cela ne vous dérange pas, nous deviserons en emin.

Frère Febal l'examina d'un air curieux et hocha la tête tandis qu'ils s'éloignaient côte à côte sous un soleil pâle qui ne parvenait pas à réchauffer l'atmosphère.

— De quoi voulez-vous parler ? demanda-t-il d'un ton railleur.

— J'ai juste quelques questions à vous poser, répliqua-t-elle.

— *Adsum*, lança-t-il avec emphase. Je suis à votre disposition.

— Avez-vous appris qu'on avait ici commis un nouveau meurtre, Febal ?

— Les nouvelles vont vite dans ce pays, sœur Fidelma. On m'en a informé à Dún Boí.

— Qui donc ?

— Il me semble que c'est un serviteur qui a colporté la tragique nouvelle. Et à part ça, on m'a demandé de vous transmettre un message de la part d'Adnár et du seigneur Olcán. Ils vous prient de venir festoyer à Dún Boí, ce soir. Le seigneur Torcán espère vous faire oublier la peur qu'il vous a infligée dans la forêt hier, et Adnár se propose de vous envoyer son batelier qui vous ramènera à bon port dans la soirée.

Puis il sourit tout en fouillant dans un sac en cuir accroché à sa ceinture dont il sortit une bourse.

— J'oubliais. Voici le montant de l'amende à laquelle vous avez condamné les deux guerriers de Torcán. J'ai cru comprendre qu'elle serait reversée aux bonnes œuvres de l'abbaye.

Fidelma prit distraitement la bourse et, sans prendre la peine de recompter, la mit dans sa propre *crumena*.

— Je veillerai à ce que cet argent soit bien utilisé, dit-elle d'un air absent.

Désireuse d'en savoir plus sur l'effet produit par les derniers événements sur les habitants de Dún Boí, elle décida d'accepter la proposition.

— Dites à Adnár que j'attendrai son batelier.

Ils firent quelques pas en silence.

— Connaissiez-vous sœur Síomha ? demanda Fidelma.

— Tout le monde la connaissait.

— Vous m'étonnez.

— En tant que *rechtaire*, sœur Síomha occupait la fonction la plus importante au monastère après l'abbesse, et elle se rendait régulièrement à la forteresse de mon maître.

— Dans quel but ? s'étonna Fidelma.

— Adnár n'étant pas dans les meilleurs termes avec sa sœur, Síomha se chargeait des affaires courantes entre l'abbaye et mon seigneur.

— Traitaient-ils souvent ensemble ?

— En tant que chef de cette côte, Adnár contrôle une bonne partie du commerce, or le monastère a besoin de marchandises qu'il doit déclarer à Adnár. Ils se voyaient donc assez souvent.

— Sœur Síomha entretenait de bonnes relations avec Adnár ?

— Excellentes.

Fidelma jeta un bref coup d'œil au visage inexpressif de frère Febal. Avait-elle rêvé la légère inflexion moqueuse perçue dans ses propos ?

— Et vous, connaissiez-vous bien sœur Síomha ?

— Pas vraiment.

La réponse était catégorique.

Ils avaient maintenant atteint l'appontement. Fidelma descendit quelques degrés taillés dans la pierre et s'arrêta près d'un rocher au bord du rivage, qui semblait offrir une bonne protection contre le vent du nord. Le soleil, maintenant haut dans le ciel clair, procurait une certaine chaleur à condition de bien s'abriter. Le cri des mouettes se mêlait au chuchotement des vagues.

Fidelma s'assit confortablement sur le rocher offrant son visage aux rayons, et attendit que Feba s'installe près d'elle.

— Quand vous m'avez parlé de l'abbesse Draigen hier, vous avez omis de me signaler que vous avie: été mariés.

— C'est important ?

— C'est essentiel, surtout si on considère la teneu de vos propos. Adnár a insinué que la suggestion d sa responsabilité dans la mort de la jeune fille trouvé dans le puits venait de vous. Vrai ou pas, j'en dédui que vous vous appréciez modérément.

Le moine rougit et baissa les yeux sur ses sandales

— Il est évident que vous n'aimez guère votr ancienne épouse, Febal. Comment l'avez-vous ren contrée ?

Il fronça les sourcils.

— Quand je suis entré à l'abbaye du Saumon de trois sources, j'avais dix-sept ans. À l'époque, c'était u monastère double, un *conhospitae* dirigé par l'abbess Marga, une dame sage et éclairée. Elle fut la première encourager la venue des scribes qui se sont employés copier les manuscrits de la bibliothèque pour les vendı ou les échanger contre d'autres ouvrages.

— Pourquoi avez-vous rejoint cette abbaye ? Vou portiez un intérêt particulier aux livres ?

Febal secoua la tête.

— Pas particulièrement. Je ne voulais pas suivre l voie de mon père, un pêcheur qui a fini noyé. À pein atteint l'âge du choix, j'ai donc choisi la vie reli gieuse.

— Vous étiez ici quand Draigen est arrivée ?

— Oui. Elle avait quinze ans et avait déjà attein l'âge du choix. Ses parents étaient morts, ce qui expl que, je crois, qu'elle soit elle aussi entrée en religio:

›raigen fut éduquée par les membres de la commu-
auté.

— Quel poste occupiez-vous alors ?

Febal bomba le torse.

— J'étais déjà *doirseór*, portier de l'abbaye.

— Une position de confiance. Comment Draigen
st-elle devenue votre femme ?

— Comme vous le savez, dans certaines maisons,
:s frères sont encouragés à se marier pour élever
urs enfants au service du Christ. J'avoue que j'étais
tiré par Draigen, une femme belle et intelligente.
uant à elle, j'ignore ce qu'elle me trouvait, en
hors de la fonction que j'occupais au monastère.

— Essayez-vous de me dire qu'à votre avis elle
ous a épousé par intérêt ?

— C'est une raison aussi bonne qu'une autre.

— Comment la situation a-t-elle évolué ? Comment
raigen est-elle parvenue à se hisser à la tête de cette
›baye ? Et pourquoi vous êtes-vous séparés ?

Le visage de Febal exprimait maintenant une cer-
ine amertume.

— Elle s'est faufilée jusqu'au sommet de la hiérar-
ie en déployant la ruse d'un serpent.

Fidelma se retint de sourire à cette formulation qui
isait écho à celle employée par Draigen peu de
mps auparavant.

— La vieille abbesse Marga était une âme bonne et
nfiante. Avec les années, Draigen s'épanouit. Oh, je
nie pas son intelligence ! Elle profita de l'éduca-
on qu'on lui dispensait et passa du statut de fille
un pauvre fermier à celui de lettrée qui parlait et
rivait couramment le grec, le latin et l'hébreu. Elle
nnaissait les Écritures et citait les chapitres et les
rsets de mémoire. Mais son esprit vif et aiguisé dis-
nulait un mauvais caractère et une personnalité

retorse. Je suis bien placé pour le savoir, conclu Febal avec une vilaine grimace.

— Mais vous l'avez épousée.

Febal lui jeta un bref coup d'œil.

— Ce qui ne veut pas dire que j'approuvais so ambition. Franchement, elle a dépassé les bornes de l féminité.

Fidelma pinça les lèvres.

— Quelles sont ces bornes ?

— Vous le savez, puisque vous appartenez à la fo chrétienne, répliqua Febal d'un petit air suffisant.

— Rappelez-moi en quoi elles consistent.

Une personne plus sensible n'aurait pas manqué d remarquer l'irritation de Fidelma.

— Le bienheureux Paul n'a-t-il pas écrit : « Que le femmes se taisent dans les assemblées, car il ne leu est pas permis de prendre la parole ; qu'elles se tien nent dans la soumission... Si elles veulent s'instrui sur quelque point, qu'elles interrogent leur mari à l maison ; car il est inconvenant pour une femme d parler dans une assemblée[1]. » C'est dans l'épître au Corinthiens.

— Donc vous pensez que les femmes n'ont pas leu place dans les abbayes et les églises ?

Fidelma connaissait cet argument par cœur.

— Dans l'Église, les femmes doivent obéir au hommes, poursuivit Febal. Paul, dans cette épître, d aussi que « ce n'est pas l'homme qui a été tiré de l femme mais la femme de l'homme ; et ce n'est pa l'homme qui a été créé pour la femme, mais la femm pour l'homme[2] ». Et dans son épître à Timothée,

1. Première Épître, 14, 34-35. (*N.d.T.*)
2. *Ibid.*, 11, 8-9. (*N.d.T.*)

it : « Pendant l'instruction, la femme doit garder le ilence, en toute soumission. Je ne permets pas à la emme d'enseigner ni de faire la loi à l'homme. Qu'elle garde le silence[1]. » On ne peut être plus clair.

— Ce sont les paroles d'un homme, Paul de Tarse, t non celles du Christ. Pourtant, cela ne vous a pas mpêché de rejoindre un *conhospitae* et d'épouser une eligieuse.

La rancœur brûlait dans le regard de Febal.

— J'étais jeune. Mais d'après vos réponses, il semlerait que vous refusez l'enseignement de Paul, diviement inspiré par le Christ.

— Paul n'était pas le Christ, reprit Fidelma d'une oix posée. Et en Irlande, les hommes et les femmes ont égaux devant Dieu.

La voix de Febal se fit sarcastique.

— Jean Chrysostome a également observé que uand les femmes se mêlent d'instruire, elles troulent l'entendement. Et Augustin d'Hippone souligne ue la femme, contrairement à l'homme, n'est pas ite à l'image de Dieu.

Fidelma adressa un regard triste à frère Febal qui éployait une véhémence regrettable sur un sujet qui lui nait à cœur. Dans certaines maisons religieuses des nq royaumes, des avocats de la nouvelle foi défiaient ême les anciennes lois, tout comme Draigen.

— Dois-je en déduire, frère Febal, que vous acceptez pas les lois de Fénechus ?

Febal plissa les paupières.

— Seulement quand elles rejoignent les préceptes la foi.

— Et sur quels textes vous appuyez-vous ?

1. Première Épître, 2, 11-12. (*N.d.T.*)

— Sur les pénitentiels de Finian de Clonard et d
Cuimmíne Fata de Clonfert.

Curieux comme les époux séparés tenaient des raisonnements similaires. Du moins, Fidelma connaissait les pensées qui motivaient certaines des attitudes de Febal

— Mais alors, si vous pensiez que les femmes n'avaient rien à faire dans une église, je suppose que vous avez beaucoup souffert de vous retrouver dans u *conhospitae* ? Pourquoi avez-vous justement rejoint une institution de ce genre ? Quant à ce mariage ave Draigen...

— Mettez-le sur le compte de mon manque d'expérience. Je n'avais pas encore suffisamment étudié les Écritures. Je n'avais pas encore lu Finian ni Cuimmín Et quand je l'ai connue, Draigen était une jeune fil tranquille et obéissante. J'ignorais qu'elle s'employait parfaire son éducation tout en attendant son heure.

— Est-ce quand elle est devenue *rechtaire* que vo avez cherché à faire annuler le mariage ?

— Un an après notre union, nous avions déjà ces d'être mari et femme et suivions des chemins sépar dans l'abbaye. Je la détestais, inutile de le nier. E tant que portier, quand la *rechtaire* est morte, j'aura logiquement dû prendre sa place. Mais la vieil abbesse Marga s'était prise d'affection pour Draigen

— Quel âge avait Draigen, à cette époque ?

Febal fronça les sourcils.

— Environ vingt-cinq ans. Oui, c'est bien cela.

— Et l'abbesse Marga en fit son hôtelière ?

— Oui. Et Draigen adorait l'exercice du pouvoir.

— Comment cela se traduisait-il ?

— Elle commença par rendre la vie difficile a hommes de la communauté où elle introduisit de pl en plus de femmes. Elle se montrait désagréable av les hommes de talent dont les qualités lui déplaisaie

Elle les envoyait en mission ou leur donnait des pénitences qui les obligeaient à faire des pèlerinages à l'étranger. Bientôt, il ne resta pratiquement plus aucun mâle au monastère.

— Diriez-vous que Draigen n'aimait pas les hommes ?

— Elle les détestait !

— Et votre méfiance envers les femmes remonte-t-elle à cette époque ou à une période antérieure ?

— Mon attitude est fondée sur la logique, répondit Febal sans s'émouvoir. Et je ne prétends pas que toutes les femmes me déplaisent. Mais saint Colomban a écrit :

Tout esprit pieux doit éviter le poison mortel
de la langue arrogante d'une femme mauvaise.
La femme a détruit la fleur de la vie...

« Dans ce poème, il rappelle que notre chute a été provoquée par Ève, ajouta-t-il avec fatuité.

— Je constate que vous avez oublié le dernier vers de la strophe, répliqua Fidelma, « Et lui a donné ses joies les plus pérennes ». Dans ce vers, il se réfère à la Vierge Marie, la mère de notre Sauveur.

Frère Febal s'empourpra d'être ainsi corrigé.

— Elle connaissait sa place, répliqua-t-il sur un ton acide. Contrairement à Draigen qui est l'image même de celle qui utilise le pouvoir religieux à des fins personnelles.

— J'oubliais que d'après Adnár Draigen a alors commencé à s'attacher aux jeunes femmes.

— Elle a eu bon nombre d'amantes, assura Febal sans l'ombre d'une hésitation. Sans doute des femmes plus âgées qu'elle, qui l'ont aidée à s'élever rapidement dans la hiérarchie de l'abbaye.

Fidelma se pencha vers frère Febal et le fixa froidement dans les yeux.

— Il est maintenant de mon devoir, en tant que *dálaigh* des cours de justice, de vous mettre en garde. Si vous désirez que ces accusations soient officiellement consignées, vous devrez étayer votre réquisitoire. S'il s'avère que ces dénonciations sont fausses alors vous encourez...

— Je connais la loi et je maintiens mes accusations Tout le monde sait que l'abbesse Draigen a couché avec plus d'une novice.

D'après la législation, l'homosexualité n'était pas considérée comme une offense, à moins que Draigen n'ait usé de sa position pour forcer des jeunes filles à partager son lit. Cependant, d'après le *Cáin Lanamma* l'homosexualité était recevable comme motif de divorce par l'une ou l'autre partie. Dans l'abbaye de Kildare à laquelle Fidelma appartenait, il était de notoriété publique que Brigitte, la fondatrice de la communauté, avait une amoureuse du nom de Darlughdaca. Un jour que Darlughdaca regardait avec une certaine complaisance un jeune guerrier séjournant à Kildare, Brigitte fit une violente crise de jalousie et on raconte que pour la punir, elle obligea Darlughdaca à marcher sur des charbons ardents. Mais quand Brigitte mourut, c'est Darlughdaca qui lui succéda.

— Qui savait ? insista Fidelma.

— Tout le monde.

— Donc il s'agit d'une simple rumeur. Avant que j'accepte votre déposition, il faudrait que vous me présentiez au moins un témoin. Et maintenant, contez-moi plus précisément comment Draigen est devenue abbesse.

Febal se gratta pensivement le bout du nez.

— Par la volonté du diable, je suppose. Marga était âgée, elle souffrait de la poitrine. Sur la fin, Draigen insista pour être la seule à lui prodiguer des soins

Elle préparait les médicaments et veillait à toutes les tâches domestiques dans sa chambre. La mort de Marga ne fut une surprise pour personne.

— Quand cela s'est-il passé ?

— Il y a cinq étés. La communauté s'est alors rassemblée, comme le veut la coutume dans toutes les fondations des cinq royaumes, pour discuter des mérites respectifs des candidats.

— Draigen était la seule à se présenter ?

— J'ai personnellement déposé une réclamation et exigé que mon nom soit pris en considération.

— Et ?

— À cette époque, il n'y avait plus que moi et deux frères âgés dans l'abbaye et on nous a ri au nez. Draigen fut élue. Aussitôt, elle annonça que l'abbaye cessait d'être un *conhospitae*. Je fus destitué de ma position de *doirseór* et avec les deux frères, on nous a enjoint de quitter les lieux.

— C'est alors que vous avez rejoint Adnár ?

— Oui. Mes deux compagnons décidèrent d'aller vers le nord pour intégrer la communauté d'Emly. Moi, je suis resté ici, car Adnár recherchait un religieux qui puisse être son âme sœur et célébrer la messe à la forteresse.

— Quand avez-vous connu le frère de Draigen ?

— Il y a longtemps.

— Mais encore ?

— Adnár quitta l'armée de Gulban Œil-de-Faucon quelques années avant que Draigen ne devienne *rechtaire*. À cette époque, on parlait beaucoup du litige qui l'opposait à Draigen au sujet de l'héritage de son père. Il fut débouté de ses doléances et ne fut pas dédommagé pour la terre qui lui revenait et que Draigen avait confisquée.

— Pourtant, les revendications d'Adnár semblaier justifiées, dit Fidelma en fronçant les sourcils.

— Il a néanmoins perdu. Tout le monde savait qu j'avais été l'époux de Draigen et Adnár ressentait un certaine sympathie pour moi.

— Avez-vous tiré avantage de cette situation ?

— Je ne comprends pas.

— Votre amertume et vos griefs à l'égard d Draigen ont-ils influencé votre attitude quand vou vous êtes mis au service de son frère ?

Febal sourit.

— Ils se détestaient depuis toujours. Adnár blâma sa sœur pour la perte des terres qui lui revenaient Draigen pour la mort de son père et de sa mère.

— On pourrait argumenter que vous avez recherch une position dans la maison d'Adnár pour jouer frère contre la sœur et attiser les dissensions ent eux. On pourrait même vous soupçonner d'avo répandu des calomnies sur Draigen. Par exemple propos de son goût pour les novices.

— C'est faux. Adnár m'offrit l'hospitalité à Dú Boí et j'acceptai. Pour moi, l'essentiel était qu Draigen ne soit pas parvenue à m'éloigner de ce pa où je suis né.

— Mais vous entretenez des sentiments très hostil à l'égard de Draigen.

— Personne ne connaît l'étendue de la haine que nourris pour cette femme. Mais puisque vous préte dez que je mens, demandez donc à sœur Brónach sœur Lerben ne partage pas la couche de Draigen.

Fidelma fut surprise qu'il porte soudain des accus tions aussi précises.

— Je n'y manquerai pas. Mais laissez-moi vo rappeler, mon frère, que la rancœur n'appartient pas la doctrine de la foi. Jean n'a-t-il pas rapporté les pr

›os de notre Sauveur qui a dit : « Ce que je vous com-
nande c'est de vous aimer les uns les autres » ?

Frère Febal éclata d'un rire forcé.

— Le Christ parlait d'aimer son prochain. Or)raigen est un serpent, un démon... Pierre ne nous a-·il pas appelés à la vigilance en nous adjurant de haïr : malin ? J'obéis à Pierre et j'exècre le serpent qui réside aux destinées de cette institution.

Fidelma ressentait physiquement l'intensité de la aine de Febal et elle savait qu'une plaie aussi puru-:nte n'avait aucune chance de guérir.

— Est-ce la colère qui vous a poussé à dire à Adnár ue sa sœur avait probablement assassiné la jeune :ligieuse retrouvée dans le puits ? Sinon, sur quoi)ndez-vous de telles accusations ? Ne me dites pas ue tout le monde partage votre opinion...

Bref coup d'œil de Febal à Fidelma.

— Saviez-vous qu'elle avait déjà tué ?

La religieuse ne s'attendait pas à cette réponse.

— Expliquez-vous. Qui a-t-elle tué ?

— Une vieille femme qui vivait dans la forêt non)in d'ici.

— Quand cela s'est-il passé ?

— Juste avant qu'elle rejoigne la communauté, uand elle avait quinze ans.

— Donc vous ne portez pas un témoignage direct ?

— Non, mais l'histoire est connue.

— Ah ! Elle est connue ! s'exclama Fidelma d'un)n sarcastique. Et de qui, s'il vous plaît ?

— On a raconté...

— Les racontars ne sont pas des preuves.

— Demandez donc à sœur Brónach.

— Pourquoi elle ?

— Draigen a tué sa mère.

Fidelma fixa Febal d'un air hébété.

— Vous dites que l'abbesse Draigen aurait tué l
mère de sœur Brónach ? Nous parlons bien de cell
qui est aujourd'hui *doirseór* ?

— La même, grommela Febal avec indifférence.

— Et Brónach en est informée ?

— Bien sûr. Et elle vous confirmera que Lerbe
partage la couche de Draigen.

Fidelma réfléchit.

— À l'évidence, vous croyez à ce que vous raconte
Un récit aussi curieux ne peut être que véridique, sino
il serait facilement démenti. Cependant, vous n
m'avez pas précisé s'il s'agissait d'un meurtre illicite.

— Parce qu'il y a des meurtres licites ? se moqu
Febal.

— Certains assassinats sont jugés plus graves qu
d'autres. Par exemple s'ils sont prémédités. Connais
sez-vous les détails de cette affaire ?

Le beau religieux haussa les épaules.

— Renseignez-vous auprès de Brónach, cela vaud
mieux. Ainsi, vous ne pourrez prétendre que je vo
ai induite en erreur.

— Très bien. Mais il y a loin entre un meurt
remontant à vingt ans et celui de la jeune fille dont
corps a été découvert au monastère. Et si Draigen éta
responsable de cette mort, la logique voudrait qu'el
ait également tué sœur Síomha.

Frère Febal eut un geste dédaigneux.

— C'est une éventualité envisageable, sœur Fidelm

— Je vous l'accorde. En admettant que vos allég
tions se révèlent fondées.

Febal frémit d'indignation.

— Me traiteriez-vous de menteur ?

Fidelma secoua la tête.

— Mais résumons vos griefs. Draigen a commis
meurtre avant d'arriver dans cette abbaye et elle entr

ent des relations amoureuses avec des novices. Or même si vous aviez été le témoin de tels actes, il n'y urait pas forcément matière à procès.

— Aux yeux de Dieu, elle est coupable, grommela ebal.

— Et maintenant vous parlez à la place de Dieu ? emarqua Fidelma d'une voix douce, qui se fit souain plus cassante. Vous ne m'avez rien appris qui uisse dans une cour être une preuve contre Draigen our l'accuser des meurtres commis dans cette bbaye. Et vos allégations pourraient bien vous valoir ne condamnation pour diffamation et divulgation de umeurs illégitimes. Devant une cour, un bon avocat ous débouterait en faisant valoir que vous avez été arié à Draigen et démis de vos fonctions avant être expulsé de l'abbaye. Vous vous retrouvez dans ne position de faiblesse, frère Febal.

Le religieux sauta sur ses pieds.

— J'aurais dû m'y attendre !

Fidelma resta de glace.

— Comment cela ?

— Tout esprit pieux doit éviter le poison mortel de méchante langue des femmes ! Vous vous soutenez s unes les autres !

— Vous avez cité le poème de travers, ironisa Fidelma.

— Le sens y est. Et vous qui aimez citer les textes ecs et latins, voilà une maxime pour vous, Fidelma Kildare, elle est d'Euripide : « La femme est alliée naturelle de la femme. » Cela explique que ous mettiez tout votre pouvoir dans la balance pour utenir Draigen.

Fidelma croisa les bras et sourit.

— Je ne m'offenserai point de votre dépit, Febal. Je le ettrai sur le compte de votre haine de Draigen. Retourz à Dún Boí et calmez-vous. La colère vous égare.

Frère Febal, renonçant à poursuivre la polémique s'en alla à grands pas.

Fidelma le regarda s'éloigner, puis disparaître l long du rivage, et une soudaine tristesse l'envahit. U sentiment de solitude. Une réaction fréquente quan elle croisait le chemin d'une personne aussi aigrie. E elle comprit immédiatement pourquoi elle se senta seule. Elle pensait à frère Eadulf. Voilà un homme qu aimait la vie et les gens. Il n'y avait en lui aucun méchanceté alors que Febal ne songeait qu'à nuire Son hostilité était empreinte de malveillance.

Après coup, un homme peut toujours trouver d nombreuses justifications à ses émotions. La misogy nie qui se manifestait dans le pénitentiel de Finian jus tifiait le dégoût de Febal... qui avait peut-être d'autre racines. Et un homme capable de manifester des sen timents aussi violents pouvait certainement les expri mer par d'autres voies. Par exemple le meurtre.

Elle se leva et s'étira. Elle aussi ressentait d dégoût, non pas pour la misogynie personnelle d Febal mais pour le mouvement qu'il représentait dan l'Église. Fidelma avait grandi dans une culture q évoluait rapidement sous l'influence de la Grèce et d Rome. En même temps que le christianisme se renfo çait, les valeurs enseignées dans les abbayes et le monastères des cinq royaumes en étaient profond ment affectées. Pourtant, les femmes avaient eu un part aussi active que les hommes dans la conversion d l'Irlande à la nouvelle religion, et leurs noms brillaie au firmament de la sagesse : les cinq sœurs de Patric chef des apôtres des cinq royaumes, Darerca, Brigitt Ita, Etáin et bien d'autres. Fidelma pouvait récit leurs noms d'une seule traite, comme une litanie...

Mais après deux siècles d'exercice de la foi, q s'était étendue dans tout le pays, des hommes ıême des femmes œuvraient à rejeter les lois civiles, t, menés par Finian de Clonard, avaient conçu des ɔis ecclésiastiques qui visaient à remplacer celles de énechus, qui gouvernaient les cinq royaumes.

Febal avait mentionné le pénitentiel de Cuimmíne, ıspiré par les lois de Finian qui circulaient maintenant de monastère en abbaye, avec l'approbation 'Ultan d'Armagh. Cuimmíne était mort il y avait uatre ans seulement et déjà ses règles faisaient des deptes chez les religieux qui se convertissaient, tout ɔmme Febal, aux préceptes fondés sur les écrits de aul de Tarse.

Fidelma avait de bonnes raisons de réprouver le énitentiel de Cuimmíne, responsable de la mort de ɔn amie d'enfance, Liadin, élevée avec elle à ashel. Liadin s'était révélée une religieuse accomie et une poétesse de grand talent. Elle avait renɔntré un poète du royaume de Connacht, du nom de uirithir, et ils étaient tombés amoureux. Cuimmíne, abbé de la communauté à laquelle appartenait Cuithir, renvoya ce dernier en lui interdisant de revoir adin. Bien entendu, il avait justifié cette décision ı s'appuyant sur les arguments de Paul de Tarse. 'était un abbé d'un ascétisme excessif. Cuirithir uitta les rivages des cinq royaumes et on ne le revit mais plus. Quant à Liadin, elle tomba malade et ourut de tristesse.

Fidelma tenait en peu d'estime les lois qui rendaient s gens malheureux pour des raisons injustifiables refusaient aux êtres humains leur plus belle avenre – l'amour. Liadin et Cuirithir n'auraient pas dû ıir compte de l'ascétisme tyrannique de Cuimmíne, montrer suffisamment de force pour partir ensemɛ. Sur son lit de mort, la jeune Liadin avait composé n dernier chant qui se terminait ainsi :

Pourquoi devrais-je cacher
qu'il demeure au cœur de mon désir

et que rien ne peut le remplacer ?
Un souffle brûlant
d'amour a fondu mon cœur.
En son absence, il ne peut plus battre.

Quelques jours plus tard, son cœur s'arrêtait et elle rendait l'âme.

Fidelma poussa un soupir et secoua la tête. À quoi bon remuer ces souvenirs ? Mieux valait s'abstenir de porter des jugements et chercher les preuves qui identifieraient la personne responsable de deux meurtres abominables.

Du moins, elle n'avait pas de questions à se poser quant à sa prochaine démarche, car elle devait s'entretenir rapidement avec sœur Brónach.

Elle se leva et se dirigea vers la jetée en bois.

Alors qu'elle grimpait les marches qui menaient à l'appontement, elle remarqua une voile blanche se détachant sur le vert et le brun des collines marquant l'entrée du bras de mer. Elle entendit le son d'un cor résonnant dans la baie depuis la forteresse d'Adnár. Sans doute un signal qui avertissait ses occupants de l'arrivée d'un navire.

La main en visière, Fidelma fixa les eaux étincelantes et soudain, son cœur se mit à battre plus vite.

C'était le *Foracha*, la *barc* de Ross, qui filait vers le port abrité.

Oubliant Febal et Draigen, elle ne songeait plus qu'au mystère du navire breton. Si son cœur s'emballait, c'était de crainte que le capitaine ne lui apporte de mauvaises nouvelles sur le sort d'Eadulf.

CHAPITRE XII

Fidelma sauta dans la barque de l'abbaye et rama vec une telle énergie qu'elle rejoignit le navire de oss avant même que l'équipage ait terminé d'amener s voiles. Son embarcation heurta la quille du *Fora-ha*, on lui lança une corde et elle grimpa à bord tan-is qu'un marin amarrait son canot.

Ross s'avança vers elle avec un grand sourire.

— Quelles nouvelles ? lança Fidelma, hors d'haleine, vant même de le saluer.

Ross lui fit signe de le suivre.

— Allons dans ma cabine, nous y serons plus tran-uilles.

Une fois assis, Ross offrit à Fidelma du *cuirm*, un ydromel très alcoolisé, qu'elle refusa. Il se servit et ut une gorgée, perdu dans ses pensées.

— Ne me faites pas languir ! s'exclama Fidelma ui ne pouvait plus contenir sa curiosité.

— Eh bien, j'ai découvert l'endroit où le navire mar-and était amarré, il y a trois nuits de cela.

— Avez-vous trouvé des traces de la présence Ead... de l'équipage ou des passagers ?

— Je vais vous raconter mon périple tel qu'il s'est roulé mais pour répondre à votre question, non, us n'avons repéré aucun indice allant dans ce sens.

Déçue, Fidelma baissa la tête.

— Très bien, je vous écoute.

— Comme je vous l'avais déjà expliqué, deu emplacements auraient pu accueillir le navire breton s on en jugeait par les marées et les vents. Le premier, a sud-est de la péninsule, est appelé « la Tête du mou ton » et j'ai commencé par là. Les pêcheurs qui avaier jeté leurs filets dans ces eaux pendant toute la semain nous ont assuré qu'ils n'avaient rien vu. Nous avon donc mis les voiles pour le second port.

— Comment s'appelle-t-il ?

— Dóirse – les portes –, un havre situé au bout d cette péninsule, sur une île tout en longueur q commande l'accès à la partie sud-ouest de la régio Nous avons d'abord navigué autour de l'île sans rie remarquer de particulier. Pour avoir souvent fait d commerce avec eux je connais bien les insulaires j'ai donc décidé de leur rendre une petite visite. Et j' demandé à mes hommes d'ouvrir grandes leu oreilles, au cas où ils entendraient des commérage sur le navire breton. Nous n'avons pas eu à cherch bien loin.

Il marqua une pause et but à son gobelet en terre.

— Qu'avez-vous appris ? s'impatienta Fidelma.

— Une histoire très étrange. La veille du jour nous avons croisé la route du navire en pleine me des guerriers étaient arrivés à son bord dans le po bien après la tombée de la nuit.

— Des Bretons ?

Ross secoua la tête.

— Non. Des guerriers du clan des Uí Fidgenti.

Fidelma fronça les sourcils.

— Et ils avaient avec eux un prisonnier breton, marin, précisa Ross.

— Aucun signe d'un moine saxon ? demanda aussi-
)t Fidelma, désappointée.

— Non, pas de moine. Les habitants de l'île, des
ens très accueillants, invitèrent les nouveaux arri-
ants à venir se restaurer à terre, car il apparut qu'il
e leur restait plus de provisions. Un garde resta à
ord avec le prisonnier. Le lendemain matin, le vais-
eau avait disparu. Il avait pris le large tandis que les
uerriers sombraient dans un sommeil auquel les beu-
eries n'étaient pas étrangères. Le cadavre du guerrier
ui montait la garde flottait dans la rade.

— Qu'ont-ils déduit de cette aventure ?

— Que le prisonnier s'était libéré et avait maîtrisé
on geôlier qu'il avait jeté par-dessus bord avant de
enfuir.

— Un seul homme est-il en mesure de manœuvrer
n vaisseau de cette taille ?

Ross haussa les épaules.

— S'il est suffisamment déterminé et bon marin,
ourquoi pas ?

— Et alors ?

— Furieux, les guerriers réquisitionnèrent des
nbarcations pour rejoindre la côte.

Fidelma réfléchit.

— Voilà un récit surprenant. Le navire marchand
rive dans le port de Dóirse piloté par une bande de
erriers des Uí Fidgenti accompagnés d'un seul
arin breton, qu'ils retiennent captif. Au matin, le
vire a disparu avec le marin. Les guerriers revien-
nt alors accoster sur cette péninsule et, plus tard
ns la matinée, nous tombons sur le vaisseau déserté,
utes voiles dehors.

— C'est effectivement très étonnant.

— Les informations récoltées à Dóirse sont-elles
bles ?

— Je connais les habitants de Dóirse depuis de années, des gens très indépendants qui ne se considè rent pas comme les sujets de Gulban Œil-de-Faucor bien qu'ils se situent théoriquement sur son territoir Ils estiment ne devoir allégeance qu'à leur *bó-aire* e ne se gênent pas pour divulguer les secrets de ceu qui ne sont pas de l'île.

— Les guerriers des Uí Fidgenti ont-ils donné de explications au *bó-aire* local sur les raisons de leu présence sur ce navire breton ?

— Ils feraient du commerce avec des mines.

Fidelma se redressa brusquement.

— Des mines de cuivre ?

Ross la regarda avec surprise avant de hocher la têt

— Plusieurs mines de cuivre sont exploitées le lor du rivage dans la région de Dóirse. Leurs exploitan font du commerce avec la côte, mais aussi avec Gaule.

Fidelma tambourina nerveusement sur la table.

— Vous vous souvenez de cette boue rouge dans cale du navire marchand ? demanda-t-elle.

Ross acquiesça.

— Je crois qu'il s'agissait de dépôts de cuivre, pr venant directement d'une mine ou alors d'un entrepć C'est là que se cache la réponse au mystère qui no tourmente. Mais je ne comprends pas pourquoi d hommes des Uí Fidgenti avaient pris les command de ce vaisseau. Le territoire de leur clan est très élc gné, bien plus au nord. Où étaient donc passés l hommes de Beara, le clan de Gulban ?

— Je peux toujours retourner là-bas pour essay d'obtenir d'autres informations, proposa Ross. moins que je rejoigne directement les mines de cuiv sous prétexte de faire du commerce et là, je me rens gne sur ce qui se passe.

Fidelma agita la main.

— Trop dangereux. Et le mystère s'épaissit quand n sait que Torcán, le fils du prince des Uí Fidgenti, ›ge à la forteresse d'Adnár dont il est l'invité.

Le visage de Ross exprima une stupeur mêlée de ·ainte.

— Il y a certainement un rapport.

— Oui, mais lequel ? Cette énigme présente de gra- ›s dangers. Si vous retournez là-bas, vous risquez 'éveiller la méfiance. Inutile de donner l'alarme si ›us pouvons l'éviter. Il nous faut d'abord essayer de ›couvrir à qui nous avons affaire. Ces mines de cui- ·e sont-elles très éloignées d'ici ?

— À deux ou trois heures de navigation, en suivant côte.

— Et en traversant la péninsule ? Combien de miles ?

— À vol d'oiseau ? Cinq. Et dix par une route de ›ontagne.

Fidelma s'abîma dans un profond silence tandis ı'elle réfléchissait.

— Que décidons-nous ? s'impatienta Ross.

Fidelma en était justement venue à la conclusion ı'elle devait prendre elle-même les choses en main.

— Ce soir, profitant de l'obscurité, nous traverse- ›ns la péninsule à cheval pour rejoindre l'endroit où ›nt situées ces mines de cuivre. J'ai le sentiment que ›us pourrions bien y trouver la solution.

— Pourquoi ne pas partir tout de suite ? Rien ne ›us empêche de louer des chevaux dans une ferme, ı peu plus loin le long de la côte.

— Non, nous attendrons minuit et cela pour deux ›isons. D'une part, personne ne doit savoir que nous ›us rendons dans ces mines. Si Torcán ou Adnár ›nt impliqués dans des trafics illégaux, il ne faut sur- ›ut pas qu'ils aient vent de nos intentions. D'autre part, ce soir, j'ai accepté d'assister à un banquet Dún Boí avec Adnár et ses invités, Torcán et Olcá Peut-être y glanerai-je quelques renseignements q nous permettraient d'avancer plus vite.

Ross parut contrarié.

— Tout cela ne présage rien de bon, ma sœur. Ce fait maintenant quelques semaines qu'il court de dr les de rumeurs. Les Eoganán des Uí Fidgenti convo teraient Cashel.

L'ombre d'un sourire passa sur les lèvres de Fidelm

— Voilà qui n'est pas nouveau. Les Uí Fidgenti o toujours aspiré à régner sur Cashel. Leur dernier so lèvement, sous le règne du haut roi Aed Slane, remon à vingt-cinq ans.

À l'ouest du royaume de Muman vivait le gra clan des Uí Fidgenti dont les princes et les che s'accordaient le titre de rois, affirmaient être l authentiques descendants des premiers souverains Cashel et tentaient de faire valoir leurs droits sur trône pour destituer la famille de Fidelma. À la nai sance de Fidelma, son père régnait sur Cashel maintenant son frère, Colgú, souverain des provinc de Muman, avait succédé à son cousin. Colgú répondait de ses actes que devant le haut roi Fidelma avait grandi dans les conflits attisés par l Uí Fidgenti. Le plus provocateur et le plus bellique d'entre eux était sans nul doute le prince Eoganán.

Ross parut soucieux.

— Ce sera comme vous le souhaitez, mais vo frère n'a été intronisé que depuis quelques mois. Il jeune, peu expérimenté et mal assuré dans ses fo tions. Si Eoganán des Uí Fidgenti veut entrepren une action pour renverser Colgú, le moment est p faitement choisi.

— À quel type de tentative pensez-vous ? La légiti-
nité de mon frère a été confirmée par la grande
ssemblée à Cashel et le haut roi a approuvé la déci-
ion depuis Tara.

— J'ignore quel complot ourdit Eoganán, mais les
umeurs enflent et il paraîtrait qu'il prépare un mau-
ais coup.

Fidelma médita un instant sur ces mises en garde.

— Raison de plus pour que j'assiste à la fête de ce
oir, car Torcán me mettra peut-être sur la voie des
lans de son père.

— Vous prenez de gros risques, objecta Ross. Tor-
án peut très bien découvrir qui vous êtes...

— Il le sait déjà. Nous nous sommes rencontrés
ans la forêt, hier.

Elle marqua une pause tandis que l'incident de la
èche qui l'avait manquée de peu lui revenait en
émoire. Se pourrait-il que Torcán ait délibérément
écoché cette flèche sachant qu'elle était la sœur de
olgú ? Mais pourquoi attenter à sa vie ? Cela ne
oncernait en rien les problèmes de succession à
ashel. Non. La logique se refusait à cette interpréta-
on. De plus, Torcán et ses hommes s'étaient montrés
ès surpris en découvrant son identité et avaient cher-
hé à masquer leur erreur. Cette flèche ne lui était pas
estinée. Et puis ils auraient pu aisément la tuer dans
s bois si tel était le but qu'ils recherchaient.

Ross l'observait avec anxiété.

— Serait-il déjà arrivé un événement fâcheux ? lui
emanda-t-il en la dévisageant avec une attention sou-
nue.

— Non. En tout cas, rien qui mérite que nous chan-
ons nos projets, rectifia-t-elle, honteuse de son men-
nge. Je vous retrouverai à minuit comme prévu avec
homme à vous, dans les bois derrière l'abbaye.

Procurez-vous trois chevaux et ce faisant, faites bien attention à ne pas éveiller les soupçons.

— Très bien. J'amènerai Odar, un homme capable en qui j'ai toute confiance. Mais si Torcán assiste au banquet, je préférerais que vous vous décommandiez

— Il ne peut rien m'arriver chez un magistrat des cours de justice des cinq royaumes. En ces circonstan-ces, même un roi ne se risquerait pas à me porter pré-judice.

Tout en prononçant ces paroles auxquelles elle ne croyait qu'à moitié, elle pria ardemment pour que tout se passe bien.

Puis elle se leva et Ross la suivit jusqu'au bastin-gage. Il était clair qu'il ne l'approuvait pas, mai avait-il d'autre choix que d'accepter sa décision ?

Alors qu'elle s'apprêtait à rejoindre sa barque, i demanda :

— Et comment évolue l'affaire qui vous a amené jusqu'ici ?

Il désigna l'abbaye d'un geste du pouce.

— Le problème a-t-il été résolu ?

Fidelma se sentit vaguement coupable car pendan sa conversation avec Ross, le mystère du cadavre san tête et de la mort de Síomha lui était sorti de l'esprit

Elle fit la grimace.

— Pas vraiment. Un autre assassinat a été commis La *rechtaire*, sœur Síomha, a été tuée de la mêm façon que l'inconnue. Cependant, je crois que cett énigme commence à s'éclaircir, même si le mal rôd dans le monastère.

— Si jamais vous vous sentez en danger, dit Ros d'une voix grave, n'hésitez pas à faire appel à moi e à mes hommes. Ne serait-il pas préférable que dè maintenant vous vous déplaciez avec quelqu'un qu vous protège ?

— Pour prévenir mon gibier que la chasse s'appro-
he de son terrier ? Surtout pas.

Elle posa une main sur le bras du marin pour le ras-
urer et lui sourit.

— Soyez dans la forêt à minuit avec Odar et trois
hevaux, et assurez-vous que personne ne vous aura
uivis.

Fidelma traversait la cour pour se rendre dans la
ellule de Berrach où elle espérait trouver Brónach
uand elle aperçut cette dernière, le visage chagrin
elon son habitude, qui sortait justement du bâtiment.
idelma l'arrêta alors qu'elle semblait vouloir l'éviter.

— Comment va Berrach, ma sœur ?

Brónach hésita.

— Pour l'instant, elle dort. Elle a eu une nuit terri-
le et une matinée éprouvante.

— Je vous l'accorde. Mais elle a bien de la chance
'avoir une amie telle que vous. Allons marcher un
eu, voulez-vous ?

Sœur Brónach acquiesça à contrecœur et elles
éambulèrent à pas lents dans la cour pavée tout en se
irigeant vers l'hôtellerie des invités.

— Que puis-je pour vous, ma sœur ?

— J'aimerais que vous répondiez à quelques
uestions.

— Je suis toujours à votre disposition. Et je ne vous
i pas encore remerciée pour votre intervention coura-
euse.

— C'est tout naturel, je n'ai fait que suivre mon
igement et ma conscience.

Brónach lui adressa un regard morose.

— N'est-il point normal de remercier quelqu'un qui
sauvé la vie d'une amie ?

— J'ai juste accompli mon devoir de religieuse, j
vous assure. Je reconnais néanmoins que certaine
sœurs se laissent facilement entraîner par des émo
tions répréhensibles.

— Vous voulez parler de l'abbesse Draigen ?

— Je n'ai pas dit cela.

— Mais vous le pensez, chuchota Brónach sur l
ton de la confidence. Avez-vous remarqué qu'ici, tou
tes les sœurs sont jeunes ? Moi-même et sœur Comna
notre bibliothécaire, sommes les plus âgées. En deho
de l'abbesse, la communauté ne compte personne d
plus de vingt et un ans.

— Oui, j'ai noté que la moyenne d'âge était ano
malement basse. Cela est d'autant plus étrange qu'un
congrégation est censée abriter différentes généra
tions, car les sœurs qui ont de l'expérience ont beau
coup à apprendre aux nouvelles venues.

— Cela s'explique facilement, répliqua Brónac
avec amertume. L'abbesse tient à ce que l'on accep
son autorité sans discuter. Elle peut facilement mani
puler les jeunes filles alors que les autres repèrent s
erreurs et sont dans divers domaines plus compétent
ou mieux informées qu'elle. Elle n'a jamais p
oublier qu'elle était la fille d'un pauvre fermier q
n'avait reçu aucune éducation avant d'entrer ici.

— Donc vous blâmez l'abbesse ?

Sœur Brónach s'arrêta devant la porte de l'hôtell
rie et jeta un regard anxieux autour d'elle afin
s'assurer qu'elles n'étaient pas observées.

— Rentrons ici, nous y serons plus à l'aise po
discuter.

Elle conduisit Fidelma jusqu'à une petite pièce
elle réglait les affaires qui la concernaient en ta
que portière et surveillante de l'hôtellerie. Puis ell
s'assirent sur les deux seuls sièges disponibles.

— Maintenant, vous pouvez me poser vos ques-ons, dit Brónach.

— Oui, pour en revenir à ce qui nous préoccupe, il st évident que Draigen a utilisé l'inexpérience de œur Lerben pour menacer la vie de sœur Berrach. Je ıppose que cette attitude vous semble critiquable ?

Le visage de Brónach exprimait maintenant un pro-ond dégoût.

— Toute personne sensée condamnerait l'action de abbesse, bien que je sois prête à reconnaître que raigen n'en est pas entièrement responsable.

— Vraiment ?

— Selon moi, Lerben n'est pas étrangère à ce qui est passé.

Fidelma était perplexe.

— Je croyais sœur Lerben entièrement dominée par raigen. De mon point de vue, elle est trop jeune pour présenter autre chose qu'un pion dans le jeu de abbesse. Quelqu'un m'a informée qu'il existait entre lles une relation très étroite et qu'elles dormaient ırfois dans le même lit. La même personne a assuré ıe vous confirmeriez les faits.

La religieuse à la mine affligée se mit à rire aux clats. Cette gaieté effaça la solennité dont elle ne se épartait jamais et elle parut soudain beaucoup plus une.

— Il arrive en effet à Lerben de partager la couche Draigen pour la bonne raison qu'elle est sa fille. oilà deux jours que vous êtes à l'abbaye et vous ne saviez pas ?

Fidelma en resta la bouche ouverte.

— Mais je croyais que Lerben...

Puis elle se tut, confuse.

Sœur Brónach riait toujours.

— Ainsi vous vous étiez imaginé qu'elles étaier amantes ? Ah, vous avez écouté de bien vilaines his toires !

Fidelma se pencha en avant.

— Et sœur Síomha a-t-elle jamais été la maîtress de Draigen ?

— Non, pas à ma connaissance. Et pour autant qu je le sache, les inclinations de Draigen ne l'ont jamai portée dans cette direction. L'abbesse est une femm lunatique et capricieuse, une misanthrope qui se méfi des hommes et les évite. Si elle s'entoure de jeune filles afin de les dominer intellectuellement, cel n'implique en aucun cas une inclination sexuelle.

Fidelma réfléchit. Dans ce cas, les motivation avancées par Adnár et Febal, qui semblaient si plaus bles, tombaient d'elles-mêmes. Cela changeait tout.

— On m'a rapporté beaucoup de contes déplaisan sur Draigen. Selon vous, sont-ils tous faux ? Vou affirmez qu'elle se méfie des hommes et pourtant el a été mariée à frère Febal.

— Febal ? Un mariage qui a duré moins d'un année. Oh, ils étaient bien accordés ! Un misogyne une misanthrope... ils se détestaient.

— Vous connaissiez Febal du temps où il apparte nait à la congrégation ?

— Oui, je le connaissais bien...

Ses yeux brillèrent d'un étrange éclat.

— ... avant même que Draigen ne vienne l'abbaye.

— Pourquoi se sont-ils mariés s'ils ne s'appr ciaient pas ?

Brónach haussa les épaules.

— Il faudra le leur demander.

— La vieille abbesse Marga approuvait-elle cet relation ?

— À l'époque, nous vivions ici dans un monastère ouble avec plusieurs couples mariés qui élevaient leurs nfants au service du Christ. Marga était une femme de ancien temps. Elle encourageait les mariages entre embres de sa communauté. Peut-être cela explique-t-il s épousailles de Draigen. Peut-être voulait-elle lui aire. Draigen a toujours été calculatrice.

— Vous ne la portez pas dans votre cœur et pour-nt vous restez dans cette abbaye. Pourquoi ?

Fidelma étudiait avec attention le visage de Bró-ach. La religieuse cligna des yeux et ses traits expri-èrent douleur et tristesse.

— Parce que je le dois, dit-elle avec rancœur.

— Mais Draigen vous révulse.

— Elle est mon abbesse.

— Ce n'est pas une réponse.

— Je n'en ai pas d'autre.

— Alors laissez-moi vous aider. Dans votre jeunesse, nnaissiez-vous Draigen ?

Sœur Brónach jeta un coup d'œil inquisiteur à delma.

— Oui, admit-elle d'un ton neutre.

— Et votre mère ?

Brónach prit une profonde inspiration.

— Donc on vous a parlé. Les gens ici ne savent pas nir leur langue.

— J'aimerais entendre cette histoire de votre bou-e, sœur Brónach.

— Très bien. Je déteste Draigen avec une intensité e vous n'imaginez même pas, déclara la portière.

Puis elle se tut et garda si longtemps le silence que delma s'apprêtait à intervenir quand elle tourna des ux troublés vers son interlocutrice.

— Chaque jour dans mes prières je demande à Dieu me soulager de ma peine. Mais mes sentiments

n'évoluent guère. Est-ce la volonté de Dieu que j
sois rongée par le tourment ?

— Mais pourquoi restez-vous ici ? s'étonna Fidelma

— C'est un peu comme demander à l'océan pou
quoi il reste en place. Je n'ai nulle part où aller. Es
ce ma pénitence pour mes péchés de servir celle qu
m'a ravi ma mère ? Mais ne vous méprenez pas, loi
de souhaiter la mort de Draigen, j'aimerais qu'ell
vive très longtemps dans les douleurs de l'expiation.

— Racontez-moi l'histoire.

— Draigen avait quinze ans lors du drame et m
trente-cinq. Je servais déjà l'abbesse Marga en ta
que religieuse. Ma mère, Suanach, n'appartenait pas
la foi, elle préférait faire allégeance aux anciens dieu
et déesses de cette terre. C'était une femme sage, q
connaissait les fleurs et les plantes par leur nom
savait soigner. Elle ne faisait qu'un avec la forêt.

— Et votre père ?

— Je ne l'ai jamais connu. Mais je n'ai jama
manqué d'amour car ma mère m'a chérie tendremen

— Continuez.

— Près de notre maisonnette vivait un *óc-aire*, q
cultivait son lopin de terre dont il tirait une maig
subsistance pour lui et sa famille. Cet homme, Adn
Mhór, était le père de Draigen.

— Et d'Adnár.

— Et du *bó-aire* de la forteresse, oui. Ma mère aid
parfois la jeune Draigen. Quand Adnár partit rejoind
l'armée de Gulban Œil-de-Faucon, son père tom
malade et ma mère ressentit de la pitié pour la jeu
fille. Quand il mourut, Suanach l'accueillit et
réconforta. Peu après, la mère de Draigen suivit s
mari dans la tombe et Draigen alla vivre avec ma mè

— À cette époque, vous viviez au monastère ?

Brónach hocha la tête d'un air absent.

— Draigen avait alors quatorze ans et ce fut une
nnée de chagrin.

Les yeux de la religieuse se remplirent de larmes et idelma eut le sentiment qu'elle ne pleurait pas seulement sur sa mère.

— Que s'est-il passé au juste ?

— Draigen est une personne obstinée, parfois sujette de terribles colères. Un jour, prise d'une rage incontrôe, elle saisit un couteau que l'on utilisait pour dépiaur les lapins et poignarda ma mère, Suanach.

Fidelma attendait des explications plus détaillées ui ne vinrent pas. Elle n'osa pas poser d'autres quesons.

— Après la mort de ses parents et le départ de son ère qu'elle vécut comme un abandon, Draigen evint très possessive. Et aussi coléreuse et très louse de moi, la fille naturelle de Suanach. Pourtant, ne leur rendais que de rares visites, car mes tâches l'abbaye ne me laissaient guère de loisirs. Heureuseent, car avec Draigen, nous nous serions heurtées vec une violence accrue.

— Parce que vous entreteniez des rapports difficiles ?

— Dès que j'apparaissais et que ma mère s'occuit de moi, Draigen exigeait le double d'attentions.

— Mais quand elle a attaqué votre mère...

— Elle...

Brónach chercha ses mots.

— Suanach avait pris en nourrice un bébé, l'enfant une... parente.

Fidelma nota la formulation hésitante.

— Elle pensait que Draigen l'aiderait à élever le urrisson, mais il suscitait chez elle la même jalousie e tous ceux qui approchaient Suanach, et dont elle timait qu'ils lui volaient l'affection qui lui revenait.

Un violent sentiment de répulsion envahit Fidelma.

— Elle a tué votre mère parce que, selon elle, elle consacrait trop de temps au nouveau-né ?

— Oui. Son geste meurtrier était celui d'une personne qui a perdu l'esprit. Elle avait alors quinze ans et l'enfant trois. Le brehon qui jugea l'affaire estima que Draigen n'était pas responsable d'homicide au plus haut degré. Il ordonna le paiement d'une compensation s'élevant au produit de la vente du lopin de terre qui appartenait aux parents de Draigen. En tant qu'héritière de Suanach, cette somme me revenait mais comme j'appartenais à une communauté, l'argent alla à l'abbaye. Et maintenant, c'est Draigen qui est l'abbesse du Saumon des trois sources. Quelle ironie !...

Brónach eut un rire amer.

— Après cela, difficile de croire en un dieu de justice, non ?

— L'enfant fut-il blessé par Draigen ?

Sœur Brónach secoua la tête.

— Il fut rendu... à sa mère.

— Je suppose que le brehon imposa à Draigen certaines contraintes, fit observer Fidelma.

— Elle reçut l'ordre d'entrer dans une communauté religieuse où on la surveillerait tandis qu'elle se dévouerait pour ses semblables. Là encore, l'ironie du sort voulut qu'elle soit hébergée au Saumon des trois sources.

— Maintenant je comprends, l'interrompit Fidelma, pourquoi Adnár n'est pas parvenu à récupérer son héritage. Comme la terre avait été vendue pour satisfaire au paiement d'une amende, Adnár, en tant que frère de Draigen, s'est vu déchu de ses droits de propriété car un parent doit payer une part de la compensation si le coupable n'est pas en mesure d'en régler la totalité.

— Exactement.

— Selon la loi, Draigen avait donc accompli sa éparation et expié pour son crime.

— Oui, et l'abbesse Marga lui accorda une absolu-ion pleine et entière. Et depuis qu'elle a assassiné ma nère, j'ai dû chaque jour supporter sa présence en unition de mes péchés.

Fidelma la fixa d'un air ahuri.

— Je ne comprends toujours pas pourquoi vous êtes estée ici. Vous auriez pu rejoindre une autre commu-auté où vous auriez guéri de vos souffrances, ou exi-er que Draigen soit envoyée ailleurs.

Sœur Brónach poussa un profond soupir.

— Je viens de vous en donner la raison. L'expiation e mes fautes.

— Mais quelles sont-elles pour vous avoir poussée passer votre vie en compagnie de celle qui avait tué otre chair et votre sang ?

Sœur Brónach hésita, puis se redressa.

— Au moment où ma mère subit l'assaut de Draigen, n'étais pas là. Je n'ai pas su l'assister quand elle vait besoin de moi.

— Je ne vois là aucune raison de vous sentir coupable. ous n'avez commis aucun péché qui mérite péni-nce.

— Je me sens pourtant responsable.

L'explication de Brónach laissait Fidelma scepti-ue. Quelque chose sonnait faux.

— Je ne peux pas vous aider sur ce point. Peut-être ue si vous aviez une âme sœur...

— Voilà vingt ans que je me débats avec ce pro-ème et il ne se résoudra pas en un quart d'heure.

— Vous vous tourmentez trop, la réprimanda delma. Et puis, tentons de voir ces événements à la mière de la charité. D'après ce que vous m'avez

raconté, il y a vingt ans, Draigen était une jeune fill
immature. La personne qu'elle est devenue aujourd'hu
n'est sans doute pas celle que vous connaissiez par l
passé.

— Vous êtes très charitable, ma sœur, mais je n
puis malheureusement pas adopter votre point de vue
Draigen n'a pas changé. Elle est toujours jalouse, ran
cunière et d'une ambition insatiable.

La religieuse leva la main pour prévenir toute pro
testation.

— Ne vous méprenez pas. J'ai porté ce fardea
pendant vingt ans et je continuerai. Je n'ai jamai
quitté mon pays et d'ici, j'ai du moins le plaisi
quand je regarde les montagnes, de voir la tombe d
ma mère et il m'arrive parfois de monter là-haut pou
passer un peu de temps avec elle.

— N'avez-vous jamais songé à châtier Draigen ?

Brónach se signa.

— Vous voulez dire porter atteinte à son intégri
physique ? *Quod avertat Deus !* Que Dieu m'en pr
serve. Où allez-vous chercher des idées pareilles ?

— Cela s'est déjà vu, fit observer Fidelma.

— Je suis incapable de m'en prendre à un êt
humain, peu importe le mal qu'il m'ait fait. La vie e
sacrée, cela je l'ai appris de ma mère, non de la vra
foi. Certes, j'aimerais que Draigen souffre, mais mo
hostilité ne va pas au-delà.

Le visage de Brónach exprimait une sincérité dig
et Fidelma comprenait très bien son attitude sauf s
un point : son obstination à vivre sous le même to
que Draigen, surtout maintenant que celle-ci éta
devenue abbesse.

— Je n'ai pas le sentiment que Draigen pâtis
beaucoup de ses fautes, Brónach.

— Vous avez sans doute raison. Peut-être a-t-elle ublié et s'imagine-t-elle que moi aussi. Mais une uit, elle se réveillera en sursaut et la mémoire lui viendra.

— Frère Febal se souvient lui aussi, fit observer idelma.

Brónach rougit légèrement.

— Febal ? Qu'a-t-il dit ?

— Fort peu de chose. Quelqu'un d'autre connaît-il ette histoire ?

— En dehors de moi et de Febal, qui a une mémoire ès sélective, je ne vois pas.

— Et Adnár ?

— Il fut effectivement informé de cette affaire uand il assigna Draigen devant la cour de justice our récupérer sa part d'héritage.

— D'où j'en déduis qu'ici, personne d'autre ne nnaît le passé de Draigen ?

— Personne.

Soudain, Fidelma réalisa qu'elle avait oublié de tirer e conclusion essentielle de cette histoire. Si Lerben ait la fille de Draigen, alors Febal était sûrement son re. Et voilà un homme qui avait accusé sa propre le et son ancienne femme d'entretenir des relations ntre nature ! Quel genre d'individu était-il donc ?

— Febal sait-il que Lerben est sa fille ? demanda-elle à sœur Brónach qui parut surprise.

— Bien sûr. Enfin, je le suppose.

Fidelma réfléchit.

— Vous venez de me confier que votre mère suit la foi païenne. Vous-même êtes-vous férue de ganisme ?

Sœur Brónach la regarda d'un air étonné.

— Je suis la fille de ma mère. Elle m'a appris les utumes qui remontent à des temps immémoriaux.

— Donc vous connaissez les dieux et les déesses les symboles des arbres et les textes en ogham ?

— Comme je vous l'ai dit, je lis l'ogham mais j comprends très mal la langue qu'il transcrit.

Cet alphabet servait à écrire un irlandais archaïqu connu sous le nom de *Bérla Féini*, « la langue des culti vateurs de la terre », qui dans l'ancien temps n'éta étudiée que des brehons ou des juristes.

— Dites-moi, ma sœur, quelle est la significatio d'une baguette de tremble maintenue dans la mai gauche ?

Brónach sourit.

— Ça, c'est facile. Le tremble est l'arbre sacré d'o l'on coupe le *fé*, la branche servant à mesurer un tombe. Une ligne de texte y est toujours gravée, c'e une tradition qui a subsisté dans tout le pays.

— Je vous l'accorde, mais pourquoi attacher le *f* au bras gauche et non au bras droit ? Vous aviez men tionné ce détail à Draigen après avoir découvert l corps de l'inconnue dans le puits.

— Quand un meurtrier ou une personne qui s'e donné la mort est enterrée, un *fé* est placé dans s main gauche...

Elle s'arrêta net et porta la main à sa bouche.

— ... les mots gravés en ogham sont généralemen une invocation à la déesse de la mort...

— ... et des batailles ? La Morrigane ?

— Oui, admit Brónach d'un ton sec.

— Je vous écoute, insista calmement Fidelma.

— J'ignore la formule exacte de ce que l'on pour rait considérer comme une incantation. Le corps ti du puits...

— ... de même que celui de sœur Síomha...

— Suggérez-vous... ?

— Je ne suggère rien, l'interrompit Fidelma. Je ı'inquiétais simplement de savoir si vous connaissiez ı signification de ce symbole.

— Oui, mais maintenant, je suis un peu perdue. Le ɔrps sans tête serait-il celui d'une meurtrière ?

— Auquel cas il faudrait suivre le même raisonne-ıent en ce qui concerne sœur Síomha.

— Cela n'a pas de sens.

— Sauf, peut-être, pour l'assassin. Dites-moi, sœur rónach, à part vous, qui d'autre s'y connaîtrait en ıganisme, ici, à l'abbaye ?

La portière haussa les épaules.

— Le temps passe et les anciennes coutumes sont :u à peu oubliées. Je doute que les jeunes aient été ıitiés au sens de ces rituels.

Brusquement, elle ouvrit de grands yeux.

— Insinuez-vous que je pourrais être la coupable ?

Fidelma ne fit rien pour la rassurer.

— Pourquoi pas ? Mon devoir consiste à examiner s motivations de chacun. Si l'abbesse Draigen avait é assassinée, je dirais que vous aviez d'excellentes ısons de la tuer et en tant que suspect, vous auriez a préférence. Mais vous n'avez aucun mobile pour meurtre de sœur Síomha. Pour l'instant du moins.

Brónach fixa Fidelma d'un air indigné.

— Vous avez un sens de l'humour assez déplacé. ıant aux traditions irlandaises, vous trouverez ici s personnes tout aussi férues que moi dans ce maine.

— Vous m'avez pourtant déclaré que les jeunes :urs qui vivent maintenant dans cette abbaye se sont tournées de ces usages. Qui d'autre, à votre avis, ntéresserait aux cérémonials magiques ?

Sœur Brónach réfléchit un instant.

— Sœur Comnat, notre bibliothécaire, je ne vo personne d'autre, à moins que...

Elle s'interrompit, les yeux brillant d'une lumiè dure tandis que Fidelma l'étudiait attentivement.

— Qu'alliez-vous dire ?

— Rien.

— Mais si. Nous savons toutes deux quelle pens vous a traversé l'esprit, répliqua Fidelma d'un tc détaché. Vous étiez fière des connaissances que vot mère vous a transmises. À qui d'autre votre mè aurait-elle pu communiquer son savoir ? Une pe sonne qu'elle aurait hébergée, bien sûr. Allons, vo avez son nom sur le bout de la langue.

Sœur Brónach fixait ses pieds.

— Je reconnais que l'abbesse Draigen possède c connaissances sur le bout des doigts et...

— Et ?

— Et elle a déjà démontré qu'elle était capable tuer.

Sœur Fidelma se leva et hocha gravement la tête.

— Vous êtes aujourd'hui la deuxième personne me l'avoir fait remarquer.

CHAPITRE XIII

Sœur Lerben était dans la chapelle où elle avait escendu pour mieux l'astiquer la grande croix d'or inement ciselée qui se dressait sur l'autel. Penchée ur son ouvrage, les sourcils froncés, son joli isage exprimait une extrême concentration. Quand a porte se referma derrière Fidelma, elle releva la ète et la regarda remonter l'allée centrale entre les ancs désertés puis s'arrêter juste devant elle. Une ıeur belliqueuse brillait dans les beaux yeux de erben.

— Eh bien ? lança-t-elle de sa voix claire et glaciale.

Fidelma songea qu'elle lui inspirait de la peine plu-
ôt que de la colère. Elle lui apparaissait comme une etite fille irascible en quête de protection, furieuse 'avoir été surprise par une adulte en train de se livrer des activités défendues. Son masque d'arrogance vait cédé la place à une agressivité maussade.

— J'aurais besoin de vous poser quelques ques-
ons, lui répondit Fidelma avec amabilité.

La jeune fille remit la croix en place et replia soi-
neusement son chiffon. Fidelma avait déjà remarqué ı'elle agissait avec précision et un calme délibéré. uis elle glissa les mains dans les manches de sa robe e bure et se résolut enfin à faire face à Fidelma, tout

en se refusant à croiser son regard. Elle fixait un poin juste au-dessus de l'épaule de la religieuse.

D'un geste las, Fidelma lui indiqua un des bancs.

— Allons nous asseoir un instant, nous y seron plus à l'aise pour discuter.

— S'agit-il d'un entretien officiel ? lança Lerben.

— Oui, si vous entendez par là que je désire vou entendre dans le cadre de mes fonctions de *dálaigh* déclara Fidelma avec indifférence. Mais les information que nous échangerons ne seront pas consignées par écri

Sœur Lerben s'assit à contrecœur.

— En tout cas, je puis vous assurer que ce que vou me direz ne sera pas rapporté à votre abbesse, enchaîn Fidelma pour essayer d'amadouer la jeune fille.

Elle prit place auprès d'elle tout en réfléchissant la meilleure manière de procéder.

— Oublions le conflit qui nous a opposées, Lerbe Moi aussi j'étais fière et irréfléchie quand j'avai votre âge et je me croyais très savante. Permettez-m de préciser qu'en ce qui concerne les lois ecclésiast ques, vous avez été mal informée. Après tout, je sui une avocate des cours de justice et si vous tentez d mesurer vos connaissances aux miennes, vous vou retrouverez nécessairement en position d'infériorit Je ne me vante pas, je me contente d'appréhender le circonstances de la manière la plus réaliste possible.

La jeune fille ne broncha pas.

— Je sais que vous avez été conseillée par l'abbess Draigen, poursuivit Fidelma pour l'inciter à réagir.

— Elle possède des connaissances très étendues s'écria Lerben. Pourquoi devrais-je mettre sa paro en doute ?

— Vous l'admirez et c'est tout à votre honneu mais en matière de droit, ses informations présente des lacunes.

— Elle défend les droits des femmes, s'obstina .erben.

— Pourquoi donc devrait-elle se battre pour elles ? .es lois des cinq royaumes sont suffisamment préci-es sur ce point. Elles protègent les femmes du viol, es vexations et des injures. Pour la justice, elles sont onsidérées les égales des hommes.

— Parfois, cela ne suffit pas, répliqua l'adolescente vec le plus grand sérieux. L'abbesse Draigen a cons-até des lacunes dans notre société et veut y remédier.

— Là, je ne vous suis plus. Pourquoi rejette-t-elle es lois de Fénechus pour mieux soutenir les lois cclésiastiques ? Pourquoi se range-t-elle du côté des énitentiels qui tirent leur philosophie du droit omain, plaçant les femmes dans un rôle subalterne ?

Sœur Lerben exposa avec empressement son point e vue :

— Dans le droit canon, soutenu par Draigen, le eurtre d'une femme est plus sévèrement puni que elui d'un homme. Une vie pour une vie. Or les lois es cinq royaumes stipulent qu'il suffit de payer une ompensation pour que le meurtrier soit réhabilité. elles proposées par l'Église romaine suggèrent que agresseur doit payer son crime de sa vie et mourir ans les souffrances physiques. L'abbesse m'a montré es passage des pénitentiels qui affirment que si un omme tue une femme, on doit lui couper une main et n pied avant de l'exécuter.

Devant la jeune fille assoiffée de sang, Fidelma res-entit une vague de dégoût.

— Et pour la même offense, une femme peut être rûlée vive, fit remarquer Fidelma. N'est-il pas préfé-ble de tenter de réhabiliter le criminel et d'aider la ctime par le biais d'un dédommagement, plutôt que

d'exercer une vengeance douloureuse qui ne procu
qu'un bref instant de satisfaction ?

— Draigen cite la loi du talion : « Vie pour vie, œ
pour œil, dent pour dent, main pour main, pied po
pied[1]. »

— On se réfère souvent à ces paroles du Deutér
nome, l'interrompit Fidelma avec un soupir. Mais vo
feriez mieux d'écouter le Christ qui a prôné de nouvell
pratiques. Saint Matthieu dans son Évangile rappo
ses paroles : « Vous avez entendu qu'il a été dit : *Œ
pour œil et dent pour dent*. Eh bien ! moi je vous dis
ne pas tenir tête au méchant : au contraire, quelqu'un
donne-t-il un soufflet sur la joue droite, tends-lui enc
l'autre[2]. » Voilà ce que prêchait Jésus, notre maître.

— Mais l'abbesse Draigen...

Fidelma leva la main.

— Aucun système juridique n'est parfait, mais je
vois pas l'intérêt de rejeter des lois équitables pour
substituer des lois douteuses. Ici, les femmes ont d
droits, elles sont protégées, on leur reconnaît l'égalité.
nouvelle législation qui s'introduit dans ce pays par
biais des pénitentiels permettra aux riches de se défen
tandis que les autres seront laissés pour compte.

— Mais l'abbesse Draigen...

— N'est pas une experte dans ce domaine, l'int
rompit Fidelma avec fermeté.

Elle refusait de se laisser entraîner plus avant da
une controverse stérile, avec une jeune fille ne sach
rien d'autre que ce qu'elle avait appris d'une autor
manquant totalement d'objectivité et qui s'employ
à saper les lois des cinq royaumes.

1. Deutéronome, 19, 21. (*N.d.T.*)
2. Matthieu, 5, 38-39. (*N.d.T.*)

Sœur Lerben se renfrogna.

— Je sais que vous admirez l'abbesse, plaida idelma. Il s'agit d'ailleurs d'une attitude tout à fait spectable venant d'une fille pour sa mère.

— Alors vous savez ? lâcha Lerben en relevant le enton.

— Une abbaye n'est pas un endroit où il sied de ire de cachotteries. Surtout qu'aucune loi des Égli-s de Rome ou d'Irlande n'interdit l'amour et le ariage entre les hommes et les femmes de la foi.

Et elle ne put s'empêcher d'ajouter :

— Ceux qui appuient les nouvelles lois ecclésiasti-ues ne reconnaissent pas l'amour marital.

Fidelma savait qu'au cours des deux derniers siè-es en Europe, un petit groupe avait exprimé avec hémence ses doutes sur la compatibilité du mariage de la vie religieuse. Jérôme et Ambroise avaient is la tête des partisans du célibat, qui selon eux per-ettait d'atteindre un niveau spirituel plus élevé que mariage. L'ami de Jérôme, le pape Damase, avait é le premier à accueillir favorablement cette idée. squ'à présent, même à Rome, ceux qui favorisaient célibat demeuraient minoritaires, mais ils formaient e clique influente et affectionnaient tout particuliè-ment les pénitentiels. Jusqu'à présent, les lois ecclé-stiques de Rome refusaient de les soutenir.

Sœur Lerben l'observait, le visage fermé.

— Depuis combien de temps vivez-vous dans cette mmunauté, Lerben ? Depuis votre naissance, je ppose ?

— Non. À l'âge de sept ans, on m'a envoyée dans e famille adoptive.

Dans les riches familles des cinq royaumes, la cou-me voulait qu'à sept ans on envoie les enfants auprès d'un maître. Les garçons terminaient leu apprentissage à dix-sept ans et les filles à quatorze.

— Quand êtes-vous revenue ici ?

— Il y a trois ans.

— Vous n'avez pas songé à rejoindre une autr abbaye que celle de votre mère ?

— Non, pourquoi ? En mon absence, bien des cho ses avaient changé et ma mère avait exclu tous le hommes.

— Ils vous déplaisent donc tant que ça ? demand Fidelma, surprise.

— Oui ! répondit la jeune fille avec fougue.

— Pourquoi donc ?

— Ce sont des animaux répugnants.

Devant cet emportement, Fidelma se demanda c qui avait bien pu influencer ainsi l'opinion de Lerbe sur la gent masculine.

— Sans eux, la race humaine s'éteindrait, fit-el remarquer d'une voix douce. Votre père est u homme.

— Qu'il crève ! Mon père est un porc.

La haine qu'exprimaient les traits de la jeune fil impressionnèrent la religieuse.

— Je suppose que vous parlez de Febal ?

— Oui.

— Est-ce à lui que vous devez une opinion aus tranchée sur les hommes ?

— Mon père... qu'un tison lui brûle la gorge ! Qu s'étouffe dans son sang !

C'étaient là des imprécations d'une violence rare.

— Qu'a-t-il donc fait pour que vous le haïssiez à point ?

— Il s'est très mal comporté avec ma mère. Je veux pas parler de lui.

Lerben était maintenant blanche comme un linge. En ›yant son corps mince frissonner de dégoût, Fidelma •mprit à quel point son rejet était profond.

— Avez-vous trouvé la paix ici ? demanda-t-elle. ıtretenez-vous des liens d'amitié avec certaines de ›s compagnes ?

La jeune fille haussa les épaules avec indifférence.

— Quelques-unes.

— Je suppose que vous ne comptez pas sœur Berch parmi elles.

Lerben tressaillit.

— Cette infirme ? Elle aurait dû mourir à la naissance.

— Et sœur Brónach ?

— Une stupide vieille femme toujours à tourner ıtour de cette niaise de Berrach. Elle a eu son temps.

— Et sœur Síomha, l'hôtelière ?

— Elle ne se prenait pas pour n'importe qui, celle-. Une sale dégoûtante !

— Pourquoi ces qualificatifs injurieux, Lerben ? étonna Fidelma.

— Elle avait un amant.

— Ah bon ? Et qui donc ?

— Cela tombe sous le sens. Ces dernières semais, elle ne s'occupait que fort peu de la clepsydre ndant son tour de garde. Je l'ai vue rentrer à l'aube la forteresse d'Adnár. Et comme Síomha ne se rait pas abaissée à entretenir une liaison avec des erriers ou des serviteurs ordinaires... il n'y a pas soin de chercher longtemps pour savoir avec qui e s'est profanée.

— Vous voulez parler de votre oncle, Adnár ?

— Inutile de souligner mon lien de parenté avec lui, l'ai renié. Quant à Síomha, cette vaniteuse, toujours donner des ordres et des conseils...

— Dans la mesure où elle était la *rechtaire* de cett abbaye, cela peut se comprendre. Aviez-vous abord ce sujet avec votre mère ?

Lerben leva la tête en un geste de défi.

— Non. Et maintenant c'est moi qui suis *rechtair*

— À dix-sept ans ? répliqua Fidelma en sourian Vous avez encore beaucoup à apprendre sur la vi religieuse avant d'aspirer à un pareil office.

— Draigen m'a nommée *rechtaire*. Un point c'e tout.

Préférant ne pas poursuivre sur ce terrain glissan Fidelma changea de sujet.

— Vous connaissez bien les sœurs Comnat et Almu

Déconcertée, Lerben cligna des yeux.

— Je les connaissais, concéda-t-elle avec mauvai humeur.

— Pourquoi parlez-vous d'elles au passé ? Comn est toujours bibliothécaire et Almu son assistante, qu je sache.

— Voilà plusieurs semaines qu'elles ont disparu, qui explique qu'elles me soient sorties de la tête.

— Quand vous rencontrez-vous ?

— La vieille Comnat, je la vois pendant les serv ces. Elle est encore plus âgée que Brónach.

— Vos chemins se croisent rarement ?

— Oui, car elle passe la majeure partie de so temps à travailler dans la bibliothèque et à prier da sa cellule.

— Vous ne vous intéressez pas aux livres ?

— Je ne sais pas bien lire et écrire. Draigen m donne des leçons.

Fidelma fut choquée.

— Je croyais qu'on vous avait envoyée étudi auprès d'un maître ?

— Mon père avait soi-disant tout arrangé pour mon lucation. On m'a expédiée chez un fermier, un ivro-ıe, à Eadar Ghabhal, non loin d'ici, à dix miles à est. En réalité, on m'a utilisée comme servante et on 'a réduite en esclavage.

— Et on ne vous a rien appris ?

— Non.

— Vos parents étaient-ils informés de l'endroit où on vous avait envoyée ?

— Mon père savait très bien ce qu'il faisait. Depuis rs, ma mère ne l'a plus jamais laissé se mêler de nos es. Il rendait souvent visite au fermier.

La voix de Lerben était pleine de passion contenue.

— J'ai alors compris que les hommes étaient des ırcs. Le fermier... il m'a violée. C'est seulement ıand je suis parvenue à m'échapper que ma mère a couvert ce qui s'était passé. Mon père lui avait ut caché. Il avait organisé ce guet-apens pour se nger d'elle. Le fermier s'est présenté ici, complè-ment soûl, et mon père l'accompagnait. Ils ont sayé de me ramener là-bas en prétendant que ıvais volé le fermier et brisé le contrat établi par on père. Ma mère m'a accordé le droit d'asile et s a renvoyés.

— Qu'est-il arrivé au fermier ?

— Il a péri quand sa ferme a brûlé.

Fidelma étudia attentivement les traits inexpressifs la jeune fille qui semblait avoir renoncé à toute ıotion.

— Avez-vous revu votre père depuis ?

— Seulement de loin. Ma mère l'a prévenu qu'il ne ait pas de vieux os sur cette terre si jamais il s'avi-t de me faire du mal.

Fidelma tourna et retourna cette information dans tête.

— Et l'abbesse s'est employée à vous éduquer depuis votre retour à l'abbaye ?

— Quand elle en a le temps.

— Et sœur Almu ? Elle n'est pas beaucoup plus âgée que vous et possède des connaissances étendues. Elle ne vous est pas venue en aide ?

Lerben hésita.

— Nous ne nous entendons pas très bien. Elle n'a qu'un an de plus que moi, mais elle s'est prise d'amitié pour sœur Síomha.

— Almu est-elle jolie ?

— Cela dépend de ce que vous appelez jolie.

Fidelma estima que c'était une réponse avisée.

— Vous l'appréciez ?

— Je ne la connais pas vraiment. Elle aussi travaille à la bibliothèque et elle passe son temps à recopier de vieux livres moisis. Pourquoi me posez-vous ces questions ?

— Oh, juste pour me faire une idée sur la vie à l'abbaye.

Elle se leva.

— D'ailleurs, j'en ai terminé.

— Très bien. Il faut que je me remette au travail.

Fidelma hocha distraitement la tête, descendit l'allée centrale, s'arrêta devant la porte et se retourna avant de sortir.

— Qu'entendez-vous par « sœur Brónach a eu son temps » ? demanda-t-elle avec brusquerie.

Lerben, qui astiquait maintenant une des statuettes en or, releva la tête et regarda Fidelma d'un air étonné, puis son visage s'éclaira.

— À cause de son âge. Draigen dit qu'elle a eu un homme, un enfant, et que la vie ne lui réserve plus rien. Draigen dit...

Mais Fidelma avait déjà disparu.

Quand un batelier d'Adnár se présenta à l'hôtellerie le l'abbaye pour emmener Fidelma à la forteresse du ó-aire, elle le suivit, plongée dans ses pensées. Des anternes étaient suspendues à l'avant et à l'arrière de 'embarcation. Bientôt, les rameurs fendaient l'eau vec une telle rapidité qu'ils traversèrent le bras de ner en un rien de temps. Puis un des hommes tendit a main à Fidelma pour l'aider à sauter sur l'appontenent désert et, muni d'une lampe, il éclaira son chenin jusqu'à la forteresse.

À l'intérieur des murs, le fort était brillamment illuniné avec des torches, et de la musique s'échappait u bâtiment principal. Des guerriers patrouillaient disrètement dans la citadelle paisible et accueillante.

Adnár descendit les marches pour venir à sa renontre.

— Bienvenue, sœur Fidelma. Je suis heureux que ous ayez accepté mon invitation.

Ils se rendirent dans la salle des banquets où elle vait pris son petit déjeuner la veille. Un véritable fesn avait été servi et dans l'énorme cheminée ronflait n feu qui réchauffait la pièce. Un musicien dans un oin jouait d'un instrument à cordes.

Adnár aida Fidelma à ôter sa cape et la conduisit à table circulaire. Là, un serviteur se pencha pour lui tirer ses chaussures. La coutume voulait, dans les ommunautés ecclésiastiques ainsi que dans un cadre culier, que l'on retire ses chaussures avant de prene le repas du soir.

Olcán était là, ainsi que Torcán. Les deux hommes luèrent Fidelma avec de telles manifestations d'amié qu'ils semblaient faire un concours d'amabilités. eul frère Febal se tenait à l'écart, les yeux baissés, ans une attitude maussade. Fidelma s'efforça de ne pas laisser transparaître la répulsion qu'il lui inspirai car si ce que Lerben lui avait raconté était vrai, c homme ne méritait que son mépris.

Ce fut Olcán qui entama la conversation.

— Comment va votre enquête ? On m'a rapporté qu vous aviez interrogé frère Febal. Serait-il par hasard meurtrier si redouté qui décapite les jeunes femmes ?

Frère Febal ne sembla guère apprécier ce tra d'humour.

— Avant qu'un jugement ne soit prononcé, il vou faudra attendre la fin de mes recherches, répliqu Fidelma d'un air grave.

Adnár haussa les sourcils d'un air faussement étonn

— Ma parole, Febal, mais il semblerait qu'elle vou compte parmi les suspects !

Ce dernier haussa les épaules.

— Je n'ai rien à craindre de la vérité.

Le visage cireux d'Olcán se fendit d'un grand sourir

— Si nous ne mangeons pas, je crois bien que vais défaillir. Sœur Fidelma, nous ferez-vous l'ho neur de dire les grâces ?

Fidelma baissa la tête.

— *Benedic nobis, Domine Deus, et omnibus don Tuis quae ex lorgia...*

Après la prière, ils s'assirent et des serviteurs s'ava cèrent pour verser le vin et présenter les plats. En s du couteau fourni à chaque convive, car la coutum voulait que l'on tienne un couteau de la main droite que l'on mange avec ses doigts de la main gauche, ch que convive eut droit à un *lámhbrat*, une pièce de tis que l'on posait sur ses genoux, et qui servait s'essuyer les mains à la fin du repas. Un tel raffineme ne se rencontrait qu'à la table des rois et des évêques Fidelma se dit que les prétentions sociales d'Adnár p çaient dans des détails de ce genre.

— Préférez-vous du vin ou de l'hydromel, Fidelma ?

Des gobelets d'argent remplis de vin rouge importé ı d'hydromel local étaient posés au centre de la ble. Fidelma choisit le vin et remarqua que Febal éférait l'hydromel. Quant aux plats, ils étaient ches et variés : bœuf, mouton, venaison, poissons, ufs d'oie et même du *rón*, de la viande de phoque. e mets, autrefois très apprécié, était maintenant plu-t rare. Selon une vieille légende, une famille de Ouest avait été métamorphosée en phoques par un uide et depuis lors, plus personne n'osait toucher à t animal, de crainte de manger des parents.

Fidelma se servit de la venaison cuisinée avec de il sauvage, des galettes d'orge et des panais.

— Sérieusement, insista Adnár, où en est votre quête ? Avez-vous découvert l'identité du corps capité ?

— Je n'en suis pas certaine, répondit Fidelma après oir bu une gorgée de vin.

Le regard inquisiteur de Torcán croisa celui de delma.

— Ce qui signifie que vous avez des soupçons.

Fidelma, qui avait pris garde de se remplir la bou-e, mâcha en silence.

— Moi, je crois savoir qui a fait le coup, grommela re Febal.

Olcán agita son couteau dans sa direction.

— Vous avez déjà manifesté votre préférence pour aigen, qui à l'évidence ne vous inspire aucune ection.

— Elle en inspire à sa fille, laissa tomber Fidelma un air innocent.

— Donc vous avez parlé à Lerben ? grommela bal, apparemment peu ému par cette nouvelle. Elle bien du même bois que sa mère, celle-là !

— À moins qu'elle ne soit comme son père, ironis Fidelma.

L'autre ouvrit la bouche, se ravisa et étudia l visage de Fidelma pour tenter de sonder ses inter tions.

— Si elle m'a accusé... commença-t-il en s'empou prant.

— De quoi aurait-elle bien pu vous accuser ?

Febal secoua la tête.

— Rien. Cette fille est une menteuse invétéré voilà tout.

— Et vous affirmez toujours que sa mère préfè les femmes aux hommes ? Vous maintenez cette acc sation ainsi que celle de relations contre nature ent la mère et la fille ?

— Oui, vous m'avez très bien entendu.

— Sœur Brónach, que vous m'avez désignée comm témoin, n'a pas confirmé vos dires.

— Personne dans cette abbaye n'a le courage c s'attaquer à Draigen, et surtout pas Brónach qui sou fre d'une irrésistible vocation de martyre.

Fidelma remarqua que Torcán regardait frère Feb avec une expression curieuse. Et comme d'habitud ce fut Olcán qui intervint pour détendre l'atmosphèr

— De mon point de vue, le meurtrier est un fou. court des histoires étranges sur des hommes des mo tagnes qui assassinent les gens. Quelle personne sai d'esprit décapiterait une jeune fille ?

— Donc selon vous, nos ancêtres étaient détraqué dit Torcán en souriant, car il y a bien longtemps cela, il était du devoir d'un guerrier de trancher la tê d'un adversaire.

— Ce n'est pas la première fois que j'entends pa ler de cette coutume, intervint Fidelma. Pourriez-vo m'en dire plus sur ce sujet ?

Le fils du prince des Uí Fidgenti choisit un morceau de viande et l'embrocha avec un signe de tête affirmatif.

— Autrefois, après la bataille, les chefs coupaient les têtes de leurs ennemis qu'ils accrochaient à leurs chars, cela faisait partie de leur code et leur valait une entrée triomphale dans leurs forteresses. Le célèbre héros Conall Cearnach n'avait-il pas juré de ne plus jamais dormir sans appuyer ses pieds sur la tête d'un ennemi ?

— Voilà des mœurs bizarres, commenta Olcán. Un homme a déjà bien de la peine à demeurer en vie au cours d'un assaut, alors à quoi bon se livrer à un exercice aussi gratuit qu'inutile ?

Ce fut Fidelma qui fournit la réponse.

— Dans nos contrées, avant l'arrivée de la vraie foi, on supposait que l'âme d'une personne logeait dans sa tête, centre de l'intellect et de la raison, car elle seule était à même de produire des pensées. Et l'âme s'y attardait après la mort, avant de partir pour l'autre monde. N'ai-je pas raison, frère Febal ?

Frère Febal, gêné par la soudaine amabilité de Fidelma, hocha la tête à contrecœur.

— Oui, votre explication est la bonne. Et jusqu'à récemment, poser sa tête sur la poitrine d'une personne en signe de bienvenue signifiait qu'on lui témoignait respect et affection.

— Oui, mais je ne comprends toujours pas le sens de ce geste et je me demandais...

Torcán interrompit Olcán :

— Par ce rituel, un soldat capturait l'âme d'un ennemi. Et si le défunt était connu et estimé, il s'attribuait ainsi une part de sa grandeur.

— Une idée assez primitive, grommela Olcán.

— Sans doute, concéda Torcán. Mais quand vo en aurez assez de la vie des saints et des exégèses s la nouvelle foi, lisez donc les épopées de nos hér comme Cúchullain, qui arriva à Dún Dealg avec d centaines de têtes décorant son char.

— Voilà une conversation bien peu convenable présence d'une femme, les admonesta Adnár.

— C'est pourtant une pratique que nos guerrièr n'ont pas dédaignée, fit remarquer Torcán.

— Dites-moi, enchaîna Fidelma, puisque vous se blez vous y connaître dans ce domaine, pourriez-vo me dire si on décapitait les meurtriers ?

Torcán parut surpris.

— Pourquoi me posez-vous cette question ?

— Simple curiosité.

— Autrefois, le problème ne se posait pas dans c termes. Il s'agissait simplement de savoir si le vain était un grand guerrier, un champion ou un chef.

— Si quelqu'un, s'inspirant des anciennes tra tions, considérait son ennemi comme un meurtrier, pourrait-il le décapiter en se réclamant d'un ge symbolique ancestral ?

Les lèvres minces d'Olcán s'étirèrent en un sour moqueur.

— Je commence à comprendre où nous mènent questions de notre invitée.

Frère Febal plongea le nez dans sa chope d'hyd mel avec un grognement indigné, quant à Torcán, semblait perplexe.

— Oui, c'est possible, Fidelma, mais je ne vois p où vous voulez en venir.

— Elle soupçonne que sœur Síomha et l'inconn du puits ont croisé sur leur chemin un de nos ancêt barbares ! ricana Febal.

Fidelma se garda bien de mordre à l'hameçon du ligieux.

— Loin de moi cette idée, Febal. Mais il est clair pendant que le meurtrier a pratiqué un rituel.

Adnár se pencha en avant.

— Lequel ?

— Voilà ce qu'il me faut découvrir. Il est égale-ent évident que l'assassin a voulu que ceux qui écouvriraient les corps connaissent et apprécient la gnification de cette mise en scène.

— En somme, il vous donnerait des indices quant à s motivations ? dit le jeune Olcán d'un air songeur.

— Il ou elle, précisa Fidelma. Je suis persuadée que s cadavres étaient porteurs d'un message.

Frère Febal reposa sa chope avec un grand bruit.

— Sottises ! Ces meurtres sont le fruit d'un esprit alade. Et je sais qui a l'esprit le plus corrompu sur tte péninsule.

Adnár poussa un soupir contrit.

— Ce n'est pas moi qui vous contredirai. Ces sym-les dont vous parlez, sœur Fidelma, ne sont peut-re qu'un piège pour vous égarer dans vos investiga-ons. Une ruse pour vous entraîner sur des pistes qui mènent nulle part.

Fidelma hocha la tête.

— Pourquoi pas ? admit-elle. Quoi qu'il en soit, sayer de comprendre ces symboles m'est d'une ande utilité. Cela m'aidera à rentrer dans l'esprit et s motivations du coupable et à découvrir son iden-é. Voilà pourquoi je vous remercie encore de vos formations, Torcán.

— Ah ! lança Olcán en prenant un petit air supé-ur. Si je ne m'abuse, Torcán, vous êtes devenu sus-ct aux yeux de notre bonne sœur. N'ai-je point ison, Fidelma ?

Elle l'ignora.

— Cela m'étonnerait, répliqua Torcán. Sœu Fidelma se doute bien que si j'avais conçu de tel stratagèmes, je ne bavarderais pas inconsidéremer sur leur signification de crainte d'attirer l'attention su moi.

Fidelma se tourna vers lui.

— D'un autre côté, dit-elle avec malice, vous pour riez très bien décider d'adopter un tel comportemer afin de troubler mon jugement.

Olcán tapa sur l'épaule de son ami Torcán.

— Et voilà, il ne vous reste plus qu'à trouver u *dálaigh* pour vous défendre !

— Quelles bêtises ! s'écria Torcán. Je n'étais mêm pas là quand le premier meurtre a été commis...

Puis il sourit d'un air penaud en comprenant qu son ami se moquait de lui.

— Olcán a toujours eu un sens de l'humour asse bizarre, commenta Adnár. Allons, Fidelma ne parla pas sérieusement.

— Je ne faisais que répondre aux théories de To cán, répliqua Fidelma. De toute façon, le suspe serait la dernière personne que j'informerais de me soupçons... à moins que cela ne serve mon projet.

— Bien répondu, dit Adnár, qui feignit d'ignorer s dernière remarque. Et maintenant, si nous parlio d'autre chose ? Cette conversation est un peu morbid

— Vous m'en voyez désolée, soupira Fidelm Malheureusement, dans l'office que j'occupe, l récits malsains sont légions. Et Torcán m'a fourni d précisions très précieuses.

— Seule m'intéresse la façon de guerroyer de n ancêtres, dit Torcán sur un ton d'excuse.

— Mais je croyais que vous portiez un intérêt part culier aux annales historiques ?

— Moi ? Pas du tout. Ce sont Olcán et Adnár qui ıment à se plonger dans les livres. En ce qui me oncerne, j'ai reçu une éducation de guerrier et étudié les odes qui allaient avec, mais cela ne va pas plus loin.

Fidelma hésitait à lui demander de confirmer qu'il vait bien demandé qu'on lui fasse parvenir de la ibliothèque de l'abbaye une copie des annales de 'lonmacnoise quand Febal prit la parole.

— Je vois que le bateau de Ross est revenu au port.

Tout le monde ayant remarqué le retour de Ross ans la baie cet après-midi-là, personne ne fit de comıentaire.

Olcán, qui était de plus en plus rouge et semblait voir très soif, se resservit du vin.

— On m'a rapporté qu'on l'avait aperçu sur l'île de óirse, poursuivit Febal.

Cette fois, elle ne put ignorer sa remarque. Décidéıent, la rapidité des communications chez les sujets e Gulban était admirable !

— Il me semble que Ross fait du commerce dans la égion, répliqua-t-elle pour dissimuler son embarras.

— Je ne vois pas très bien ce qu'il pourrait vendre Dóirse, cette île lugubre battue par les vents, ironisa dnár.

— J'ignore tout des routes commerciales de cette ôte, lança Fidelma d'un air distrait.

À cet instant, des serviteurs entrèrent pour débarısser les plats et apporter le dessert : des pommes, du iel et des fruits secs.

— Non loin d'ici, nous possédons des mines de cuivre ssez rentables, dit Olcán avant de vider son gobelet.

Fidelma se servit des amandes et du miel tandis que orcán l'examinait avec attention.

— Oui, j'ai déjà entendu parler de ces mines de ıivre, dit Fidelma qui estimait qu'il valait mieux,

autant que possible, s'en tenir à la vérité. Vous trait
beaucoup avec l'étranger ?

— Des navires bretons viennent ici assez régulièr
ment troquer du vin contre du métal, répondit Adná

Fidelma leva son gobelet vide en souriant, et auss
tôt Adnár le lui remplit.

— Cela semble un échange équitable.

— Et comment va votre frère, notre roi ? s'enqu
Torcán.

Fidelma perçut une tension autour de la table. Auss
tôt sur ses gardes, elle se demanda si les rumeurs co
portées par Ross étaient avérées. D'un autre côté, ce
question tombait bien car elle désirait sonder ses hôte

— Colgú ? Je ne l'ai pas revu depuis le procès
Ros Ailithir.

— Ah, oui. Mon père était présent, gromme
Olcán en croquant une pomme.

— Moi aussi, ajouta Torcán d'un ton froid. On m
rapporté que Colgú avait de grands projets po
Muman.

— Nous n'avons pas vraiment eu le temps d'
parler, dit négligemment Fidelma. Ma communau
est située à Kildare, dans la maison de la bienheureu
Brigitte, et je prête peu d'attention aux affaires
royaume.

— Ah !

Olcán se tourna alors vers elle avec un rega
glauque.

— Mais vous étiez à Ros Ailithir quand l'asse
blée des Loígde a élu Bran Finn fils de Mael Oc
traighe comme chef et rejeté mon père.

Fidelma le reconnut.

— Cela nous a beaucoup contrariés, poursui
Olcán. Vous connaissez Bran Finn, bien sûr ?

Les autres semblaient maintenant mal à l'aise.

— Je le connais, répliqua-t-elle. Il a une bonne ;putation de guerrier, et aussi de poète.

— Mon père, Gulban, le voit comme un usurpateur.

— Olcán ! s'écria Torcán d'un ton courroucé.

— J'espère qu'il se montrera un meilleur dirigeant ıe Salbach, dit doucement Fidelma.

Adnár adressa un regard appuyé à Torcán tout en ésignant Olcán du menton. Puis il se tourna vers idelma avec un sourire absent.

— J'en suis persuadé, et il est accompagné par tous s vœux du peuple, de même que votre frère Colgú. 'est-ce pas, Torcán ?

— Ce n'est pas l'avis de Gulban, grommela Olcán.

— Ne lui prêtez pas attention, s'énerva Torcán. Le n lui trouble l'esprit.

— Je lui pardonne volontiers, lança Fidelma d'un n léger tandis qu'il lui revenait à l'esprit le proverbe main *in vino veritas*, la vérité est dans le vin.

— Nous attendons avec impatience le moment de ous rendre à Cashel pour prêter allégeance en per- nne à Colgú, lui assura Torcán.

Pris d'une quinte de toux, Olcán cracha dans son bbelet et renversa du liquide sur lui.

— J'ai... avalé de travers, s'excusa-t-il en jetant un gard penaud autour de lui.

Torcán lui tendit un gobelet d'eau.

— Je pense que vous avez assez bu de vin pour ce ir, le réprimanda-t-il.

Mais Fidelma se levait déjà, prétextant l'heure tar- ve.

— Il est près de minuit et il faut que je rentre à ıbbaye.

— Vraiment ? regretta Torcán avec affabilité. dnár est pourtant très fier de ses musiciens et nous en avons encore entendu qu'un seul.

— Je vous remercie mais demain une dure journ
m'attend.

Adnár fit signe à un serviteur et lui chuchota d
instructions avant de se tourner vers Fidelma.

— Le bateau va vous ramener. Peut-être revie
drez-vous écouter mes musiciens ?

— Avec plaisir, dit Fidelma tandis qu'un domes
que lui apportait ses chaussures et l'aidait à mettre
cape autour de ses épaules.

Tandis que l'embarcation s'éloignait du quai
Dún Boí dans la nuit étoilée, Fidelma se sentit soul
gée de s'être échappée de cette sinistre forteresse. E
avait le sentiment d'avoir frôlé un péril extrême.

CHAPITRE XIV

Les échos du gong annonçant minuit résonnèrent ns la campagne. Étroitement enveloppée de sa cape laine doublée de castor, Fidelma marchait dans les is recouverts d'un linceul blanc. La neige poudreuse ssait sous ses pieds et son haleine se condensait en tits nuages. Les rayons de la lune pleine et ronde se létaient sur le tapis d'un blanc mat.

Certaine que personne ne l'avait vue quitter l'hôtelie, Fidelma sortit du domaine de l'abbaye pour nfoncer dans la forêt. Elle s'était arrêtée une ou ıx fois pour scruter l'obscurité derrière elle mais n ne bougeait au cœur de la nuit d'une tranquillité naturelle. Elle accéléra le pas et se retrouva rapident essoufflée, à cause du froid.

Quand elle entendit le doux hennissement d'un che-, elle se sentit rassurée. Bientôt, elle distingua Ross et ar qui l'attendaient, tenant les animaux par la bride.

— Je vous félicite, Ross !

— Tout va bien, ma sœur ? demanda l'autre d'une ıx anxieuse. Quelqu'un vous a-t-il vue sortir du nastère ?

Elle secoua la tête.

— Et maintenant dépêchons-nous, car je crois que te nuit nous n'allons pas chômer.

Odar s'avança pour l'aider à se mettre en selle su une jument à la robe sombre. Puis les deux homme sautèrent sur leurs montures et le capitaine, qui connai sait la route, prit les devants, suivi de Fidelma, pu d'Odar qui fermait la marche.

— Qui vous a procuré les chevaux ? demand Fidelma tandis qu'ils progressaient sur le chem forestier. Ce sont de belles bêtes.

— Un petit fermier qui vit non loin d'ici, du no de Barr, expliqua Odar d'un ton bourru. Depuis dernière fois que j'ai traité avec lui, il semble s'êt enrichi. Autrefois, il n'avait pas les moyens de s'off de telles bêtes. Je lui ai loué celles-ci pour une nuit.

— Barr ?

Fidelma fronça les sourcils.

— J'ai déjà entendu ce nom-là quelque part. A oui, s'exclama-t-elle brusquement. Je me souvien Barr a-t-il retrouvé sa fille disparue ?

Odar lui jeta un regard étonné.

— Sa fille ? Barr n'est pas marié et n'a pas d'enfan

Fidelma se mordit la lèvre et ne répondit rien. El frissonna dans le vent glacé qui s'était levé et balay les flancs des montagnes.

Ross pointa un sommet du doigt.

— Nous allons suivre la piste qui grimpe jusque l haut avant de redescendre de l'autre côté de la péni sule, jusqu'aux mines de cuivre et au hameau qui s'e construit juste à côté.

— J'ai apporté une gourde de *cuirm* qui nous aide à résister au froid, annonça Odar. En voulez-vous u gorgée, ma sœur ?

— Excellente idée pour plus tard, le remerc Fidelma, car quand nous quitterons l'abri de la fo pour escalader les contreforts rocheux à découve nous serons gelés.

— Voilà une sage décision, reconnut Odar, impas-
ɔle.

Ils chevauchèrent en silence, la tête baissée contre bise qui leur soufflait de la neige poudreuse en ein visage. Des nuages arrivaient de l'est et Fidelma savait pas si elle devait s'en inquiéter ou s'en jouir. La lune, aux apparitions maintenant sporadi-es, éclairait leurs silhouettes qui se détachaient sur paysage blanc et les rendait vulnérables. D'un autre té, si la neige se mettait à tomber, leur expédition quait de devenir très périlleuse.

Transis après un trajet de cinq miles, ils s'arrêtèrent ns une petite clairière entourée de rochers dont cer-ns ouvraient sur des grottes, et tous trois burent du *irm* à tour de rôle, puis, réconfortés, ils se remirent selle. Ils n'avaient pas parcouru un mile que le che-n s'inclina et ils commencèrent leur descente, par s sentiers tortueux menant aux collines rondes qui rdaient le rivage. Brusquement, ils aperçurent la er d'un noir d'encre.

Pour ajouter à l'atmosphère sinistre, des loups se rent à hurler et les chevaux à regimber, brusque-ent ombrageux. Fidelma leva la tête vers les som-ets et aperçut des ombres qui filaient sur la neige.

— La reine de la nuit est trop brillante, murmura oss.

Fidelma s'interrogea un instant sur la signification cette remarque, puis elle se rappela que les marins se référaient jamais directement à la lune ou au leil dont les noms étaient tabous. Ils disaient « la ne de la nuit » ou « la chatoyante ». Dans la langue Éireann, les termes désignant la lune pour éviter de nterpeller directement étaient nombreux. Il s'agis-t d'une vieille tradition païenne remontant à l'épo-e où l'astre était considéré comme une déesse qu'aucun mortel n'avait le droit d'évoquer en pronon çant le vocable qui la représentait.

— Dieu merci, la couche de nuages va s'épaissi avant que nous n'atteignions les habitations, répliqu Fidelma.

Les hurlements de la meute de loups s'éloignèren et moururent.

Après ce qui sembla une éternité, Ross arrêta so cheval et indiqua le bas de la colline où Fidelma aper çut des feux qui rougeoyaient faiblement.

— Là, dans des champs en bordure d'une falaise, s dressent les bâtiments qui entourent les mines. Au-des sous, vous avez la grève et le port d'où le vaisseau bre ton était parti, si on en croit les habitants de Dóirse.

Fidelma plissa les paupières. Un peu plus tôt, leu projet semblait assez simple. Il s'agissait de travers la péninsule pour rejoindre les mines et découvrir c qui était arrivé à l'équipage du navire breton. Vu d là, les difficultés de l'entreprise étaient criantes.

— Bon, alors, que faisons-nous ? lança Ross.

Fidelma ne laissa rien paraître de son inquiétude.

— Combien de personnes vivent là ?

— Beaucoup. Essentiellement des mineurs et leu familles.

— Sont-ils tous prisonniers, otages ou esclaves ?

Ross haussa les épaules.

— La majorité mais pas tous. Si les Bretons s trouvent parmi eux, ils seront faciles à repérer. O devrait facilement nous les signaler.

— Et les gardes, combien sont-ils ?

— Je l'ignore. La dernière fois que j'ai fait d commerce ici, j'ai repéré assez peu de guerriers. Ma d'après ce que les insulaires m'ont raconté sur les U Fidgenti, je ne serais pas surpris qu'à l'heure actuell on en compte une cinquantaine ou plus.

— Connaissez-vous le plan du camp ? À votre avis, ù les prisonniers sont-ils retenus ?

Pour toute réponse, Ross sauta de son cheval et, de pointe de son épée, il traça quelques repères dans la eige.

— Là, vous avez l'entrée des mines et là, un chein qui mène au camp. Les baraquements et les cabaes où vivent les mineurs sont éparpillés par ici. Je 'en sais pas plus.

Fidelma fixa le plan en soupirant.

— Très bien. Nous allons descendre un peu plus as, puis vous m'attendrez avec Odar et les chevaux endant que je me rendrai à pied au village.

Elle leva la main pour prévenir les protestations de oss.

— Je me débrouillerai bien mieux toute seule qu'en otre compagnie. Je ne tiens pas à attirer l'attention.

— Mais vous ignorez sur quoi vous allez tomber ! rotesta Ross. Cet endroit est peut-être un camp en at de guerre où les étrangers sont très mal vus.

Mais Fidelma était déjà remontée en selle et partait petit trot vers les lumières vacillantes, suivie par s compagnons. Un chien se mit à aboyer et son maîe, d'une voix rauque, le maudit, pensant – du moins t-ce ce que Fidelma conclut – qu'il en avait après s loups. Fidelma conduisit ses compagnons jusqu'à n abri dans un petit bois où ils mirent pied à terre. ans un mot, elle tendit les rênes de sa jument à Ross secoua la tête avec véhémence en voyant qu'il apprêtait à protester.

Puis, serrant plus étroitement sa cape autour d'elle, le se mit en route sur le terrain boueux. Le camp 'était pas fermé et les baraques semblaient disséminées au hasard. Elle n'avait aucune idée du chemin à rendre ni préparé aucune stratégie. Elle se contentait d'avancer d'un pas hardi, comme si elle se trouvait de plein droit. Quelqu'un émergea d'entre les cab nes, une lanterne à la main : un guerrier de haute tail avec un bouclier et une lance accrochés dans le dos. passa près de Fidelma sans lui accorder un se regard.

Le cœur battant, elle se retourna.

— Guerrier ! lança-t-elle d'une voix autoritaire.

L'homme fit volte-face. Il ne sembla pas surpris rencontrer une inconnue qui l'accostait dans l'obsc rité. Et Fidelma s'était placée de façon que la lumiè de sa lanterne tombe sur le crucifix accroché auto de son cou.

— Oui, ma sœur ?

Sa voix ne trahissait aucune méfiance, juste curiosité et le respect. Elle distinguait mal son visag mais jugea qu'il n'était pas particulièrement menaça et risqua le tout pour le tout.

— Parmi les prisonniers, il y a un religieux sax que je dois interroger. Savez-vous où il se trouve ?

— Un Saxon ?

L'homme réfléchit un instant.

— Ah, oui. Il est détenu avec des religieuses. Vo voyez la deuxième cabane, près de ces arbres ? Vo le trouverez là.

— Merci, guerrier.

L'homme, un grand gaillard aux larges épaul leva la main en signe de salut et partit d'un pas ch loupé.

Une maxime de Terence revint à la mémoire Fidelma : *Audentes fortuna juvat* – la fortune sou aux audacieux. Son maître, le brehon Morann de Ta y avait ajouté sa propre devise : « À moins de rent dans la tanière du loup, impossible de s'emparer d

uveteaux. » La chance lui souriait et elle avait péné-
; dans la tanière avec une facilité déconcertante.

Elle pressa le pas vers la grande cabane isolée à
orée de la forêt, distante d'une centaine de pieds du
itiment le plus proche. Une faible lumière filtrait par
ie fenêtre calfeutrée par de la toile de jute. Elle
approcha et prêta l'oreille. Un bruit étrange lui par-
nt, un grincement métallique. Se hissant sur la
inte des pieds, elle écarta un peu la toile et lorgna à
ntérieur.

La masure semblait divisée en deux pièces et, dans
première, une lanterne pendait d'une poutre, éclai-
nt des épieux qui soutenaient le toit. Quand Fidelma
t la silhouette assise au pied d'un de ces piquets, un
mme en robe de bure qui examinait ses pieds, son
eur battit à tout rompre. Il arborait la tonsure de
int Pierre de Rome. Elle s'assura qu'il était seul et,
nstatant qu'il était impossible de pénétrer par la
nêtre à barreaux de bois, contourna la maisonnette
trouva une porte fermée de l'extérieur par une
urde barre. Après un bref regard circulaire pour
ssurer que personne ne la regardait, elle souleva la
rre de ses supports en fer.

Elle se glissa prestement à l'intérieur et referma
rrière elle. S'adossant à la porte, elle examina la
èce.

L'homme s'était laissé tomber sur le sol et feignait
sommeil.

Fidelma s'avança vers lui avec un petit sourire.

— Ce n'est pas le moment de dormir, frère Eadulf,
urmura-t-elle.

L'homme sursauta comme si on venait de lui jeter
seau d'eau froide à la figure, se redressa, et, en
yant la silhouette sombre de la jeune femme,
ouffa un cri.

Elle fit un pas de plus et la faible lumière de la la
terne tomba sur son visage.

— Dieu du ciel ! C'est bien vous ? chuchota la vo
incrédule du moine saxon.

Fidelma se pencha et saisit les mains qu'Eadulf l
tendait. Elles étaient libres, mais elle remarqua qu'
avait une cheville enchaînée à un poteau de bois. Sal
visiblement rongé par l'angoisse, il semblait ne p
avoir mangé ni dormi depuis une semaine et s'accr
chait à Fidelma comme s'il craignait qu'elle ne so
une apparition sur le point de se dissiper.

— Fidelma !

Pendant quelques instants, ils ne purent prononc
une seule parole. Puis la jeune femme brisa le silenc

— De toutes les personnes sur terre, Eadulf, dit-el
d'une voix enrouée, vous êtes bien la dernière qu
j'imaginais rencontrer dans mon pays.

— En vérité, répliqua Eadulf avec une grima
tragi-comique, je n'avais plus d'espoir d'y rencontr
qui que ce fût de ma connaissance. Mais comme
êtes-vous arrivée jusqu'ici ? Cela m'étonnerait qu
vous soyez affiliée à ces gens.

— Ce serait trop long à vous expliquer. En atte
dant, il nous faut fuir d'ici au plus vite, avant que l'
nous découvre. Comment êtes-vous attaché ?

Eadulf ravala les mille et une questions qui lui br
laient la langue et désigna l'anneau de fer lui ense
rant la cheville.

— J'ai essayé de le scier mais je ne possède pas l
bons outils.

Fidelma examina l'écrou et se concentra, les sou
cils froncés. Le mécanisme était simple, une long
tige de métal suffirait à le déverrouiller. Elle prit
couteau dans sa *crumena* et tenta de l'introduire da

cadenas, mais sans succès car la lame était trop rge.

Tandis qu'elle cherchait autour d'elle un morceau métal plus adapté, Eadulf l'observait d'un air scepque.

— J'ai déjà regardé partout. En vain.

Sans lui prêter attention elle se leva, examina la nterne qui pendait au pieu, la posa à terre, et, avec n couteau, parvint à extraire le long clou enfoncé ns le bois qui servait à accrocher la lampe. Puis elle remit au travail.

— J'ai beau me creuser la tête, je ne comprends pas mment vous êtes arrivée jusqu'ici, dit Eadulf en la gardant s'escrimer à enfoncer la pointe de métal ns l'écrou.

— Je vous l'expliquerai plus tard mais pour l'inst, le plus important est que vous me contiez comment vous a amené jusqu'ici.

— J'avais payé ma traversée sur un navire marand breton et figurez-vous que quand le capitaine ouilla dans un port pour y faire du commerce, des ns envahirent le vaisseau et nous firent tous prisonrs.

— Où sont les autres captifs ?

— La plupart travaillent dans les mines. Il y a ici s mines de cuivre...

— Je sais. Ah ! nous y sommes !

Ils entendirent un clic et Fidelma ouvrit le fer. dulf se mit à masser sa cheville meurtrie.

— Pour tout vous avouer, je ne serai pas mécontent fausser compagnie à ces gens dont l'hospitalité sse à désirer, grommela-t-il.

Puis il jeta un coup d'œil vers l'autre pièce.

— Cependant...

— Quoi donc ? demanda Fidelma qui se dirige déjà vers la sortie. Partons vite, il ne faut pas abus de notre chance.

— Il y a là une religieuse âgée, retenue depuis pl sieurs semaines dans cet endroit infect. Ne pouvo nous l'emmener ?

— Est-elle seule ?

Eadulf hocha la tête.

Fidelma prit la lanterne, ouvrit la porte et se glis dans la pièce à côté où une vieille femme aux cheve blancs était allongée sur une paillasse. Elle dorma une cheville prise dans un cercle de fer attaché au m par une chaîne.

Fidelma la secoua doucement.

La religieuse se réveilla et Fidelma posa un do sur ses lèvres en souriant tandis qu'elle écarquillait l yeux de frayeur.

— Chut... je suis ici pour vous aider. Je supp que vous êtes sœur Comnat ?

Abasourdie, la femme hocha la tête.

Fidelma, armée de son clou, se pencha s l'anneau.

— Je vais vous libérer rapidement.

Le regard de sœur Comnat allait de Fidelma Eadulf qui se tenait dans l'embrasure de la porte et frottait la jambe pour faire circuler le sang.

— Dieu soit loué ! chuchota la vieille nonne. suppose que sœur Almu est parvenue à s'échapper

Fidelma pinça les lèvres et secoua la tête.

— Nous en reparlerons plus tard.

En un rien de temps Fidelma avait ouvert l'anne car, maintenant, elle maîtrisait le mécanisme.

— Bon alors, que faisons-nous ? s'inquiéta Eadu Cet endroit est infesté de guerriers.

Fidelma aida la frêle religieuse à se remettre debou

— Des amis nous attendent non loin d'ici avec des ıevaux. Il ne faut pas traîner.

Elle passa un bras autour de la taille de sœur Comnat ıi titubait de faiblesse et la soutint jusqu'à la porte la cabane.

— Allez jeter un coup d'œil à l'extérieur pour voir omment ça se présente, dit-elle à Eadulf.

Le grand moine acquiesça et revint quelques ins-nts plus tard.

— Il n'y a personne en vue, annonça-t-il.

— Alors allons-y.

Ils se glissèrent dehors et Fidelma fit signe à Eadulf remettre la barre de bois en place. Puis ils contour-rent la cahute. Un chien se mit à japper mais ses oiements se confondirent avec les hurlements des ups au loin. Ils entendirent un homme jurer, puis un apissement. Apparemment, le propriétaire de l'ani-al venait de lancer quelque chose sur la pauvre bête.

Le trio, Fidelma en tête, se fondit rapidement dans forêt où poussaient de jeunes arbres à l'écorce rte, des ifs et des houx aux baies rouges dont les uilles, suffisamment nombreuses, les dissimulaient la vue. Tout en évitant les épines et les ronces, delma ouvrait le chemin.

— Mes amis ne devraient plus être très loin, mur-ura-t-elle en indiquant un sentier.

Ils contournèrent le camp en silence et retrouvèrent oss et Odar qui les attendaient avec une impatience n dissimulée. Campé sur ses deux jambes, le capitaine amina avec stupéfaction les compagnons de Fidelma.

— Pas le temps de vous expliquer pour l'instant ! exclama-t-elle afin de couper court à ses questions. faut nous éloigner d'ici dans les plus brefs délais.

Aussitôt, Ross réagit à l'urgence de la situation.

— Le mieux serait de rejoindre les grottes à flan de colline, à quelques miles d'ici. La vieille... la sœu montera derrière vous, Fidelma, et le moine avec mo

Fidelma enfourcha son cheval.

— Odar, aidez sœur Comnat à grimper derrière moi.

La sœur, encore un peu sidérée, fut hissée sur l jument tandis qu'Eadulf chevauchait avec Ross qu prit la tête de l'expédition. Après une demi-heur d'ascension dans les bois, ils s'arrêtèrent dans un petite clairière, devant l'entrée rocheuse d'une vast caverne. Hommes, femmes et chevaux s'y glissèren et se retrouvèrent bientôt à l'abri des regards d'éver tuels poursuivants. Les chevaux furent attachés loi de l'entrée de la grotte tandis que la petite troup s'installait sur des rochers bien secs, formant des si ges presque confortables.

— Je crois que quelques gorgées de *cuirm* seraient le bienvenues, Odar, lança Fidelma d'un ton solennel.

Le vigoureux marin solidement bâti alla cherch l'outre dans le sac attaché à la selle de son cheval, e ôta le bouchon et la présenta à sœur Comnat. El toussa un peu en avalant le liquide et sourit avec gr titude en faisant passer la gourde à Fidelma qui la te dit à Eadulf.

— Après vous, vous en avez davantage besoin qu moi.

Eadulf ne discuta pas et but une bonne lampée c *cuirm* avant de rendre l'outre à Fidelma avec une gr mace d'excuse tout en s'essuyant la bouche du reve de la main.

— Cela faisait longtemps que je n'avais pas ava quelque chose d'aussi réconfortant, confessa-t-il.

— Que s'est-il passé, Eadulf ? demanda Fideln quand ils se furent réchauffés et eurent retrouvé leu esprits grâce au *cuirm*. Comment avez-vous été f risonnier dans cet endroit ? Quand je vous ai quitté à ome, vous étiez conseiller de notre nouvel archevêue de Cantorbéry, et je m'imaginais que vous resteez au moins deux ans dans cette ville avant de ejoindre votre pays.

— Moi aussi c'est ce que je croyais, dit Eadulf d'un n peiné, mais comme dit Virgile : *Dis aliter visum.* es dieux en ont décidé autrement. En d'autres teres, on ne peut pas échapper à son destin.

Comme autrefois, le côté compassé d'Eadulf irrita idelma qui retint une réplique caustique, puis s'amusa e l'incongruité de cette pensée. Elle risquait sa vie our sauver son ami et sa première réaction quand il uvrait la bouche était l'agacement ! Eadulf la contemait d'un air perplexe.

— Poursuivez, l'invita Fidelma avec un grand soure. Vous étiez à Rome où vous vous attendiez à faire n séjour prolongé.

— Théodore de Tarse s'apprêtait à partir pour Canrbéry où il devait être intronisé archevêque. Il avait écidé d'envoyer des émissaires pour préparer son jour dans cette ville. Depuis le synode à l'abbaye Hilda, il y a deux ans de cela, de même que sur ette terre vous avez choisi Armagh comme siège des ccesseurs de Patrick, les royaumes saxons ont connu Cantorbéry comme lieu de résidence de leur ouvel évêque.

— Oui, oui, le coupa Fidelma, maîtrisant son impaence avec difficulté. Mais que faites-vous ici, en reann ?

— J'y arrivais, protesta Eadulf, blessé. Après expulsion du clergé irlandais des royaumes saxons, archevêque désirait faire la paix et dépêcher des nbassadeurs dans les royaumes d'Irlande. Il voulait

établir un dialogue avec l'Église irlandaise, d'auta
qu'il avait été informé que de nombreux ecclésias
ques ici voulaient introduire les lois romaines dans l
établissements religieux.

Fidelma fit la grimace.

— Effectivement, des hommes comme Ult
d'Armagh seraient ravis d'entamer de tels pourpa
lers. Auriez-vous par hasard été envoyé comr
ambassadeur auprès de l'archevêque Ultan ?

— Pas exactement. On m'a chargé d'aller parl
menter avec le nouveau roi de Muman, à Cashel.

— Colgú ?

— Lui-même. Je dois servir d'intermédiaire ent
Cantorbéry et Cashel.

— Mais alors comment se fait-il que vous ay
atterri dans cette région perdue du royaume ?

— J'ai voyagé de Rome jusqu'en Gaule. Là, je su
parti en quête d'un bateau qui m'emmènerait direct
ment à Muman. Et j'ai trouvé à m'embarquer sur
navire marchand qui se rendait dans un port
Muman où se trouvent des mines de cuivre.

« Le capitaine de ce vaisseau devait y transpor
une cargaison et il m'assura qu'une fois qu'il l'aur
déchargée, il me conduirait dans un endroit du nom
Dún Garbhán, où je pourrais me procurer un cheval
gagner Cashel. Ayant passé plusieurs années à étud
dans ce pays, cela ne me posait pas de problèmes pa
ticuliers car je connaissais à peu près la route...

Fidelma savait qu'Eadulf avait étudié au collè
ecclésiastique de Durrow, puis à celui de médecine
Tuaim Brecain. Il parlait couramment l'irlandais,
d'ailleurs ils avaient toujours communiqué dans ce
langue.

— Que s'est-il passé ensuite ?

— J'ignorais quel type de cargaison allait être ansporté sur ce navire, mais j'avais remarqué que équipage comportait bon nombre de Francs. J'ai dis-uté avec l'un d'entre eux qui était assez bavard. pparemment, il appartenait à un groupe de merce-aires prêts à vendre leurs services au plus offrant.

— Des soldats ? Pour quelles raisons un navire archand breton aurait-il transporté des soldats francs ans cette région des cinq royaumes ?

— Je me suis fait la même réflexion. Mon ami anc se vantait des importantes sommes d'argent que i et ses compagnons allaient gagner. Je crois qu'il était pris de sympathie pour moi parce que je suis xon. Il s'avéra que ces recrues peu ordinaires étaient écialement entraînées à manier les engins de siège.

Fidelma regarda Eadulf d'un air perplexe. Eadulf ait utilisé le terme latin de *tormenta*, sans équiva-nt en irlandais.

— Je ne comprends pas les termes militaires, adulf. Expliquez-moi ce dont il s'agit. Ce *tormentum* rait-il un instrument pour hisser des charges, par emple un treuil ?

— C'est surtout un engin conçu pour propulser des ojectiles. Les anciens Romains s'en servaient sou-nt au cours de leurs batailles. La *ballista*, de même e la *catapulta*, pilonne l'ennemi avec des pierres de fférentes tailles.

Fidelma frissonna.

— Dieu merci, de telles machines de destruction ont jamais été utilisées en Irlande. Ici, quand les erriers s'affrontent, c'est face à face, avec des bou-ers et des lances, et souvent un conflit se résout âce au combat singulier d'un champion contre un tre.

Puis elle s'interrompit brusquement et fixa Eadu avec de grands yeux.

— Voulez-vous dire...

— Pourquoi des étrangers entraînés à l'art d'utilis ces *tormenta* viendraient-ils jusqu'ici s'ils n'étaie accompagnés des machines leur permettant d'exerc leurs talents ?

— Et donc la cargaison...

— Après les confidences du soldat franc, je décid de me rendre dans la cale du navire pour vérifier p moi-même ce qu'elle contenait. Elle était bourrée ces engins. Des *catapultae* surtout.

— Comment se présentent-elles exactement ?

— Elles sont tractées sur le champ de bataille p des chevaux. Une *catapulta* consiste en un grand a monté sur un coffre avec des roues, un peu comme chariot. Elle peut tirer des javelots à une distance mille cinq cents pieds.

Fidelma se rappela l'écheveau de corde de boy trouvé dans la cale du navire.

— Ce grand arc fonctionne-t-il avec des boyaux

— Oui, l'arc est bandé grâce à des écheveaux ent mêlant cheveux et nerfs torsadés. L'arc, dont les de moitiés sont séparées, chacune étant maintenue place par son propre écheveau, est tendu par un treuil. l'avant de l'engin, un bras y est relié, avec une cuil au bout, qui peut recevoir divers projectiles dont d torches enflammées. Dès que la machine est prête, tire sur une corde qui libère le levier. Celui-ci va bu contre la barre transversale et envoie les projecti placés dans la cuiller.

— La cale contenait combien de ces engins ?

— Une vingtaine au moins. Et une soixantaine Francs. Mais je considérais que ce n'était pas m affaire.

— Alors quand vous en êtes-vous inquiété ?

— Dès que nous accostâmes ces rivages hostiles. rès avoir mouillé dans le port près du camp, un ne chef grimpa à bord. J'ignore qui il est, mais il donna au capitaine de décharger. Les soldats francs illèrent à la manœuvre. Sous les yeux des guerriers, s esclaves furent amenés qui sortirent les engins de cale à dos d'homme. Ils étaient sales et couverts de ue. Plus tard, je découvris qu'ils travaillaient dans mines de cuivre.

Il marqua une pause.

— Ensuite, des chevaux tirèrent ces machines vers cavernes d'où on extrait le cuivre, et où, apparem-nt, elles devaient être dissimulées. Elles y sont core.

— Comment le savez-vous ? s'étonna Ross.

Eadulf éclata d'un rire amer.

— Je le découvris en me comportant comme un bécile. À peine les soldats francs et tout leur attirail ient-ils sortis du navire que des guerriers montaient bord et se saisissaient de l'équipage et de moi-me. Le jeune chef nous annonça alors que nous ons retenus en otages.

CHAPITRE XV

— Cela défie toutes les lois de l'hospitalité ! s'in
gna Ross. C'est monstrueux. Si les marchands ne pe
vent plus faire du commerce sans être réduits
esclavage, où va le monde ?

— Le capitaine breton a violemment réagi,
remarquer Eadulf, et en des termes moins châtiés q
les vôtres.

— Ils n'ont pas opposé de résistance ? deman
Fidelma.

— La surprise était totale. Et ce que le jeune ch
appelait « retenir en otages » signifiait, en réali
réduire en esclavage. On emmena l'équipage t
vailler dans les mines mais comme j'étais un re
gieux, je fus mieux traité, on m'accorda certai
privilèges et je fus enfermé dans une cabane où je
la connaissance de sœur Comnat. Là, je fus outragé
la voir enchaînée, comme un animal.

Sœur Comnat intervint pour la première fois dep
qu'ils parlaient.

— Frère Eadulf dit vrai. J'ai été retenue priso
nière pendant plus de trois semaines. Grâce à Di
vous êtes arrivée, ma sœur. J'avais raison d'espé
que sœur Almu trouverait quelqu'un pour nous por
secours.

Fidelma prit les mains tremblantes de la vieille mme dans les siennes.

— Ce n'est pas sœur Almu qui a donné l'alerte.

— Alors comment êtes-vous arrivée jusqu'à nous ?

— C'est une longue histoire, mais, pour l'instant, il ut absolument que vous me contiez la vôtre, car de tre récit dépendent beaucoup de choses. Si j'ai bien mpris, sœur Comnat, vous avez quitté l'abbaye du umon des trois sources avec sœur Almu il y a envi- n trois semaines. Que s'est-il passé ?

La vieille bibliothécaire hésita, puis s'écria :

— Qu'est-il arrivé à sœur Almu ?

Fidelma prit une profonde inspiration.

— Je crois qu'elle est décédée. Je suis désolée.

La vieille femme se montra terriblement choquée. le vacilla un peu et frère Eadulf tendit le bras pour retenir.

— Nous sommes entre amis, ma sœur, la rassura- l. Fidelma de Kildare est avocate devant les cours justice et je la connais bien. Racontez-nous sans inte votre aventure.

La vieille femme resta un instant silencieuse. Elle rouvait visiblement des difficultés à rassembler ses ées et se passa la main sur le front d'un air égaré.

— Fidelma de Kildare ? Celle qui a résolu le mys- e des meurtres à Ros Ailithir ?

— Oui, c'est bien moi.

— Alors vous êtes la sœur de Colgú, le roi de shel. Il faut que vous préveniez votre frère dans les is brefs délais.

Sa voix était soudain devenue stridente, et Fidelma sa une main apaisante sur les siennes.

— Je ne comprends pas. De quoi dois-je l'aviser ?

— Son royaume est en danger. Il faut l'avertir.

— Expliquez-moi. Que s'est-il passé depuis vot
départ ?

— Il y a trois semaines, je me mis en route ave
sœur Almu pour l'abbaye d'Ard Fhearta, avec un
copie de l'ouvrage que nous avions calligraphié à so
intention. Arrivées à la forteresse de Gulban, nou
demandâmes un abri pour la nuit. On nous accord
l'hospitalité mais, au matin, quelle ne fut pas notre su
prise en voyant des centaines de guerriers qui traînaie
autour du fort, dont certains semblaient étrangers.

« Parmi eux, sœur Almu reconnut Torcán des U
Fidgenti. Les Uí Fidgenti sont traditionnellement ho
tiles au peuple de Loígde, et nous commençâmes
nous poser des questions. Almu tomba sur une jeun
femme qu'elle avait connue avant d'entrer en religio
Elle lui apprit que Gulban avait formé une allianc
avec Eoganán des Uí Fidgenti.

— Dans quel but ? demanda Ross d'un air anxieu

— Il semblerait que Gulban se soit rebellé contre
décision de l'assemblée des Loígde d'élire comm
chef Bran Finn, fils de Mael Ochtraighe, en lieu
place de Salbach.

— Gulban a prétendu que cette fonction, désho
norée par Salbach, lui revenait, dit Fidelma. J'ai assis
à l'assemblée.

— Faute d'appuis suffisants, Gulban n'a pas é
élu. Aujourd'hui, il semblerait qu'il s'apprête à reco
rir à des moyens plus expéditifs, observa Ross.

— Prévoirait-il de s'attaquer à Bran Finn av
l'appui des Uí Fidgenti ?

— Bien pire, répliqua sœur Comnat. Les puissan
princes des Uí Fidgenti s'apprêtent à marcher s
Cashel pour renverser Colgú. Dans les terres des U
Fidgenti se rassemblent des troupes dont Eoganán do
prendre la tête. Si Colgú est détrôné, alors il ne fa

ıcun doute qu'Eoganán récompensera Gulban de ses ervices en l'imposant comme souverain des Loígde de tout le sud de Muman.

— Vous êtes certaine de ce que vous avancez ?

Fidelma ne parvenait pas à croire à une telle duplité de la part des Uí Fidgenti, même si elle connaisait depuis longtemps leurs prétentions sur Cashel.

— Admettons que les propos de la jeune amie Almu, qui pensait que nous étions acquises à la cause Gulban, soient sujets à caution. Oublions les guerers de Gulban que j'ai vus de mes propres yeux entraîner sous la direction de Torcán des Uí Fidgenti. ais que faites-vous alors de ma capture et de celle Almu ? Ne confirment-elles pas largement mon récit ?

— Comment et pourquoi vous a-t-on inquiétées ?

— Après ce que nous avions découvert, sœur Almu moi-même discutâmes sur ce qu'il convenait de ire. En tant que personnes loyales à Bran Finn, luiême vassal de Colgú, nous étions maintenant convaines qu'il fallait les prévenir au plus vite. Mais en prenant la route de l'abbaye plutôt que de poursuie notre chemin vers Ard Fhearta, nous fûmes assez ıpides pour éveiller les soupçons des hommes de ılban, car nous leur avions dit que nous nous renons au monastère d'Ard Fhearta.

— Gulban vous a donc fait prisonnières ?

— Nous n'avons pas eu affaire à lui directement, ais ses guerriers nous emmenèrent dans les mines de ivre où vous m'avez découverte. Nous fûmes autoées à veiller aux besoins spirituels des otages qui vaillaient là, et à les soigner, en attendant que Guln statue sur notre sort.

— C'est à ce moment-là que j'ai rencontré la sœur, écisa Eadulf, une semaine après que sa compagne se t enfuie.

— Connaissez-vous les plans d'Eoganán conce
nent Cashel ? demanda Fidelma à Comnat.

— Pas dans le détail. Sœur Almu et moi-mên
étions enchaînées tous les soirs. Almu, qui était pl
jeune et vigoureuse que moi, résolut de s'évade
J'appuyai sa décision et la poussai à saisir la premiè
opportunité qui se présenterait. Il fallait qu'el
retourne à l'abbaye et alerte la communauté sur ce q
se tramait. Quant à moi, il serait toujours temps de n
secourir par la suite.

— Et elle parvint à s'échapper ?

Sœur Comnat poussa un grand soupir.

— Lors de sa première tentative, elle fut rattrap
et fouettée avec une branche de bouleau ! Les mc
me manquent pour décrire ce sacrilège. Il lui fall
plusieurs jours pour se rétablir.

Fidelma se rappela les marques sur le dos du cad
vre. Maintenant, elle n'avait plus besoin d'indic
supplémentaires pour l'identifier.

— Il y a dix jours, un soir, poursuivit sœur Comn
on ne l'a pas ramenée à la cabane où nous étio
enchaînées pour la nuit après le travail. Plus ta
j'appris qu'elle avait disparu alors qu'elle soign
des malades. Elle s'était enfuie dans les bois et d
cris retentirent dans le camp, des guerriers co
raient en tous sens. Je crois cependant qu'on av
favorisé sa fuite, car elle s'était liée d'amitié av
un jeune homme des Uí Fidgenti qui était en po
tion de l'aider.

— Peut-être même exerçait-il une autorité sur e
fit prudemment observer Fidelma. Vous avait-elle av
tie qu'elle songeait à s'enfuir ?

— Peut-être.

— Expliquez-vous.

— Ce matin-là, avant de partir, elle m'a souri et 'a dit qu'elle allait chasser le sanglier. Enfin, quel-e chose comme ça. J'avoue que je n'ai pas compris.

— Le sanglier ? s'exclama Fidelma.

— En tout cas, elle n'est jamais revenue. On m'a :onté que les gardes n'avaient même pas pris la ine d'envoyer des équipes à sa recherche. Chaque ır, je priais pour le succès de son entreprise, mais e rumeur se répandit comme quoi elle était morte ns les montagnes. Je ne perdais pas espoir. J'atten-is que l'on vienne me délivrer.

La vieille femme demeura un instant prostrée, le ;ard vide.

— Et puis de nouveaux prisonniers sont arrivés, des etons, et aussi ce moine saxon, Eadulf, qui parle si n notre langue.

— Le récit de sœur Comnat, intervint Eadulf, ccorde parfaitement au mien. Je veux parler de raisonnement du navire breton chargé de *tormenta*. s armes très certainement achetées par Gulban au m des Uí Fidgenti.

— Pour aider Eoganán à renverser Colgú ? demanda ss, les yeux écarquillés.

— Ce sont de bonnes armes de siège, confirma dulf.

— Et grâce aux guerriers francs entraînés à l'art de utiliser, grommela Ross, elles sèmeraient la terreur 'ashel. Dans les cinq royaumes, personne n'a jamais confronté à ces machines. Nos guerriers combattent front et à l'épée. Mais avec ces armes, Eoganán ou lban peuvent penser avoir le dessus.

— Les Francs et leurs *tormenta* auraient vraiment avantage décisif ? interrogea Eadulf. Elles sont très andues dans les royaumes saxons, en Gaule et eurs.

— Voilà bien des années que je suis marchand, rép qua Ross avec solennité, mais quand le roi de Cashel fait appel à son peuple au nom de la sainte croix, j' répondu présent. Le jeune homme que j'étais alors s'e battu à Carn Conaill, pendant la fête de Pentecôte. Je pense pas que vous vous en souveniez, Fidelma. Non C'était quand Guaire Aidne de Connacht a essayé renverser le haut roi, Dairmait Mac Aedo Sláine. Nat rellement, Cúan, fils d'Almalgaid, le roi de Cash conduisait l'armée de Muman, pour appuyer le haut r Mais son homonyme Cúan, fils de Conall, le prince d Uí Fidgenti, soutenait Guaire. Les Uí Fidgenti ont to jours été des intrigants qui cherchent un raccourci po parvenir au pouvoir. Ce fut un affrontement sangla Les deux Cúan y ont perdu la vie. Mais Guaire s'e enfui du champ de bataille et le haut roi fut proclam victorieux. Ce fut mon baptême de la guerre. Et grâce Dieu, mon dernier combat.

Fidelma rongeait son frein.

— Qu'est-ce que cela a à voir avec les *tormenta* lui demanda-t-elle enfin.

— Eh bien, j'imagine facilement les dommages q pourraient être infligés par de tels engins dans d circonstances semblables. Les guerriers tomberaie comme des mouches et Cashel se retrouverait sa défense. Les fortifications seraient facilement enfoncé D'après le Saxon, la portée de ces machines est de mi cinq cents pieds et j'ai entendu dire en Gaule qu'el rendaient les Romains pratiquement invincibles.

Fidelma considéra ses compagnons d'un œil somb

— Voilà pourquoi l'importation de ces arm devait être tenue secrète. Gulban et Eoganán des Fidgenti se préparent à attaquer Cashel par surprise

— Nous avons tout compris, soupira Eadulf. Et les hommes de Gulban se sont emparés du navire b n et de son équipage, c'était pour que la rumeur de tte importation ne s'ébruite pas. J'avais décidément al choisi mon embarcation.

— Racontez-moi comment le capitaine breton s'est happé, l'invita brusquement Fidelma.

— Mais comment savez-vous cela ? J'en arrivais stement à cet épisode.

— Ce serait trop long à vous expliquer mais sachez ulement que nous avons retrouvé le navire breton.

— J'ai parlé à des gens qui avaient vu un prisonnier eton à bord, intervint Ross. Ils m'ont dit qu'il s'était happé et que le vaisseau avait disparu pendant que guerriers des Uí Fidgenti festoyaient.

Fidelma lui fit signe de se taire.

— D'abord le récit d'Eadulf.

— Très bien. Il y a quelques jours, le capitaine et ux de ses marins parvinrent à s'échapper des mines. empruntèrent un petit bateau et mirent le cap sur e île à quelques encablures du rivage.

— Dóirse ! s'écria Ross.

— Le navire était encore dans le port. Des gardes sèrent les voiles et se lancèrent à la poursuite de mbarcation. Le lendemain, ils revinrent sans le teau et les trois Bretons.

— Que s'était-il passé ?

Eadulf haussa les épaules.

— D'après les rumeurs qui ont couru chez les priinniers dont j'avais la charge, mais j'ignore si elles nt fondées, les guerriers auraient coulé l'embarcan, tuant deux des marins et sauvant le capitaine qui fait prisonnier. Entre-temps, la nuit était tombée. s guerriers s'abritèrent dans le port de Dóirse et se dirent à terre pour profiter de l'hospitalité du chef cal. À l'exception, toutefois, d'un guerrier et du capine breton. Au cours de la nuit, celui-ci parvint une fois de plus à s'enfuir. Après avoir tué le guerr chargé de le surveiller, il serait parvenu à prendre mer aux commandes du navire en plein milieu de nuit. C'était un excellent marin. J'espérais qu'il orga serait une expédition pour nous porter secours.

Eadulf marqua une pause.

— Mais apparemment, vous l'avez sauvé, lui et s navire.

Fidelma secoua la tête.

— Non, Eadulf, il n'a pas survécu. Le lendem matin, nous avons retrouvé le navire mais sans p sonne à bord.

— Mais alors...

— Je crois que j'ai résolu ce mystère, annon Fidelma.

Ross et Odar, les yeux fatigués, attendaient a impatience la solution de l'énigme qui les avait te en haleine ces derniers jours.

— Vous êtes sûre ? s'étonna Ross.

— Oui, et ce capitaine breton a montré beaucoup courage. Comment s'appelait-il, Eadulf ?

— Waroc.

— Eh bien, Waroc était un brave. Il s'est écha de l'île de Dóirse où le bateau était amarré. Cela, n le savons grâce à Ross qui a recueilli des informati sur l'île, et elles corroborent votre récit, Ead Waroc, ayant pour la deuxième fois échappé à gardiens, décida de manœuvrer seul son navire. U entreprise audacieuse et pleine de dangers. Il p voyait de longer le rivage pour rejoindre des te plus accueillantes où il trouverait du secours.

— Comment a-t-il procédé ?

— Il a coupé les filins d'amarrage avec une hac nous avons vu les cordes tranchées quand nous so mes montés à bord du vaisseau.

Odar hocha la tête d'un air sombre en se souvenant ι'il avait lui-même fait constater ce détail troublant à ɔss et Fidelma.

— Puis il s'est laissé dériver avec la marée qui l'a ıtraîné hors du bras de mer, dit Ross.

— Il est parvenu à hisser la grand-voile, poursuivit delma. Mais la principale difficulté était le hunier. ous ne saurons jamais s'il a été blessé par ses geôliers ı cours de ses évasions ou pendant ses manœuvres ;rilleuses. Il a réussi à grimper dans la mâture et il a en failli parvenir à ses fins. Mais peut-être que le ıteau s'est déporté, ou alors Waroc a été pris dans une fale de vent, à moins qu'il n'ait fait un faux pas... Toujurs est-il qu'il est tombé. Un clou ou un espar a :chiré sa chemise et sa chair. Nous avons découvert un orceau de tissu taché de sang dans le gréement. En mbant, il a désespérément tenté de se raccrocher à ıelque chose. Sa main a tenté sans succès d'attraper la mbarde, où j'ai trouvé une empreinte sanglante, et il t tombé à l'eau. Vu la température de la mer en cette ison, il est mort très vite.

Tous se taisaient, attristés.

— Plus tard dans la matinée, conclut Fidelma, ɔss, à bord de sa *barc*, repéra le navire qui errait sur ; flots. En marin expérimenté, il évalua les vents et ; courants et en déduisit qu'il ne pouvait venir que deux endroits. Et je l'ai incité à partir à votre cherche, Eadulf, car j'étais bien décidée à vous trouver.

Eadulf manifesta sa surprise.

— Parce que vous aussi vous naviguiez sur cette *ırc* ?

— J'avais été sollicitée pour enquêter sur la découverte d'un cadavre à l'abbaye du Saumon des trois urces, où vit sœur Comnat.

— Mais comment saviez-vous que je me trouvais bord de ce navire ? Ah ! Je crois que j'ai compris ! Vou avez découvert ma sacoche à livre dans ma cabine.

— Oui, votre missel est maintenant en sûreté l'abbaye de sœur Comnat, non loin d'ici, confirm Fidelma. Et nous devons y retourner avant l'aub sinon, on ne manquera pas de me poser des questior embarrassantes.

— Vous avez mentionné un cadavre, dit Comn d'un air anxieux. Et vous avez également précisé qu sœur Almu n'était pas parvenue à s'échapper...

— Je suis à peu près certaine que le corps qui a ét découvert il y a environ une semaine est celui de sœu Almu.

— Pourquoi ce doute ? Quelqu'un l'a bien ident fiée ?

Fidelma aurait préféré ne pas ajouter au chagrin c la sœur, mais à quoi bon lui dissimuler ce qui l serait de toute façon révélé ?

— Elle avait été décapitée. Mais le corps était cel d'une jeune fille d'à peine dix-huit ans, avec d taches d'encre sur le pouce, l'index et le petit doig ce qui signifie qu'elle travaillait comme copiste da une bibliothèque. Une de ses chevilles portait la tra d'un anneau en fer et son dos des marques de flage lation.

Sœur Comnat reprit sa respiration avec difficulté.

— Alors il s'agit bien de la pauvre sœur Almu, di elle d'une voix entrecoupée, mais... où a-t-on déco vert le corps ?

— Dans le puits principal de l'abbaye.

— Je ne comprends pas. Si elle a été attrapée p les hommes de Gulban ou des Uí Fidgenti, pourqu attirer l'attention sur elle en la plongeant dans puits ?

Fidelma se mordit la lèvre.

— C'est un mystère que je n'ai pas encore résolu.

— Il faut se dépêcher de dresser un plan ! s'exclama oss. Le jour ne va pas tarder à se lever et les hom- es du camp vont organiser des battues.

Fidelma l'approuva et ajouta :

— L'un de nous doit voguer jusqu'à Ros Ailithir our alerter Bran Finn et mon frère. Il faut qu'ils voient ici des guerriers afin que ces machines infer- ales – les *tormenta*, comme les appelle Eadulf – ient détruites avant d'être utilisées contre Cashel.

— Nous devons tous partir, répliqua Ross. 'abbaye n'est plus un endroit sûr, car si Adnár se oute de quelque chose... il tient la forteresse située face de l'abbaye, expliqua-t-il à l'adresse d'Eadulf. : au moment où je vous parle, il héberge des invités : lcán, le fils de Gulban, et Torcán, des Uí Fidgenti.

Eadulf émit un sifflement.

— Tout cela n'augure rien de bon.

— Et Adnár, s'il est impliqué dans cette conspira- on, a certainement des complices à l'abbaye, fit marquer Fidelma d'un air pensif.

— Donc nous montons tous dans ma *barc* et nous isons voile pour Ros Ailithir. Nous y serons demain atin.

— Non, Ross. Vous allez emmener sœur Comnat ec vous et informer l'abbé Brocc. Sœur Comnat ous servira de témoin. Il faut aussi envoyer des mes- gers à mon frère, à Cashel, afin qu'il se prépare à ie attaque des Uí Fidgenti. Et demandez à Bran Finn : dépêcher des guerriers dans les mines de cuivre in que les *tormenta* soient détruites et les mercenai- s francs capturés avant qu'ils ne se mettent en route our Cashel.

— Et nous ? demanda Eadulf.

— Moi, je retourne à l'abbaye, sinon ils compre dront qu'ils ont été percés à jour et avanceront l'ass de Cashel. Le navire breton demeure là où il est pc ne pas alerter nos ennemis. Quant à vous, Eadulf, vc accompagnerez Odar qui garde ce navire avec un c marins de Ross. Vous vous cacherez à bord. Si jam je suis découverte, je vous rejoindrai et nous fuirons s ce vaisseau.

— Et s'ils vous soupçonnent déjà ? Ils savent q vous êtes la sœur de Colgú, objecta Ross. Ils peuve très bien vous retenir en otage.

— C'est un risque à courir. Si tout se passe bi vous serez de retour dans trois jours.

— Et pendant cette période, qui va garantir vo sécurité ? s'inquiéta Eadulf. Je reste avec vous.

— Impossible !

Mais Ross hochait la tête en signe d'assentiment

— Le Saxon a raison, ma sœur. Vous avez bes que quelqu'un vous protège.

— Soyez raisonnables ! s'obstina Fidelma. L qu'ils comprendront que Comnat et Eadulf se sc échappés, ils viendront les chercher à l'abbaye. N mieux vaut qu'Eadulf se mette à l'abri sur le nav breton.

— Cela est tout aussi dangereux, intervint Odar, dès que les Uí Fidgenti sauront où il se trouve, vont s'en emparer.

— Ils savent déjà où il est, objecta Fidelma. l'ont repéré dès que Ross l'a amené devant Dún B Et voilà pourquoi Adnár a tenté de se l'approprier nom des lois des prises de mer : cela lui aurait pern de le récupérer sans attirer l'attention. Je crois c pour le moment, cela arrange nos ennemis de le la ser au mouillage en face de Dún Boí. Le navire bre est bien le dernier endroit où ils iront vous cherch dulf. Au cas où je me retrouverais en difficulté, us allons mettre au point un système de signaux ur que vous et Odar en soyez informés.

— Je ne comprends toujours pas pourquoi il faut e vous restiez à l'abbaye, grommela Eadulf.

— Le mal qui y est à l'œuvre doit être éradiqué et me faut respecter mon serment de *dálaigh*. Je ne rviens pas à comprendre ce qui se passe, mais je ne nse pas que cela soit lié au complot. Le monastère été le théâtre de deux assassinats et il faut que je masque les coupables.

Un gémissement s'échappa des lèvres de sœur omnat.

— Deux assassinats, dites-vous ? Mais qui d'autre a ri à l'abbaye, ma sœur ?

— Síomha, la *rechtaire*.

Comnat porta la main à sa bouche.

— L'amie de sœur Almu ?

— Elles ont été assassinées de la même manière et ne partirai pas d'ici avant d'avoir détruit la malfai- nce qui a causé leur perte.

— Ne vaudrait-il pas mieux attendre que Ross vienne avec du secours ? suggéra Eadulf. Vous urrez alors poursuivre vos investigations sans crain- e le pire.

Fidelma sourit au moine saxon.

— Pour le moment, personne ne soupçonne que le mplot a été découvert, ce qui me facilite la tâche. r si contrairement à ma première hypothèse la conju- ion et les crimes sont liés, ma proie pourrait bien enfuir avant que j'aie résolu l'énigme.

Sœur Comnat secoua la tête.

— Je regrette de ne pouvoir vous apporter aucune nière.

— En faisant un compte rendu à l'abbé Brocc e Bran Finn, le chef des Loígde, de tout ce que vo avez appris ici, vous me rendrez un grand servi Et maintenant, il est temps de partir.

Fidelma aida Comnat à se mettre debout tandis q Ross ne cessait de scruter les cieux, visibleme inquiet de l'approche de l'aube.

— Calmez-vous, Ross, l'admonesta Fidelma souriant, et souvenez-vous des conseils d'Horace da ses *Odes* : *Aequam memento rebus in arduis servo mentem* – gardez l'esprit clair quand vous vous at quez à des tâches difficiles. Emmenez cette bon sœur jusqu'à votre *barc*. Je vous donne rendez-vo d'ici à trois jours.

Elle se tourna vers Odar.

— Quand vous aurez mis Eadulf en sécurité sur navire breton, n'oubliez pas d'aller rendre les ch vaux. Inutile que Barr se mette en quête de ses bê et alerte Adnár.

Puis elle donna le signal du départ en enfourcha sa jument, et tous s'éloignèrent au trot rapide de le montures alors que le ciel, à l'est, commençait à dissoudre en teintes plus claires, à l'horizon.

CHAPITRE XVI

Quelqu'un la secoua, la tira d'un chaud cocon obs-
: pour la précipiter dans le froid sous une lumière
se. Fidelma gémit, ouvrit les yeux, et vit sœur Bró-
:h qui la secouait par l'épaule.

— Vous avez trop dormi, ma sœur, il est tard, lui
-elle d'un ton cajoleur.

Fidelma cligna des paupières, son cœur s'accéléra
il lui fallut un certain temps pour se rappeler où
: se trouvait. Puis la mémoire lui revint. Elle avait
agné l'hôtellerie à l'aube après s'être séparée de
compagnons dans les bois derrière l'abbaye.
uisée et frigorifiée, elle avait couru jusqu'au
nastère, rejoint sa cellule, et s'était déshabillée à
hâte avant de se glisser avec délices dans son lit. Il
semblait qu'elle venait à peine de s'endormir.
lelma se leva à regret et entreprit en claquant des
its de casser la glace dans la cuvette qui l'attendait
ır ses ablutions du matin. Consciente que sœur
ónach l'observait, elle se rafraîchit le visage en
tant son regard.

— Un jeune guerrier vous attend, finit par dire sœur
ónach d'un air réprobateur.

Fidelma sentit les muscles de sa nuque se contracter.

— Ah bon ? Connaissez-vous son nom ? demand
t-elle en tendant la main vers la serviette.

— Oui, c'est le jeune Olcán, le fils du chef des Bea

Fidelma se mordit la lèvre. Les guerriers des min
de cuivre auraient-ils déjà prévenu Olcán de l'évasi
de Comnat et Eadulf ?

— Dites-lui que je le rejoins dans quelques instan

Fidelma continua de s'affairer à sa toilette tandis q
sœur Brónach quittait la pièce. Elle était recrue de fa
gue et n'avait qu'une envie : retourner se glisser so
les couvertures alors qu'il fallait qu'elle paraisse rep
sée après une longue nuit d'un sommeil réparateur.

Dix minutes plus tard, elle retrouvait Olcán, as
dans la *duirthech*. Un feu brûlait dans le brasero
fond de la chapelle. Pour les visiteurs, qui n'étai
pas autorisés à pénétrer à l'intérieur des bâtiments
monastère, c'était le seul endroit chauffé.

— Bonjour à vous, ma sœur, lança Olcán en
levant d'un air joyeux. J'ai cru comprendre que vo
ne vous étiez pas réveillée ?

Fidelma regretta le manque de discrétion de sœ
Brónach.

— La fête d'Adnár hier était très plaisante, rép
qua-t-elle. Mais je ne suis pas habituée à l'excell
vin et à la nourriture riche, et je crains d'en avoir
peu abusé.

— Pourtant, vous êtes partie tôt...

Qu'insinuait-il ? se demanda Fidelma.

— Pour vous, mais pas pour une religieuse. Je s
arrivée à l'abbaye à minuit.

— Et maintenant, il est plus de huit heures, décl
Olcán.

Il se dirigea vers une des fenêtres qui donnaient
la baie.

— Je vois que la *barc* de Ross s'est déjà envolée. Il lû partir tôt avec la marée ce matin.

À quel jeu Olcán jouait-il ? Elle alla le rejoindre. ul le navire, avec ses hauts mâts, se balançait ns le port sur les eaux calmes. Elle poussa un scret soupir de soulagement en constatant que oss s'était éclipsé sans encombres et lâcha d'un : indifférent :

— En effet, il est parti.

Olcán lui jeta un regard inquisiteur.

— Vous ignoriez qu'il devait le faire ?

La question était brusque.

— Je ne suis pas la confidente de Ross. Je sais qu'il t du commerce le long de cette côte et je suppose 'il reviendra bientôt. Il a laissé des hommes sur le teau qu'il revendique maintenant comme sa pro-.été et il doit me ramener à Ros Ailithir dès que j'en rai terminé avec mes investigations.

— En verrons-nous bientôt la conclusion ?

— Comme je vous l'ai déjà dit hier, il me manque s éléments.

— Je croyais que la situation avait évolué.

Elle le regarda avec de grands yeux, feignant tonnement.

— Depuis hier au soir ? Auriez-vous eu connais-ıce de nouveaux développements qui m'auraient ıappé ?

— Je pensais...

Olcán hésita puis haussa les épaules.

— Rien. Juste une idée.

Il semblait embarrassé.

— Sœur Brónach m'a dit que vous désiriez me ir, lança-t-elle, profitant de son avantage. Je sup-se que vous ne vous êtes pas déplacé jusqu'ici pour informer que la *barc* de Ross avait disparu ?

Son ironie parut troubler Olcán.

— Oh, c'est juste que Torcán et moi allions à l
chasse et nous nous demandions si vous voudriez vou
joindre à nous. Vous appréciez les anciens sites et nou
passerons justement devant des endroits fascinants.

Il était évident qu'Olcán venait d'inventer cett
excuse.

— C'est très gentil d'avoir pensé à moi mai
aujourd'hui, il faut que je poursuive mon enquête.

— Très bien. Dans ce cas et avec votre permissio
je vais rejoindre Torcán. Le veneur d'Adnár a repé
une harde de cerfs sur la montagne, à l'ouest.

Fidelma raccompagna le jeune homme jusqu'à l
porte de la chapelle et le regarda traverser la cou
Quelques instants plus tard, elle le vit chevauch
dans les bois en direction de la forteresse d'Adnár.

À l'évidence, il était venu aux renseignements.

Elle retourna en hâte à l'hôtellerie où elle retrouv
sœur Brónach.

— Désolée d'être restée couchée si tard, s'excus
t-elle. J'ai festoyé avec Adnár et ses amis hier soi
Pourriez-vous me faire porter de quoi rompre le jeû
puisque je n'ai pas entendu la cloche du premi
repas ?

Sœur Brónach l'étudia un instant avec curiosité.

— La fête a dû durer longtemps, remarqua-t-el
avec malice en l'entraînant dans la salle commune
l'hôtellerie. Venez, je vous ai déjà préparé à mange

Fidelma s'assit avec gratitude devant des œu
d'oie, du pain au levain et du miel, et elle se serva
un gobelet d'hydromel quand elle comprit brusqu
ment la signification de la réflexion de la portière.

Jetant un coup d'œil interrogateur au visage mau
sade, comme de coutume, de Brónach, elle surp
l'ombre d'un sourire sur ses lèvres.

— Je suis depuis trop longtemps en charge de cette)tellerie pour ne pas connaître les allées et venues :s invités, lança la religieuse.

— Bien sûr.

— Mais je me garderais bien de m'interroger sur urs agissements nocturnes dans la mesure où cela interfère pas avec la bonne conduite de cette commuuté.

— Sœur Brónach, vous savez pourquoi je suis ici. est important que personne n'ait connaissance de on absence. J'ai votre parole ?

La *doirseór* fit une moue dédaigneuse.

— Je vous l'ai déjà donnée.

Après son repas, Fidelma se dirigea vers la biblioèque et rencontra en chemin l'abbesse Draigen qui accueillit fraîchement.

— Il semblerait que vous n'ayez pas beaucoup proessé dans votre travail depuis votre arrivée, dit-elle un ton moqueur.

Fidelma se garda bien de mordre à l'hameçon.

— Au contraire, mère abbesse, répliqua-t-elle avec large sourire. Je crois que j'avance à grands pas.

— Vraiment ? Un nouveau meurtre est commis au urs de votre séjour et vous prétendez que vous ancez ? Pour moi, et pour autant que j'en puisse ger, je n'ai été le témoin que de votre incompétence.

— Vous connaissez bien l'histoire de cette baye ? demanda Fidelma, ignorant ses piques.

Draigen parut déconcertée.

— En quoi l'histoire de l'abbaye concerne-t-elle tre enquête ?

— La connaissez-vous ? insista Fidelma.

— Sœur Comnat aurait mieux été à même de vous nseigner. Ce monastère a été fondé il y a un siècle r Necht la Très Pure.

— Oui, je sais. Mais pourquoi a-t-elle choisi ce lieu

— N'est-ce pas un endroit magnifique pour y fo der une congrégation de la nouvelle foi ? dit Draig avec emphase.

— Certainement. Mais j'ai entendu dire que l sources étaient utilisées par des prêtres païens.

— Necht les a bénites et purifiées.

— Donc elles servaient aux païens qui vivaient dans les grottes.

— Oui. On raconte que Necht a débattu de la dc trine du Christ avec Dedelchú, leur chef.

— Dedelchú ?

— C'est le récit qu'on nous a transmis.

— Savez-vous pourquoi Necht a appelé ce abbaye « Le Saumon des trois sources » ?

— Il s'agit d'une image pour le Christ.

— Et comme par hasard, il y a ici trois sources.

— Cette plaisante coïncidence n'a certainement p échappé à Necht.

— Dans l'ancien temps, on disait de certaines sou ces qu'un saumon de la sagesse habitait leurs profc deurs.

L'abbesse Draigen haussa les épaules.

— Je ne vois pas ce qui vous intéresse dans c vieilles légendes. Le « saumon de la connaissance appartenait effectivement au registre des superstitio Quand nous saluons le Christ comme le Saumon d trois sources, il est possible que nous rendions éga ment hommage à la fontaine de toute lumière. Vo croyez vraiment que ce genre de recherche va vo mener au coupable des meurtres commis ici ?

— Peut-être. Merci, mère abbesse.

Et Fidelma s'éloigna à grands pas, laissant derriè elle une Draigen figée par l'étonnement.

Alors qu'elle s'approchait de la tour elle entendit e voix étouffée qui l'appelait.

— Sœur Fidelma !

Elle regarda autour d'elle et aperçut Lerben qui se ıait dans l'embrasure de la porte de la resserre, le timent de pierre contigu à la tour.

Fidelma obliqua vers elle.

— Bonjour, sœur Lerben.

La jeune fille lui fit signe d'entrer, comme si elle ne ulait pas être surprise à discuter avec Fidelma qui xécuta en fronçant les sourcils. Dans la remise, rben était en train de trier des herbes à la lumière ıne lanterne car si dehors il faisait clair, à l'intérieur gnait la pénombre.

— Que puis-je faire pour vous, ma sœur ?

— Hier vous m'avez posé des questions, commença rben.

Puis elle s'arrêta et Fidelma attendit.

— Et je vous ai raconté des choses sur... sur Febal, ›n père.

— Vous voulez vous rétracter ?

— Pas du tout !

— Alors que craignez-vous ?

— Avez-vous répété à quelqu'un ce que je vous ai ? L'abbesse Draigen a... m'a maintenant bien pliqué ce qu'était un *dálaigh*. Et... et je ne voudrais s que ce que je vous ai rapporté, sur mon père et le mier, soit révélé à tout le monde.

Son entretien avec Fidelma l'avait visiblement bouersée et l'avocate, qui s'était d'abord montrée diste, se radoucit.

— Si ce sujet ne concerne pas directement mon quête sur la mort d'Almu et Síomha, alors il ne sera s évoqué.

— Mais quand le saurez-vous ?

— Dès que j'aurai terminé. Et à ce propos, j'ai é surprise, l'autre jour dans la forêt, de vous voir port un livre à Torcán à la forteresse d'Adnár. Ne cra gniez-vous pas de rencontrer votre père ?

— Lui ?

La voix de Lerben monta dans les aigus.

— Je n'en ai plus peur. C'est fini.

— Comment avez-vous connu Torcán ?

— Je ne l'ai jamais rencontré.

— Mais alors... comment s'appelait cet ouvrag déjà ?

Sœur Lerben haussa les épaules.

— Des chroniques, je crois. Comme je vous l' déjà expliqué, je ne suis pas très compétente en le ture et en écriture.

— Je croyais que seule la bibliothécaire avait aut rité pour prêter un ouvrage de la bibliothèque l'abbaye.

— Avec la *rechtaire*. C'est sœur Síomha qui m'av demandé de le porter à la forteresse pour le donner Torcán.

— Et cela se passait la veille de sa mort ?

— Je crois bien, oui.

— Síomha a-t-elle expliqué pourquoi Torcán ét autorisé à emprunter cet ouvrage plutôt que de ver le consulter à l'abbaye ?

— Non, elle ne m'a pas donné de précisions.

Fidelma ressentit une immense frustration. À chaq fois qu'elle pensait avoir avancé sur un point préc d'autres questions surgissaient qui lui embrouillaie l'esprit. Elle remercia sœur Lerben et quitta la réser pour rejoindre la bibliothèque.

Dans la salle principale plongée dans la pénomb Fidelma chercha en vain une lampe.

Elle s'apprêtait à grimper à l'étage supérieur quand e entendit du bruit, comme si quelqu'un tirait un : sur le sol, au-dessus de sa tête.

Elle resta immobile un instant, puis monta précaunneusement les marches.

Le bruit traînant reprit.

Quand la tête de Fidelma émergea dans la salle du isième étage, elle vit quelqu'un qui lisait, assis près la fenêtre.

Fidelma poussa un soupir de soulagement.

Les sons inquiétants qu'elle avait perçus venaient Berrach qui se déplaçait péniblement.

— Bonjour, ma sœur ! lança Fidelma.

La jeune fille sursauta et faillit laisser échapper son re.

— Ah, c'est vous, sœur Fidelma !

— Que faites-vous ici ?

Berrach releva le menton.

— Je m'instruis. Comme les sœurs Comnat et nu ne sont pas revenues à l'abbaye et que Síomha st plus là pour me commander, je ne suis plus obli- de me glisser ici la nuit pour m'adonner à l'étude.

Fidelma s'assit près de Berrach.

— Je voulais consulter des documents, mais je n'ai trouvé de lampe.

— Vous avez des chandelles, ici.

Berrach indiqua la table.

— Cherchez-vous un ouvrage en particulier ?

— Oui, des annales dont on m'a dit qu'elles étaient gées ici. Mais que lisez-vous ?

Fidelma jeta un coup d'œil au texte.

— *Eó na dTrí dTobar...* Le Saumon des trois sour- ! s'écria-t-elle, frappée par la coïncidence. De i cela traite-t-il ?

— Il s'agit d'un bref récit de la vie de Necht Pure qui a fondé cette abbaye.

— Mentionne-t-il son entrevue avec Dedelchú, prêtre païen ?

Sœur Berrach se redressa d'un air surpris.

— Vous en savez des choses ! Moi qui ai vécu toute ma vie, je commence seulement maintenan m'informer sur les origines de ce monastère.

— Oh, toutes les histoires finissent par se recoup Berrach ! Cet ouvrage donne-t-il des précisions Dedelchú ? Quel drôle de nom ! La dernière sylla signifie « le molosse de » – le molosse de Dedel. me demande qui est ce Dedel. À moins qu'il s'agisse d'un lieu. Je suis fascinée par l'origine noms, pas vous ?

Sœur Berrach secoua la tête.

— Pas particulièrement. Je m'intéresse davantag l'histoire, à la vie des gens. Mais nous avons ici copie du *Glossaire* de Longarad.

— Vraiment ? Donc certaines annales vous s familières ?

— J'ai lu toutes celles qui ont été entreposées d cette bibliothèque.

— Connaissez-vous celles de Clonmacnoise ?

— Oui, bien sûr. Sœur Comnat a passé six moi les calligraphier à l'abbaye du bienheureux Ciar avec la permission de l'abbé. Vous les trouverez l'étagère, ici.

— Elles ne sont plus dans l'abbaye. D'après so Lerben, elles ont été prêtées à Torcán, un inv d'Adnár.

Berrach parut très étonnée.

— Torcán, le fils d'Eoganán des Uí Fidgenti ? M que veut-il en faire ?

— J'espérais que vous pourriez me renseigner. Je
ɔis qu'il s'intéressait à la vie de Cormac Mac Art.
ı passage en particulier avait été consulté à plu-
:urs reprises. Il traitait de la mort de Cormac. Est-ce
e par hasard vous vous en souviendriez ?

Berrach fronça les sourcils et se concentra.

— J'ai le don de la mémoire, murmura-t-elle.

Puis elle marqua une pause avant de reprendre :

— Ce passage parle de la façon dont Cormac a
ıassiné son ennemi Fergus avant de devenir un haut
ı sage et vertueux. On rapporte comment il a écrit
n livre d'instructions, et ensuite... ah oui, il est fait
usion à l'objet d'un culte, un veau d'or, à Tara. Les
ètres de cette religion demandent à Cormac de venir
orer l'idole, mais il refuse en disant qu'il préférerait
nérer l'artisan qui a fabriqué une aussi belle sculp-
e. Alors le grand prêtre le maudit et le haut roi
:urt, au cours d'un repas, de trois arêtes de saumon
ıntées dans la gorge.

Fidelma était fascinée par la facilité avec laquelle
rrach s'était rappelé le récit.

— Autre chose ?

La nonne secoua la tête.

— Non. Je suppose qu'il s'agit d'un genre de para-
le, un prêtre païen tue Cormac avec trois arêtes de
ımon.

— Pourquoi *trois* ? Quel symbole voyez-vous là ?

— Je suppose qu'il donne une indication sur le prê-
. Cormac a peut-être bien été assassiné, mais quant
nourir de trois arêtes de saumon plantées dans le
sier, on ne peut parvenir à un tel résultat qu'en fai-
ıt appel à des pratiques magiques.

Berrach eut un sourire mélancolique.

— Or n'avez-vous pas contribué à persuader cette
nmunauté que la sorcellerie n'existait pas ?

— Auriez-vous d'autres informations sur le cul
du veau d'or ?

— Je possède une connaissance assez exhausti
des différentes annales, mais je n'ai trouvé aucu
autre référence à cette idole qui, si elle a existé, dev
valoir une petite fortune.

À cet instant, Fidelma perçut un bruit de pas fe
trés. Aussitôt, elle se tourna vers Berrach, le doi
posé sur les lèvres. Elle allait se lever pour se dirig
vers l'escalier quand apparut la tête de sœur Brónac
puis sœur Brónach tout entière.

— Excusez-moi de vous déranger, murmura-t-el
d'un air penaud. J'allais prendre mon tour de garde
la clepsydre.

Fidelma eut le sentiment qu'il s'agissait d'u
excuse inventée à la hâte mais Berrach ne sembla ri
remarquer d'anormal, et elle sourit à Brónach q
poursuivit son chemin. Fidelma se tourna à nouve
vers Berrach.

— Si ma mémoire est bonne, le roi Cormac
décédé il y a environ quatre siècles, c'est bien cela

— Oui, c'est exact, et maintenant que vous m'
parlez, sœur Comnat a récemment acheté une co
des instructions de Cormac à un mendiant. C
s'appelle le *Teagasg Rí*, « Les Instructions du roi
Un jour, un vieil homme qui vit dans les montagn
est venu à l'abbaye et a expliqué à Comnat que
famille possédait ce livre depuis fort longtemps
désirait l'échanger contre de la nourriture. Je pass
près d'eux et j'ai entendu leur conversation. Si vo
vous intéressez à Cormac, alors cela vaut la peine
le consulter. Il est ici.

Fidelma ne répondit rien pour la bonne rais
qu'elle avait déjà vu cet ouvrage et constaté par el
même qu'il était taché de boue rouge.

— Quand cette transaction a-t-elle eu lieu ?

— Environ une semaine avant que les sœurs Comnat Almu ne se mettent en route pour l'abbaye d'Ard ıearta.

Fidelma se leva, prit une chandelle et l'alluma.

— Je vous remercie, sœur Berrach. Je vais maintenant aller jeter un coup d'œil à ce livre. Vous m'avez é d'un grand secours.

Elle prit le *Teagasg Rí* dans la sacoche accrochée à ıe patère qu'elle avait déjà repérée, puis elle alla asseoir près d'une fenêtre et posa sa chandelle sur le bord. En tournant les feuilles de vélin, elle retrouva s étranges taches de boue rouge qui ne dessinaient ıs exactement les mêmes contours que la dernière is. Puis elle s'aperçut qu'il manquait deux feuilles, cemment coupées avec une lame, celle d'un couau, sans doute, car la troisième page était légèreent entaillée sur toute la longueur.

Elle scruta le texte avec attention. Ce chapitre avait rien à voir avec le reste du livre, où Cormac ıitait de différents sujets. Il s'agissait d'une biograıie du haut roi. Et les pages précédentes ne lui fourrent aucune information intéressante.

L'ouvrage était ancien, copié de façon assez ossière par un scribe peu éclairé. Seule la petite ographie de Cormac se présentait comme un orinal de facture provinciale. Elle regrettait maintenınt que sœur Comnat ne soit pas restée sur le ıvire breton avec frère Eadulf car elle aurait pu la nsulter.

Eadulf ! Elle réalisa qu'elle n'avait plus pensé à lui puis qu'à l'aube elle s'était affalée sur sa couche. plaisir de le savoir vivant et en bonne santé la ıbmergea mais en se rémémorant son escapade de la

nuit précédente, elle se sentit soudain épuisée. Il fa
lait absolument qu'elle dorme un peu.

Replaçant le livre dans sa sacoche, elle bâilla. E
s'apprêtait à souffler la chandelle quand elle se ra
pela le mot « Dedel », dont elle trouva la définiti
dans le *Glossaire* de Longarad. Il correspondait bie
ce qu'elle imaginait.

C'est alors qu'une pensée la frappa.

Étouffant un nouveau bâillement, elle prit la bo
gie, descendit les marches et remarqua au passage q
le sang dans l'escalier avait séché. Dans son esprit,
s'agissait de celui de Síomha. La sœur avait-elle
tuée dans le *subterraneus* et emmenée à la tour
tuée dans la tour et sa tête... ?

Elle décida d'en avoir le cœur net, retrouva l'ent
voûtée de la cave et le dessin primitif gravé dans
pierre dont elle parcourut les lignes avec son doi
Puis elle poussa un profond soupir.

— Dedelchú ! murmura-t-elle. Le molosse de Dec

Elle étudia attentivement la caverne.

Les quatre cierges et le corps d'Almu avaient d
paru. En leur lieu et place restait un roc oblong et p
que les sœurs utilisaient comme table. Partant de
droite, Fidelma explora les murs avec attention,
qui n'était pas particulièrement facile à la lumi
vacillante de sa chandelle qui n'éclairait pas gra
chose. Elle ne remarqua rien de particulier, sinon
coffres empilés d'un côté et de l'autre, des rang
d'amphores et de récipients divers accompag
d'une légère odeur de vin et d'alcool.

De cette fouille, Fidelma en retira que la cave pos
dait deux entrées : une près des marches qui montai
à la réserve en pierre et l'autre près de l'escalier de
tour. Elle s'apprêtait à s'en retourner quand un brui
fit sursauter et elle rattrapa sa bougie de justesse.

C'était un son sourd et violent, comme le heurt de ux barques.

Il avait résonné juste derrière elle... là où il n'y ait qu'un grand mur de pierre grise qu'elle fixa avec itation. Puis le choc sépulcral retentit à nouveau. e plaça une main contre la pierre humide et froide attendit dans un profond silence.

Elle allait partir quand son attention fut attirée par e tache sombre sur le sol pavé. Elle se pencha et couvrit de la terre d'un brun rougeâtre, encore mide et collante, qui formait des traces de pas mme si quelqu'un, après avoir marché dans de rgile rouge, avait traversé la cave. Elle suivit la te, qui allait de l'entrée aux coffres de bois.

Quand elle voulut déplacer celui du sommet, elle mprit qu'elle n'avait pas assez de force. C'est alors e le bruit caverneux gronda à nouveau, se répercut à travers les coffres. Puis la pièce retomba dans profond silence.

CHAPITRE XVII

Fidelma s'éveilla dans l'obscurité de sa cellu
étendue sur sa couche. Tout d'abord désorientée, e
se rappela son retour à l'hôtellerie des invités ap
son exploration infructueuse de la caverne s
l'abbaye. Ensuite, elle s'était effondrée sur son lit p
plonger dans un profond sommeil. Elle jeta un co
d'œil par la fenêtre. La grisaille de la lumière hivern
indiquait une heure tardive, mais l'angélus du s
n'avait pas encore sonné. Elle se rafraîchit le visa
avec l'eau glacée de la cuvette et se sécha. Ay
dormi tout habillée, maintenant elle avait vraim
froid. Elle s'étira et s'agita un peu pour se réchauff
Elle avait faim... et manqué le repas de midi.

Une fois dans le couloir éclairé par des chandel
elle se dirigea vers la pièce principale, espérant
personne n'avait remarqué son absence. Là, à
grande surprise, elle trouva un plateau recouvert d'
serviette qu'elle souleva, découvrant un repas.

Sœur Brónach !

Impossible de dissimuler quoi que ce soit à la *do*
seór, se dit Fidelma. Cela la mit mal à l'aise. Brón
savait qu'elle était rentrée à l'aube la nuit précéde
et aussi qu'elle avait passé une bonne partie de
journée à dormir. Si la portière était loyale à Cashe

ıorait tout du complot contre Colgú, alors il n'y ıit pas de raison de s'inquiéter. Mais dans ces terres Beara, Fidelma ne faisait confiance à personne. rès tout, les habitants de cette région étaient natulement enclins à appuyer leur chef, Gulban.

Elle s'assit et se restaura avec les plats que Brónach avait mis de côté. Puis, reposée et rassasiée, elle .tta l'hôtellerie à l'instant où résonnait le gong suivi la cloche qui appelait la communauté aux prières soir. Il n'avait pas fallu longtemps pour rétablir le ıctionnement de la clepsydre, songea Fidelma. âce à sœur Brónach. Il fallait du courage pour monla garde pendant la nuit, dans la tour, après le urtre de sœur Síomha.

Elle pressa le pas et se dissimula dans l'ombre à ıstant où des religieuses, en groupes ou isolées, se igeaient vers la *duirthech*. Puis elle se dit que l'inst serait bien choisi pour rejoindre discrètement le ire breton et demander l'assistance d'Eadulf, car avait déjà prévu quelle serait la prochaine étape son enquête.

Elle attendit que s'élèvent les voix de la communté chantant le Confiteor, qui précédait les prières soir et tenait son nom du premier mot de la confesn générale. Quand tout fut tranquille, elle se glissa s de l'abbaye et se dirigea vers l'appontement.

La nuit commençait à tomber et deux lanternes llaient sur le pont du vaisseau. Fidelma détacha narre de la barque, y grimpa, s'éloigna du quai et ıa d'un mouvement lent et régulier vers le navire.

Le ciel était nuageux, il régnait sur la baie un prod silence. Elle n'entendait pas les oiseaux nocturseulement les rames, qui plongeaient dans les guelettes, et le ruissellement de l'eau tandis qu'elle it sur l'eau.

— *Hóigh !*

Elle reconnut la voix d'Odar.

— C'est moi ! Fidelma !

Des mains l'attrapèrent prestement et immobili- rent sa barque. Odar et Eadulf étaient sur le pont pc l'accueillir.

— Nous nous inquiétions pour vous, gromm Eadulf. Cet après-midi, nous avons eu un visiteur.

— Olcán ? s'enquit aussitôt Fidelma.

Odar hocha la tête.

— Comment le saviez-vous ?

— Il est également venu me poser des question l'abbaye. Je le soupçonne de savoir que Comnat Eadulf se sont évadés. Ce qui l'intéressait tout pa culièrement, c'était de savoir où était parti Ross.

— Il m'a déplu dès le premier regard, déclara Od Pendant sa visite, on a caché Eadulf dans l'entrepo

— A-t-il soupçonné quelque chose ?

— Non. Je lui ai dit que Ross était parti faire commerce le long de la côte et il a prétendu qu'il vo lait vérifiait si Ross était bien dans son droit en réc mant ce vaisseau comme prise de mer.

— Parfait. Cela correspond très exactement à ce q je lui ai raconté. Je crois que nos conspirateurs sont t inquiets à l'idée qu'Eadulf ou Comnat donn l'alarme avant que leurs préparatifs soient terminés.

Odar ouvrit le chemin vers la cabine du capitain

— Auquel cas, ne vaudrait-il pas mieux quitter endroit au plus vite ?

Fidelma refusa de la tête.

— Pas maintenant, je n'ai pas terminé ma tâch l'abbaye et je pense toucher au but.

— Nous savons déjà qui a tué Almu, interv Eadulf. Avec Odar, nous avons bien réfléchi a récents événements : selon toute logique, Almu a

ıassinée par le jeune homme des mines de cuivre
i l'a aidée à s'échapper. Qu'il ait été en mesure de
voriser sa fuite sans éveiller les soupçons désigne
personnage haut placé, peut-être un chef. Et je pen-
erais pour Olcán.

— Avez-vous reconnu Olcán ?

— Non, admit-il. Mais tout semble le désigner.

Fidelma lui adressa un sourire malicieux.

— Je vois que vous n'êtes pas resté oisif. Le pro-
ème avec votre théorie, Eadulf, c'est qu'il n'y a pas
mobile. Pourquoi laisser Almu prendre la fuite
ur aussitôt la tuer ? Toute action a un motif, même
elle provient d'un esprit malade. Or Olcán n'a
nais donné aucun signe de folie. Et comment expli-
ez-vous la mort de sœur Síomha ?

Eadulf haussa les épaules.

— J'avoue que je n'ai pas encore réfléchi à ce pro-
ème.

— Alors peut-être serai-je bientôt en mesure de
us éclairer, répliqua Fidelma, les yeux pétillants.
ı matin, j'aurai besoin de votre aide. Il y a un
droit mystérieux sous l'abbaye, où je dois entrer,
is je ne peux pas y arriver seule. Vous connaissez
s méthodes, nous avons déjà travaillé ensemble et
pprécierais que vous m'escortiez.

Eadulf étudia Fidelma avec attention. Il connaissait
te expression sur son visage : inutile de l'interroger
vantage, elle ne lui en dirait pas plus. Il soupira.

— Ne serait-il pas préférable d'attendre le retour de
ss avant de nous embarquer dans cette aventure ?

— Plus le temps passe, plus les meurtres d'Almu et
Síomha ont des chances de rester impunis. Non,
nain avant l'aube, je veux que nous nous retrouvions
ur visiter les caves de la tour. Et prenez garde, venez

quand il fera encore nuit car au dernier étage il y a to
jours une sœur qui veille sur la clepsydre.

— Pourquoi pas ce soir ?

— Parce que je me méfie de la *doirseór*, sœur Br
nach. Elle sait que j'ai passé la nuit dehors, elle a d
soupçons et me surveille en permanence.

— Vous croyez qu'elle est impliquée dans cet
histoire ?

— Peut-être, mais à quel titre ? Et j'ignore si el
est mêlée au complot ou aux meurtres.

— Vous semblez certaine qu'il s'agit de deux pr
blèmes distincts, fit remarquer Eadulf.

— Oui, j'en suis convaincue. Et j'espère que
journée de demain nous révélera la vérité.

Fidelma se leva dans l'obscurité, se lava le visa
et s'habilla à la hâte. Puis elle jeta un manteau sur s
épaules et alla à la fenêtre. Il avait neigé en montag
et dehors la cour centrale était recouverte d'une co
che de givre. Fidelma regardait les étoiles pour év
luer l'heure quand son attention fut attirée par de
taches sombres qui bougeaient sur une pente. Plissa
les paupières, elle vit que c'était deux cavaliers pr
gressant dans la neige à une allure périlleuse. Deva
cet exploit, Fidelma demeura un instant fascinée. C
hommes étaient bien téméraires pour persuader d
chevaux d'accomplir un pareil parcours. Elle rema
qua que les visiteurs matinaux se dirigeaient vers
forteresse d'Adnár et se demanda quel message urge
ils lui portaient.

Puis, revenant à ses préoccupations, elle quit
l'hôtellerie sans faire de bruit et s'engagea sur la su
face glacée. La croûte de givre crissait sous ses pas
elle se dépêcha de traverser la cour. Elle n'eut p
longtemps à attendre Eadulf, car, presque aussitôt, el

ɛntendit qui amarrait sa barque et il ne tarda pas à ·paraître, enveloppé lui aussi dans une chaude ·lisse.

— Quel froid ! s'exclama-t-il quand il l'eut rejointe.

Fidelma posa un doigt sur ses lèvres.

— Chut !

Puis elle l'entraîna dans la resserre où elle frotta ·s pierres à feu pour allumer une lanterne qui illuına la pièce.

— Où allons-nous ? s'enquit le moine.

— Explorer une caverne, répondit Fidelma dans un ·uffle.

Elle s'engagea dans l'escalier qui menait aux caves, ·ivie de son compagnon.

— On ne peut pas dissimuler grand-chose dans cet ·droit, dit Eadulf en lorgnant par-dessus son épaule. où mène cet autre escalier ?

— À la tour. Mais venez par ici, je vais vous mon·r pourquoi j'ai besoin de votre aide.

Elle le mena jusqu'aux coffres et posa avec précau·n sa lampe sur le sol.

— Il faut les soulever le plus silencieusement possi·ɛ, murmura-t-elle.

À sa grande surprise, seuls les deux du haut étaient ·ırds. Très lourds. Aussitôt, le moine en considéra · et en souleva le couvercle pour en examiner le ·ntenu qu'il fixa d'un air déçu.

— De la terre... de la terre et des cailloux. À quoi ·la peut-il bien servir ?

Satisfaite d'être sur la bonne piste, Fidelma ne donna ·cune explication à son compagnon tandis qu'ils ·plaçaient très vite les coffres vides. Quand la voie fut ·gagée, elle adressa un grand sourire à Eadulf.

Ils se trouvaient devant un trou pratiqué dans le ·ır, une ouverture sombre de deux pieds sur trois.

Elle y passa la tête. Il s'agissait d'un petit passa visiblement creusé il y avait peu et qui s'agrandiss rapidement. De toute évidence, le contenu des de premiers coffres provenait de cette excavation, qui concernait que la partie étroite, dont un examen atte tif révélait qu'elle avait été bouchée depuis un certa temps et récemment rouverte.

Fidelma tendit le bras pour éclairer l'intérieur av sa lanterne. Un peu plus loin, le goulet s'élargiss mais sans dépasser cinq pieds sur quatre. Elle réfléc tout en respirant l'air humide et fétide qui s'en dég geait, un peu comme des relents d'eau stagnante. son avis, ce boyau devait mener quelque part car avait pris trop de soin pour en dissimuler l'entrée.

— Il ne me reste plus qu'à me glisser là-deda annonça-t-elle.

Eadulf parut dubitatif.

— C'est très étroit. Et si vous restiez coincée ?

Fidelma lui jeta un regard agacé.

— On verra bien, vous n'aurez qu'à m'attendre i

À peine s'était-elle engagée dans l'ouverture qu'e se sentit glacée jusqu'aux os. La surface pleine d'asp tés de la galerie l'égratignait, déchirait ses vêtements, quand le passage s'élargit, elle n'éprouva aucun sou gement. La sensation d'étouffement ne la quittait p Elle tourna sur la droite et tourna encore, jusqu'à qu'elle débouche sur une grotte basse de plafond permettait néanmoins de se tenir debout. Ce qui la fra tout d'abord, ce fut l'atroce odeur de putréfaction.

En se redressant pour éclairer les lieux, elle per l'équilibre, s'appuya au mur et entra en contact av une matière bizarre, froide et douce, un peu comme la fourrure mouillée.

Elle retira aussitôt la main et dirigea la lumière sur paroi.

Une vague de nausée la submergea et elle faillit :ler de dégoût.

Dissimulée dans une niche naturelle, une tête de nme dont les longs cheveux noirs collaient au age à moitié décomposé la fixait avec un rictus :rible. Et il y en avait une autre. La puanteur était olérable.

Pas besoin d'être devin pour comprendre qu'il gissait de sœur Almu et de sœur Síomha, dont les its étaient d'ailleurs facilement reconnaissables.

Quand Fidelma sentit une main peser sur son ule, elle poussa un grognement terrifié, faillit lais- échapper sa lampe et se retourna pour se retrouver e à un frère Eadulf perplexe.

— Que votre hameçon attrape un renard la pro- ine fois que vous irez à la pêche ! s'écria-t-elle nt de s'accrocher à lui.

Eadulf cligna des paupières, peu habitué à entendre jurons irlandais sur les lèvres de la jeune religieuse.

— Désolé. Je croyais que vous saviez que je vous vais.

Il s'interrompit devant la macabre découverte de lelma et avala sa salive avec difficulté.

— Ce sont... ?

— Oui, répondit Fidelma qui ne s'était toujours pas nise du choc qu'elle venait de recevoir.

— Je ne comprends pas. Pourquoi les a-t-on placées ?

— Je suis tout aussi désorientée que vous. Conti- ons notre exploration.

Fidelma n'avait pas fait un pas qu'Eadulf enserrait poignet et la tirait en arrière.

— Ce n'est pas le moment de prendre un bain ! oliqua-t-il quand elle lui jeta un regard affolé.

À ses pieds s'étendait une surface lisse et noire c
reflétait la lanterne. La plus grande partie de
caverne était inondée et deux tonneaux vides flottaie
sur l'eau. De temps à autre une vaguelette les mett
en mouvement : ils se croisaient, se frôlaient et
l'instant où ils se toucheraient, songea Fidelma,
produiraient ce bruit sourd montant de la cave jusq
dans la chapelle qui servait de chambre de résonan

Et à part les deux barriques sur cette nappe liqui
qui semblait alimentée par un goulet communiqu
avec la mer, rien. Ce bassin plus ou moins stagnant
devait pas beaucoup bouger avec la marée. Fidel
remarqua de la boue rouge sur les dalles qui pavaie
la caverne. Levant sa lanterne pour examiner
parois rocheuses, elle vit qu'elles étaient traversées
veines verdâtres.

— Incroyable ! s'écria brusquement Eadulf. Po
riez-vous éclairer par ici ?

Fidelma le rejoignit alors qu'il fixait sur un pan
mur un dessin ressemblant étonnamment à la figu
gravée sur l'arche donnant accès aux sous-sols de
tour, derrière eux.

— Le molosse de Dedel, murmura Fidelma d'u
voix éteinte.

Eadulf fit la moue.

— Un molosse ? Pour moi, cela ressemble plutô
une vache.

— Dedelchú. Le dessin du molosse de Dedel.
prêtre païen...

Eadulf poussa un cri et à peine Fidelma s'était-e
retournée qu'il basculait sur elle. Déséquilibrée, e
alla se cogner à la paroi et parvint de justesse à ré
blir son équilibre tout en se cramponnant à sa lam
Puis, ne comprenant pas ce qui était arrivé à Eadu
elle s'accroupit près de lui et vit avec stupéfacti

'il saignait au front. Levant la tête, elle aperçut à la e lumière de la lanterne une silhouette qui brandist une épée.

Chaque muscle de son corps se crispa.

— C'était donc vous, Torcán ! s'exclama-t-elle ıne voix mal assurée malgré tous ses efforts pour simuler sa peur.

Le visage du jeune prince des Uí Fidgenti était passible.

— Je suis venu pour...

Puis tout bascula.

La lame qu'il tenait au-dessus de la gorge de lelma recula, comme si le fils d'Eoganán s'apprê- à frapper, puis Torcán s'immobilisa, parut surpris, ıba et de sa bouche entrouverte s'échappa un filet sang. Il oscillait, avec sur le visage une expression olée, presque comique, l'épée lui glissa des mains, a sur le sol et il tomba à genoux au ralenti, puis ffondra d'un bloc sur les dalles.

Sa chute révéla l'ombre qui se dressait derrière lui. Fidelma serrait si fort la lampe que personne urait pu la lui arracher.

L'homme s'avança, portant une épée luisante du g de Torcán.

Il y eut un silence, puis Eadulf se mit à quatre pat- en gémissant.

— Quelqu'un m'a frappé, grommela-t-il.

— Difficile de le nier, ne put s'empêcher d'ironiser elma, sans quitter des yeux le nouvel arrivant.

Adnár de Dún Boí s'avança dans le cercle de lumière.

— Vous êtes blessée ? demanda-t-il en rengainant lame.

Eadulf parvint à se relever. Il fixa le corps de Tor-, écarquilla les yeux et s'apprêtait à parler quand elma le saisit par le bras.

— Je n'ai rien mais mon compagnon nécessite (soins urgents.

Puis, se penchant sur le jeune prince, Fidelma co tata que le coup porté par Adnár lui avait été fatal.

Elle s'adressa alors au chef de Dún Boí.

— Il semblerait que vous m'ayez sauvé la vie, Adr

Le chef contemplait le cadavre à ses pieds d'un désolé.

— Je n'avais nullement l'intention de prendre sienne pour sauver la vôtre, confessa-t-il. J'espér simplement l'amener à parler.

— De quoi s'agit-il ?

— Je viens d'apprendre des nouvelles grav Fidelma.

Adnár jeta un rapide coup d'œil à Eadulf.

— Je suppose que vous êtes frère Eadulf ? Vo avez l'air mal en point. Sortons au plus vite de endroit malsain.

Fidelma examina son compagnon.

— Une blessure superficielle, fut sa conclusi Mais il faut la nettoyer. Torcán a dû vous frapper a une pierre. Venez, Adnár nous montrera le chemin.

Le chef se glissa dans le boyau, suivi des religie

Une fois dans le *subterraneus* de l'abbaye, Ead s'assit sur un des coffres en bois tandis que Fidel prenait une pièce de tissu sur une étagère et demand à Adnár de lui apporter une des jarres qui dégageai une odeur de *cuirm*. Elle mouilla le chiffon et l'app qua sur le front d'Eadulf.

— Quelle est cette grave nouvelle que vous v apprêtiez à m'annoncer, Adnár ? demanda-t-elle tan que son compagnon émettait un faible gémissement protestation sous l'effet de la brûlure de l'alcool.

— Il faut envoyer un message à Colgú. Il est en d ger. Le père de Torcán, Eoganán des Uí Fidgenti, or

;e un soulèvement contre votre frère à Cashel. Torcán sait partie du complot, j'ai surpris une conversation. cán est impliqué ainsi que son père, Gulban Œil-de-ucon, car Gulban, en se joignant à la conjuration, avait tenu l'assurance qu'Eoganán ferait de lui le chef des ígde. J'ai placé Olcán sous bonne garde et suivi Tor-n jusqu'ici, pensant qu'il avait rendez-vous avec des mplices. Quand j'ai vu qu'il allait vous frapper, j'ai ssitôt réagi. Je regrette de l'avoir tué par maladresse, : j'aurais voulu qu'il m'en apprenne davantage sur la ute trahison qui se prépare.

La surprise de Fidelma n'était pas feinte. Elle était nvaincue qu'Adnár soutenait le complot des Uí Fid-nti et voilà que sa déclaration l'amenait à changer licalement de point de vue.

— Gulban est votre chef, Adnár, objecta-t-elle. ›tre loyauté vous porte tout naturellement à vous ımettre à ses ordres.

— Pas quand il conspire contre mon roi et les ígde. Vous désapprouvez ma fidélité aux Loígde et Cashel ?

Fidelma secoua la tête et Adnár poursuivit :

— Je ne comprends pas quel but visait Torcán en vou-t vous tuer. Il eût mieux valu pour lui et ses acolytes 'ils vous retiennent en otage, dans l'éventualité où leur aque contre Cashel aurait échoué.

— Plus étonnant encore, derrière nous sont entrepo-:s les têtes de sœur Síomha et de sœur Almu, qui :st échappée des mines de cuivre de Gulban. Et j'ai quis la certitude qu'elle tentait d'avertir l'abbaye du ılèvement qui se préparait.

Adnár la fixa d'un air hébété.

— Suggérez-vous que Torcán les a assassinées ? ais pourquoi ? Pour les empêcher de révéler ses als desseins ?

Fidelma, qui avait terminé de nettoyer la blessu
d'Eadulf, se redressa. En ce qui la concernait,
nature de cette dernière confirmait qu'elle avait é
causée par une pierre lancée par Torcán. À moi
qu'il ne l'ait laissée choir sur la tête du Saxon.

— Si ce que vous dites est vrai il est de mon devo
en tant que magistrat, de vérifier votre découverte, c
Adnár.

Comme Fidelma n'y opposait aucune objection,
revint sur ses pas et s'introduisit dans le passage q
menait à la grotte.

— Cela vous dérangerait-il de m'expliquer ce q
se passe ? grommela Eadulf en se tenant le front.

— Eh bien, mon cher Eadulf, je crois que l
brouillards de la confusion commencent à s'éclairc
lui chuchota Fidelma à l'oreille.

— Pas pour moi, soupira le moine dont la pe
plexité ne faisait que croître. En tout cas, l'homme q
vient d'être occis est celui-là même qui m'a capturé
retenu prisonnier aux mines de cuivre.

— Je me doutais d'une histoire de ce genre. Je vo
prierai cependant de la garder pour vous pour l'instant

— Mais qui est cet homme ?

Fidelma céda à ses instances et le lui expliqua ra
dement. Quand Adnár réapparut, il semblait pétri
par l'horreur.

— Je les ai vues, ma sœur, haleta-t-il. Il s'agit là d'u
atroce découverte. En tant que *dálaigh*, vous êtes mie
placée que moi pour juger des décisions à prendr
Comment entendez-vous conduire cette affaire ?

Fidelma aida Eadulf à se remettre debout, prena
son temps pour répondre.

— Eh bien, Adnár, dit-elle enfin, nous allo
emmener frère Eadulf à l'hôtellerie où on lui fera
pansement avec des plantes cicatrisantes et penda

’il se repose, nous nous entretiendrons sur la meilleure ;on de procéder.

Plus tard dans la matinée, Fidelma et Eadulf, compagnés d’un petit groupe, retournaient dans la verne. L’abbesse Draigen, qui ignorait ostensible-ent la présence de son frère, était accompagnée de ur Brónach. Chacune à son tour identifia les terri-ntes têtes des sœurs Almu et Síomha. Deux nonnes ; placèrent alors dans un sac afin de les enterrer plus d avec les corps, et partirent avec sœur Brónach.

Draigen fixait avec dédain le cadavre de Torcán, i n’avait pas été déplacé.

— Peut-être que votre compagnon, dit l’abbesse à delma, pourrait aider Adnár à transporter ce cadavre leurs. Il n’a rien à faire dans l’enceinte de cette baye.

— Volontiers, mère abbesse, dit innocemment dulf, peu réceptif à l’agressivité de Draigen.

Mais Fidelma le retint un instant et se pencha sur le rps car son regard exercé avait repéré un renflement.

— Curieux, murmura-t-elle en glissant la main sous la iique du défunt d’où elle retira des feuilles de vélin.

La lanterne révéla qu’elles étaient maculées de :hes rougeâtres.

— Eh bien ? demanda l’abbesse.

Fidelma replia les pages en silence et les plaça dans *crumena*.

— Maintenant, vous pouvez faire enlever le corps, ıça-t-elle à l’abbesse sans lui répondre. Mais peut-e serait-il préférable qu’Adnár envoie chercher des rviteurs de Torcán pour se charger d’une besogne i sied mal à un *bó-aire* et à un frère de la foi ?

L’abbesse renifla avec hauteur et se détourna.

— Comme il vous plaira, du moment qu'il dispar du monastère.

Puis elle s'éclipsa tandis qu'Adnár levait les ye au ciel d'un air exaspéré.

— Il sera fait comme vous le souhaitez, dit-il Fidelma. Je vais envoyer un messager quérir domestiques de la maison de Torcán.

Et comme Fidelma ne faisait aucun commentaire prit congé.

Plus tard dans sa cellule de l'hôtellerie, Fidelr assise en face d'Eadulf, étala sur la table les feuil de vélin qu'elle avait subtilisées.

— Et alors ? De quoi s'agit-il ? demanda le mo saxon. L'abbesse n'a guère apprécié que vous lui fass des cachotteries quant au contenu de ce document.

À peine Fidelma avait-elle entrevu le texte qu'e avait compris qu'il s'agissait des pages manquan du *Teagasg Rí*, celles de la biographie de Corn Mac Art, qui venaient en appendice à ses règles sagesse. Elle les parcourut rapidement. Et comme e s'en était doutée, elles traitaient bien de l'histoire veau d'or, et plus précisément du fameux épisode narrait la vengeance du prêtre supposé avoir assass Cormac grâce à trois arêtes de saumon restées co cées dans la gorge du roi.

— Après cette infamie, lut Fidelma à haute voix prêtre maudit se retira, emportant avec lui la fabule idole qui valait plus que le prix de l'honneur de to les rois des cinq royaumes d'Éireann et du haut réunis. Le prêtre retourna dans son pays aux conf du royaume, au lieu dit des Trois Saumons, et il dis mula dans une caverne le veau d'or qui le mom venu renverserait la nouvelle foi. Et pendant les gé rations qui suivirent, chaque prêtre du culte de la b

›uleuse, en attendant le jour de gloire, prit le nom Dedelchú.

Eadulf fronça les sourcils.

— Le molosse de Dedel ? Vous l'avez déjà men-nné.

Fidelma sourit.

— Le molosse du veau. J'ai vérifié dans le *Glos-re* de Longarad : *Dedel* est un mot ancien, tombé désuétude, et qui signifie très précisément le petit ıne vache.

— Ne vous avais-je point fait remarquer que le des- dans cette cave ressemblait plus à un veau qu'à un en ? s'exclama un Eadulf rayonnant.

Fidelma poussa une exclamation agacée.

Le lendemain, en entendant une sonnerie de trom-te provenant de la forteresse d'Adnár, Fidelma sor-de l'hôtellerie. Deux bateaux venaient d'entrer dans ›ras de mer et se dirigeaient vers le port abrité. Elle onnut sans peine la *barc* de Ross. Quant au long sseau dans son sillage, c'était un navire de guerre, il battait pavillon de Cashel. Fidelma poussa un ıpir de soulagement. L'attente était terminée et ır la première fois depuis le départ de Ross, elle pirait.

CHAPITRE XVIII

Tout le monde était descendu à l'appontement p accueillir les nouveaux venus : Fidelma, Ead l'abbesse Draigen et sœur Lerben que Draigen, ig rant les conseils de Fidelma, avait confirmée dans rôle de *rechtaire*. Ils regardèrent Ross amarrer le p bateau de sauvetage.

Ross se hissa sur le débarcadère et tendit la m à un homme aux cheveux argentés d'apparen imposante. Malgré les ans, le vieil homme sauta à quai était encore beau et énergique. Sur habit, il portait un collier d'or, symbole de sa fo tion. Si son allure ne l'avait déjà distingué, emblème le désignait comme une personne de h rang.

Ross, rayonnant de plaisir à la vue de Fidelma, la saluer la première, oubliant le protocole qui vou qu'il présente d'abord ses respects à l'abbesse.

— Dieu merci, vous êtes saine et sauve, ma sœ Depuis que je vous ai quittée, j'avais perdu le sc meil.

Puis il adressa en souriant un petit hochement tête à Eadulf.

Fidelma lui rendit son salut.

— Nous sommes en excellente santé, Ross.

— *Deo adjuvante !* murmura le vieil homme. Votre
:e ne m'aurait jamais pardonné s'il vous était arrivé
lheur.

Ross répondit alors à la question qu'il lisait dans les
ıx de Fidelma.

— Je vous présente Beccan, chef brehon et juge du
ı des Loígde.

Le vieux brehon tendit les mains à Fidelma, le
ıge grave et les yeux pétillant de malice.

— Sœur Fidelma ! J'ai beaucoup entendu parler de
ıs. On m'a demandé de me substituer à Bran Finn,
:hef du clan des Loígde, pour juger qui est coupa-
et de quels délits en liaison avec cette trahison.

Fidelma, qui avait à juste titre supposé que Bran
n enverrait son plus haut magistrat pour présider
ıdience, lui présenta Eadulf.

— Le seul crime de vous avoir retenu captif était
à suffisamment ignoble pour mériter notre colère,
nda Beccan avec solennité. Dans notre royaume, la
ısgression des lois de l'hospitalité envers les étran-
s est considérée comme se répercutant sur tout
re peuple, depuis le haut roi jusqu'au plus miséra-
d'entre nous. Pour cela, je vous prie de nous par-
ıner et vous promets que vous recevrez une
npensation proportionnelle à l'offense.

— La seule compensation que je réclame, répliqua
lulf avec une égale dignité, est que justice soit ren-
: et que la vérité l'emporte.

— Bien dit, Saxon, lança Beccan, visiblement sur-
; par la maîtrise du gaélique d'Eadulf. Votre élo-
:nce proclame que vous avez étudié dans nos
lèges. Vous parlez parfaitement notre langue.

— J'ai passé quelques années à étudier à Durrow et
'uaim Brecain, expliqua Eadulf.

Draigen, vexée d'être tenue à l'écart, s'empre
d'intervenir. Dans des circonstances normales, le p
tocole aurait exigé qu'elle soit la première à accuei
le brehon.

— Je suis heureuse que vous soyez venu jusqu'i
Beccan. Il y a encore bien des choses à résoudre da
les affaires qui nous intéressent. Malheureuseme
cette jeune *dálaigh* envoyée par Brocc n'a pas sem
capable d'élucider ces mystères.

Beccan haussa les sourcils d'un air interrogateur
direction de Fidelma.

— Voici l'abbesse de cette communauté, et voici
rechtaire.

Beccan inclina la tête, tandis que la déception
peignait sur le visage de Draigen qui s'était vue da
l'obligation d'être présentée par Fidelma.

— Venez, abbesse, montrez-moi le chemin, amen
donc avec vous votre jeune hôtelière et nous déci
rons de ce qu'il convient d'organiser.

Escorté des deux femmes, le brehon s'éloigna av
un demi-sourire à l'adresse de Fidelma.

— Voilà un homme avisé, remarqua Ross. Il
que nous avons besoin d'un peu de temps pour n
accorder en l'absence de Draigen.

Il marqua une pause et secoua la tête.

— J'ai vraiment craint pour votre vie, Fidelma.
vous imaginais déjà prise dans ce soulèvement...

— Quelles nouvelles de ce côté-là ? Que s'es
passé ? demanda-t-elle avec anxiété.

— Je me suis donc rendu à Ros Ailithir avec sc
Comnat. À une demi-journée de navigation d'ici,
par chance croisé un bateau de guerre des Loí
loyal à Cashel. Je connais le capitaine et il a pris
lui de se rendre directement aux mines de cuivre
Gulban. Puis nous avons poursuivi notre route jusq
Ros Ailithir et là, nous sommes entrés en relat

:c l'abbé Brocc et Bran Finn, qui a immédiatement bilisé son clan et envoyé des messagers à votre re. Bran m'a donné un bateau de guerre comme orte et avec le brehon, nous sommes revenus ici si vite que possible. Sœur Comnat a insisté pour ıs accompagner.

— Mais aucune attaque n'a été lancée contre shel ? demanda Eadulf qui se doutait bien que elma était dévorée d'inquiétude pour son frère.

— Nous ne savons rien, répondit Ross. Beccan a u pour mission d'emprisonner Adnár ainsi que tous ıx qui pourraient apporter leur soutien à Gulban. Il tégera l'abbaye jusqu'à ce qu'il reçoive d'autres tructions de Bran Finn. Dès que nous serons infors de ce qui se passe à Cashel, Beccan présidera une lience sur les événements qui ont plus particulièrent affecté l'abbaye.

Fidelma réfléchit un instant.

— Tout compte fait, cela m'arrange, Ross. Je met- ce délai à profit pour éclaircir un ou deux points ınt ma plaidoirie. Mais sommes-nous, ici, suffisamnt à l'abri des hommes de Gulban ?

Ross pointa du doigt le bateau de guerre ancré dans baie.

— Voilà une garantie qui me semble suffisante, mmela Eadulf.

Puis il plissa les paupières.

— Voici notre chef local, Adnár, qui vient se préter au brehon.

Un bateau venait de quitter le quai de Dún Boí et versait le bras de mer. Adnár, reconnaissable à sa ıière d'un noir de jais, était assis à la poupe.

— Si cela ne vous dérange pas, Ross, dit Fidelma répugnait pour l'instant à se confronter à Adnár, merais m'entretenir avec sœur Comnat.

Aussitôt, Ross aida Fidelma à grimper dans s(embarcation, Eadulf la suivit, et ils voguaient dé vers le *Foracha* quand Adnár accosta à l'embarc dère.

Ils trouvèrent sœur Comnat dans la cabine de Ros Malgré ses traits tirés, elle avait bien meilleure mi que lors de sa première rencontre avec Fidelma.

— Tout va bien ? demanda aussitôt sœur Comn en voyant entrer Fidelma et Eadulf.

— Nous ne serons pleinement rassurés que dans jour ou deux, ma sœur, répliqua Fidelma. Toutefc Torcán des Uí Fidgenti a été ajouté à la liste d récents décès à l'abbaye.

— Le fils d'Eoganán des Uí Fidgenti ? Que faisa il au monastère ?

L'inquiétude se peignit sur les traits de la vieil bibliothécaire.

Fidelma prit place sur la couchette et fit signe Comnat de se rasseoir.

— Vous avez bien mentionné que vous l'aviez entraîner les hommes de Gulban quand vous avez é capturée avec sœur Almu ?

— Oui.

— Frère Eadulf l'a identifié comme étant le jeu chef en charge des mines.

— Oui, il se trouvait aux mines de cuivre.

— Dites-moi, sœur Comnat, vous qui êtes une fi lettrée, connaissez-vous la signification du nom Torcán ?

Comnat parut perplexe.

— Est-ce vraiment important ?

— Je vous en prie.

— Attendez que je réfléchisse... cela doit venir *torcc*, le sanglier.

— Vous m'avez rapporté qu'avant de disparaître, ur Almu avait prononcé des paroles dont la signifi-tion vous avait échappé.

— Oui. Elle a dit...

Comprenant brusquement où Fidelma voulait en nir, elle laissa sa phrase en suspens, puis se reprit.

— Peut-être ai-je mal interprété sa remarque. Almu effectivement mentionné un sanglier, c'est du moins qu'il m'a semblé... Suggérez-vous que c'est Torcán i a aidé Almu à s'échapper avant de l'assassiner ? ais pourquoi donc ? Cela n'a pas de sens.

— Vous avez mentionné qu'Almu était une amie de omha.

Comnat hocha la tête.

— Elles étaient très proches.

— Dans ce cas, si Almu est rentrée à l'abbaye sans combres, sa première réaction a dû être de partir à recherche de Síomha, avant même de prévenir bbesse.

— Peut-être.

— Revenons à ce jour où un vieux mendiant est venu us vendre une copie de l'ouvrage du haut roi Cormac, *agasg Rí*. Vous souvenez-vous de cet homme ?

En d'autres circonstances, sœur Comnat n'aurait s manqué de demander à son interlocutrice ce qui otivait un changement de sujet aussi abrupt, mais tincelle qu'elle surprit dans les yeux de Fidelma mena à répondre sans plus d'atermoiements.

— Je m'en souviens. Cela se passait une semaine ant que sœur Almu et moi-même ne partions pour d Fhearta.

— Le mendiant s'est-il rendu directement à la bliothèque ?

— Non. Il a d'abord montré le livre à Draigen, qui 'a fait venir pour que j'estime sa valeur. L'abbesse,

qui est dotée de nombreux talents, ne s'intéresse p
beaucoup aux livres. J'ai alors constaté qu'il s'agiss
d'une bonne copie.

— Des pages avaient-elles été coupées ou endo
magées ?

— Non, il était en excellent état pour un ouvra
aussi ancien. Mais ce qui faisait son prix était conte
dans l'appendice relatant la vie du haut roi. J'ai dc
conseillé d'acheter cet ouvrage au vieil homme ou
l'échanger contre de la nourriture.

— Je vois. L'abbesse a-t-elle gardé le livre pour
prendre connaissance ?

— Non. Je l'ai emporté avec moi et j'ai demand
sœur Almu d'en étudier les caractéristiques et de
consigner dans le catalogue.

— Malgré son jeune âge, sœur Almu était-elle u
érudite ?

— Oui, une jeune fille très compétente. Elle ca
graphiait admirablement et connaissait le grec, le la
aussi bien que l'hébreu.

— Déchiffrait-elle l'ogham et la langue des Féin

— Bien sûr. Je les lui avais appris moi-même. E
avait l'esprit vif. Sans vouloir offenser sa mémoire,
propagation de la foi la concernait d'assez loin, m
elle appréciait les livres et plus particulièrement
anciennes chroniques.

— Donc sœur Almu a examiné attentivement
texte ?

— Tout à fait.

— Si elle y avait trouvé un épisode digne d'inté
à qui en aurait-elle parlé ?

Sœur Comnat fronça les sourcils.

— Je suis la bibliothécaire.

— Admettons qu'elle ne veuille pas vous dérang
dit Fidelma en choisissant soigneusement ses m

ır ne pas désobliger la vieille nonne, aurait-elle pu dresser à son amie Síomha ?

– C'est concevable, mais pourquoi aurait-elle agi si, je me le demande.

idelma se leva brusquement.

– Je vous remercie, sœur Comnat, je crois que je nmence à comprendre bien des choses.

Sur le pont, Fidelma demanda à Ross si un de ses rins pouvait l'emmener en barque avec Eadulf qu'à la forteresse d'Adnár. Pendant la traversée, elma, qui avait exposé dans le détail les événents survenus à l'abbaye à son compagnon, confessa perplexité sans s'étendre davantage sur ce qui la trariait. Il n'insista pas car il ne connaissait que bien cette expression absente et butée que mont parfois la religieuse : plus elle s'approchait de sa ie, plus elle répugnait à révéler ses pensées.

Mais, devant sa déception, elle posa une main rasante sur son bras.

– Le procès ne s'ouvrira que quand Beccan sera t. Entre-temps, vous aurez tout le loisir, vous aussi, réfléchir aux données du problème.

– Auriez-vous dans l'idée qu'Almu et Síomha partaient un secret qui a précipité leur mort et aurait pu voquer la nôtre car il intéressait Torcán de très près ?

– Vous avez l'esprit vif, Eadulf, lança Fidelma c un grand sourire.

À cet instant, l'embarcation accosta au débarcadère ls grimpèrent à la forteresse dont un guerrier interait l'entrée.

– Adnár est en visite à l'abbaye, ma sœur.

– Ce n'est pas Adnár que je souhaite rencontrer is Olcán.

– Il est retenu prisonnier et je ne suis pas autorisé laisser s'entretenir avec quiconque.

— Et moi je suis *dálaigh* des cours de justice
vous devez vous soumettre à mon autorité.

Le guerrier hésita mais l'expression de Fidelma
convainquit de battre en retraite.

— Par ici, ma sœur, murmura-t-il.

Olcán, qui était enfermé dans une cellule des sou
sols de la forteresse, apparut échevelé et furieux.

— Mais que se passe-t-il ? s'écria-t-il en bondissa
de sa paillasse. J'attends des éclaircissements,
sœur : pourquoi m'a-t-on jeté ici ?

Fidelma attendit que le guerrier soit ressorti
cachot.

— Adnár ne vous a-t-il rien expliqué ?

Le fils de Gulban fixa Fidelma, puis Eadulf,
ouvrit les mains en un geste de stupéfaction impu
sante.

— Il m'accuse d'être un conspirateur !

— Votre père Gulban a bel et bien conspiré av
les Uí Fidgenti pour renverser le roi de Cashel.

— Mon père ! s'exclama Olcán avec amertum
Mais il ne me confie jamais ses plans ! Qu'y puis-je,
je suis le fils de mon père ?

— Adnár affirme que vous étiez impliqué dans
complot avec Torcán. Niez-vous avoir eu conna
sance qu'il se préparait un soulèvement dont vo
ami Torcán était l'un des organisateurs ?

Olcán semblait outragé.

— Torcán était un invité de mon père qui désir
que je l'accompagne à la chasse et à la pêche. On m
demandé de lui tenir compagnie, de multiplier
amabilités et de prévenir ses moindres désirs.

— L'autre jour, vous êtes venu à l'abbaye pour
poser des questions et ensuite, vous vous êtes ren

le navire breton pour enquêter auprès d'Odar.
ırquoi cela ?

— J'agissais à la demande de Torcán.

Cette réponse surprit Fidelma.

— Vous obéissez à Torcán sans lui demander d'expli-
.ons ? Depuis quand lui servez-vous de domestique ?

— Non, ce n'est pas ça. Torcán m'a raconté qu'il
ıs suspectait, vous et Ross, de manigancer un mau-
s coup pour empêcher Adnár de récupérer ce navire,
ıuel il avait droit au nom des lois des prises de mer.

— Et vous l'avez cru ?

— Avouez qu'il se passait des choses bizarres sur
vaisseau ! Et vous-même et Ross sembliez y être
ociés.

— Vous m'assurez que vous ignoriez tout du
nplot jusqu'à ce qu'Adnár vous jette en prison ?

— Je vous le jure. Hier matin, alors que je dormais,
nár et ses hommes m'ont réveillé pour m'amener
Plus tard dans la journée, Adnár est venu me
onter qu'il avait tué Torcán. Il m'a alors appris
avec mon père et Eoganán des Uí Fidgenti, il était
ɔliqué dans une conjuration visant à renverser le roi
ıgú. Par la sainte croix, ma sœur, je n'ai jamais
'té le moindre intérêt au pouvoir. Je ne connais
ctement rien en ce domaine.

'idelma secoua la tête d'un air pensif.

— Votre histoire est tellement invraisemblable,
:án, qu'il se peut que vous disiez vrai. Un conspira-
r, et qui plus est un meurtrier, s'arrangerait pour
ıafauder un conte un peu plus crédible.

Eadulf fixa Fidelma avec surprise. Lui-même n'avait
s'empêcher de juger les justifications d'Olcán par-
ement fantaisistes et il décida d'intervenir.

— Fidelma, sœur Comnat m'a rapporté que la capi-
: de Gulban était un camp militaire où Torcán

entraînait les hommes de ce chef. Comment Ol
aurait-il pu l'ignorer ?

— Je n'ai pas vu mon père depuis des mois. N
nous entendons très mal et n'avons rien de comm
Je vous l'ai déjà expliqué.

— Depuis combien de temps êtes-vous l'in
d'Adnár ? demanda Fidelma.

— Je suis arrivé deux jours avant vous.

— Donc vous n'étiez pas ici quand on a décou
le corps décapité dans l'abbaye ?

— Non, comme je vous l'ai déjà précisé.

— Et avant cela, où séjourniez-vous ?

— Chez un chef du clan des Duibhne.

— Vous y avez passé combien de temps ?

— Trois mois.

— Il nous suffira d'envoyer un messager au c
des Duibhne pour le vérifier.

— Faites, je n'ai rien à cacher.

— Et quand êtes-vous revenu chez les Beara ?

— Un peu avant mon arrivée chez Adnár. Je s
venu directement ici, sachant qu'il m'accueille
plus cordialement que mon père. Gulban a déjà d
gné un de mes cousins comme *tánaiste*, héritier p
somptif. Je ne nourris aucune ambition dans le clan
mon père.

— Alors comment se fait-il que Gulban vous
prié d'organiser les plaisirs de Torcán ? s'éto
Eadulf.

— Le lendemain de l'arrivée de Fidelma, Tor
s'est retrouvé ici porteur d'un message qui me pr
de l'accompagner à la chasse. Mon père sait que m
goûts me portent vers ce type d'activité. Je c
même que j'ai gardé ce billet qui doit être quel
part dans mes bagages.

— Les rumeurs de complot ne sont pas parvenues
squ'à vous ?

— Mais non, je vous le jure !

— Comment Adnár a-t-il eu vent de la conjuration
ntre Cashel ? insista Eadulf.

— Je suppose qu'il a surpris une conversation entre
rcán et un de ses hommes. En réalité, je l'ignore.

— Mais il a pourtant dit...

La porte du cachot s'ouvrit et frère Febal apparut,
ir furieux.

— Qu'est-ce que cela signifie ? De quel droit vous
s-vous introduite ici, ma sœur ? tonna-t-il en recon-
ıssant Fidelma. Ce jeune homme est un prisonnier
Adnár. Il est accusé de comploter contre Cashel.

— De quel droit, dites-vous ? Mais en raison de
ui que me confèrent mon rang et ma fonction,
pliqua calmement Fidelma. Je m'étonne que vous
gnoriez, Febal.

— Je ne peux vous autoriser à une telle démarche
ns le consentement d'Adnár.

— Vous n'êtes en rien concerné.

Fidelma étudia pensivement Olcán.

— J'en ai maintenant terminé. Bientôt cette affaire
a tranchée par le chef brehon des Loígde. En atten-
nt, Olcán, vous devrez vous accommoder de cette
uation.

— Mais je suis innocent !

— Alors profitez de cette infortune passagère pour
léchir à la destinée humaine, répliqua Fidelma avec
sourire narquois. Sénèque, dans *De Providentia*,
us a transmis un précieux enseignement : *Ignis aurum
bat, miseria fortes viros*, le feu met l'or à l'épreuve,
dversité fait de même avec les hommes forts. Puis-
nt ces tribulations vous révéler à vous-même.

Elle quitta la cellule, suivie d'Eadulf et de frè
Febal tandis que le garde refermait la porte de la geô

— Adnár ne manquera pas d'être averti de vo
intrusion ! grommela Febal.

— Mon cher Febal, tout le monde dans cette for
resse doit maintenant répondre de ses faits et gest
devant les soldats à bord du bateau de guerre d
Loígde ancré dans la crique, et devant Beccan, le ch
brehon des Loígde, qui agit en nom et place de Br
Finn, votre chef.

Frère Febal lui adressa un regard plein de ressen
ment.

— Personne n'est plus impatient que moi de v
ouvrir ce procès, ma sœur. Tout ce dont j'accu
Draigen sera enfin révélé au grand jour.

Avant qu'il ait pu ajouter quoi que ce soit, Fidelm
avait déjà entraîné Eadulf hors de la forteresse.
regagnèrent leur barque et Fidelma surprit Eadulf
demandant aux rameurs de les ramener au navire ma
chand. Une fois à bord, elle pria Odar de se joindre
eux pour une brève expédition.

— Je veux que vous m'emmeniez voir ce ferm
qui vous a loué les chevaux, lui déclara-t-elle.

— Barr ?

— Oui. Où habite-t-il ?

— Dans la montagne, à une bonne heure de ma
che, répondit le marin.

Barr, un petit homme robuste à la barbe brou
sailleuse et d'une saleté assez repoussante, était da
son jardin. En les voyant arriver, il les examina de s
petits yeux marron plantés dans sa face ronde,
Fidelma songea qu'à côté de lui, un cochon ne ma
quait pas d'attrait.

— Bonjour, Odar, lança Barr à l'adresse du marin. vous venez pour me louer les chevaux, je les ai ndus. Pendant l'hiver, le *cuirm* est d'un plus grand confort que les bêtes.

— Nous ne sommes pas venus pour les chevaux, clara Fidelma.

L'homme la regarda d'un air interrogateur.

— Avez-vous retrouvé votre fille ? demanda la reli-euse.

Il éclata de rire.

— Je n'ai pas de fille. Qu'est-ce que...

Puis il s'empourpra. À l'évidence, Barr était un piè-menteur.

— Dans ce cas, pourquoi avez-vous raconté à bbesse que vous étiez sans nouvelles de votre fille ?

Barr paraissait désemparé.

— On vous a payé pour vous rendre à l'abbaye, est bien cela ?

— Il n'y a pas de mal à ça ! protesta le fermier. Ce ıne homme m'a juste prié d'aller examiner un cada-e en prétextant que ma fille avait disparu. J'étais nsé m'assurer que ce n'était pas elle.

— Bien sûr. Il vous a proposé de l'argent ?

— Assez pour acheter trois bons chevaux.

Le fermier fit la grimace.

— J'ai marchandé avec lui. Il tenait à mes services.

— Qu'attendait-on de vous exactement ?

— D'étudier attentivement le corps et de le décrire jeune homme.

— C'est tout ?

— Oui. De l'argent facilement gagné, avouez-le.

— En mentant à l'abbesse d'une communauté. viez-vous déjà rencontré ce jeune homme ?

— Non, mais il avait passé la nuit ici. Il attendait e femme.

— Quelle femme ?

— Une femme qu'il devait retrouver à la fer
mais elle n'est pas venue. Au matin, il est parti m
le lendemain, il a frappé à ma porte et c'est là
nous avons conclu notre affaire.

— Pouvez-vous me le décrire ?

— Mieux que ça. Il se déplaçait avec une escort
j'ai entendu un de ses hommes l'appeler par son n
C'était le seigneur Torcán.

Deux jours plus tard, alors que les membres de
communauté sortaient du réfectoire après le prem
repas, un nouveau navire de guerre arriva dans la
que et prit position à côté de celui des Loígde,
loin de la *barc* de Ross et du vaisseau breton. Il ar
rait les bannières des Loígde et de Cashel.

Fidelma et Eadulf se joignirent à Draigen, Bec
et Ross pour descendre au débarcadère. De là,
virent une embarcation où avaient pris place un r
gieux et un guerrier de belle stature. Bientôt, le gu
rier agile sautait à quai et aidait le religieux à pren
pied sur l'appontement.

Le guerrier se dirigea droit sur Beccan, qu'à l'
dence il connaissait, et le salua.

— Je vous présente Máil des Loígde, anno
Beccan.

Le moine, un jeune homme au visage de chérub
leva les mains et inclina la tête pour saluer le p
groupe. Malgré de bonnes joues rouges et des tr
enfantins, il dégageait un air d'autorité.

— Je suis frère Cillín de Mullach, annonça-t-il.

— Frère Cillín, qui a récemment rejoint la confr
de Ros Ailithir, a été mandaté ici par l'abbé Broc
Bran Finn, suite à certaines rumeurs, précisa Máil.

Le moine s'adressa alors à eux avec solennité :

— J'ai été chargé de toutes les congrégations reli-
uses de cette péninsule...

L'abbesse Draigen émit une exclamation étouffée n'échappa point à Cillín. Avec un sourire froid, il ssa son regard flotter dans sa direction.

— L'abbé Brocc m'a confié la tâche de réorganiser religieux, de les ramener aux préceptes de la foi et 'obéissance envers leurs chefs légitimes. Je ne res-ai ici qu'un jour ou deux avant de gagner la capi-e de Gulban, plus au nord.

Fidelma, qui surveillait Draigen du coin de l'œil, se que des affrontements sévères s'annonçaient.

Elle s'avança de quelques pas et fit les présenta-ns, puis, s'adressant au moine, lui posa la question lui brûlait les lèvres :

— Quelles nouvelles de Ros Ailithir ?

— Eoganán et ses rebelles sont passés à l'attaque. rsonne ne vous a-t-il encore rien raconté ?

Le cœur de Fidelma se mit à battre plus vite.

— Eoganán s'est donc effectivement révolté contre shel ? Comment va mon frère Colgú ? interrogea-lle d'une voix frémissante malgré le calme délibéré ec lequel elle avait posé sa question.

— Ne craignez rien, intervint aussitôt le guerrier. lgú est en sécurité à Cashel et le soulèvement a été mpté. Il était d'ailleurs condamné avant même voir commencé.

— Avez-vous plus de détails ? demanda Beccan, Fidelma était restée muette de soulagement.

— Il semblerait que Colgú ait ordonné à ses guer-rs de frapper Eoganán et les Uí Fidgenti avant 'ils aient terminé leurs préparatifs. Le soulèvement vait être lancé au printemps, quand le sol est plus me, et permet de mieux manœuvrer ces engins de struction francs dont Gulban avait fait l'acquisition.

Le clan Arada porta directement la bataille à l'i
rieur du territoire des Uí Fidgenti.

— Continuez, le pressa Fidelma.

Elle savait que le clan des Arada Cliach occu
des territoires situés à l'ouest de Cashel, entre
vieille capitale et les terres des Uí Fidgenti. Dep
des temps immémoriaux, les membres de ce c
étaient réputés dans les cinq royaumes pour le
prouesses de cavaliers et de conducteurs de chars.

— Eoganán, reprit Máil, qui appréciait visiblem
l'attention dont il était l'objet, comprit qu'il ne p
vait plus attendre l'aide de Gulban et il mobilisa
hommes de son clan pour le défendre. Les d
armées croisèrent le fer au pied de la colline d'Ái

Au cours de ses nombreuses pérégrinati
Fidelma s'était déjà rendue à Áine, située sur une h
teur où s'élevait une forteresse dominant les plaine
perte de vue. On disait que c'était le trône de la dée
dont elle portait le nom.

— De notre côté, les pertes ont été assez légère

— *Deo gratias !* s'écria Beccan.

— La victoire est allée aux Arada et à Cashel.
Uí Fidgenti ont fui le champ de bataille où gisait,
avec bon nombre de rebelles, Eoganán, leur roi a
proclamé. Cashel est sauvé. Votre frère se port
merveille.

Fidelma resta longtemps silencieuse, tête baissé

— Et quelles nouvelles de Gulban et de ses me
naires francs ? demanda Eadulf.

Cette fois, ce fut Cillín qui fournit la réponse.

— Un de nos navires de guerre, alerté par Ross
a quelques jours, s'était aussitôt dirigé vers les mi
de cuivre. Le hasard a voulu qu'il arrive à l'instan
Gulban en personne faisait manœuvrer ses engins
mort. Comment les appelle-t-on déjà ? des *tormen*

guerriers de Loígde ont attaqué avant que Gulban
sse organiser sa défense et toutes les machines ont
brûlées et détruites. Les Francs qui n'avaient pas
tués ont été capturés. Quant aux prisonniers, Bre-
s ou autres, ils ont été libérés.

– Et quand tout cela est-il arrivé ? demanda
elma.

– Il y a quatre jours, répondit Máil en fronçant les
rcils. Mais si vous tenez à savoir la date exacte, je
pose que c'est pour écrire une chronique ?

'idelma éclata de rire et les autres la fixèrent
ıme si elle avait perdu l'esprit.

– Vous n'êtes pas loin de la vérité, Máil. Quatre
rs, dites-vous ?

Elle se tourna vers Beccan.

– Dans ce cas, je pense qu'il est inutile de remettre
s longtemps l'audience. Je suis dès maintenant en
ure de révéler l'identité de la personne responsa-
des meurtres qui ont endeuillé l'abbaye.

– Comment cela ?

C'était la voix de l'abbesse Draigen.

– Cette question a déjà été résolue ! s'exclama-
le. L'assassin est le fils d'Eoganán, Torcán des Uí
genti. Il ne reste plus à Beccan qu'à s'accorder
c...

– Torcán est-il ici ? l'interrompit Máil, brusque-
nt très intéressé. J'ai reçu l'ordre de l'emmener à
hel où il doit être jugé pour son implication dans
onspiration de son père.

– Non, il est mort, lui apprit Fidelma. Adnár, le
f local, l'a transpercé de son épée alors qu'il ten-
de me tuer. Par contre, Olcán, le fils de Gulban,
ici retenu prisonnier par Adnár qui l'accuse d'être
pliqué dans la rébellion.

– Je vois.

En réalité, Máil était clairement dépassé par événements.

— Je crois plutôt que vous verrez bientôt, se moc gentiment Fidelma. Ou du moins je l'espère. Je s prête à exposer ma version des faits devant Beccan

— Très bien, trancha le juge. Les débats se ti dront cet après-midi dans les bâtiments de l'abba Dressez la liste de ceux dont les témoignages vo seront nécessaires, ma sœur, et nous veillerons à qu'ils comparaissent devant nous.

CHAPITRE XIX

.a *duirthech* de l'abbaye du Saumon des trois sour- fut choisie par Beccan comme salle d'audience. fauteuil sculpté de l'abbesse avait été placé devant ıtel, face à la croix d'or. Beccan s'y installa. Son ıbe personnel prit place à sa droite auprès de lui, un tabouret, pour consigner la plaidoirie de elma qui s'assit sur le premier banc à droite de lée centrale, Eadulf à ses côtés. Ross et le frère lín de Mullach occupaient le banc juste derrière :. Un rang plus loin se tenaient Adnár, frère Febal e vieux fermier, Barr, que Fidelma avait fait convo- :r. Derrière eux, Olcán, encadré par deux guerriers Loígde, paraissait très abattu.

ɔur le premier banc, de l'autre côté de l'allée, ient réunies l'abbesse Draigen, sœur Lerben et ır Comnat, et sur le deuxième, sœur Brónach ompagnée de sœur Berrach, l'air embarrassé.

Tous les membres de la communauté qui avaient pu rer se pressaient dans une chapelle bondée. À la te, Máil et deux guerriers montaient la garde.

.es lanternes avaient été allumées et leurs lumières :illantes se reflétaient sur la grande croix d'or. La ıleur était suffisante pour qu'il ne soit pas néces- :e d'allumer le brasero.

Beccan ouvrit la séance en annonçant qu'il présid cette audience afin de prendre connaissance des preu rassemblées par Fidelma de Kildare, *dálaigh* des co de justice, dans l'affaire de la mort inexpliquée deux sœurs de la communauté. En fonction des é ments qu'elle apporterait, il déciderait de la nécess ou non d'ouvrir un procès pour juger le ou les coup bles qui lui auraient été désignés. Ce procès se tie drait à Cashel à une date ultérieure.

En ayant terminé avec les formalités préliminair Beccan fit signe à Fidelma qu'elle pouvait commenc

Elle se leva et prononça la formule rituelle, « *Pa tua* » qui signifie « avec votre permission », p tomba dans un profond silence, les mains croisées la tête baissée, comme si elle examinait quelq curieux motif sur le sol.

— J'ai rarement vu une telle accumulation de tr tesse dans une abbaye, furent ses premiers mots q résonnèrent avec une telle force que la communa fut parcourue par une houle réprobatrice. Cet endro reprit-elle, dégage une atmosphère de haine incompa ble avec une maison consacrée à la foi... j'ai découv dans cette congrégation l'illustration vivante des pa les du psaume 55 – *plus onctueuse que la crème est bouche et son cœur fait la guerre ; ses discours so plus doux que l'huile et ce sont des épées nues.*

L'abbesse Draigen fit mine de parler mais le breh Beccan l'arrêta d'un geste vif.

— Nous sommes maintenant dans une cour de ju tice, non dans une chapelle, et ici c'est moi qui déci qui doit s'exprimer, l'admonesta-t-il. Un *dálai* débute toujours par une introduction et ses parol pourront être contredites en temps utile.

Fidelma poursuivit son discours comme si de ri n'était.

— L'abbesse Draigen a fait appel à son supérieur
ns la foi, l'abbé Brocc de Ros Ailithir, pour qu'il lui
esse un *dálaigh*, après qu'un corps décapité eut été
couvert dans le puits principal de l'abbaye. Certains
jets attachés à ce cadavre revêtaient en la circons-
nce une signification particulière puisqu'il tenait un
icifix dans la main droite, et, lié au bras gauche,
e baguette de tremble gravée en ogham, en d'autres
mes un *fé*, un instrument de mesure pour une
nbe. L'inscription se référait à la déesse païenne de
mort et des batailles, la Morrigane. D'après sœur
ónach, le symbolisme de cette mise en scène sied à
meurtrier ou à un suicidé.

« Quelques jours plus tard, l'hôtelière de ce monas-
e, sœur Síomha, fut découverte assassinée en haut
la tour et portant sur elle les mêmes symboles. Dès
n arrivée, on m'affirma que la seule personne qui
ait des motifs pour commettre un tel acte était
bbesse Draigen. On ajouta qu'elle avait un goût
ononcé pour les jeunes novices qu'elle attirait ici...

Cette fois, Draigen bondit sur ses pieds et protesta
iyamment mais Beccan la rappela à l'ordre en des
mes peu amènes.

— Je vous ai déjà expliqué que vous pourriez vous
fendre ultérieurement. À la prochaine interruption
votre part, je me verrai dans l'obligation de vous
liger une amende pour outrage à brehon.

L'abbesse Draigen se rassit d'un air rageur tandis
e Fidelma levait une main conciliante.

— Mais ces histoires étaient motivées par la mal-
illance et avaient des visées plus sinistres encore,
mme je l'ai découvert plus tard. Si Draigen avait été
upable de tels méfaits, elle ne se serait pas risquée à
re appel à l'abbé Brocc pour qu'il dépêche un *dálaigh*
argé de mener une enquête sur un meurtre perpétré

dans ces murs. Cependant, l'abbesse a démontré qu'e préférait les règles des pénitentiels à nos lois séculièr Cette contradiction me troubla puis je compris, l'abbesse elle-même me le confirma, que sa décision faire appel à un *dálaigh* par l'intermédiaire de Br était motivée par le refus de laisser son frère, Adnár, mêler des affaires de l'abbaye en tant que magist local.

L'abbesse la fixa d'un air outragé mais ne bronc point.

— Ma première tâche fut d'identifier le cadavre puits. C'était celui d'une jeune fille dont le pou l'index et le petit doigt étaient teintés de bleu. Je p sai aussitôt à une scribe. Quand je découvris que de sœurs de la communauté avaient disparu, Comnat, bibliothécaire, et sœur Almu, sa jeune assistante, soupçonnai qu'il pouvait s'agir du cadavre de ce dernière. Trois semaines auparavant, les deux re gieuses s'étaient mises en chemin pour le monast d'Ard Fhearta et on ne les avait plus revues. Pour pas fatiguer mon auditoire, je dirai simplement q par la suite, mes suspicions s'avérèrent correctes. s'agissait bien de la dépouille d'Almu.

« Ayant découvert l'identité du corps, il ne me rest plus qu'à élucider le mobile du meurtre. Comment so Almu était-elle revenue à l'abbaye ? Pourquoi avait-e été assassinée avant d'être décapitée ? Que signifiai les objets trouvés sur elle ? L'examen du corps av révélé qu'elle avait été enchaînée et maltraitée avant s décès. D'autre part, ses pieds et ses ongles présentai des traces de boue rouge. Sœur Brónach m'apprit q cette coloration provenait d'une terre chargée de cui particulièrement abondante en cette région. N'est pas, sœur Brónach ?

La sœur au visage sévère se leva, hocha la tête et rassit.

– Quant à la mort de sœur Síomha, elle se présen-
sous un jour plus mystérieux encore, puisqu'elle retrouvée décapitée dans la tour et affublée des nes objets qu'Almu. Cependant, contrairement à amie, elle n'avait pas été déshabillée. Sans doute neurtrier savait-il que l'on découvrirait immédiate-nt son identité ou, mieux, tenait-il à ce qu'on la onnaisse. Ce qui m'intrigua, ce fut de retrouver de boue rouge sous les ongles de sœur Síomha, or, nd je l'avais vue quelques heures auparavant, ses ns étaient parfaitement nettes.

Puis je découvris des traces de sang dans l'esca-de la tour qui mène au *subterraneus*. Son meur-r lui aurait-il tranché la tête dans la salle de la osydre avant d'emporter son funeste trophée dans ave ? Oui, mais dans quel but ?

S'agissait-il de l'œuvre d'un fou ? Fallait-il cher-r ses motivations dans sa détestation de l'abbaye, l'abbesse, des religieuses en général ? Frère Febal respond à cette description, car sa haine de igen, qui a été son épouse, ne connaît pas de bor-. Ce fut lui qui tenta de me convaincre que igen entretenait des relations contre nature avec de nes novices. Frère Febal était un suspect sérieux.

Elle jeta un coup d'œil par-dessus son épaule à e Febal qui la fixait avec une expression vipérine son beau visage.

– Il s'avéra que les accusations portées par Febal tre Draigen étaient fausses.

Pour la première fois, Draigen parut vaguement sfaite.

– Mais, poursuivit Fidelma après un silence, tais-je pas en présence d'un complot plus subtil celui suggéré par Febal ?

Beccan s'éclaircit la voix.

— En êtes-vous venue à des conclusions plus pré ses ?

— Oui. Et pour une meilleure compréhension ma démarche, je vous demanderai de me laisser dé lopper l'histoire de mes recherches dans un or chronologique. Tout ce que j'affirme, je peux main nant le prouver.

— Nous vous écoutons, ma sœur.

— Il y a quatre siècles, les annales mentionnent qu' veau d'or d'une valeur inestimable fut conçu et adc Mais le haut roi Cormac Mac Art considéra cet a comme sacrilège et il condamna ce culte. Rendu furie par son verdict, le prêtre du culte du veau d'or tua C mac grâce à trois arêtes de saumon fichées dans la go du roi qui s'étouffa. Là encore nous nous retrouv confrontés à un conte symbolique car les trois arêtes saumon ont une signification bien précise.

« Peu de temps avant que les sœurs Comnat Almu ne se mettent en route pour Ard Fhearta, homme vint frapper à la porte de l'abbaye avec u copie du *Teagasg Rí* de Cormac, « Les Instructions roi ». Cet homme traversait une mauvaise passe désirait échanger le livre contre de l'argent ou de nourriture. Il ignorait probablement son conte Quand il le présenta à l'abbesse, elle envoya cherc sœur Comnat. Cette dernière estima que l'ouvra méritait que la bibliothèque en fît l'acquisition, une annexe sur la vie de Cormac, à la fin du traité, donnait une certaine valeur. Puis elle demanda à so Almu, son assistante, d'examiner le livre et de le cor gner dans le catalogue.

« Ainsi fut fait. Et maintenant, imaginez l'exci tion d'Almu quand elle découvrit dans le texte l'h toire du veau d'or. D'après ce manuscrit, la b fabuleuse, en or massif, avait bel et bien existé.

s, le prêtre du culte était originaire de la région. Le nbole de la déesse connue sous l'appellation de la ;ille Dame de Beara n'est-il pas une vache ? La teresse d'Adnár ne porte-t-elle pas le nom de Dún í, la déesse-vache ? Sans compter que le petit de animal est un veau.

— Nous connaissons depuis des lustres cette vieille ende ! Ne va-t-on pas bientôt en arriver aux choses ieuses ? s'écria Draigen à bout de patience.

Beccan, fâché par ses constantes interruptions, :ida de sévir.

— Je vous avais prévenue, mère abbesse, et je me s dans l'obligation de vous condamner à une ende d'un *sét*. Je suis cependant d'avis, sœur elma, que votre plaidoirie traîne en longueur. En oi votre récit se rattache-t-il au sujet qui nous pré-:upe ? Venons-en aux faits.

— Et au symbolisme des trois saumons ! répliqua elma. Nous savons que le site de cette abbaye était refois un lieu de culte païen. D'autre part, le nastère porte le nom de Saumon des trois sources. le s'agit pas seulement d'une image pour le Christ, is d'un lien avec le passé païen. Le fabuleux veau r fut dissimulé dans les grottes, sous cette abbaye. plupart d'entre vous ont certainement remarqué le sin d'un veau grossièrement gravé sur le mur de la e qui sert de remise. Eh bien, il en existe une répli- dans la cave adjacente.

Un murmure d'excitation s'éleva de l'assemblée.

— Sœur Almu fut la première à comprendre de quoi etournait en lisant le texte, qui disait que les prêtres culte du veau d'or vivant ici dans l'isolement ient pris le nom de Dedelchú, les molosses du veau. s vint Necht la Pure qui convertit cette terre à la ivelle foi et en expulsa les prêtres païens. D'après le manuscrit, voilà quatre siècles que sous l'abbaye cachée la statue d'un veau d'or massif, probablem oubliée puisqu'on n'y fait référence que dans ouvrage local. Imaginez alors l'excitation d'Almu !

— Pouvez-vous prouver ce que vous avance demanda Beccan.

Fidelma se tourna vers Eadulf qui lui tendit deux pages de vélin souillées.

— Ces deux feuilles ont été récemment coup dans le livre qui narre cet épisode. Elles ont été tr vées sur le corps de Torcán.

— Poursuivez.

— Je découvris que sœur Almu était la meille amie de Síomha. Il est donc naturel de supposer Síomha fut la première informée de sa découverte, de leurs échanges naquit le désir de s'approprier veau d'or. La constante de toute cette histoire est cupidité. D'après le poète Lucan, si vous offrez à personne affamée de l'or en quantité suffisante, peut très bien céder le peu de nourriture qu'elle p sède pour se l'approprier. Le lucre est un vice mau et dans cette histoire, sœur Síomha ignorait que faim, particulièrement pressante, était en réalité d'u nature morale et spirituelle.

« Síomha, dont l'âme était tombée dans la dépra tion, trahit son amie Almu. Elle la persuada de ne p ler à personne de sa découverte et ajouta sans do qu'elles en reparleraient dès son retour d'Ard Fhea Après le départ d'Almu, Síomha s'empressa d'im quer un troisième personnage dans l'affaire, auq elle narra toute l'histoire. Usant des pages du li comme guide, Síomha et son compagnon repérèr l'endroit où ils supposaient que la bête fabuleuse av été cachée aux yeux du commun des mortels, m ntrée de la grotte dans le *subterraneus* de l'abbaye it bouchée depuis longtemps.

« Afin de faciliter le travail de son comparse chargé dégager le passage donnant accès à la caverne dont pensaient qu'elle recelait le trésor, Síomha se porta lontaire pour assumer le plus grand nombre de gar- s de nuit possible dans la salle de la clepsydre. Une ule personne entendit du bruit tandis qu'on déga- ait le goulet : sœur Berrach. Cette jeune femme elligente, qui subissait les préjugés de ses compa- es et prétendait être à moitié idiote pour se protéger leur malveillance, étudiait en cachette la nuit dans bibliothèque, au cours des quelques heures qui pré- laient le lever du soleil. Mais même sœur Berrach ima que les coups qu'elle entendait n'étaient que le olongement des percussions relativement fréquentes e l'on percevait en ces lieux, et qui semblaient pro- nir d'une grotte sous la chapelle. À ce propos, ces ns caverneux étaient dus à deux tonneaux de bois ttant sur un bassin souterrain, montant et descen- nt avec les marées. Et donc l'interprétation de bbesse Draigen de ces bruits s'est avérée correcte.

Fidelma marqua une pause en remarquant que le ibe de Beccan éprouvait quelques difficultés à la vre, puis elle reprit :

— À peine le compagnon de Síomha venait-il achever son travail d'excavation que la situation se mpliqua. Sœur Almu revint inopinément à l'abbaye. r un terrible coup du sort, les sœurs Comnat et mu avaient été capturées et emprisonnées après oir découvert que Gulban, le chef des Beara, avait cidé d'appuyer les Uí Fidgenti dans leur complot ntre Cashel.

« Sœur Almu désirait s'évader. Or un jeune prince s Uí Fidgenti se trouvait dans les mines de cuivre où les nonnes étaient détenues. Almu, qui après une ten-tive d'évasion avortée avait été cruellement flagell savait qu'elle avait peu de chances de parvenir à s fins si elle ne trouvait pas un appui à l'intérieur campement. Et elle entreprit de se rendre utile aup de ce jeune homme. Almu, que je n'ai point conn était à l'évidence très astucieuse. Elle avait jaugé personnalité du jeune homme et n'ignorait pas que lucre était un de ses vices majeurs. Elle fit donc al sion à l'histoire du veau d'or, puis elle promit de confier son secret, ignorant que son amie l'avait d trahie.

— Je suppose que vous voulez parler du prin Torcán ? intervint Beccan.

— Effectivement. Torcán, poussé par la cupidi ramena Almu à l'abbaye après avoir convenu d' rendez-vous à la ferme de Barr. Comment Síomha son compagnon accueillirent-ils Almu ? Mainten nous le savons. Quant à Torcán, il l'attendit toute nuit à la ferme et ne la voyant pas, il s'inquiéta, pe sant qu'il avait été dupé.

« Au matin, il partit. Puis il réapparut. Il avait al appris qu'on avait découvert un cadavre dans le puits monastère. Torcán paya le fermier pour qu'il demand examiner le corps sous prétexte qu'il avait perdu sa fi et la recherchait dans tout le pays. D'après la descr tion du fermier, et bien qu'elle fût décapitée, Torc reconnut Almu à la description de Barr. À propos, B est ici pour confirmer mes dires.

Les cous s'allongèrent et les têtes se tournèrent direction du fermier qui gardait les yeux baissés dodelinant de la tête d'un air embarrassé.

— Ainsi Torcán est parvenu à mettre un nom sur cadavre alors que nous-mêmes avions échoué da cette tâche ? ironisa l'abbesse. Difficile à croire !

— C'est pourtant la vérité. Vous avez toutes été
mpées par le refus obstiné de Síomha de reconnaître
ı amie, qui avait sans aucun doute possible confié à
rcán que Síomha était dans le secret. Et quand Tor-
ı apprit que Síomha n'avait pas identifié Almu, il
nmença à la soupçonner de vouloir garder le trésor
ur elle.

— Insinuez-vous que c'est sœur Síomha qui a tué
mu ?

Draigen avait une fois de plus bondi sur ses pieds et
erpellé Fidelma avec des trémolos dans la voix, fai-
ıt fi des avertissements du brehon.

— Si elle n'a pas perpétré le crime de ses mains,
e en était l'instigatrice. J'ai commencé à avoir des
utes sur l'innocence de Síomha quand elle s'est
ésentée comme l'intime de l'assistante de la biblio-
écaire pour ensuite affirmer que la victime ne pou-
it en aucun cas être Almu. Ensuite, Síomha a menti
and elle a prétendu avoir tiré de l'eau du puits peu
temps avant sa découverte du cadavre avec sœur
ónach. Síomha et son complice avaient forcément
ongé la victime dans le puits avant l'aube, sinon les
ques d'être surpris auraient été trop grands. Le troi-
me indice qui me permit de tirer des conclusions
r l'implication de Síomha dans l'assassinat fut ses
eurs de calcul, cette nuit-là, sur les tablettes où elle
nsignait les heures.

— Quelles erreurs de calcul ? s'écria Draigen.

— Síomha, à la réputation de méticulosité extrême,
fourvoya à plusieurs reprises la nuit du meurtre
Almu, ce que sœur Brónach me fit remarquer en
ssant. En d'autres termes, à un moment donné,
omha délaissa la pendule à eau pour aller aider son
mpagnon à faire disparaître Almu, qui fut attirée
us un prétexte quelconque dans la cave de la tour

car elle avait de la boue rouge sous les ongles. O
me rapporta que cette même boue maculait le c
avant la toilette de la défunte. Et sœur Síomha,
s'était trompée dans ses notations, les corrigea
tard, ce que remarqua sœur Brónach quand elle
succéda auprès de la clepsydre au petit matin.

— Pourquoi Torcán n'est-il pas immédiatem
venu à l'abbaye pour y chercher le veau d'
s'étonna Beccan.

— Il était obligé de retourner aux mines de cu
pendant quelques jours, à cause de son implica
dans le complot. Quand il revint à la forter
d'Adnár et entra en relation avec sœur Síomha, il p
sait ne traiter qu'avec elle et lui demanda d'appo
le livre où se trouvaient les références dont il a
un besoin pressant. Comme il ignorait le titre
l'ouvrage, Síomha, tirant avantage de ce détail,
envoya une copie des annales de Clonmacnoise.
suspectant que Torcán pouvait la trahir, elle décida
lui faire porter le livre par sœur Lerben. Et comme
ne prend jamais assez de précautions, Síomha co
les deux pages essentielles de l'ouvrage de référe
authentique, le *Teagasg Rí*, qui se trouvait toujo
dans la bibliothèque, pour les confier à son acolyt

« Le hasard voulut que ce jour-là je me rendiss
la forteresse d'Adnár au moment où Torcán atten
Síomha qui devait passer par cette même route. Il
confondit avec elle et me décocha la flèche qui
était destinée. J'en réchappai de justesse. Quand T
cán et ses hommes comprirent leur erreur, ils tentè
de la couvrir en prétendant qu'ils m'avaient conf
due avec un chevreuil. Je n'y crus pas un seul ins
et mes soupçons furent confirmés lorsque app
sœur Lerben, en route pour la forteresse où elle de
porter un livre à Torcán.

En entendant cela, sœur Lerben devint pâle comme linge.

— J'aurais pu être tuée ! balbutia-t-elle.

Fidelma lui jeta un bref coup d'œil et poursuivit :

— Il ne fallut pas longtemps à Torcán pour compren- qu'il avait été joué. Aussitôt, il se précipita à bbaye, en quête de Síomha.

— Et il l'assassina ? demanda Beccan.

— Non, car dans cette intrigue, le compagnon de mha avait maintenant compris qu'elle représentait sérieux danger.

— Ah, son mystérieux compagnon, soupira Beccan. l'avais perdu de vue.

— La *rechtaire* représentait maintenant un lien trop dent entre cet homme et Torcán, et elle devait urir pour l'empêcher de découvrir la vérité.

— Mais qui est cet homme ? intervint Draigen. us en parlez beaucoup mais n'avez encore jamais ré son nom.

— Il s'agissait de l'amant de Síomha, déjà respon- ble du meurtre d'Almu.

La tension dans la chapelle était à son comble.

— Pour l'un et l'autre meurtre, cette personne tait arrangée de façon à faire d'une pierre deux ıps. Des objets symboliques furent placés sur les ps afin de leurrer les enquêteurs et semer la peur ıs la communauté. Peut-être même l'assassin espé- t-il que, saisies de terreur, les religieuses fuiraient bbaye, se croyant frappées d'une malédiction enne. Donc les victimes se retrouvèrent décapitées, ec un crucifix dans une main et un *fé* attaché à un s.

« À ce stade des événements, Torcán avait perdu de e le complot de son père contre Cashel. Peut-être, illeurs, ne s'y était-il jamais vraiment intéressé.

Obsédé par l'idée de cette fortune qui lui accorde non seulement la richesse mais aussi le pouvoir, cupidité eut raison de son bon sens. Lancé sur la pi de l'énigme, il utilisa le jeune Olcán comme appât l'envoyant à l'abbaye, puis sur le navire breton, p poser un certain nombre de questions qui détour raient aussitôt les soupçons sur lui.

« Torcán me surveillait de près. J'avoue (j'ignore jusqu'à quel point. Il me suivit, avec Ead quand nous nous rendîmes dans la cave où nous re râmes le passage qui menait au prétendu trésor. Je soupçonne de s'être imaginé que nous avions d découvert le veau d'or et il s'apprêtait à nous effra afin que nous lui révélions notre secret.

— Adnár, lui, affirme que Torcán s'apprêtait à v tuer quand il est intervenu pour vous sauver la vie, remarquer Beccan.

— Adnár s'est trompé. Aucune mort ne peut ê mise sur le compte de Torcán, seulement une tentat d'assassinat quand il m'a prise pour Síomha. Tor n'aurait jamais attenté à ma vie avant d'avoir obte les informations dont il me croyait détentrice.

— D'après ce que vous nous avez raconté, le m térieux amant de Síomha dont vous n'avez pas enc révélé l'identité ne peut être qu'Adnár.

— J'aurais dû m'en douter ! s'écria l'abbesse Drai avec dégoût.

— C'est faux ! hurla Adnár. Je n'ai jamais ent tenu de relations de ce genre avec Síomha.

— Elle a pourtant passé beaucoup de temps d votre forteresse, surtout au cours de ces trois derniè semaines, répliqua sœur Lerben. Je l'ai même sign à l'attention de sœur Fidelma.

Des exclamations et des chuchotements parcou rent l'assemblée.

– Vous vous trompez, dit calmement Fidelma. nár n'était pas l'amant de Síomha.

l se fit un profond silence.

– Nous sommes perdus, sœur Fidelma, fit observer ccan. Ne pourriez-vous enfin parler en termes rs ? À qui faites-vous allusion sans le nommer ?

– À celui que sœur Berrach aperçut juste après qu'il tué sœur Síomha, alors qu'il s'apprêtait à descendre ête mutilée dans le *subterraneus*. Berrach distingua silhouette encapuchonnée. Réfléchissez. Une seule nême personne avait abreuvé Adnár de mensonges Draigen, tenté de me persuader de leur véracité, agi nme le serpent rusé manipulant tout un chacun dans e tragédie en propageant des rumeurs infondées. Et seule personne n'appartenant pas à cette communté portait un capuchon.

À cet instant de la plaidoirie de Fidelma, frère oal bondit sur ses pieds et se fraya un chemin qu'à la fenêtre de la *duirthech*, mais le guerrier il et ses hommes le rattrapèrent alors qu'il grimpait le rebord tandis que des cris d'horreur et d'indiation fusaient de toute part.

Adnár, pâle et défait, secoua la tête tandis qu'on ravait Febal.

– Frère Febal vous a raconté que c'était Torcán istigateur de cette horrible affaire, n'est-il pas vrai, nár ? Il excellait à répandre des calomnies. Il vous nna les deux pages coupées dans le *Teagasg Rí*...

– N'avez-vous pas mentionné que vous aviez trouvé document sur le corps de Torcán ? s'étonna Beccan.

– Effectivement. Mais comment y était-il arrivé ? oal l'avait remis à Adnár...

– Il m'avait affirmé les avoir découvertes dans les oches de selle de Torcán, avoua Adnár.

— Et n'a-t-il pas ensuite suggéré que vous les c
simuliez sur Torcán ?

Adnár baissa la tête.

— J'ai réellement cru que Torcán allait vous tue
j'ai ajouté foi aux récits de Febal. Mais l'idée de g
ser ces feuilles sous la tunique de Torcán vient
moi. Après avoir regagné avec vous la première c
du *subterraneus*, j'ai craint que vous ne disposiez
de toutes les preuves nécessaires pour démontrer
culpabilité de Torcán et c'est là que j'ai commis
acte inconsidéré.

— Je sais. Pendant que je m'occupais de soigne
blessure d'Eadulf, vous avez trouvé une excuse p
retourner auprès du corps et avez glissé les feui
sous sa tunique.

Adnár parut surpris.

— Comment l'avez-vous su ?

— Eh bien, vous vous souvenez que j'exami
Torcán dans la grotte, puis nous raccompagnân
Eadulf blessé dans la première cave avant que vous
regagniez la grotte pour vous assurer de la véracité
mon récit. Quand nous y retournâmes en compag
d'Eadulf, de l'abbesse et de plusieurs religieuses,
remarquai un renflement sous le vêtement de Tor
qui n'était pas là auparavant. Je compris aussitôt
vous étiez l'auteur de ce stratagème.

— Adnár aurait donc été abusé et manipulé
Febal et vous l'absolvez de toute responsabilité d
cette affaire ? déclara Beccan.

— Adnár n'est nullement concerné par les assas
nats d'Almu et Síomha, et il ignorait tout de la cha
au veau d'or. Il demeure cependant coupable de com
cité dans la conspiration contre Cashel.

Le chef se leva.

– Mais c'est moi qui vous en ai avertie alors que sonne n'en avait encore été informé ! protesta-t-il jetant des regards désespérés autour de lui.

– Il a raison ! murmura frère Eadulf, mais Fidelma lui prêta aucune attention.

– Oui, Adnár, vous m'avez bel et bien mise en de... alors que le complot avait déjà échoué. Après rivée de messagers à votre forteresse aux premiè- heures du jour, vous avez aussitôt arrêté Olcán et vi Torcán dans les sous-sols de l'abbaye. Ces auts venaient vous prévenir, vous et Torcán, de la rt de Gulban et de la destruction des engins de lheur des mercenaires francs. J'ai vu ces cavaliers vaucher dans la neige alors que je m'apprêtais à oindre frère Eadulf. Sans doute ces événements traignirent-ils Torcán à agir sans attendre et à ir à l'abbaye pour une dernière tentative désespé- de retrouver le veau d'or.

L'expression du visage d'Adnár démontrait claire- nt que Fidelma avait marqué un point.

– Comprenant que vous devriez bientôt vous endre contre une accusation de sédition et pour nontrer votre loyauté, vous avez commencé par er Olcán dans un cachot, alors qu'il ignorait tout ce qui se préparait. Puis vous avez suivi Torcán qu'ici et m'avez informée du soulèvement tout en hant que Gulban avait échoué dans sa tentative de ition.

Beccan échangea quelques paroles à voix basse c son scribe avant de se tourner vers Fidelma.

– Si vous me permettez de résumer vos propos, sœur, Adnár est blanchi dans l'affaire des meur- s mais coupable d'avoir assassiné Torcán en s'ima- ant que cela était justifié ?

— J'admets que cet écheveau est un peu difficil démêler, déclara Fidelma, mais s'il était convain que Torcán était coupable d'avoir assassiné Almu Síomha, il l'a pourtant tué de façon préméditée pc l'empêcher de révéler que lui, Adnár, faisait partie complot.

Il y eut un moment de silence puis Adnár se ressais

— Je vous mets au défi de prouver que j'ét informé de cette conspiration !

— Je relève le gant. Souvenez-vous, quand vo êtes entré dans la grotte pour tuer Torcán, vous av appelé frère Eadulf par son nom. Comment auri vous connu son identité si vous n'aviez su ce qui tramait dans les mines de cuivre dont il venait tc juste de s'échapper ?

Adnár ouvrit la bouche, puis la referma, la culpa lité peinte sur ses traits. Enfin il se laissa choir sur s siège comme si ses forces l'abandonnaient.

Beccan parut satisfait.

— Il nous reste donc Febal comme meurtr d'Almu et Síomha, c'est bien cela ?

— Exactement. Il assassina Almu tout en cherch à égarer les soupçons. Quand Torcán le cerna de tr près, il sacrifia Síomha. Et Síomha était sa maîtress

Fidelma s'adressa alors à sœur Lerben.

— Contrairement à ce que vous imaginiez, ce n' pas Adnár que Síomha avait pris pour amant à D Boí mais Febal.

Febal se leva, les mains liées, entre les deux gu riers, et partit d'un rire hystérique.

— Très habile, *dálaigh* ! Ne vous avais-je pas dit q les femmes se soutenaient entre elles ? Eh bien, *dálai* puisque vous êtes si maligne, si vous nous disiez main nant où se trouve le veau d'or ? Après tous les effo qu'il m'a coûtés, j'exige le fin mot de l'énigme !

Le brehon Beccan se tourna vers Fidelma.

— Maintenant que nous avons consigné toutes les :uves et les confessions nécessaires, il semblerait : Febal a soulevé un point intéressant. Où est passé fameux veau d'or qui a fait couler le sang ?

Fidelma haussa les épaules.

— Hélas, ce mystère ne sera jamais totalement résolu.

L'assemblée manifesta sa déception par des soupirs des chuchotements.

— Vous voulez dire que mon sacrifice n'aurait de te façon servi à rien ? hurla Febal.

— Votre sacrifice ? tonna Beccan. Vous avez tué ıx membres de cette communauté et provoqué la rt de Torcán !

Il fit signe aux guerriers.

— Ôtez cet homme de ma vue, ainsi qu'Adnár, et menez-les à bord de mon vaisseau. Ils seront jugés Cashel.

Quand les prisonniers eurent quitté la *duirthech*, ccan adressa un regard plein de curiosité à Fidelma.

— Vous croyez réellement que ce veau d'or n'a nais existé ?

Fidelma fit la grimace et sourit.

— Au contraire. Qui sommes-nous pour mettre en ute les anciennes chroniques ? Mais il n'est certaiment plus dans cette caverne dont il a été retiré puis des lustres. Et cela explique que le passage ait bouché. Autrefois, sans doute avait-on accès à ce eau de grottes depuis la crique.

— D'où tirez-vous une telle explication ?

— De cette nappe souterraine où deux tonneaux ttent et se heurtent de temps à autre.

— Je ne comprends pas.

— C'est pourtant simple. Par quels moyens ces barues sont-elles arrivées dans cette caverne ? Comment la statue a-t-elle pu y être dissimulée et comment t-on pu l'en faire sortir ? Le goulet par lequel Feba Síomha y pénétrèrent ne mesurait que deux pieds large, comme Eadulf et moi-même l'avons const La logique veut que ces tonneaux – et *a fortiori* la s tue – y aient été introduits par une autre voie. D'au part, pour produire ces sons caverneux quand entrent en collision, ces tonneaux fort peu corrom et même relativement secs à l'intérieur ne remont pas à plus d'un siècle. Cela me pousse à penser lorsque ces barriques furent amenées dans la grotte veau d'or en fut retiré.

— Donc nous ne saurons jamais qui a dérobé veau d'or ni ce qu'il est devenu...

Fidelma laissa errer son regard sur la grande cr d'or et les statues posées sur leur socle. Puis ses ye bleus pétillant de malice revinrent à Beccan.

— D'après les annales, Necht la Pure purifia lieux pour mieux y instaurer la vraie foi et en cha le prêtre païen Dedelchú et ses adeptes. Et le ve d'or s'évanouit avec eux...

Le brehon se leva de son siège en souriant.

— L'audience est levée. Fidelma de Kildare, p mettez-moi de vous remercier. Vous avez dans ce affaire révélé un grand talent et je rends hommag votre sagesse.

Fidelma haussa les épaules.

— *Vitam regit fortuna non sapientia.*

— Si la chance et non la sagesse gouverne la alors la vôtre est insolente ! rétorqua le brehon d' ton moqueur.

ÉPILOGUE

ïidelma retrouva frère Cillín à la porte de la cha-
e.

– Mes félicitations, ma sœur. C'était une affaire
nplexe que vous avez résolue de main de maître.

– Febal n'est pas le seul ici qui se soit écarté du
min de la foi, lança Fidelma.

ïrère Cillín suivit son regard et vit Draigen plongée
s une conversation animée avec Lerben.

– Ah, oui. L'arrogance de l'abbesse. *Vanitas vani-
um, omnis vanitas*. J'ai été chargé par l'abbé Brocc
l'envoyer en pèlerinage afin qu'elle s'initie à
ımilité. Sœur Brónach sera nommée abbesse sous
direction.

– Vous allez maintenant rejoindre la capitale de
ban de l'autre côté des montagnes ?

– Oui. J'ai l'intention d'y fonder une nouvelle
grégation et l'abbaye du Saumon des trois sources,
fois purifiée du péché d'orgueil, prendra ses ins-
tions de cette communauté. Prions pour que
igen accepte la leçon et en tire un enseignement.

– *Vincit qui se vincit*, a dit Syrus – les vainqueurs
t ceux qui parviennent à se conquérir.

ïrère Cillín se mit à rire.

— Il n'a pas tort : celui qui se connaît et surmo ses conflits personnels peut accomplir bien des ch ses. J'espère seulement qu'il n'est pas trop tard p Draigen dont l'arrogance risque d'entraver la progr sion sur le chemin du discernement.

— Elle n'est pas du genre à accepter facilem l'autorité d'un tiers. Êtes-vous certain qu'elle v écoutera ?

— Vous m'avez raconté qu'elle avait incité so Lerben au meurtre de sœur Berrach, un meurtre év de justesse grâce à votre intervention. Je vais donc proposer un marché : si elle refuse de partir en pèl nage pour faire pénitence, elle devra répondre de s comportement devant un conseil de ses pairs ecc siastiques à Ros Ailithir.

— Dans ce cas, elle ne manquera pas de se plie vos exigences. La vanité de Draigen dissimule r une vie gâchée dès le départ. L'arrogance est la se armure qu'elle ait trouvée pour se protéger.

Frère Cillín fit la moue.

— Dois-je la prendre en pitié ? N'a-t-elle p trouvé suffisamment de réconfort dans ses attitu tyranniques ?

— Une vie brisée ne vous inspire-t-elle pas de compassion ?

— Je réserverai ce sentiment pour Lerben, écra par sa mère et maltraitée par son père. Que va-t-e devenir ?

— À vous de lui redonner espoir, frère Cillí C'est maintenant votre main qui va guider ces ge sur le chemin de la foi.

— Voilà une lourde responsabilité, soupira moine. Je préférerais porter la bonne parole chez barbares qui n'ont jamais entendu le message Christ, plutôt que de résoudre les conflits qui agit

âmes et ces esprits torturés. J'ai décidé de confier
ben aux religieux d'Ard Fhearta, où elle passera
lque temps à s'instruire auprès de ses aînés.

– Pauvre Lerben. Elle qui était si fière d'avoir été
nmée *rechtaire* !

– Elle a encore beaucoup à apprendre avant d'être
mesure d'éclairer son prochain ou d'exercer une
lconque autorité sur lui.

rère Cillín tendit la main à Fidelma.

– *Vade in pace*, Fidelma de Kildare.

– *Vale*, Cillín de Mullach.

uis Fidelma rejoignit Eadulf dans la cour de
baye.

– Et maintenant ? demanda le Saxon d'un air
ieux.

– Eh bien, pour tout vous dire, je n'ai nulle envie
rester en ces lieux sinistres et je retourne à Cashel.

– Alors nous voyagerons de conserve, répliqua un
lulf radieux. Ne suis-je pas l'émissaire de Théo-
e de Cantorbéry auprès de votre frère à Cashel ?

ur l'appontement, Ross les attendait, ainsi que
ur Brónach qui se tenait à l'écart en compagnie de
ur Berrach, appuyée à son bâton. Elles désiraient
iblement s'entretenir avec Fidelma qui s'excusa
rès de Ross et d'Eadulf avant de les rejoindre.

– Je voulais prendre congé de vous et vous remer-
r pour...

– Ne me remerciez pas, Brónach, l'interrompit
lelma.

– Je tenais aussi à m'excuser, poursuivit la reli-
use au visage solennel. Je croyais que vous me
upçonniez...

– Un esprit soupçonneux est indispensable à
xercice de ma profession, ma sœur, mais *vincit*

omnia veritas, la vérité finit toujours par triomp
répondit Fidelma avec un rien d'ironie.

Sœur Berrach poussa une exclamation désabusé

— À moins que l'on ne préfère la devise
Térence : *Veritas odium parit.*

Fidelma ouvrit de grands yeux.

— La vérité apporte la haine, dites-vous ?

Elle jeta un coup d'œil en direction de l'abbay
vit que l'abbesse était engagée dans un échange
vif avec frère Cillín.

— Oui, la vérité peut jouer ce rôle quand trop
gens s'efforcent de la dissimuler aux autres. Mai
haine la plus farouche ne naît-elle pas de ce que
se cache à soi-même ?

Sœur Berrach baissa la tête en signe d'accepta
de la remontrance.

— Sans vous, j'aurais été accusée d'un crime qu
n'avais pas commis. Les préjugés auraient eu ra
de moi.

— En vérité, les préjugés sont les enfants de l'ig
rance. Souvent, les gens se détestent parce qu
s'ignorent, mais plutôt que d'affirmer vos croyan
avec fermeté, vous-même avez posé sur votre vis
le masque qu'on vous tendait. Vous jouiez le
d'une simple d'esprit, vous simuliez un bégaiemen
prétendiez ne posséder aucune instruction tout en
sant vos nuits à étudier en secret à la bibliothèque.

— Je demeure persuadée que nous ne pouvons
éliminer les préjugés, protesta Berrach pour
défense.

— La connaissance qui nous différencie des
maux sert à nous rendre plus humains. Sœur Com
aura besoin d'une nouvelle assistante à la biblioth
et si elle est informée de votre savoir, je suis cert
qu'elle vous offrira de travailler avec elle.

ɔœur Berrach la remercia d'un large sourire.

— Je vous promets de ne point lui cacher mes ɛnts.

Fidelma hocha la tête, puis, avec un regard en coin ʒrónach :

— Votre mère devrait être fière d'avoir donné le ır à une telle enfant.

Le visage grave de Brónach exprimait maintenant ɛ crainte mêlée de respect.

— Cela aussi vous le saviez ?

— Si vous n'aviez pas démontré votre maternité ː votre prévenance envers Berrach, les histoires que ɪs m'avez toutes deux contées m'auraient suffisam-ɛnt éclairée. Votre mère était Suanach et vous ɔrouviez les croyances auxquelles elle adhérait, ɪs apparteniez à cette communauté où vous avez ıcontré quelqu'un qui vous a fait un enfant. Esti-ınt que vous ne pouviez élever votre fille ici, vous ɛz demandé à votre mère d'en prendre soin. Pour-oi trouviez-vous si difficile d'éduquer ce bébé à bbaye ? Parce qu'il avait un handicap physique qui cessitait une attention constante.

Sœur Brónach qui avait pâli releva le menton en un ste de défi.

— C'est exact, concéda-t-elle. Et maintenant assez vérité.

Berrach s'accrocha au bras de sa mère.

— Cela fait un certain temps déjà que je suis ormée de mon lien de parenté avec sœur Brónach. ɔus avez raison, ma sœur. Mon père refusait de ider à prendre soin de moi. Ma grand-mère, vous savez, m'éleva jusqu'à l'âge de trois ans. À l'épo-e, elle s'occupait d'une autre enfant, adolescente, lle-là. Elle était malveillante et jalouse, et, dans un cès de rage, elle poignarda ma grand-mère, me

laissant dans une situation désespérée. Brónac
défiant alors mon père, m'amena dans cette comm
nauté où elle m'éleva – moi et ma difformité.

Sœur Brónach fit la grimace.

— On me permit d'amener Berrach ici à la con
tion que je ne révèle jamais le nom de son père. J
tenu ma promesse. D'ailleurs, cela n'apporterait rie
Berrach de connaître l'identité de son géniteur.

— Je suis heureuse de n'en rien savoir, lui ass
Berrach. Ce n'est pas une grande perte. L'ironie
sort voulut que l'enfant qui avait tué ma grand-m
soit plus tard admise dans cette communauté p
ultérieurement y occuper la fonction d'abbesse.

— Elle ne va pas demeurer longtemps ici et Lerb
non plus, la rassura Fidelma.

Berrach tira la religieuse par la main.

— Mais vous ne raconterez notre histoire à p
sonne ?

— Je vous le jure. En ce qui me concerne, vo
secret est oublié et enterré.

Sœur Brónach essuya une larme.

— Merci, ma sœur.

Fidelma prit les mains des deux femmes dans l
siennes.

— Occupez-vous bien l'une de l'autre, mes sœu
comme vous l'avez fait par le passé.

La voile tomba en place le long du mât et l
marins l'arrimèrent tandis que Ross surveillait
manœuvre. Un vent violent soufflait sur la baie, c
ne parvenait pas à chasser l'amoncellement de nuag
lourds de neige dans le ciel tirant sur le noir. L'
était glacé, ce qui n'empêcha pas Ross de prenc
tranquillement la mer alors que, même dans la criq
la *barc* tanguait sur des eaux agitées. Les voiles

nflèrent et, avec Odar à la barre, le bateau s'élança ive allure sur les flots.

Sœur Fidelma et frère Eadulf se tenaient sur le pont poupe agrippés au bastingage pour garder leur uilibre, en compagnie d'Odar et de Ross, jambes rtées et solide sur ses deux pieds. Le robuste marin tourna vers eux d'un air d'excuse.

— Ça va tanguer, cria-t-il pour dominer les siffle-nts du vent, mais ça se calmera dès que nous eindrons la pleine mer !

Devant le visage inquiet d'Eadulf, Fidelma sourit.

— Je préfère encore être au milieu de l'océan par os temps plutôt que dans les murs de cette sinistre baye, lança-t-elle tandis que Ross s'affairait déjà à utres tâches.

— Moi aussi je quitte cet endroit sans regrets, nfessa Eadulf. Aucun bon souvenir ne m'y attache.

Fidelma lui adressa un regard plein de sympathie en rappelant ce qu'il avait enduré dans les mines de ivre. Puis elle vit, ancré dans la crique, le grand vire breton. Il avait été restitué à son équipage et ne derait pas à rejoindre son pays d'origine.

— Dommage que Waroc, son brave capitaine, man-e à l'appel, soupira-t-elle.

Puis elle changea brusquement de sujet.

— Combien de temps resterez-vous à Cashel ?

— Je l'ignore. Jusqu'à ce que Théodore de Cantor-ry me fasse signe, je suppose.

— Je pense moi aussi rester quelque temps à ıshel, dit Fidelma d'un ton léger. Cela fait très long-nps que je n'ai pas séjourné chez mon frère.

— Et puis après toutes ces aventures, j'estime que us avez droit à un peu de repos. Même en oubliant complots et les soulèvements, l'abbaye du Saumon s trois sources demeure un lieu rempli de personnes vaniteuses, cupides et distantes. Ce sera vraiment agréable de se retrouver enfin en compagnie de g accueillants et chaleureux.

— Vous êtes trop dur avec cette communauté. So Comnat est une vieille femme digne et intelligen Quant à Brónach et Berrach... elles s'aiment inf ment et ont toujours fait preuve d'une grande déli tesse l'une envers l'autre.

— Oui, et je suis particulièrement désolé pour el

— Pourquoi cela ? Elles devraient susciter l'en au contraire. Il n'est pas donné à tout le monde vivre un amour filial et maternel aussi admirable.

Puis Fidelma se pencha sur la rambarde, les ye perdus dans le vague.

— Je me demande si Brónach révélera un jour à fille le nom de son père.

Elle avait obéi au regard suppliant de Brónach s'était retenue de prononcer le nom de Febal. C'é sans doute mieux ainsi.

Mais ses paroles avaient échappé à Eadulf s'écria :

— Que dites-vous ?

Fidelma leva la tête vers le grand moine saxon sur son visage apparut une expression de profo contentement.

— Je suis si heureuse que vous veniez à Cash Eadulf, dit-elle en posant la main sur son bras.

Cet ouvrage a été imprimé par

FIRMIN DIDOT

GROUPE CPI

Mesnil-sur-l'Estrée

pour le compte des Éditions 10/18
en mai 2005

Dépôt légal : juin 2005
N° d'édition : 3724 – N° d'impression : 73846
Imprimé en France

Collection « Je découvre l'histoire ».

Texte français de Jean-Paul Brighelli.

ISBN : 2-206-00842-4

Loi n° 49.956 du 16 juillet 1949 sur les publications destinées à la jeunesse.

Éditions Delagrave
15, rue Soufflot
75254 Paris Cedex 05

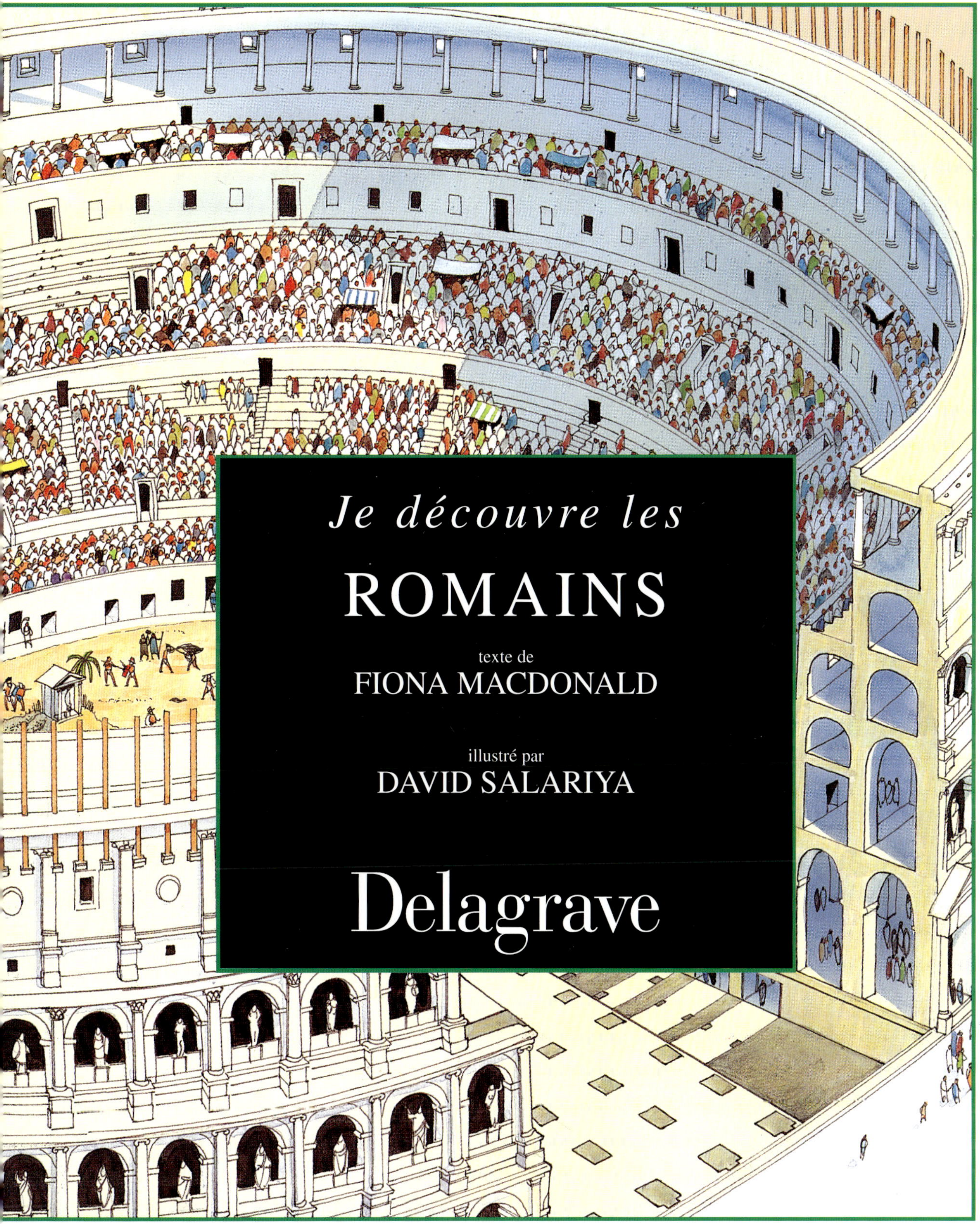

Je découvre les

ROMAINS

texte de

FIONA MACDONALD

illustré par

DAVID SALARIYA

Delagrave

SOMMAIRE

Introduction

Les Romains vivaient en Italie, il y a plus de 2 000 ans. Ils ont dominé l'un des plus grands empires que le monde occidental ait connus.

Mais ces simples affirmations, si justes soient-elles, sont bien faibles pour traduire la richesse et les contrastes immenses de la civilisation romaine. Tout au long des siècles, les Romains ont fait de leurs petits villages d'origine une superbe ville de 1 million d'habitants, qui possédait des édifices magnifiques ainsi qu'un efficace réseau d'égouts et de canalisations. Malgré toute cette richesse, des milliers de Romains vivaient dans des taudis aux murs branlants et aux toits effondrés.

Les Romains n'hésitaient pas à dépenser largement l'argent public, comme leur fortune personnelle, en œuvres d'art : leurs mosaïques et leurs sculptures comptent parmi les plus belles du monde. Et pourtant, les rues qui environnaient ces splendeurs étaient boueuses, jonchées d'ordures, paralysées par les embouteillages, et servaient de repaire à toutes sortes de voleurs et d'agresseurs.

Les Romains étaient de grands juristes, des philosophes intelligents, d'excellents administrateurs et de brillants ingénieurs. Leurs poètes écrivirent des épopées, des poèmes d'amour mélancoliques et des chants plus rudes. Mais, pour se distraire, les foules aimaient les combats de gladiateurs, regardaient torturer des prisonniers terrifiés et tuer des animaux sans défense. Leurs dirigeants pouvaient être complètement corrompus ou, au contraire, prêts à mourir pour un noble idéal. La construction de l'Empire romain fut une immense réussite, mais cette réussite s'est faite et s'est perpétuée au prix de la rapacité, de la brutalité et de la peur les plus grandes.

Au Ier siècle, Rome domine la moitié du monde connu

Les premiers Romains vivaient dans des petits villages éparpillés sur sept collines voisines les unes des autres. Ils se développèrent et prospérèrent jusqu'à fonder (selon la légende), en 753 avant Jésus-Christ, la ville de Rome. En 270 av. J.-C., les soldats romains font la conquête des territoires voisins. En 30 av. J.-C., ils dominent la plupart des pays du pourtour méditerranéen. Au Ier siècle de notre ère, ils s'aventurent vers le nord pour conquérir les îles Britanniques, l'Allemagne et la France (Gaule) ; peu après, ils ont aussi conquis tout le Proche-Orient.

L'Empire romain s'enrichit grâce au commerce et aux impôts prélevés sur les peuples conquis. Les denrées alimentaires de base, le blé plus particulièrement, ainsi que de précieuses denrées de luxe, sont acheminées à Rome depuis ces lointaines contrées et vendues aux citoyens riches. Mais la puissance romaine s'effondrera en l'an 476.

À son apogée, l'Empire romain s'étend des côtes de l'Écosse aux rives de la mer Noire.

Le saviez-vous ?

Au Ier siècle ap. J.-C., l'Empire romain compte 60 millions d'habitants.

Chacun obéit aux lois romaines.

Notre mot « civilisation » vient de *civitas*, « ville » en latin. Les Romains pensent que dans les villes vivent les gens les plus intelligents et les plus cultivés et que les paysans sont arriérés.

Les peuples conquis supportent mal la domination romaine. « Ils ont transformé le monde en désert et ont appelé cela la Paix », dit un chef britannique.

Les Romains sont convaincus que l'empire apporte le meilleur mode de gouvernement à tous les peuples : ils nomment des gouverneurs pour diriger les provinces conquises, collecter les impôts et tenir régulièrement Rome informée.

Aux IVe et Ve siècles ap. J.-C., les invasions de tribus guerrières menacent l'Empire. Les Huns, les Vandales et les Goths dévalent sur leurs chevaux depuis les steppes de l'Asie centrale pour attaquer les frontières orientales de l'Empire.

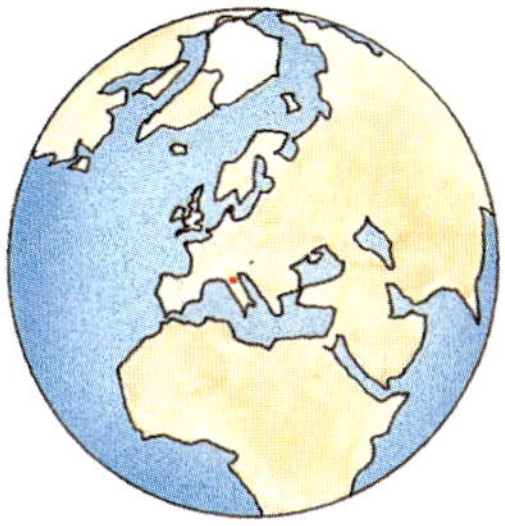

Les Romains ne naissent pas tous libres

Rome compte plus de 1 million d'habitants en 100 ap. J.-C., mais ils ne sont pas tous des citoyens libres de naissance. Il y a des commerçants étrangers, des gens venus de tout l'Empire ainsi que de très nombreux esclaves. La loi les autorise à venir vivre dans la ville s'ils peuvent subvenir à leurs besoins, mais ils ne jouissent pas des mêmes droits que les citoyens romains.

Les citoyens romains proprement dits se répartissent en trois groupes sociaux : les patriciens (les nobles), les chevaliers (le groupe intermédiaire) et les plébéiens, ou la plèbe (les gens ordinaires).

Les esclaves sont des prisonniers de guerre ou des gens enlevés par les vendeurs d'esclaves dans les pays voisins. Les enfants d'esclaves sont esclaves de naissance.

Aux esclaves les tâches dégradantes que leurs maîtres n'oseraient même pas imaginer effectuer.

Les chevaliers (le deuxième des groupes) dirigent la vie économique et possèdent des propriétés à Rome.

Les patriciens sont riches. Ils possèdent d'immenses domaines agricoles. On leur attribue les plus hautes fonctions dans la conduite de la vie politique.

six esclaves chargés des travaux domestiques (ils sont bien plus nombreux sur le domaine familial)

patriciens avec leurs trois enfants et leurs animaux familiers

Le premier devoir de la patricienne est de donner à son mari un fils qui héritera de ses terres. Les mariages sont souvent arrangés pour permettre des alliances entre familles nobles et puissantes.

PAYSANS approvisionnant en nourriture les marchés de Rome. Pouvoir nourrir tous les citoyens était souvent un problème pour le gouvernement.

ROME a plus de 150 métiers différents : marchands de vin, conducteurs de chariots, boulangers, aubergistes… Les plus pauvres, avec de petits emplois précaires, comptent sur l'aide du gouvernement pour pouvoir survivre.

LES ESCLAVES étaient cuisiniers, professeurs, scribes… Certains, affranchis par leurs propriétaires, se sont enrichis.

Le saviez-vous ?

Le père de famille a droit de vie et de mort sur ses enfants et sur ses esclaves.

Les citoyens ont de nombreux privilèges : bains publics, jeux du cirque ou nourriture gratuite de la part du gouvernement.

En 212 ap. J.-C., l'empereur Caracalla octroie la citoyenneté romaine à tous les hommes libres de l'Empire.

LES FEMMES des familles « respectables » ne participent pas à la vie publique, mais peuvent influencer leur mari en discutant politique avec eux.

LES VILLES ROMAINES SONT TRÈS PEUPLÉES

LES ROMAINS LES PLUS RICHES vivent très luxueusement, dans des maisons confortables, entourées de beaux jardins et cachées du reste de la cité par des murs élevés.

Mais toutes les maisons ne sont pas aussi confortables que celles des riches. Les terrains à bâtir sont à cette époque rares et chers. Pour utiliser au mieux la surface disponible, les architectes inventent les *insulae* (c'est-à-dire les « îles »), des immeubles parfois hauts de six étages. Ils sont mal construits, bruyants, sales et dangereux – il arrive qu'ils s'écroulent ou prennent feu.

LE TEMPLE de Jupiter Capitolin, le dieu par excellence de Rome, domine les rues alentour.

LES *INSULAE* ont des toits plats ou de tuiles. Les chambres sous les toits sont les moins chères. Le rez-de-chaussée est occupé par des boutiques.

Le saviez-vous ?

Les adductions d'eau potable sont en plomb, un poison qui provoque la perte du goût, la stérilité et, chez les enfants, des dommages cérébraux.

Le feu est une menace permanente. Les pompiers sont des esclaves, avec haches, seaux et tuyaux d'arrosage en cuir. Au bout de six années de service, les combattants du feu se voient attribuer, comme récompense, la citoyenneté romaine.

L'AIR et la lumière des immeubles proviennent souvent d'une cour centrale avec toilettes communes. Sinon, les locataires usent des toilettes publiques ou de grandes jarres en terre cuite, conservées dans leur chambre. Les fouleurs de laine paient pour ramasser l'urine stagnant dans les toilettes : elle sert à faire prendre la teinture sur les vêtements.

Seuls les riches peuvent s'offrir assez de place en ville pour installer des cours et des fontaines dans leurs maisons.

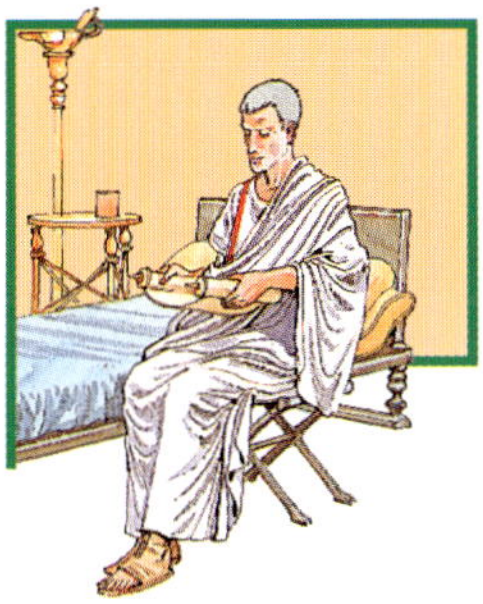

Les meubles élégants des riches demeures patriciennes (ci-dessus) sont en bois incrusté d'ivoire, d'argent et d'or.

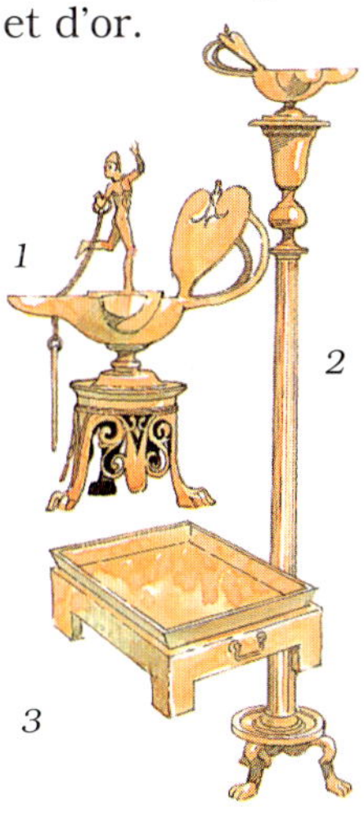

1. Lampe à huile.
2. Lampadaire.
3. Brasero pour chauffer les chambres.

Les riches ont des maisons chauffées par le sol : l'air chaud vient d'une chaudière installée dans la cave.

Le sol repose sur des espèces de courts piliers entre lesquels circule l'air chaud.

Urinoir (pot de chambre pour hommes) en terre cuite.

Mosaïque : du calcaire pour le blanc et le bleu, de la brique pour le rouge et le pourpre, du verre pour les autres couleurs.

La lumière dorée des lampes vient de l'huile d'olive, de noix, ou de poisson.

Les portes sont en bois, avec des treillis qui laissent passer la brise en été.

De belles peintures décorent les murs des riches demeures.

Pose d'un sol en mosaïque par l'assemblage de petits cubes de pierre et de verre.

Les riches possèdent de vastes propriétés à la campagne

Les familles patriciennes ont d'immenses propriétés dans tous les coins de l'Empire. Chaque domaine s'organise autour d'une grande villa (c'est-à-dire une maison de campagne), où le propriétaire séjourne avec sa famille, l'été ou chaque fois qu'il souhaite s'échapper de Rome.

Dans les domaines agricoles, on pratique l'élevage, la culture du blé et de l'orge, dont on fait le pain, celle des olives pour l'huile et du raisin pour le vin. Ils comportent aussi des vergers et des jardins potagers. Une partie de la production est destinée aux besoins de la famille, l'autre à la vente. L'agriculture est très développée au temps des Romains.

Les villas possèdent souvent de beaux jardins, décorés de statues et entourés de colonnades où la famille peut se déplacer à l'abri des rayons du soleil.

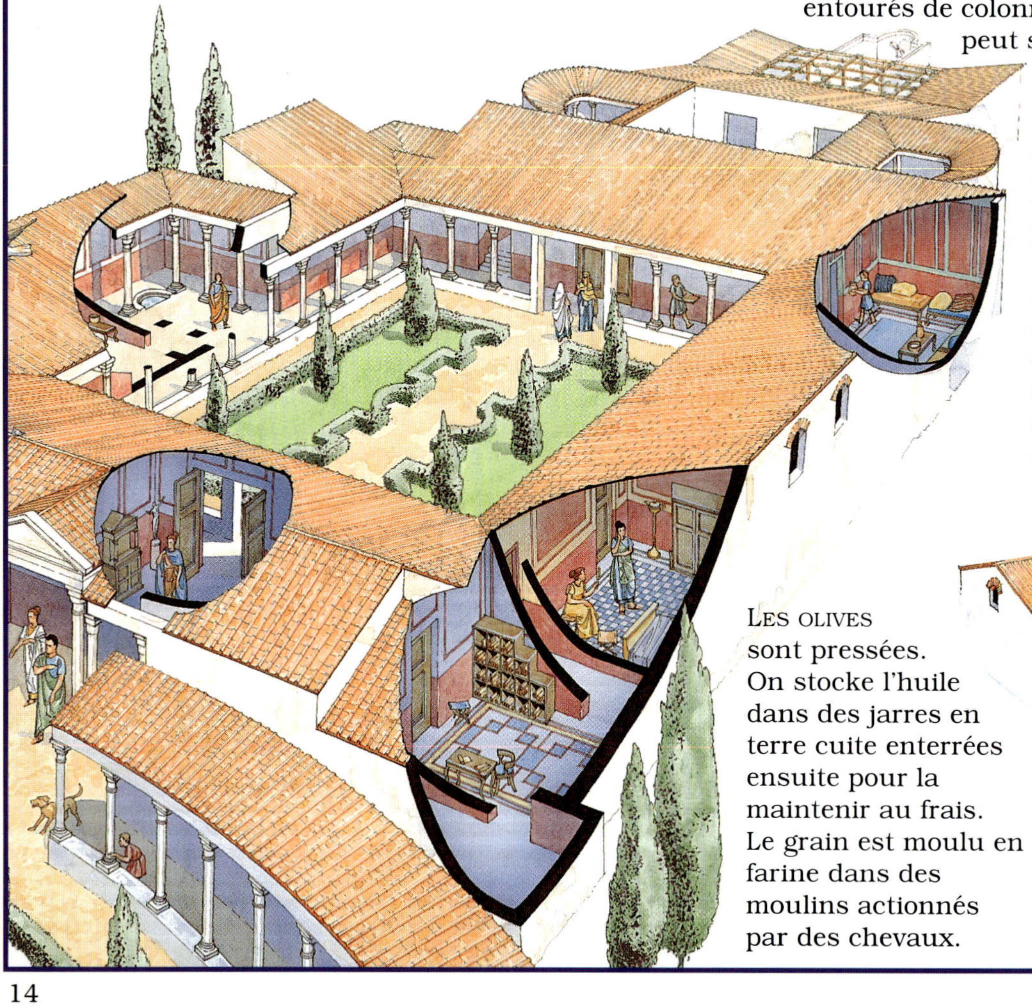

Les villas ont des salles de séjour, pour se distraire, lire, manger, dormir, se laver et cuisiner. Les quartiers des esclaves sont séparés, mais près de la villa.

Les olives sont pressées. On stocke l'huile dans des jarres en terre cuite enterrées ensuite pour la maintenir au frais. Le grain est moulu en farine dans des moulins actionnés par des chevaux.

Le saviez-vous ?

Les paysans pauvres cultivent eux-mêmes leurs terres. Sur les grandes propriétés, le travail est fait par des centaines d'esclaves.

L'agriculture fournit l'essentiel des revenus des riches patriciens.

Les paysans croient que chaque lieu a un esprit protecteur. Les rivières, les rochers et les arbres sont tous habités par des esprits.

ON TAILLE les vignes l'hiver pour de bonnes vendanges l'automne suivant. En hiver, le bétail se nourrit du foin coupé dans les prairies pendant l'été.

ON TOND les moutons en juillet. La laine est ensuite lavée, filée et tissée par des esclaves. La plupart des vêtements romains sont en laine.

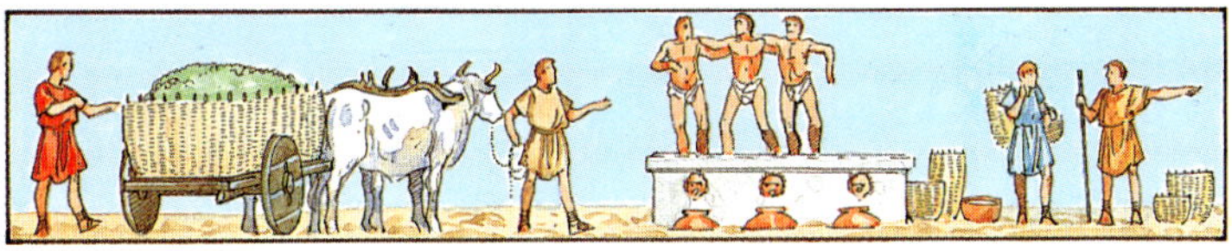

POUR FAIRE du vin, on foule le raisin dans une grande auge en pierre. On laisse fermenter le jus puis on le tire pour l'entreposer dans des jarres.

LES PROPRIÉTAIRES recrutent des fermiers expérimentés pour gérer leur domaine et diriger les esclaves. Ces métayers peuvent être d'anciens esclaves, loyaux, à qui le maître a donné leur liberté.

PRÈS DE LA VILLA, il y a la ferme du métayer, les granges, les entrepôts, les boutiques, les écuries, les étables, les porcheries, une boulangerie, les pièces où les femmes filent et tissent la laine ainsi que les locaux où dorment tous les esclaves.

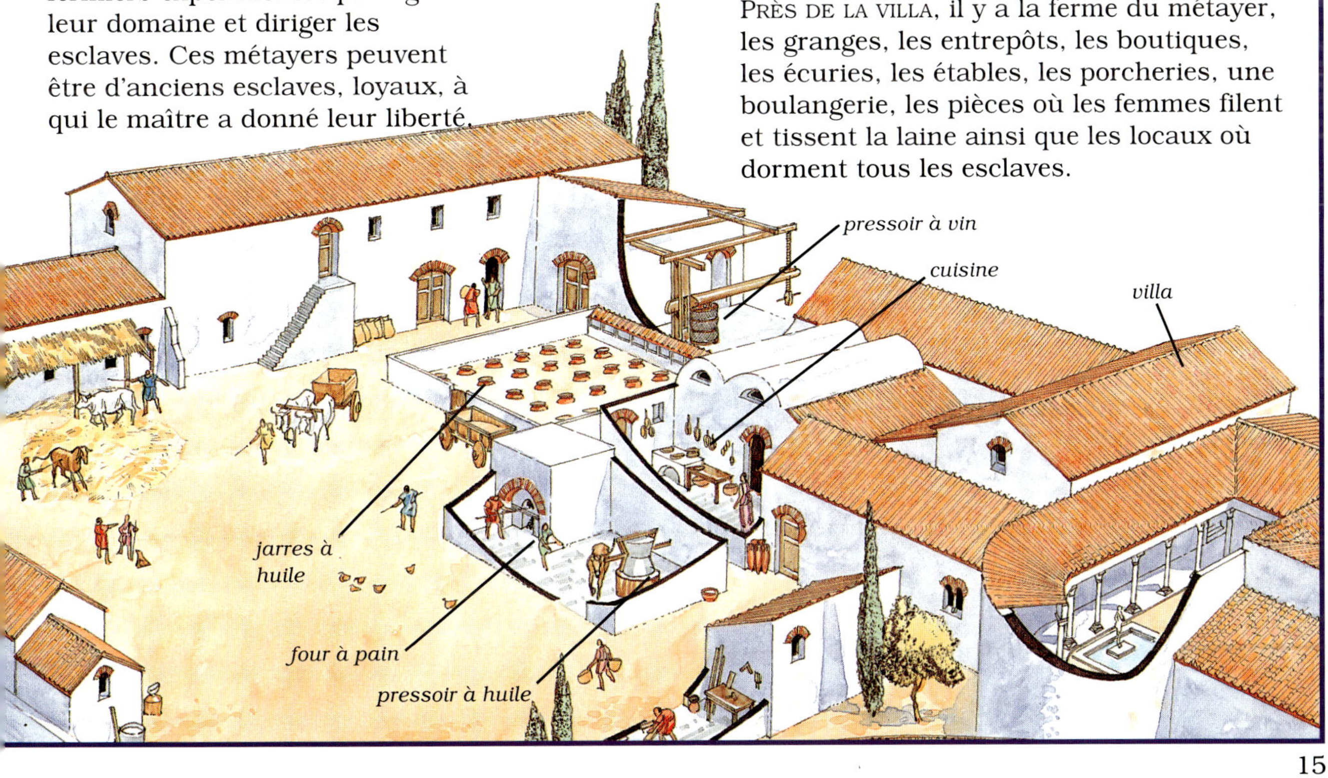

Les Romains apprécient les banquets

Les gourmands aiment inviter leurs amis à de somptueux banquets, au cours desquels sont servis toutes sortes de mets très coûteux. Ils louent souvent les services d'un grand cuisinier pour élaborer ces plats spéciaux. Les invités arrivent en fin d'après-midi et passent la soirée allongés dans le *triclinium* (la salle à manger). D'après les Romains, le nombre idéal d'invités est sept. Il y a toujours trois lits, un pour les membres de la famille et deux pour les hôtes.

Les gens du peuple ont une nourriture plus simple et meilleur marché : pain, bouillie d'avoine, olives, oignons, ail, fromage, poisson séché et fruits. C'est là un régime bien plus sain que celui des riches.

Étalage de boucher. Les Romains apprécient le porc – mais la plupart n'ont pas les moyens d'en acheter.

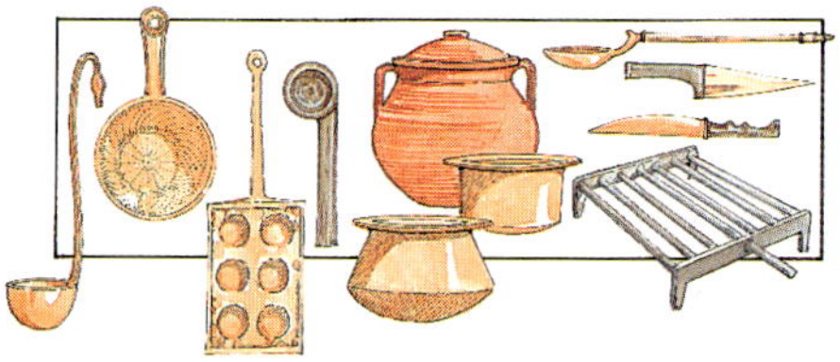

Ustensiles de cuisine. Les couteaux et les cuillers sont en fer ; les plats et les marmites, en terre cuite.

Pour mesurer le grain, on utilisait des seaux en bois. Lorsqu'il était rare et cher, les citoyens pauvres recevaient de l'État de la nourriture gratuite, afin de ne pas mourir de faim avec leur famille.

Du vin est servi à la plupart des repas, toujours coupé d'eau.

Il y a des centaines de boulangers à Rome. Ils achètent le grain en sacs, le broient eux-mêmes et le font cuire en petites galettes rondes, dans des fours en briques. Ils y ajoutent souvent olives, oignons et ail pour en faire une sorte de pizza primitive.

Esclaves cuisinant sur un foyer au-dessous duquel brûle un feu de bois.

TANDIS que les convives dégustent les plats, des danseurs, des musiciens ou des prestidigitateurs viennent les distraire. Parfois, l'hôte récite un poème ou lance une discussion politique.

IL EST GROSSIER d'être malade à table. Mais les convives qui ont trop mangé (et c'est souvent le cas !) peuvent se soulager dans une pièce voisine, le *vomitorium*. Là, un esclave les soutient jusqu'à ce qu'ils se sentent mieux et rejoignent les autres.

SEULES les familles riches ont une vraie salle à manger. Les pauvres mangent dans l'unique pièce de leur appartement.

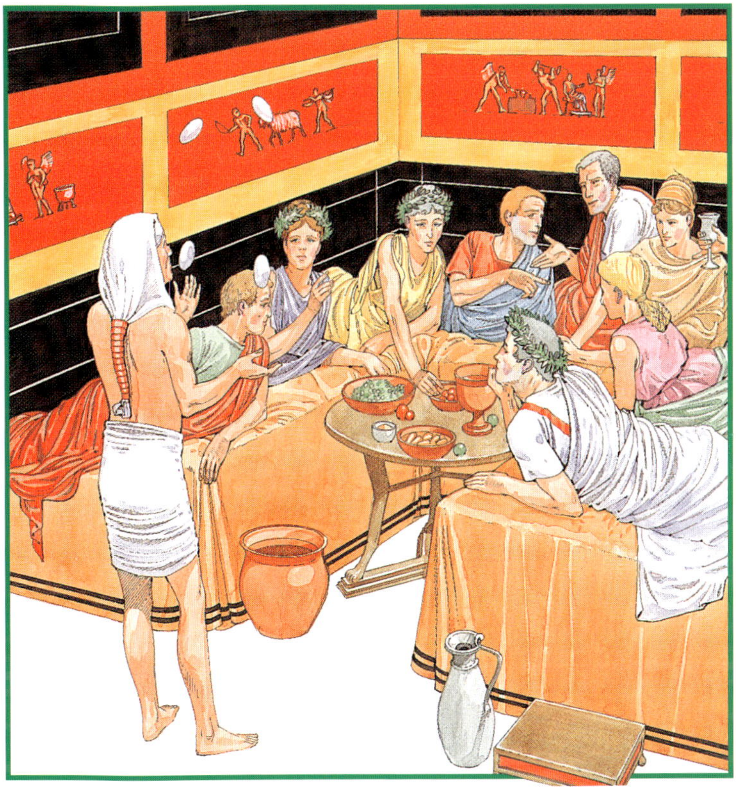

LES RICHES Romains aiment manger dans de la vaisselle en argent et boire dans des verres précieux.

PEU de maisons ont un four. Pour éviter les incendies, on interdit aux locataires d'allumer des feux dans leurs chambres. Aussi achètent-ils des plats tout préparés (ragoûts de haricots, pâtés de légumes et de viande) chez des traiteurs ou prennent-ils un repas bon marché dans la taverne la plus proche de chez eux.

Le saviez-vous ?

Les invités amènent leur propre serviette pour pouvoir emporter chez eux des restes à manger le lendemain.

Les Romains prennent un repas principal par jour, le dîner, en soirée. Au petit déjeuner et au déjeuner : tranches de pain et fruits.

Un esclave appelé « coutelier » découpe et sert la viande.

Les repas comprennent trois plats : le *gustus* (entrée), la *cena* (plat principal) et la *secunda mensa* (la « seconde table », c'est à-dirc lc dcsscrt).

Quelques riches Romains aiment manger des mets surprenants : flamants roses farcis aux dattes, tétines de truie aux oursins, paons, loir farci, escargots engraissés dans du lait ou gâteaux de roses.

LES FAMILLES dont les maisons ont un jardin aménagent souvent dehors une salle à manger d'été.

DES VOIES ROMAINES À TRAVERS TOUT L'EMPIRE

LES ROMAINS sont de grands architectes et d'excellents ingénieurs. Ils construisent des temples, des palais, des stades immenses, des réseaux de canalisations souterraines, des aqueducs, des routes et des ponts. Bon nombre de ces routes sont encore utilisées aujourd'hui : on a dû réparer leur revêtement mais leurs fondations ont duré deux mille ans.

Les routes sont construites par l'armée, qui en a fort besoin lorsqu'elle doit parcourir très vite l'empire pour réprimer les troubles dans les territoires occupés. Des éclaireurs repèrent l'itinéraire aussi précisément que le terrain le permet, puis les soldats creusent des tranchées dans lesquelles ils empilent les couches qui doivent servir de fondations. Enfin, ils recouvrent de pavés toute la surface.

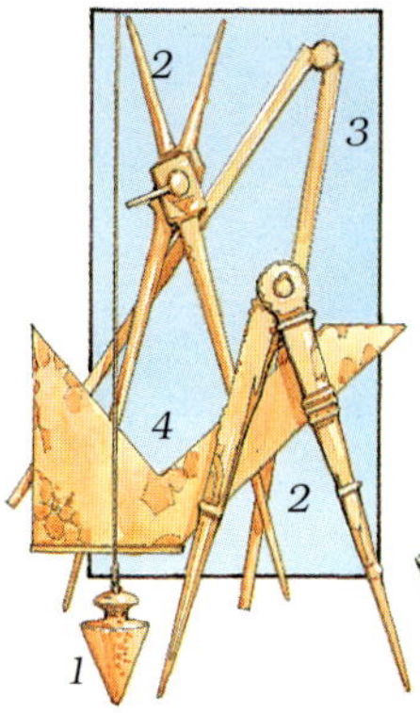

OUTILS
1. Fil à plomb.
2. Compas à pointes sèches.
3. Règle pliante.
4. Truelle.

soutènement de bois autour duquel l'arche sera construite

contremaîtres

LES VOIES ROMAINES ont plusieurs couches successives.
1. Base de calcaire et de sable.
2. Couche de grosses pierres serrées les unes contre les autres.
3. Sable, graviers, briques.
4. Revêtement de pavés bien taillés. Un caniveau draine l'eau de chaque côté.

LES ARCHES de pierre sont construites autour d'une structure en bois. Les maçons taillent les pierres, les fixent avec du mortier puis retirent la forme en bois.

Le saviez-vous ?

Malgré l'excellente qualité des routes, les voyages sont souvent dangereux à cause des attaques des bandits de grand chemin.

Le gouvernement a organisé tout un système qui permet d'envoyer des cavaliers rapides pour transmettre des messages urgents et transporter de l'argent entre les provinces et Rome, la capitale.

Les Romains ont inventé le béton, un mélange de cendres volcaniques, de chaux, de graviers et d'eau.

POUR les longs voyages, les riches Romains utilisent un chariot à quatre roues tiré par deux lourds chevaux, avec unc bâche qui protège les passagers du soleil, de la neige et de la pluie.

La politique est une affaire d'hommes

SPQR (*Senatus Populusque Romanum*, « le Sénat et le Peuple romains »). Cet emblème orgueilleux sert d'étendard à l'armée.

Depuis 509 av. J.-C., Rome est une république gouvernée au nom du peuple romain par des consuls, des sénateurs et des magistrats d'âge mûr. Les citoyens réunis en assemblées discutent la politique et choisissent leurs magistrats. Mais, pendant longtemps, seuls les descendants des familles patriciennes puissantes furent éligibles aux postes les plus élevés.

À partir de 27 av. J.-C., Rome est gouvernée par des empereurs qui jouissent d'un pouvoir illimité. Certains, comme Hadrien (117-138 ap. J.-C.), sont bons. D'autres, comme Tibère (14-37 ap. J.-C.), sont cruels. Quelques-uns, comme Caligula (37-41 ap. J.-C.) et Néron (54-68 ap. J.-C.), sont fous.

Auguste (27 av. J.-C.– 14 ap. J.-C.), premier empereur de Rome, modifie les lois pour prendre le pouvoir.

Le sénat élabore les lois et la politique. Il est tout-puissant sous la République (509-27 av. J.-C.).

Le saviez-vous ?

Les Romains élèvent un troupeau d'oies bruyantes pour garder le Capitole, où siège le gouvernement.

Les gens accusés de crimes se couvrent la tête de cendres et se rendent au tribunal avec de vieux vêtements sales pour provoquer la pitié du jury.

Rome est une ville dangereuse. Les Romains élèvent des chiens de garde. Sur les maisons, il est écrit *Cave, canem* (c'est-à-dire « Attention, chien méchant »).

LES CIVILS accusés de crimes sont jugés par un jury. Ils demandent à un avocat de plaider leur cause devant le tribunal – s'ils ont les moyens de payer des honoraires. Le jury écoute les plaidoiries puis rend son verdict. Le juge énonce alors la sentence selon la loi.

DÉLITS, dettes ou fraudes sont passibles d'amendes et les coupables indemnisent la victime.

LES RICHES usent de la justice comme tremplin politique.

Les Romains sont fiers de leurs lois. Ils en ont beaucoup créé et les ont souvent révisées pour les adapter aux problèmes posés par l'extension de l'empire. Au Ier siècle ap. J.-C., ils promulguent beaucoup de lois nouvelles pour régler les tensions causées par la surpopulation de Rome.

Les tribunaux sont bien organisés et les procès généralement justes, mais les châtiments réservés aux criminels peuvent être très sévères.

ON RÉSERVE l'exil ou la perte de la citoyenneté aux crimes sérieux. L'esclavage dans les mines ou aux galères (ci-dessous) punit les crimes les plus graves.

LA CRUCIFIXION est une mort horrible, réservée aux traîtres et à ceux qui se révoltent contre Rome.

DANS L'ARMÉE, les punitions sont très rudes. Les déserteurs sont frappés à mort et les traîtres crucifiés.

Les Romains passent des heures au bain

Les Romains se lèvent à l'aube et finissent de travailler en début d'après midi. Ils disposent ainsi de beaucoup de temps à consacrer à leur loisir préféré : passer des heures aux bains. Amis et relations de travail se retrouvent là, pour discuter et se reposer. Les thermes les plus importants ressemblent à nos centres de loisirs modernes, avec possibilité de faire du sport et lieux pour manger. Certains comportent même bibliothèque et galerie d'art.

Les Romains aiment aussi être bien habillés. Les esclaves doivent mettre des costumes simples, mais les nobles riches portent des toges élégantes.

Le saviez-vous ?

Les Romains se moquent des gens chauves. Pour soigner la calvitie, ils préconisent un mélange de poivre et d'excréments de rat.

Pour entretenir leur peau, les femmes s'appliquent des masques de beauté composés d'un mélange de crème et de miettes de pain.

Les marchands d'esclaves coupaient les longs cheveux blonds des prisonniers germains pour les vendre comme perruques aux femmes romaines.

Seuls les Scythes (au sud de la Russie) et les Celtes de Grande-Bretagne et de France portent des pantalons. Les Romains trouvent leurs tuniques courtes plus viriles.

Les femmes passaient sur leur tunique la *stola*, une robe longue jusqu'aux pieds.

Le vêtement des hommes est la toge, cape longue, semi-circulaire. Seuls les citoyens romains peuvent la porter. Elle est blanche pour les hommes à partir de 14 ans, bordée de pourpre pour les sénateurs.

Les enfants s'habillent comme les adultes. Les garçons portent la bulle, une amulette porte-bonheur.

Les riches Romaines sont très maquillées et parées de bijoux, parfums forts et coiffures très élaborées. Des esclaves formées spécialement les aident à s'habiller, se coiffer et se maquiller.

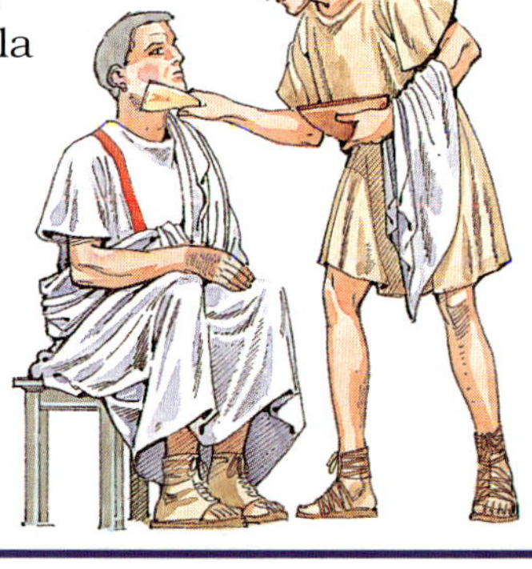

Aller chez le barbier est une épreuve pénible. Les couteaux, mal aiguisés, écorchent la peau. Au lieu de se raser, certains préfèrent s'épiler le visage et la poitrine avec des pinces.

Il y a près de 170 bains publics à Rome en 25 av. J.-C. En 300 ap. J.-C., il y en a 900.

Les baigneurs se déshabillent au vestiaire.

Puis viennent les jeux ou les sports.

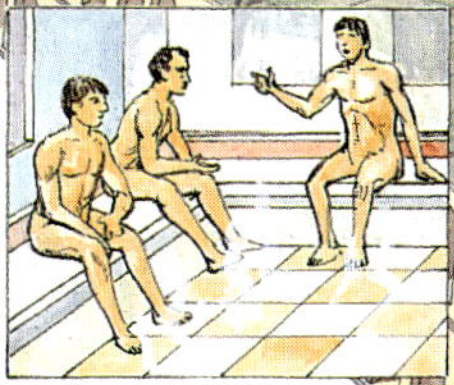

Ils transpirent ensuite dans une pièce chaude.

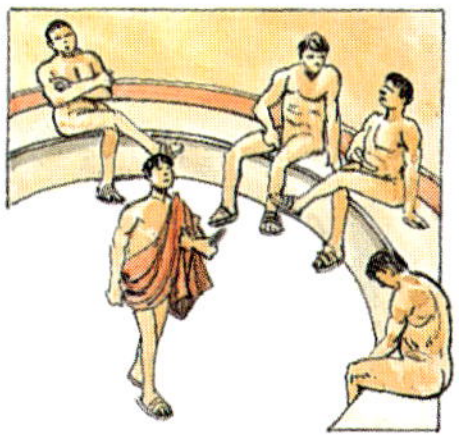

L'étape suivante, c'est le bain de vapeur brûlant.

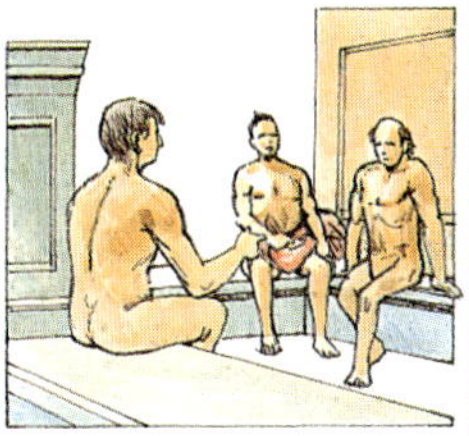

Un esclave enlève avec un grattoir la sueur et la saleté de la peau. Au choix : bassin froid ou natation relaxante.

Trousse de maquillage

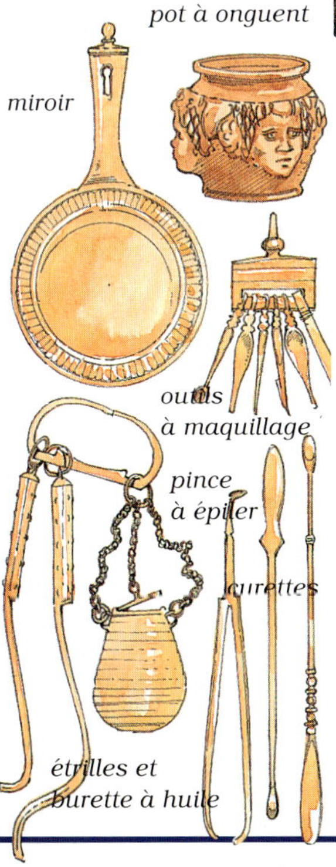

Le saviez-vous ?

Les thermes de Caracalla, construits de 212 à 217 ap. J.-C., s'étendent sur 13 hectares.

Hommes et femmes se baignent séparément : les femmes le matin, les hommes l'après-midi.

Les Romains se servent rarement de savon. À la place, ils se frottent la peau d'huile d'olive qu'ils retirent ensuite avec un instrument appelé « strigil ». Ce procédé nettoie bien.

Le plus grand égout de Rome, le Cloaca maxima, est si grand qu'un cheval et son attelage y passent.

L'adduction d'eau des cités romaines est bien organisée. Les sièges des W.-C. publics sont côte à côte et, en guise de papier toilette, on utilise des éponges placées au bout d'un bâton.

Les Romains aiment les jeux violents

Les citoyens romains aiment les plaisirs – ils apprécient la musique, le théâtre, la danse et donnent des fêtes chez eux. Mais les divertissements les plus populaires sont certainement les combats de gladiateurs, les spectacles de fauves et les courses de chars qui se tiennent dans d'immenses arènes en plein air, au centre de Rome. Les Romains se passionnent pour tous ces sports, aussi dangereux que cruels. Les gladiateurs sont des prisonniers et des esclaves que l'on soumet à un entraînement spécial et que l'on oblige à se battre jusqu'à la mort. Les bêtes fauves sont capturées pour être conduites à Rome et massacrées dans l'arène, juste pour amuser les foules. Il y a eu tant d'animaux tués au cours de ces divertissements que certaines espèces comme le lion d'Asie par exemple ont été exterminées dans les territoires voisins de Rome.

Le Colisée, construit par l'empereur Vespasien et ses fils, Titus et Domitien, est achevé en 80 ap. J.-C. C'est le plus grand amphithéâtre de Rome : il peut contenir 50 000 spectateurs. On y présente des combats de gladiateurs et des spectacles de fauves, jusqu'à ce que l'empereur Honorius, écœuré par le meurtre et la cruauté, décide de le fermer en 404-405 ap. J.-C. Le Colisée dresse encore ses ruines à Rome.

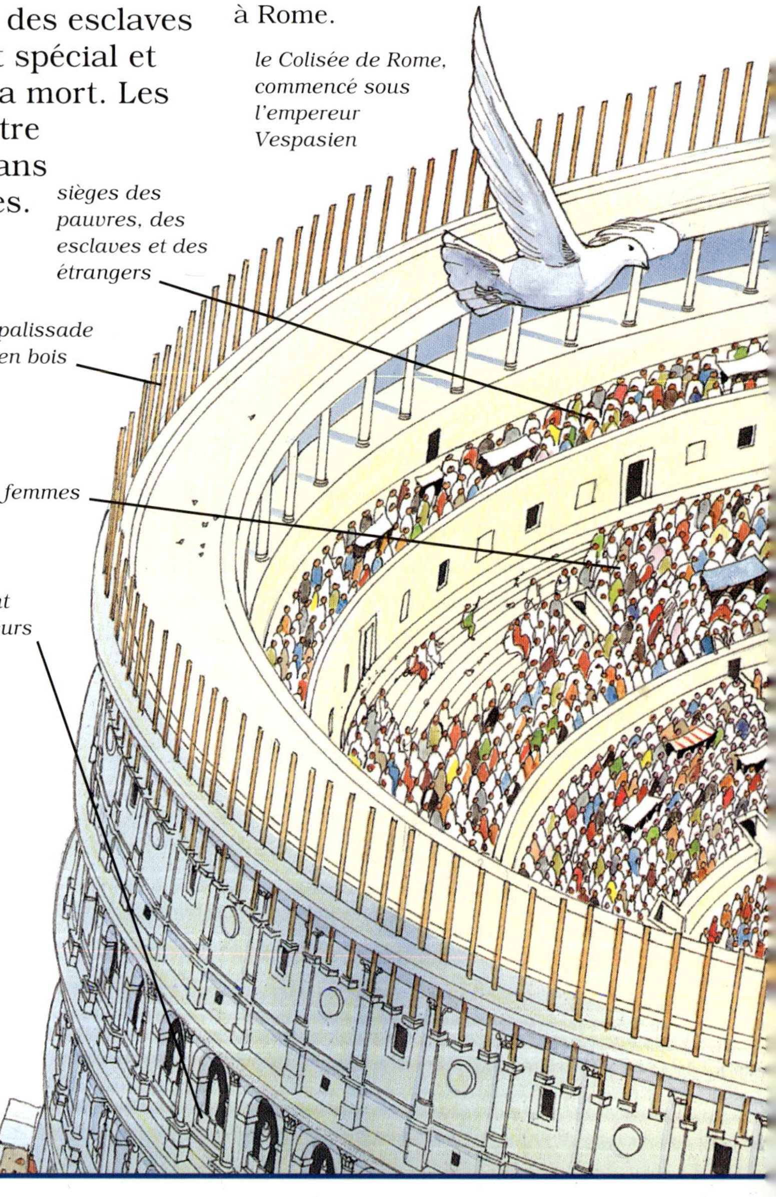

Sculpture en pierre montrant deux gladiateurs, protégés par leurs grands boucliers et recouverts d'une armure en train de combattre un lion et un ours.

Le saviez-vous ?

Les gladiateurs sont aussi célèbres que nos chanteurs de rock d'aujourd'hui et attirent eux aussi de nombreuses admiratrices.

Les courses de chevaux sont peut-être le sport le plus dangereux. Conducteurs et chevaux meurent souvent dans les collisions.

Des femmes gladiateurs se livrent à des combats pour rire – combats interdits en 200 ap. J.-C.

LORSQU'UN gladiateur est vaincu, l'empereur (ou le plus ancien magistrat présent) décide s'il doit vivre ou mourir. Le pouce en l'air signifie la vie ; mais, si le pouce est baissé, il est mis à mort face à la foule déchaînée.

L'armée romaine est très organisée

Le peuple romain parle une langue appelée le latin. Les premiers soldats romains, bien sûr, parlent aussi latin. Mais, lorsque l'Empire s'étend au-delà de l'Italie, les recrues provenant des différents territoires parlent leur propre langage et combattent avec les armes de leur pays, arcs, flèches et frondes par exemple.

Les batailles commencent par une charge de cavalerie destinée à impressionner et à disperser l'ennemi. Puis les fantassins se ruent sur lui, frappant leurs adversaires à coups de glaive et de lance.

Après une journée de marche, les soldats montent le camp, à huit par tente. Au menu, bouillie d'avoine, biscuits secs, lard, fromage et vin.

Un légionnaire romain s'engage pour 16 ans.

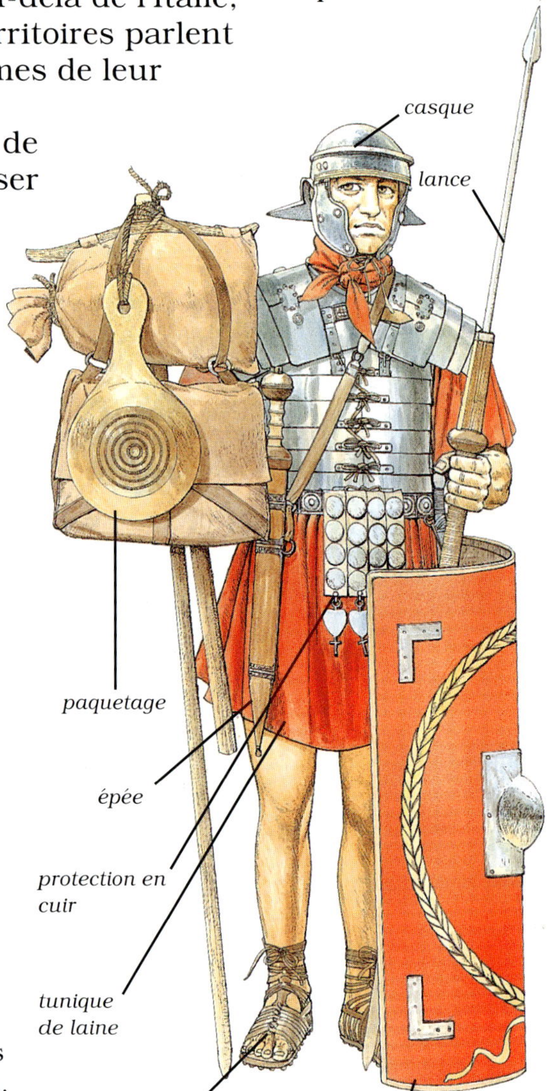

Les soldats des frontières vivent dans des places fortes, bâties selon un plan en forme de grille, entourées de douves et de murs solides.

L'armée doit protéger les frontières de l'Empire. En cas de révolte des peuples conquis, les troupes se rendent rapidement sur les lieux. Un soldat en marche porte ses armes, de quoi se coucher, son gobelet, sa casserole et sa ration de nourriture pour trois jours.

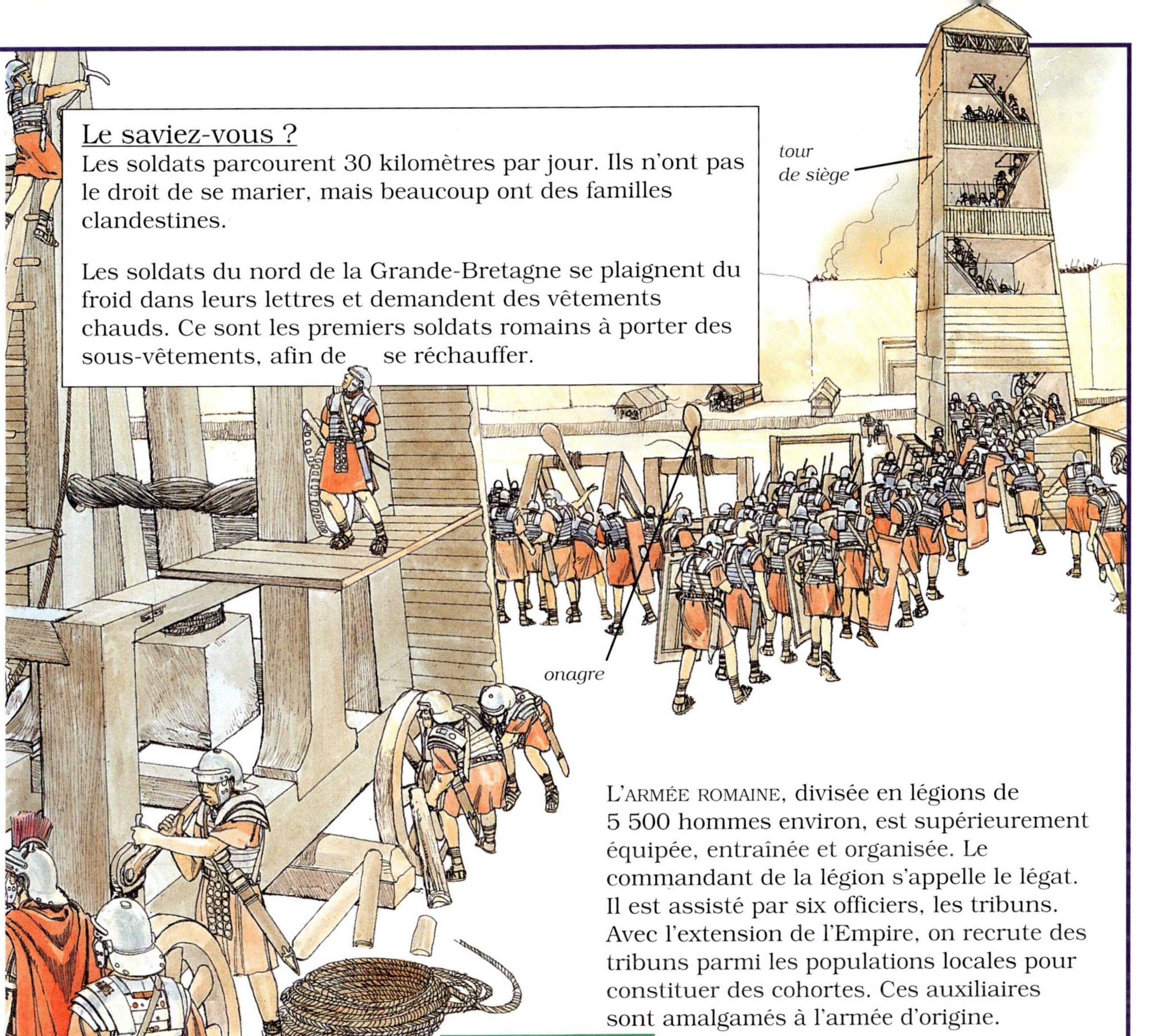

Le saviez-vous ?

Les soldats parcourent 30 kilomètres par jour. Ils n'ont pas le droit de se marier, mais beaucoup ont des familles clandestines.

Les soldats du nord de la Grande-Bretagne se plaignent du froid dans leurs lettres et demandent des vêtements chauds. Ce sont les premiers soldats romains à porter des sous-vêtements, afin de se réchauffer.

L'ARMÉE ROMAINE, divisée en légions de 5 500 hommes environ, est supérieurement équipée, entraînée et organisée. Le commandant de la légion s'appelle le légat. Il est assisté par six officiers, les tribuns. Avec l'extension de l'Empire, on recrute des tribuns parmi les populations locales pour constituer des cohortes. Ces auxiliaires sont amalgamés à l'armée d'origine.

LES BLESSÉS sont soignés dans des hôpitaux militaires bien équipés. Bien des médecins sont d'anciens esclaves.

LE GÉNÉRAL vainqueur fait défiler ses troupes et ses prisonniers en une marche triomphale dans les rues de Rome.

LES ROMAINS excellent dans l'art d'assiéger les villes. Ils construisent différentes machines de guerre : des onagres pour envoyer des pierres, des balistes pour démolir les murailles de pierre et des tours pour permettre aux assaillants d'escalader les murs. Bien peu d'ennemis sont assez forts pour survivre à une attaque de l'armée romaine.

Les Romains ont de nombreux dieux

Les Romains vénèrent une multitude de dieux et de déesses qui possèdent chacun des pouvoirs spécifiques pour aider, guider ou protéger les dévots qui les prient, qui leur donnent des offrandes ou leur offrent des sacrifices. Jupiter est le roi des dieux ; il envoie le tonnerre et la foudre. Mars est le dieu de la guerre ; il apporte la victoire ou la défaite. Neptune est le dieu de la mer ; il permet le naufrage ou un bon voyage. Vénus est la belle déesse de l'amour ; l'aimable Cérès fait croître les blés et les fleurs.

De nombreux Romains croient aux fantômes et aux démons. Ils ont peur de les rencontrer, errant parmi les tombes qui bordent la voie Appienne, l'une des principales routes d'accès à Rome. Ils déposent des offrandes sur les tombes pour que les esprits reposent en paix. Au Ier siècle ap. J.-C., ces croyances traditionnelles commencent à changer, les Romains se convertissant de plus en plus aux nouvelles religions venues d'Orient : le culte de Mithra et le christianisme.

Chaque jour, les familles romaines prient des esprits invisibles, les Lares et les Pénates, qui protègent les foyers. Les jours consacrés, ils leur offrent de la nourriture et des fleurs.

Sculpture montrant les animaux qui vont être sacrifiés dans le temple, pour plaire aux dieux.

<u>Le saviez-vous ?</u>

Les Romains sont très superstitieux. Durant les jours néfastes de l'année (qui portent malheur), le sénat ne se réunit pas, on ne travaille pas et les boutiques sont fermées.

Pour les Romains, la main gauche porte malheur. Aujourd'hui encore, *sinister* (« gauche » en latin), se retrouve dans le mot « sinistre », qui veut dire sombre et menaçant.

Après le sacrifice d'un animal, les prêtres inspectent ses entrailles et son cœur pour y trouver un présage éclairant le futur.

Le culte de Mithra. Le dieu perse Mithra est populaire chez les militaires. Il symbolise la jeunesse, la force et la victoire de la vie sur la mort. Les statues ou les sculptures le représentent comme un jeune homme robuste en train de tuer un bœuf. La foi en Mithra permet aux soldats de se sentir forts et braves dans la bataille.
Les soldats qui honorent Mithra prennent part à des rituels mystérieux, dans le silence et l'obscurité, au cours desquels on porte souvent des masques ou des costumes spéciaux. On a retrouvé dans de nombreux forts romains des chapelles consacrées à Mithra.

Mars est le dieu de la guerre et des batailles. On le représente par d'immenses statues revêtues d'une cuirasse, d'un casque de cérémonie à plumet (à droite) et armées d'une grande épée.

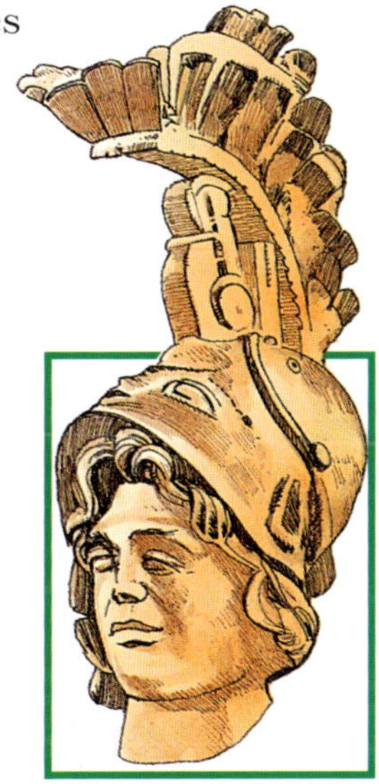

Les vestales sont des prêtresses choisies parmi les jeunes filles patriciennes. Elles doivent nourrir la flamme sacrée (ci-dessous) qui brûle à Rome sur le Capitole. Si elle s'éteignait, un grand désastre s'ensuivrait.

Les Romains construisent au centre de Rome et des autres cités de l'empire des temples magnifiques, demeures de leurs dieux et de leurs déesses. Ils érigent aussi des temples aux empereurs morts qui, pour des raisons politiques, sont divinisés. Ces temples sont inspirés des temples grecs.

Les temples sont en marbre avec des toits de tuiles.

Petit dictionnaire

Amphithéâtre : arène de plein air, en général circulaire.

Aqueducs : canalisations surélevées, édifiées sur de longues distances. Les aqueducs amènent d'énormes quantités d'eau à Rome à partir des montagnes environnantes.

Auxiliaires : soldats recrutés dans l'armée romaine, mais originaires de peuples non romains, vivant dans l'Empire.

Bulle : porte-bonheur que les garçons portent autour du cou jusqu'à 14 ans.

Cavalerie : ensemble des soldats qui combattent à cheval.

Chevaliers : Romains de la classe moyenne.

Cohorte : unité de 480 ou 800 soldats auxiliaires.

Colonnades : lieu de promenade à l'intérieur ou à l'extérieur d'un édifice délimité par des colonnes sur chaque côté.

Consul : chef du gouvernement de la Rome républicaine. On en nomme deux par an.

Galère : vaisseau de guerre propulsé à la rame, en général par des esclaves.

Insula (plur. **insulae**) **:** bloc d'immeubles.

Légion : division de l'armée romaine (5 000 à 6 000 fantassins).

Onagre : âne sauvage. C'est aussi le nom d'une machine de guerre romaine, qui envoie de lourdes pierres sur l'ennemi.

Patriciens : nobles de haut rang.

Plèbe (ou **plébéiens**) **:** le peuple, les gens ordinaires de Rome.

Scribe : professionnel de la lecture et de l'écriture.

Sénat : assemblée des responsables de haut rang. Il détermine la politique et les nouvelles lois.

Steppes : vastes plaines herbeuses.

Terre cuite : objet d'argile, de couleur rouge brique après cuisson.

Triomphe : procession solennelle à travers les rues de Rome, se terminant par des sacrifices en l'honneur des généraux victorieux.

Villa : vaste demeure au centre du domaine agricole.